Vento vadio

Antônio Maria

Vento vadio

As crônicas de Antônio Maria

pesquisa, organização e introdução
Guilherme Tauil

todavia

Para Augusto Massi,
o amigo que Antônio Maria me deu

Maria, gente grande,
por Guilherme Tauil 13

As crônicas de Antônio Maria

Evangelho segundo Antônio 39
A procura do trem perdido 42
Eram cinco irmãos 44
Meus primos 46
Avó, tios, amanhecer, bois, trem e cavalo 50
Bichos de terraço 52
Véspera de São João 54
A mesa do café 57
Dia do Trabalho 59
Lembranças do Recife 62
Deslumbramentos e desordens 65
Num velho caderno 68
Destemor acima de tudo 72
Um homem macio 74
Três mudanças trágicas 77
A senha do sotaque 81
Navios antigos 83
Fundo do mar 85
Pensa, Pedro 88
Vigésimo aniversário 91
Fortaleza-Ceará 93
Bahia, galinha e festas 96
Bahia, candomblés e pais de santo 99
Neruda e a Bahia 102
Um botão de rosa a Maria de São Pedro 104
O Braga 108
Discurso a Caymmi 111

O mar, em 1928 114
Nós e os dourados 116
Eles não mudaram 118
O amigo de infância 120
A tarde e a multidão 122
Menino de olhar triste 124
Oração da vida e da morte 126
O dia longo e confortável 128
Beleza 130
As lembranças são inesperadas 132
Engenhos 135
Um mundo 137
Crônica fora de tempo para Marilyn Monroe 139
Paris acorda 141
Três lembranças 143
Acaba aqui 146
As luzes de Hamburgo 149
A morte passou por mim 153
A embreagem 157
Barzinho de varanda 159
Cerveja e amigos 162
O homem só 164
Domingo 167
A chegada de Vinicius de Moraes com a primavera, ao som
de loas e atabaques, para a maior glória... 169
Conversa e nada mais 172
Um conhecimento na vida 174
Café com leite 176
Numa varanda ao mar 177
Notas da chuva 180
A candura da chuva 182
Eis tudo 184
Notas para um livro de memórias: Infância 186

Notas para um livro de memórias: Adolescência 189

Semana Santa 192

Carnaval antigo... Recife 195

Notas carnavalescas 198

Prazeres proibidos 201

Exames médicos 203

A água da remissão 205

Página de um diário 207

A morte do urubu 209

O espelho deitado 211

As quatro Marias do Pará 213

Everaldino com saudades 216

Estrada afora 219

Guia prático e sentimental da Rio-São Paulo 221

De um diário inútil 224

A noite do Palepale 227

Um giro com Araci 230

Um louco na chuva 232

Amanhecer no Margarida's 235

De manhã 238

Tentativa de suicídio 240

Os canários 242

Como são Francisco de Assis 244

O néscio, de vez em quando 247

Caminhos do descanso 249

Alto da Boa Vista & Floresta 252

Jardim Botânico 255

Silvestre, Paineiras, Corcovado 258

Lembrança de Ovalle 261

O violão 264

A Elsie Lessa 266

Conversa com o Sol 268

Dia do Papai 270

Carta a um pescador 273

A sra. Kennedy e eu 275

Primeira paixão 277

De mãos dadas 279

Despedida 281

Partida 283

O destino implacável das flores 285

Banco de praça 287

Domingo cordial 290

As moças, o vinho e o riso 292

1964, ano da DDC 294

Coração opresso, coração leve 296

A quiromante 298

A lucidez e o perigo 300

Notas de finados 303

Os esquecíveis 306

Para um possível livro de lembranças 308

A casa de janelas verdes 312

Joaquim e sua rua 314

Flores 317

Crônica de Natal 319

José Lins do Rego 321

Que Deus o tenha... 324

Di Cavalcanti e o mar 327

A memória dos nossos feitos 329

Data particular 331

Há que escrever 333

"Parce que..." 335

As fotografias de Carmen Miranda 337

Bilhete fraternal, talvez útil 339

Carta à leitora que precisa de resposta urgente 342

Desgaste 344

Alto, tão alto 346

Canção do hotel Margarida's 347

Previsão à maneira de Prévert 351

Silêncio 354

Viagem 356

Orly, hora parada 358

Prezado dr. Bandeira Stampa 360

Brasileiros, os irreprimíveis 363

Patriota de futebol 365

Povo, América e tristeza 367

O pequeno príncipe 370

A que não está mais 372

As três fotografias 374

A noite e uma lembrança 377

Bondade encruada 379

Vinicius de Moraes 381

Notas sobre Dolores Duran 383

Carlos Drummond de Andrade 387

Canção de homens e mulheres lamentáveis 389

Barata entende 391

Do diário (sábado, 10/10/1964) 393

Dia das Mães 396

Frases de uma revolução 399

O caso das vitrines 402

Pai exemplar 404

O maltrapilho 406

Canto fúnebre 407

Happy birthday 409

Insônia 411

Considerações sobre o sono 413

Treze de agosto 415

Ao povo mineiro no mundo inteiro 417

O louco da madrugada 420

Queixas 423

Soneira e preguiça 425

Um novo atentado 427

Indecisão 430

Palavras cruzadas 432

Diante do espelho 434

Uma história a mais 437

O homem e a morte 440

Março, 31 442

Penedo Brando 445

Louvação a outubro 450

Longe do Rio 453

Uma casa, uma valsa 455

Manhã de terça-feira 457

O atrabiliário 459

Não coma e emagreça 462

A espera 465

O croquete 467

A ressaca 469

A vida 471

Exercício de lírica 473

Traz minha nota 475

Vida observada 478

Mais um satélite 480

Calor e moleza 482

Campanha contra a burrice 484

Tempo 487

Uma velhinha 489

Agradecimentos 491

Maria, gente grande

O bom Maria, como era chamado, deixou milhares de crônicas que seduziram os leitores de seu tempo. Fulminado por um infarto aos 43 anos, o escritor e compositor recifense não chegou a organizar sua obra em livro. Sequer guardou recortes. Foi o único cronista da célebre geração de 1950 a não ser editado em vida, o que aconteceria somente quatro anos depois de sua morte. Outras seletas vieram no correr do tempo, mas a maior parte de sua preciosa literatura permaneceu arquivada, dispersa em jornais e revistas. Esta antologia, fruto de um trabalho de três anos em acervos públicos do Rio de Janeiro, de Recife e de Salvador, traz à tona toda a força literária de Antônio Maria em 185 crônicas — 132 das quais inéditas em livro —, sem perder de vista questões importantes de sua obra, como a origem nordestina e os preconceitos que sofreu para se estabelecer no Rio.

Dono de um estilo único de texto, marcado pela exposição plena de um observador que quer sempre aplacar as agruras de seu imenso coração, o cronista se dividiu a vida toda em várias frentes de trabalho, no rádio, na televisão, nas boates e na imprensa. Intenso, participou de perto do auge da vida noturna carioca. E, apesar do excesso de trabalho desregrado, foi um artista múltiplo que nunca deixou de mirar a realização literária.

Até agora, Antônio Maria tinha somente uma parte de sua vida contada, só uma amostra de seu trabalho acessível. Nesta comemoração de seu centenário, o que se quer é ampliar o quadro. Resgatar um escritor muitas vezes escanteado — a começar por ele mesmo, descrente de seu valor — e entregar ao leitor uma obra capaz de se sustentar sozinha, em nada devedora em relação aos outros grandes cronistas. Se tivesse seguido o caminho natural do livro, teríamos nos dado conta disso algumas décadas antes. Como não foi o caso, é preciso contar um pouco da sua trajetória para entender as particularidades que nos trouxeram até aqui.

Da primeira vez que desembarcou no Rio de Janeiro, Antônio Maria tinha pouca bagagem, alguma experiência profissional e um imenso desejo de conquista. Em março de 1940, com dezenove anos, chapéu e paletó marrom, desceu de um Ita em busca de emprego na então capital do país. Como diferencial, contava com alguns anos de trabalho na Rádio Clube de Pernambuco, a precursora do rádio no Brasil. Pouco se sabe daqueles começos, mas há indicações de que foi locutor de futebol e participou de programas de música e produção de radionovelas aos dezessete anos — ou apenas treze, conforme várias fontes, incluindo um elaborado perfil de Paulo Mendes Campos.

De todo modo, o início precoce no Recife se justificaria pela necessidade financeira de uma família rica que, estruturada em torno da exploração da cana, perdeu quase tudo com a desvalorização internacional do açúcar como impacto da Segunda Guerra. O imenso império da usina Cachoeira Lisa, chefiado pelo avô materno Rodolpho Albuquerque de Araújo, sofreu alguns golpes ao longo da história, mas foi a queda do preço do açúcar que o fez ser "torrado nos cobres por dois vinténs" em 1946, como conta Antônio Maria.

Figura destacada da elite canavieira de Pernambuco, Rodolpho era membro do Partido Republicano Democrático e chegou a ser deputado federal. Em Gameleira, zona da mata próxima a Alagoas, adquiriu o engenho Cachoeira Lisa no início do século XX. Depois, expandiu a área de cultivo e absorveu outros engenhos. Investiu em maquinário moderno e elevou suas terras à condição de usina, aprimorando técnicas de manejo e de irrigação da cana. Ao longo do tempo, a produção anual passou de 15 mil para 120 mil sacas de açúcar. Ao todo, eram 29 engenhos de tamanhos variados, interligados por uma extensa malha ferroviária, que integravam o patrimônio dos Albuquerque de Araújo.

Cumprindo o rito matrimonial das elites, Deolinda Diva Araújo, uma das três filhas de Rodolpho, casou-se em 1908 com Inocêncio Ferreira de Moraes, coronel pertencente à família que administrava o Engenho Alto. Assim se deu início à linhagem dos Araújo de Moraes, cujo mais notório filho, o cronista e compositor Antônio Maria, nascido em 17 de março de 1921, desfrutaria pouco da rede mansa da casa-grande, mas por tempo suficiente para fazer das memórias de infância e do trauma da falência duas marcas estruturantes de sua literatura.

Nos engenhos da família, Maria passava as férias escolares com seus quatro irmãos, todos educados com aulas particulares de francês e de piano, e os mais de quinze primos. Mesmo com a usina já vivendo a sua decadência, iniciada com a morte do patriarca em 1924, as crianças ainda gozavam da fartura e da alegria de um mundo completamente em ordem, cheio de vida e de possibilidades. Nas memórias de Maria, dispersas em suas crônicas, a infância é recontada com aguçado senso de aventura de meninos desbravando matas, espiando moças nos rios, enfrentando assombrações; ao mesmo tempo, com o tom melancólico das descobertas de um observador que se soube, desde muito cedo, deslocado no mundo — como se já fosse necessário refletir sobre a solidão, o grande fantasma da vida de Antônio Maria.

De fato, o universo algo fantástico de Cachoeira Lisa foi interrompido violentamente. E, para o jovem Maria, muito mais do que um apuro financeiro, o desmanche da usina representou o colapso do afeto — a impossibilidade do carinho, os primos distantes, a família afastada. A cicatriz da falência não é uma marca biográfica superficial. Muitos escritores vinculados ao engenho passaram pela mesma experiência de fim de um ciclo, como aparece no poema "Paisagem do Capibaribe", de seu colega de colégio João Cabral de Melo Neto: "Algo da estagnação/ dos palácios cariados,/ comidos/ de mofo e erva--de-passarinho./ Algo da estagnação/ das árvores obesas/ pingando os mil açúcares/ das salas de jantar pernambucanas,/ por onde se veio arrastando".

Os palácios cariados pelo declínio do açúcar permanecem no imaginário de várias gerações de intelectuais do Nordeste, de Joaquim Nabuco a José Lins do Rego. Maria também vai reelaborar essas questões com frequência, sempre com o travo da ruptura e a necessidade de um recomeço. Aludindo à "vida inteira que poderia ter sido e que não foi", para citar seu conterrâneo Manuel Bandeira. Assim, Maria não levou adiante a linhagem dos homens de sua família e abandonou os estudos de agronomia. E com a mesma voracidade com que lhe foi retirada a ordem da vida, vai tentar abocanhar de volta o que perdeu. E vai, como é característico de sua geração, aprendendo enquanto faz.

Foi com esse espírito de urgência de recomeço que Maria partiu para a capital, atendendo ao chamado de Fernando Lobo, seu amigo de infância do Recife, recém-estabelecido no Rio de Janeiro. Lá chegando, foi integrado a um grupo de nordestinos que também procuravam encontrar espaço na vida artística e na indústria de comunicação. Eles dividiam as agruras e se ajudavam profissionalmente. De Pernambuco, além de Fernando Lobo e do próprio Maria, estavam também o pintor Augusto Rodrigues e José Abelardo Barbosa, o futuro Chacrinha dos auditórios da televisão. Da Bahia,

Dorival Caymmi, mais velho, no Rio desde 1938. E de Alagoas, Teófilo de Barros Filho, cineasta e compositor. Não ao mesmo tempo e variando as combinações, juntos dividiram apartamentos, racharam contas de bar, traçaram planos de sobrevivência, aplicaram pequenos golpes em pensões e conquistaram a solidariedade das profissionais do Dancing Avenida, que lhes proviam "sanduíches americanos carregados no alface".

Outro amigo, o maranhense Henrique La Rocque, arranjou para Maria um trabalho como speaker na Rádio Ipanema, necessitada de um substituto para Erik Cerqueira, locutor esportivo da casa, afastado para tratar uma tuberculose. Garantindo seu sustento, Araújo de Moraes — nome artístico que lhe deram — começou a narrar futebol pela PRH-8. Era o começo da vida que almejava. Seis meses depois, no entanto, foi mandado embora por duas razões: o sotaque pernambucano e seu estilo inventivo de narrar, valendo-se de expressões que ele mesmo criava e ninguém entendia, como "bola no fotógrafo" para dizer que o chute tinha ido para fora.[1]

Durante os dez meses que durou a primeira investida de Maria no Rio, ele e os amigos moraram em quatro edifícios: na rua Ronald de Carvalho, na rua do Passeio, no cruzamento da Viveiros de Castro com a Duvivier e na avenida Nossa Senhora de Copacabana. De todos foram expulsos por perturbar a paz alheia — ou por inundação, quando Maria, Lobo e Rodrigues inventaram de nadar, os três ao mesmo tempo, na banheira do apartamento. Certa vez, durante uma festa em casa, no edifício Andraus, uma das convidadas ligou para a polícia e disse que tinha sido raptada. Maria acabou na delegacia, onde passou a noite.

---

1 O registro é do jornalista Joaquim Ferreira dos Santos, no perfil biográfico *Um homem chamado Maria* (Rio de Janeiro: Objetiva, 2006).

O episódio renderá, bem mais adiante, uma de suas crônicas mais sensíveis, "A senha do sotaque". Recolhido entre criminosos e assassinos, o cronista se enrijece em face de uma crescente expectativa de violência. O policial o chama pelo nome completo, e os dois se encaram longamente, em silêncio. De repente, em vez de bofetada, o homem lhe dá um cigarro e o conduz para fora, em liberdade. Só na última frase é que se esclarece a estranha atitude: o guarda também era pernambucano. O mesmo sotaque que meses antes servira de pretexto para a demissão na Rádio Ipanema, funcionou agora para livrá-lo da cadeia.

O preconceito adiou por oito anos a estadia definitiva de Maria no Rio de Janeiro. Derrotado e humilhado, retornou ao Recife naquele começo de 1941 e retomou o posto na Rádio Clube de Pernambuco — onde caiu mal o hábito que trouxera da capital de usar camisa esporte no ambiente de trabalho. "No meu estúdio, só entra de gravata e paletó", disse-lhe o proprietário Oscar Moreira Pinto. De volta aos conformes de antes, Maria logo passou a também escrever peças de publicidade e propaganda para os jornais. São desse período suas primeiras crônicas, publicadas de maneira avulsa: "Comecei no Recife, em abril de 1941, via pistolão, após receber de volta onze crônicas que entreguei, pessoalmente, ao secretário do jornal", registrou em "Vigésimo aniversário".

Embora não tenham sido localizados os escritos de estreia, é possível afirmar que Maria iniciou-se na literatura em um período de amadurecimento da crônica. Pouco antes, na década de 1930, diversos elementos sociais foram reconfigurados com o desenvolvimento de condições materiais e culturais nos anos 1920. As novidades, diz o crítico Antonio Candido, foram impulsionadas por novas condições econômico-sociais em diversos setores: "Instrução pública, vida artística e literária, estudos históricos e sociais, meios de difusão cultural como o livro e o rádio (que teve desenvolvimento espetacular)".[2]

A literatura, já marcada pelas inovações temáticas e formais do Modernismo, impregnou-se com a consciência social impulsionada pelas experiências agitadas do mundo. Na crônica, isso tudo foi assimilado principalmente em função de dois eixos: o literário, com a realização e a atualização do ideário modernista, e o material, com a consolidação da indústria brasileira dos meios de comunicação. Sempre vinculada à imprensa, a crônica acompanhou sua evolução, que ocupava cada vez mais espaço na vida urbana.

A carreira de Rubem Braga, o mais relevante de nossos cronistas, só foi possível com o crescimento dessa indústria. Ao difundir a crônica por um público amplo e de vários estados, os jornais permitiram que os cronistas vivessem da literatura que pingavam em suas páginas, diferente dos prosadores tradicionais. No ímpeto desenvolvimentista de um país que queria se descobrir e se construir, a literatura de jornal encontrou espaço para amadurecer, experimentar e se transformar. Cronista passou a ser profissão.

Em 1924, não muito antes, o paraibano Assis Chateaubriand fundava os Diários Associados, por décadas o maior conglomerado de jornais, rádios e, posteriormente, televisões do Brasil. Não é exagero afirmar que Maria deve seu estabelecimento como escritor, alguns anos adiante, à expansão do império de Chatô, também ele um nordestino com imenso desejo de conquista, com quem Maria preservará um vínculo profissional até o fim da vida.

---

2 Recomenda-se a leitura do célebre ensaio de Antonio Candido, "A Revolução de 1930 e a cultura" (*A educação pela noite*. 6. ed. Rio de Janeiro: Ouro sobre Azul, 2011), de onde tiro a citação.

Em 1944, o jovem Maria teve sua primeira experiência fixa na imprensa. De janeiro a março, assinou na edição vespertina da *Folha da Manhã* uma coluna sobre o universo radiofônico de Recife. Mais precisamente, eram textos de propaganda para o *Vitrine*, seu programa musical conduzido do palco do cinema Boa Vista. Embora não possam ser chamados de crônicas, já trazem elementos de uma prosa prazerosa que incorporava a vida cotidiana da cidade.

Agora, ele tinha a vida estruturada: programa próprio na rádio, coluna no jornal, salário suficiente e casamento agendado com Maria Gonçalves Ferreira, a Mariinha, filha do proprietário da usina Pirangy. Do Rio de Janeiro, Fernando Lobo — pai do futuro compositor Edu Lobo — triangulava com os Diários Associados um cargo de direção para Maria na Ceará Rádio Clube, recentemente adquirida pelo conglomerado. A entrada nos Associados era o primeiro passo para retomar o objetivo de viver no Rio. Já não era um arroubo juvenil, mas um plano estratégico.

Em março, casado e responsável pela direção artística da emissora, Maria se mudou para o Ceará. O momento breve é um período obscuro de sua trajetória profissional. Em suas crônicas, pouco registrou além da alegria pelo começo da família e o despontar de uma carreira promissora. No princípio de 1945, em claro sinal de ascensão dentro dos Diários Associados, foi transferido para Salvador como diretor artístico da Rádio Sociedade da Bahia, emissora maior e prestigiosa. De início, morou numa pensão no largo Dois de Julho, próximo à sede da rádio, na rua Carlos Gomes — por onde muitas vezes foi visto andando de roupão. Reformulou toda a programação e elaborou concursos de música popular para cantores e compositores. Nomes como os dos sambistas Riachão e Batatinha, este batizado pelo próprio Maria, despontaram ali.

Salvador, para ele, ficou sendo um grande momento não só profissional, mas também pessoal — o que explica a fartura de referências à Bahia em suas crônicas: "Se Deus ainda me quiser na Bahia", escreveu em "Bahia, galinha e festas", "nem que seja por umas horas, eu quero ir buscar uma porção de saudades naquele canto da Barra". Conectou-se às festas de rua, ao candomblé, à fartura das comidas. Conheceu amigos fundamentais, como Odorico Tavares, diretor de grande importância dos Associados, e se aproximou de Jorge Amado e Carybé. Na Bahia, em oposição ao Recife, onde as festas frequentemente eram picotadas por tiroteios, Maria foi acolhido e acolheu os amigos.

Em 1947, ainda em Salvador, passou a publicar no *Diário de Notícias* uma coluna sobre futebol, "O comentário de Antônio Maria". Pela primeira vez, seu nome aparecia com destaque, como se fosse marca, sinal de que era grande o seu prestígio. Como figura de destaque dos Diários Associados, chegou a concorrer ao cargo de vereador. Sofreu ataques dos comunistas pela imprensa, que o acusavam de ser um defensor "dos interesses do imperialismo ianque". Mas a campanha foi pelo ralo quando, pouco antes da eleição, trocou socos com um tipo popular que, não por acaso, era xará da cachaça Jacaré. Não seria esse o seu último episódio de pugilato: corpulento, com 120 quilos espalhados por um metro e oitenta de altura, Maria era famoso por topar qualquer confusão de bar.

Tivesse sido eleito, talvez o sonho de conquistar o Rio de Janeiro ficaria ainda mais adiado. Já pai de dois filhos — Maria Rita, então com dois anos, e Antonio Maria Filho, com um, ambos nascidos no Recife —, a imprensa o tratava como "o locutor número um da Bahia". Tinha acumulado bagagem e construído a ponte para o salto definitivo em direção à capital federal. Em abril de 1948, com um cargo alto garantido pelos Diários Associados, foi finalmente transferido para o Rio.

Agora entraria pela porta da frente, como convidado, aos 27 anos de idade.

Maria chegou encarregado da direção artística de duas emissoras: a Rádio Tupi, a número um dos Associados, e a Tamoio, recentemente adquirida pelo grupo de Chateaubriand. Em audiência, a Tupi só estava atrás da Rádio Nacional. De seu elenco, fizeram parte artistas do quilate de Carmen Miranda, Ary Barroso, Luiz Gonzaga, Dolores Duran, Dalva de Oliveira e Dorival Caymmi, que saudou a chegada do amigo em sua coluna no jornal: "A presença de Antônio Maria na direção das duas emissoras associadas traz no ambiente de rádio uma esperança de renovação".

Caymmi foi, assim, o primeiro a falar de Maria na imprensa carioca, em um gesto paternal de acolhimento. O compositor foi um de seus amigos fundamentais para a vida toda. Personagem recorrente em suas crônicas, Caymmi está sempre vinculado a momentos de afeto e simplicidade. Mais do que isso, parece ser uma espécie de ideal, um guia a quem Maria agradece: "Deixa que me orgulhe e me sinta mais gente pela ventura de contigo ter andado, de mãos dadas, por caminhos duros ou macios, em horas de riso ou de tristeza", escreveu em "Discurso a Caymmi".

No fim de 1948, Maria assumiu em *O Jornal*, carro-chefe dos Diários Associados, uma pequena coluna sobre os bastidores do rádio. Embora vinculada ao documental, tinha já alguma dimensão de subjetividade, ainda que tímida, e um manejo gracioso de linguagem, com certa inclinação à narrativa. O cronista estava se aquecendo, prestes a acontecer.

Foi nessa época que Maria conheceu outro amigo essencial, Vinicius de Moraes, recém-retornado de seu posto de vice-cônsul em Los Angeles. O poeta nem precisaria ter trazido um enorme carregamento de uísque para ter a casa permanentemente cheia. Maria, vivendo com a família no Jardim

Botânico, passou a frequentar a casa de Vinicius, que exerceria grande influência em sua obra. Cada vez mais, Maria se aproximava dos temas e características que marcariam sua literatura. Já não participava tanto da cena esportiva da Rádio Tupi desde que narrou, em pleno Maracanã, a traumática derrota do Brasil contra o Uruguai, na Copa do Mundo de 1950.

Por dois meses, assinou uma coluna na *Última Hora*, vespertino fundado por Samuel Wainer e considerado um marco de modernidade na imprensa brasileira. Apostando numa política de valorização da coluna, o jornal contava com colaboradores já consagrados, como Nelson Rodrigues, e com jovens promessas, como Antônio Maria, que, mais alinhado a suas vocações artísticas, passou a escrever crônicas curtas com alguma frequência.

Em agosto de 1952, ele deu um passo decisivo como cronista ao integrar o time de *Comício*, semanário fundado por Rubem Braga, Joel Silveira e Rafael Corrêa de Oliveira. Entre os colaboradores, Fernando Sabino, Otto Lara Resende, Lúcio Rangel, Paulo Mendes Campos, Carlos Castello Branco, Millôr Fernandes, Sérgio Porto (o Stanislaw Ponte Preta) e Clarice Lispector, que escrevia na seção feminina com o pseudônimo de Tereza Quadros.

Comício circulou entre maio e outubro de 1952 com uma inusitada combinação de política de esquerda e descontração gráfica. Com charges e ilustrações, o projeto editorial era capaz de diagramar o artigo "Só a classe operária poderá liquidar o socialismo" ao lado das palavras cruzadas. A inclinação a um tom geral mais leve era um ambiente fértil para a crônica. Não à toa, dos escritores escalados, todos praticaram o gênero.

Ao juntar-se ao time capitaneado por Braga, Maria recebeu o carimbo do reconhecimento literário e a validação dos colegas — mesmo que fosse passar a vida toda desacreditando do próprio talento. Claro que há nessa atitude certo charme de "menino grande", sempre em busca de carinho e aceitação. Mas pesa, também, a consciência de que tinha, de fato, a menor bagagem literária dentre seus pares.

Da primorosa geração dos anos 1950, a tal década de ouro da crônica, Maria foi o único a ascender do registro da oralidade, a vir de baixo para cima. Mesmo considerando as gerações anteriores, todos os cronistas vieram de registros da própria literatura, seja da poesia — como Manuel Bandeira, Carlos Drummond de Andrade, Orestes Barbosa, Vinicius de Moraes, Paulo Mendes Campos —, seja da prosa — Mário de Andrade, Rachel de Queiroz, Fernando Sabino, Clarice Lispector. Rubem Braga, cria do próprio jornal, é um caso único de cronista monogâmico que conquistou a condição incontestável de "escritor puro-sangue". Só Maria veio do rádio.

Em compensação, soube transitar como ninguém pela fervilhante cena artística do Rio de seu tempo. Tirou daí assunto farto para sua escrita. Frequentou todos os espaços novos que se formavam e conviveu com todo tipo de gente nos cafés e nas boates. Ainda sem uma rígida compartimentação entre categorias profissionais, as mesas reuniam compositores, escritores, cantoras, poetas, pintores, atrizes, editores, jornalistas. Uma intensa vida social que possibilitou à geração desgarrada do pós-guerra uma boemia viva e misturada. Nesse convívio, a crônica, gênero fronteiriço entre jornalismo e literatura, acabou por absorver elementos de outras linguagens artísticas. Da música popular, por exemplo, incorporou algo de seu ritmo, sua cadência leve e seu arcabouço simbólico, de modo a ampliar a paleta dos cronistas. No caso de Maria, prestes a se tornar um compositor aclamado, é evidente a aproximação com o mundo musical.

Embalado por bons ventos, no mesmo ano em que se consagrou como cronista, Antônio Maria se firmou também como compositor. Em maio de 1952, ao estrear no mercado fonográfico, a cantora Nora Ney cumpriu a promessa que fizera a ele meses antes: a de gravar, se tivesse oportunidade, o belo acalanto que ele arranhava ao violão numa salinha da Rádio Tupi, onde trabalhavam. Pela Continental, o primeiro compacto de Nora Ney trazia "Quanto tempo faz", de Paulo Soledade e Fernando Lobo, e "Menino grande", de Antônio Maria — canção que, conforme confessou à amiga, foi escrita para que uma mulher um dia pudesse cantar para ele: "Dorme, menino grande/ Que eu estou perto de ti/ Sonha o que bem quiseres/ Que eu não sairei daqui".

"Menino grande", que virou epíteto carinhoso do compositor, fez imenso sucesso e conquistou diversos admiradores — entre eles, Getúlio Vargas, que sempre a solicitava em apresentações, e por quem a militante comunista Nora Ney não tinha apreço nenhum. Convidada a repetir a empreitada, em novembro a cantora estava de volta à praça com seu segundo compacto, mais uma vez com uma composição de Maria: a célebre "Ninguém me ama", samba-canção que consolidou em definitivo ambas as carreiras.

O compacto vendeu tanto que resultou no primeiro Disco de Ouro da história da fonografia brasileira. Virou o hino da fossa, solicitado em todas as boates, executado em todas as rádios. Ganhou as telas do cinema com o filme *Carnaval Atlântida* e a atenção do mercado internacional com a gravação, no fim da década, de Nat King Cole, num português quase macarrônico. Embora "Ninguém me ama" seja assinada também por Fernando Lobo, sabe-se que a canção é só de Maria. Era usual que parceiros se creditassem mesmo em composições solo, em gesto de camaradagem. "Preconceito", por exemplo, também assinada pela dupla, foi feita apenas por Lobo.

Agora, Maria levava a vida que sempre quisera. Estava no centro das rodas, era requisitado, querido e pilotava um Cadillac preto na ronda que o levava de boate em boate. De certa forma, o automóvel traduzia a disposição de seu espírito volúvel de estar em todos os lugares: "Ninguém se espantava de vê-lo no Sacha's e, poucas horas depois, de sabê-lo ainda pegando um fim de noite numa boate de São Paulo", registrou o amigo Paulo Mendes Campos. Batia ponto em todas as boates de Copacabana e, de todas, conhecia muito bem a cozinha. Sua rotina era tão desregrada que pouco voltava para casa. Quase sempre dormia em hotéis, na companhia de amantes — eram vários os casos extraconjugais de conhecimento público. Para não falhar (tanto) com os compromissos, levava a máquina de escrever no Cadillac, para cima e para baixo.

Maria foi um dos grandes personagens da noite carioca, mantida essencialmente por uma classe abastada em ambientes privados, escuros e fechados. O samba-canção, marcado pela evocação do sofrimento e da desilusão amorosa, ditava o ritmo das boates, envoltas por uma espécie de névoa existencialista. Nessa nova configuração social, a crônica, gênero tão inclinado à vida urbana e à reorganização das coisas pequenas do dia, também se deixou influenciar por essa fumaça sofisticada. Surgiu, assim, uma nova variante do gênero: a crônica noturna, praticada por escritores e jornalistas que cobriam a vida nas boates, e para quem o trabalho não precisava descolar-se do prazer.

Antônio Maria foi, de longe, o maior cronista da noite. Talvez por ter sido o único a compreendê-la em toda a sua dimensão, a se enfronhar para valer naquele novo estilo de vida, tão intenso e diferente. Afinal, todos os infortúnios se acumulam e se liquidam nos balcões de bar e nas pistas das boates. A noite pede o ombro amigo, o conselho. Pede a união das pessoas em torno da mesa, a cantoria. A noite abriga os solitários e proporciona remédio. É a hora dos viciados, dos decadentes, das comemorações. Traz a simbologia dos amigos e o esbarrão com os desafetos. Dos encontros carnais e das separações violentas. A paz do silêncio da madrugada e o disparo da arma, o frasco de veneno, o suicídio. Emoções e sentimentos difusos, mesmo opostos, mas que misturados dão tom e ritmo a uma atmosfera quase suspensa no tempo.

Um dos trunfos da crônica de Maria, portanto, é superar a boate. Interessa-se pelas ruas da cidade e pelas relações pessoais, dos affaires da alta sociedade aos trabalhadores. Enquanto outros cronistas noturnos tomavam a noite como ponto de chegada, Maria captava o todo: educava-se na madrugada, mas batia o ponto de manhã. Formulou a dimensão noturna como poética, não como assunto. Por isso estava livre para levar sua obra por outros caminhos.

Nessa época, contratado pela rádio Mayrink com o maior salário de rádio do país (e mesmo assim sempre endividado), trabalhava também com televisão, na recém-fundada TV Tupi, onde foi diretor de programação e apresentou diversos programas. Além disso, deu outro passo importante como cronista ao integrar uma das primeiras escalações da revista *Manchete*, a mais prestigiosa da época, surgida em 1952 e que, valendo-se do uso artístico de fotografias e de uma linguagem mais rápida, desafiou a concorrente, *O Cruzeiro*, com o frescor de modernidade.

Ao contrário dos jornais, as revistas não tinham obrigação de informar. As publicações semanais informativas só surgiriam na década seguinte. Até então, estavam livres para focar em entretenimento, valorizando reportagens mais longas, em geral fartas em imagens e cores. Além disso, o leitorado das revistas tinha maior poder aquisitivo e era composto em especial de mulheres. Nessa nova disposição editorial, a crônica desempenhou papel de destaque. Ocupando geralmente uma página inteira, era a medida exata da literatura para o lazer. Toda boa revista tinha seu time de cronistas.

Na *Manchete*, a partir de novembro de 1952, Maria assinou a coluna "Pernoite". Foi sua primeira experiência totalmente dedicada à literatura. A entrega semanal, em contraste com a diária nos jornais, favorecia maior dedicação. Nesse período de realização literária mais refinada, as memórias aparecem com destaque, constituindo uma série longa em que repassou a infância no Recife, a passagem por Fortaleza e a vida em Salvador. Foi uma das armas que Maria escolheu para enfrentar a concorrência com outros cronistas da revista, como Fernando Sabino, Henrique Pongetti e Stanislaw Ponte Preta.

Ser cronista de revista não fez com que Maria deixasse de ser cronista de jornal. Durante alguns meses, saiu simultaneamente pela *Manchete* e pelo *Diário Carioca*. Isso durou até dezembro de 1953, quando deixou a revista. Um mês depois, a convite do diretor Joel Silveira, assumiu um espaço na *Revista da Semana*. Lá, Maria mereceu ainda mais destaque: pela primeira vez, o cronista dispunha de uma página inteira, batizada "Plantão noturno", e tinha direito a uma ilustração do artista pernambucano Darel Valença, também em página cheia.

Como sempre, o título da coluna valorizava a dimensão afetiva e furtiva da noite. Afinal, a obra de Antônio Maria não se compreende à luz do dia. E o conjunto de sua autoria na revista, até agora inédito em livro, revela um cronista maduro, menos preso à matéria cotidiana e documental, dispondo de estratégias variadas para trilhar assuntos diferentes. Além dos amores e dos encontros, a gastronomia e o futebol são temas centrais, sem contar as clássicas crônicas de observação, em que o autor se posta diante do mundo para reequilibrar pequenezas e grandezas.

O que menos transparece no "Plantão noturno" — coluna que durou pouco, encerrando-se em outubro daquele ano — é o próprio cronista. Desdobrando a experiência cotidiana com autonomia literária, Maria alcançou um novo patamar.

Transitando entre elementos do épico, do lírico e do trágico, sua crônica conquistou o terreno da imaginação, ultrapassando o mapa sentimental das lembranças. Já não dependia da própria memória pessoal. Não fala necessariamente de Recife ou do Rio, e sim do mundo.

Mas a maturidade literária lhe chegou em um momento extremamente conturbado. Além das crônicas, Maria apresentava televisão, escrevia roteiros de humor, conduzia programas na rádio, dirigia espetáculos de casas noturnas. O excesso de trabalho e a vida desregrada devem ter colaborado para a displicência com que ele publicava as colunas, quase todas marcadas por períodos de irregularidade. Além dos veículos já citados, até o fim da vida passaria ainda por *O Globo*, onde publicou a famosa coluna "Mesa de pista", *O Semanário*, *Diário da Noite* e *O Cruzeiro*.

Ao longo do tempo, transitando por publicações de tamanhos e perfis variados, sua crônica experimentou cores distintas. Ora mais próxima do documental, ora despegada da realidade, sempre esteve carregada de lirismo e afeto. Escreveu nas mais prestigiosas revistas e nos jornais relevantes do Rio de Janeiro, num período em que a crônica vivia sua exposição máxima. Com o talento necessário, a popularidade desejável e a estrutura à disposição, é estranho que não tenha cuidado da organização de sua obra em livro.

Não faz sentido alegar que sua ausência no mercado editorial tenha sido só questão de organização. Algo mais profundo, como uma recusa pessoal ou um grande receio, tinha de haver. Algo motivado pela sensação de constante deslocamento interior. E uma questão ainda a ser estudada, de grande importância e que certamente contribuiu para o sentimento de exclusão, foi a ascendência negra.

Certa vez, em seu programa de televisão, o apresentador Flávio Cavalcanti atacou Maria, seu desafeto, chamando-o de mulato. "Claro que eu sou mulato", respondeu o cronista, acrescentando que "mulato não é insulto, é constatação".[3] Mesmo que a questão não apareça em sua obra, de certa forma, o fato de Maria ter assim se posicionado pode ser visto como uma tímida manifestação da consciência de sua negritude. Obviamente, se Maria era chamado em tom agressivo de mulato, termo hoje recusado pela carga pejorativa, é porque tinha o dado racial visível — o único, aliás, dos cronistas da sua geração.

Quaisquer que tenham sido as razões que afastaram Maria do livro, houve momentos em que esteve decidido a encarar essa tarefa. Em 1956, a imprensa noticiou que a Alvorada, editora criada por Paulo Mendes Campos, Irineu Garcia e Lúcio Rangel, publicaria uma coletânea de crônicas de Maria. A iniciativa, porém, levando o nome ao pé da letra, teve vida breve. O único livro que publicou foi *Flauta de papel*, crônicas de Manuel Bandeira, em cuja quarta capa se anunciava, entre outros lançamentos que também não aconteceram (de Vinicius, Millôr e Stanislaw Ponte Preta), as *Crônicas escolhidas* de Antônio Maria.

Em 1957, ele chegou a receber do editor José Olympio a encomenda de um livro de viagens. Houve até um adiantamento de direitos pelo relato de andanças pela Europa, para onde o cronista estava com as malas prontas. Mas o livro não foi entregue e Maria tampouco devolveu o dinheiro, o que o afastou da mais importante editora brasileira da época — a qual, vale ressaltar, volta e meia publicava coletâneas de crônicas.

Outro catálogo em que a ausência de Antônio Maria causa estranheza é o da Editora do Autor. Fundada por Rubem Braga e Fernando Sabino, a casa foi responsável por consolidar os

---

3 O registro é de Jô Soares em sua autobiografia, *O livro de Jô* (São Paulo: Companhia das Letras, 2017).

livros de crônica no mercado — além dos donos, publicou Manuel Bandeira, Rachel de Queiroz, Carlos Drummond de Andrade, Vinicius de Moraes, Paulo Mendes Campos e Stanislaw Ponte Preta, incluindo dois volumes de *Quadrante*, antologia coletiva que ainda contava com Cecília Meireles e Dinah Silveira de Queiroz.

Nesse caso, o palpite é de que tenha sido afastado da Editora do Autor por decisão do próprio Rubem Braga, até então bastante próximo de Maria. Era conhecido o ciúme desmedido do velho Braga, extremamente possessivo em relação às mulheres com quem saía — e também em relação às que apenas desejava. Foi assim com a atriz Tônia Carrero, vigiada de perto mesmo quando não estavam juntos, e também com Danuza Leão, modelo cobiçada por muitos, Braga inclusive.

Casada com Samuel Wainer, Danuza aproximou-se de Antônio Maria em 1960. À época, ele publicava uma coluna policial na *Última Hora* — jornal por acaso fundado e dirigido por Wainer. Às voltas com o turbulento cenário político do país, o marido vivia ausente de casa, e Danuza contornava a solidão nas boates, as mesmas frequentadas por Maria. Os dois já se conheciam das rodas da boemia e das mesas de pôquer. Em suas memórias, ela menciona a personalidade exuberante do cronista, mas se impressiona para valer é com a sensibilidade e a disposição daquele homem em ouvi-la. Mesmo sem corresponder ao perfil físico que apreciava, Maria dedicava a ela todo o tempo do mundo.

Não é exagero dizer que se conectaram por uma lacuna: ela pela solidão, ele pela implacável ambição de vitórias. De certo modo, a vontade de viver um relacionamento com a esposa de seu patrão foi mais um deslocamento na biografia de Maria. Como muitos homens de seu grupo social, ele estava sempre com amantes e namoradas — mas, até conhecer Danuza, não tinha desfeito o casamento com Mariinha, que vivia com os filhos na Gávea. Na obra de Maria, esse traço inconsequente transparece numa abordagem do universo feminino muitas vezes marcado por um desejo explícito de conquista. Quase todas as suas composições musicais, cerca de sessenta, falam de relacionamentos amorosos. Nas crônicas, o amor é vivido de perto, com grande exposição, sem o cuidado de ocultar os conflitos e as violências das relações: "Enlevo, carinho, generosidade, sacrifício. Infelizmente, por mais que se tenha feito para negá-lo, o verdadeiro amor é aquele que nos abrange e nos vence como um vício", como aparece em "Notas da chuva".

O amor como vício resume o olhar lírico de Maria. Não se espera comedimento de viciados. A disposição de viver integralmente as "constantes paixões" e de buscar a "intensificação completa" na amada, termos usados na mesma crônica, dá margem para um comportamento ruidoso, agressivo. A noção de posse, embora nem sempre apareça às claras, está o tempo todo presente em suas crônicas. O amor está resguardado e acontece na intimidade, em ambientes fechados. Quase não aparece em espaços públicos ou na presença de terceiros.

Para viver a nova paixão, Maria foi demitido da *Última Hora* e divorciou-se. Wainer, do outro lado, não impôs dificuldades. Em junho de 1961, Danuza Leão e Antônio Maria, ela aos 27 e ele com quase quarenta, estavam com o caminho livre. Morando em casas diferentes — Danuza perderia a guarda dos filhos se compartilhasse o teto com outro homem —, jantavam juntos todas as noites. Recluso, Maria abdicou da boemia e deixou de frequentar os amigos e as boates. Viveu um período bastante solar, totalmente voltado ao amor, com marcas visíveis em sua literatura.

No início de 1962, num movimento de decadência certamente influenciado pelo rompimento com Samuel Wainer, Maria retornou ao então combalido *O Jornal*, o primeiro que o acolheu quando chegou ao Rio de Janeiro. Apesar de ter sido transferido para páginas com muito menos prestígio e menor circulação, a qualidade de sua crônica não decaiu. Pelo contrário. É dessa fase uma notável sequência de crônicas memorialísticas, muitas delas presentes nesta antologia. São belos momentos da infância no Recife em que o cronista identifica, no passado, inquietações do presente. Uma delas se encerra com uma curiosa nota para José Olympio:

> Meu prezado José Olympio: é esta a segunda crônica de uma série sobre o trem. A terceira será publicada na segunda-feira, amanhã, n'*O Cruzeiro*. São notas memorialísticas que sei que só deveriam ser grafadas daqui a uns vinte anos. Mas tenho uma dívida para com você. O dinheiro que você me adiantou por um livro que jamais escrevi. A princípio, por falta de assunto. Depois, por idiossincrasia às noites de autógrafos. Você não sabe, José Olympio, que tortura para um homem de caráter é sujeitar-se a uma noite de autógrafos. Ver os rostos milenares do "eterno livro brasileiro". Mas, meu prezado José Olympio, a não ser que você aceite a devolução do capital que jogou às minhas patas, vou entregar-lhe um livro. Não sei quando, mas um livro sério. Sério como sempre fui, a não ser na transação equívoca com você. Meu prezado editor, prometa não me sujeitar a uma noite de autógrafos e, dentro de muito pouco tempo, o João Condé lhe levará os originais.

É notável que, no fim da vida, Maria tivesse escolhido as memórias como fio condutor de um livro que, ao que tudo indica, seria finalmente publicado. Mas não deu tempo. A primeira antologia só foi organizada postumamente, em 1968, por um esforço coletivo de amigos. Em pé de igualdade com as crônicas, num tom excessivamente abrangente, o livro inclui material menos valioso, como pequenos drops e respostas a cartas de leitores. Se tais aleatoriedades jornalísticas dão conta de resgatar a bossa e a personalidade de Maria, por outro lado rebaixam a qualidade literária do conjunto. Vários cronistas praticaram notas similares como complemento de suas colunas, e não à toa nenhum as incluiu em seus livros.

De lá para cá, outras quatro antologias foram publicadas: *Pernoite* (1989), *Com vocês, Antônio Maria* (1994), *Benditas sejam as moças* (2002) e *Seja feliz e faça os outros felizes* (2005), as duas últimas a cargo do jornalista Joaquim Ferreira dos Santos, responsável também por trazer à luz *O diário de Antônio Maria* (2002) e pelo perfil biográfico *Um homem chamado Maria* (2006), reformulação de um trabalho da série "Perfis do Rio" de dez anos antes. Juntos, os livros reúnem pouco menos de 10% das crônicas de Maria, que, por não ter se debruçado sobre a própria obra, deixou-a repleta de pequenos erros e vícios de pontuação, gralhas de jornal que sobreviveram ao tempo.

Esta antologia é a primeira em que se edita, de fato, a crônica de Antônio Maria. Isto é, que a submete ao processo padrão de revisão, quando se resolvem as repetições e se consertam as vírgulas equivocadas. Uma etapa natural do livro, feita por todos os outros cronistas e da qual Maria não escaparia se tivesse tido mais tempo. Além disso, ganharam nome as crônicas publicadas sem título na imprensa, por uma questão apenas de limite de espaço nas colunas. E uma, em especial, nasceu da cuidadosa junção de duas que tratavam do mesmo assunto em períodos distintos.

De certo modo, esta antologia completa um movimento que Maria apenas começou, mas que acabou desfeito por uma sequência de golpes árduos. Primeiro, um infarto que ele, obeso, fumante e sobrecarregado de trabalho, sofreu em novembro de 1962. Depois, o término do relacionamento com Danuza Leão, que não suportou o ciúme possessivo do parceiro, em março de 1964, pouco depois do golpe militar. E, por fim, o infarto fulminante na madrugada de 15 de outubro do mesmo ano, quando Maria rodopiou, caiu e bateu a cabeça na calçada após trocar um cheque no restaurante Le Rond Point, em Copacabana. Ele chegou a ser socorrido, mas morreu a caminho do hospital Rocha Faria, aos 43 anos. Justamente na situação em que mais procurou viver: na rua, de madrugada.

Assim, *Vento vadio*, título que chegou a pensar para seu livro, se desfez no ar. Dispersas, suas crônicas agora reunidas dão conta de um escritor completo e distinto em sua geração, cuja literatura, carregada de todo o coração, amplia ainda mais as possibilidades da crônica brasileira. Enfim na praça, 59 anos depois de ser cogitada, esta antologia coloca Antônio Maria, para espanto do próprio, ao lado dos nossos maiores cronistas.

Guilherme Tauil

As crônicas de Antônio Maria

Evangelho segundo Antônio

E com vocês, por mais incrível que pareça, Antônio Maria:

Lembram-se dele? Arão gerou a Aminadabe, Aminadabe a Naasson, Naasson a Salmon, Salmon a dona Diva, que concebeu Antônio por obra e graça de Inocêncio, num entardecer chuvoso do Engenho Pontable.

As ovelhas, em silêncio, desciam a ladeira dos Encantos, tangidas por um pálido pastor agraciado pelo impaludismo e a esquistossomose.

Em março nascia Antônio e, após o momento dramático em que lhe foi cortado o cordão umbilical, precisou adquirir oxigênio por seu próprio esforço (a respiração) e seu alimento pelo ato da lactação. Coitado!

Como sabeis, a lactação não é simplesmente o prazeroso processo de sugar (chupar) leite e, sim, um período transitório entre a total dependência e a separação, também total, entre o filho e a mãe. E que fazia Antônio? Agarrava-se, amorosamente, a sua confortável *mater*, vivendo, em desespero, os últimos dias do contato geral com o ser materno.

Isto aconteceu a todas as crianças, exceto a Vinicius de Moraes, que foi sempre amamentado e amado pelas jovens mães dos outros.

Com vocês, Antônio, após dois meses sem escrever uma só palavra. Volta da infância, onde tudo (pessoas, coisas e paisagem) estava irreconhecível. A mãe tinha olhos azuis e cabelos estrangeiros. O pai dançava surfe e as irmãs liam Carlos Heitor

Cony, todas as manhãs, em jejum. Era preciso voltar. Inventar uma desculpa e voltar.

— José Aparecido está me esperando à porta do Rond Point.

— Quem é José Aparecido? — perguntaram em coro.

— Ah, não sabem? O único descendente direto da sra. Aparecida, um dos esteios da revolução. Trata-se do "ex" mais "futuro" deste país. Tem 28 anos e é de Conceição, Minas Gerais S/A.

Despediu-se Antônio: tchau, tchau, tchau... e se pôs em viagem, a caminho de Fernando Mendes. Da infância trouxe frutas. Todas deliciosas. Abacaxis para os banqueiros de suas relações. Sapotis para as moças, pouco moças, suas conhecidas. Mangas para os poetas. Bananas para os psicanalíticos militantes nesta praça.

Reina, Antônio, em Fernando Mendes. Um delicioso apartamento de quarto, sala e piscina. Ocupa o dito Antônio, pela primeira vez, uma cama inteira, e isto muito lhe dificulta o levantar.

— Onde estão os meus braços? — pergunta Antônio de manhã. — E a perna esquerda? E a cabeça?

Para quem ocupa uma cama inteira pela primeira vez, não há nada mais difícil que encontrar a cabeça de manhã.

A vida, em Fernando Mendes, é uma delícia. Uma generosa falta d'água, só interrompida às quintas e domingos, das sete às nove, nos livra desse burguesíssimo hábito tropical chamado banho. A ausência total de livros nos descompromete de maneira definitiva com a cultura.

O homem sempre perdeu imenso tempo lendo e tomando banho. Quantas viagens, quantos apartamentos, quantos passeios no bosque, quantos ternos de casimira teria Antônio feito não fossem as obrigações de chuveiro e Machado de Assis!

Mas come-se maravilhosamente em Fernando Mendes. Bobós de camarão, fritadas de bacalhau, sarapatéis, arroz de carreteiro, feijoadas sensualíssimas!

São Mateus é contra o comer, e tanto, que em seu Evangelho pergunta: "Não compreendeis que tudo o que entra pela boca desce para o ventre e, depois, é lançado em lugar escuso? Mas o que sai da boca, vem do coração" etc. etc.

Um dia, são Mateus irá comer comigo um sarapatel apimentado, feito, exatamente, com o escuso ventre dos porcos. As vísceras. No dia seguinte terá Mateus que acrescentar ao seu Evangelho uma emenda irrecorrível: "Pensando melhor...".

Cá estou eu a escrever tolices. Com imensa facilidade — convenhamos. Vivemos dias em que é preciso escrever tolices. Há uma dor preponderante em cada coração. A humanidade já não está escolhendo entre o matar-se e o continuar vivendo. Vacila, apenas, em se a melhor solução será abrir o gás ou tomar uma dose definitiva do sonífero mais em moda.

Então escrevamos. Escrevamos tudo sobre o nada. E nada, absolutamente nada, sobre o "tudo isto", que são as causas da nossa atitude cabisbaixa, face a Deus e às autoridades militares.

Após dois meses sem escrever uma só palavra, cá estão estas que, embora não pareça, dizem tudo. Bom dia, amigos. Bom dia, inimigos. Amai-vos e odiai-me. Trabalhai. Trabalhemos. Mas não nos esqueçamos de que o grande esforço (físico ou mental) que vai despender um trabalho qualquer, tem que ser estabelecido mediante um estudo de nossa capacidade de rendimento e de resistência à fadiga. Lembrai-vos, outrossim (sempre tive imenso desejo de escrever "outrossim"), de que todos os prazeres da solidão, embora lícitos, são inconfessáveis.

Com vocês, por mais incrível que pareça, Antônio Maria, brasileiro, cansado, 43 anos cardisplicente (isto é: homem que desdenha do próprio coração). Profissão: esperança.

O Jornal, 23/07/1964

A procura do trem perdido

De todos os trens da minha infância, o das sete foi sempre o mais importante. Eu assistia à passagem de todos eles: o das cinco, o das dez, o das quatro e o das sete. Todos eles serviam para que eu soubesse das horas. Mas o das sete trazia os jornais, o gelo e os meus tios. O gelo era mais importante que os meus tios e os meus tios mais importantes que os jornais. Havia sorvete quando havia gelo, e meus tios sabiam de notícias que os jornais não publicavam: "Espera-se um levante armado no Rio Grande...", ou então: "Minas está pegando fogo". Receavam que, com a queda de Washington Luís, o nosso primo, Sebastião do Rego Barros, fosse também destronado.

Meus tios, de chapéu do Chile e guarda-pó de seda, desciam do trem sem dizer, mas dando muito a entender que, horas antes, haviam almoçado com o governador Estácio Coimbra. Depois, perdendo a cerimônia, anunciavam que o governador fazia questão de candidatá-los à Câmara Federal. Esta conversa era à mesa do jantar, onde comiam guisado de carneiro, com arroz e molho de pimenta. Bebiam vinho Chianti, mais pela embalagem, naquele tempo feita em cestas de vime esmaltado. Eram os ricos da família. Os únicos que usavam água-de-colônia (Marie Farina). Os únicos que vinham ao Rio, gabando-se muito de, aqui, hospedarem-se no América Hotel. Depois do jantar, cada um em sua chaise longue, proclamavam-se as imensuráveis possibilidades das safras de Almécega, Pereira Grande e Cuiambuca, os três maiores dos 29 engenhos de propriedade da firma Dorotheu Araújo & Cia.,

Usina Cachoeira Lisa, em Gameleira, Pernambuco. Vejo-me à mesa onde comiam os meus tios, desembarcados do trem das sete. Vejo-os, agora cordialmente, nitidamente. Dois românticos perdulários a quem devo a ventura de ser pobre. A eles, às secas e à desmoralização do açúcar, devemos nós, os descendentes do velho Rodolpho de Albuquerque Araújo, termos passado adiante o comovente título de usineiro.

Os donos de Cachoeira Lisa. Ociosos, glutões, mulherengos, enquanto as moendas enferrujavam e a terra se exauria, de safra para safra. Os donos de Cachoeira Lisa, a gabarem-se de que o engenho Cuiambuca era o maior do estado, enquanto minha mãe e minhas tias pagavam, com humilhantes atrasos, as mensalidades do Colégio Marista.

Quando vi passar pela última vez o trem da Great Western, os meus dois tios comoventes haviam envelhecido. Eram duas pessoas tão sombrias, tão modestas, que nem ao menos se davam com o então governador. Lá do seu mausoléu, à entrada do Cemitério de Santo Amaro, o velho Rodolpho Araújo nada podia fazer pela terra, pelo ferro e pelo nome que nos deixara. O canavial estava morto. A terra estava tísica. O gado fora servido à mesa. Nós éramos uma família numerosa, unida apenas pela ambição e pelo ódio. Uma família de mulheres viciosamente domésticas, homens conformados e incultos.

Quando acabou de passar, pela última vez, o longo e lento trem da Great Western, eu me senti, afinal, livre e lúcido, forte e só. Acabava de assumir minha pobreza e poderia sair pelo mundo a esbanjá-la.

O Jornal, 24/06/1962

Eram cinco irmãos

Eram cinco irmãos, cinco pessoas muito unidas, numa família que vinha de avô muito bom e muito nobre. Acordavam de manhã cedinho, beijavam-se (os mais velhos ajudavam os menores a vestir-se), e sentavam a uma grande mesa de café. Comiam, fartamente, de bolos e de queijos especiais, além de aipins, batatas e inhames, entre goles volutuosos de um gordo, doce e quente café com leite. Depois chegava a professora de piano e, um a um, tomava a lição de todos. Na casa, subindo ao andar de cima (que parecia vazio, de tão grande), repetiam as notas do exercício: dó-mi-sol-mi-ré-mi-ré-dó. Na rua, os primeiros pregões do cuscuzeiro, do vassoureiro e do homem da "lã de barriguda".

Lá pelas nove, os cinco irmãos tomavam banho, botavam-se a cheirar de lavanda inglesa e desciam para a lição de francês. A professora: uma mademoiselle de corpo grande e rosto feio. Os olhos e a boca sempre tristes e o nariz vermelho, de bolão. Seu vestido cheirava a roupa que se suava, se guardava, se vestia de novo e nunca era necessariamente lavada ou posta ao sol. E, se mademoiselle não tivesse muitos iguais, era sempre o mesmo — preto de meias-mangas, uma gola branca passada a ferro, um cinto cinzento com fivela coberta de veludo (preto também), a saia justa nos quadris, indo até os tornozelos. Os sapatos, baixos, de verniz, com uma fivela de adorno no peito do pé. Começava a aula com uma pergunta direita: *Est-ce un livre?* E o arguido respondia, fazendo o bico que lhe era recomendado para evitar a pronúncia norte-brasileira o mais possível e, naturalmente, facilitar a pronúncia francesa: *Oui, c'est un livre*. Depois, vinha a pergunta falsa. Mademoiselle apontava uma pilha de livros e perguntava: *Est-ce que se sont des cahiers?* E o arguido com ar vitorioso: *Non, ce ne sont pas des cahiers. Ce sont des livres*. E mademoiselle, rescendendo o seu vestido negro, ordenava o exercício mexendo a xícara do café que lhe era trazido, religiosamente, ao meio da lição, por uma criada de avental muito limpo: *Écrivez la leçon numéro deux au pluriel — c'est un homme, ce sont hommes* etc.

Dos cinco irmãos, um morreu e os outros quatro ficaram pobres. Foram viver cada qual um destino malfadado, envelhecendo e engordando, simplesmente. Escrevem-se nas datas e, antigamente, para avisar o nascimento dos filhos. Não se veem nem se mandam fotografias, que é para não serem comparados, como no tempo da lição de piano, da lição de francês, da casa, enfim, que hoje é um prédio banal de apartamentos, com farmácia, açougue e lavanderia nas lojas térreas. Na rua, não há mais pregões e as manhãs dos domingos perderam aquele ar de imensa felicidade...

Última Hora, 26/10/1959

Meus primos

Nós éramos uns quinze primos feios, quinze loucos e passávamos as duas férias do ano em Cachoeira Lisa, herança do nosso avô honrado, uma usina que, em 1924, não devia um tostão a ninguém mas que, em 1946, foi torrada nos cobres por dois vinténs, porque suas dívidas eram terríveis e insustentáveis. Dormíamos num apartamento enorme — sala imensa e um banheiro de bom tamanho — e em quinze camas de lona, com um lençol, uma baeta e um travesseiro para cada menino. Cada um tinha sua mania. R. A., por exemplo, adorava caçadas. Um dia lhe disseram que na mata do sítio Curuzu havia uma árvore cujos frutos eram uma comida querida de todos os passarinhos da redondeza. Alguns caçadores, quando anoitecia, iam para lá, deitavam ao pé do tronco, cochilavam e, de manhã cedinho, acordavam com a cantoria dos bichos e cada tiro que davam era uma juriti ou trocaz no embornal. R. A. resolveu ir também, mas como era, antes de mais nada, um comodista, levou cobertor, travesseiro, um colchão, candeeiro de querosene e um volume de *Os Maias* (Eça de Queiroz) para ler enquanto o sono demorava. Achamos graça em seu equipamento e, à sua saída, ainda perguntamos quando voltaria da África. No dia seguinte, entre oito e nove horas, R. A. deveria voltar com os seus passarinhos mortos. Mas deu dez horas, onze, meio-dia e nada. Ficamos sobressaltados e fomos para a mata de Curuzu, um pouco desconfiados que uma cobra ou um gato-do-mato o houvesse apanhado. Procuramos, gritamos seu nome, até que, uma hora depois, embaixo da tal árvore, R. A. dormia como um justo, coberto até o nariz, com o candeeiro aceso e o livro de Eça aberto na página que dizia: "Foi num sábado que Afonso da Maia partiu para Santa Olávia. Cedo, nesse mesmo dia, Maria Eduarda...". Com o seu comodismo, havia feito uma cama gostosa demais. Leu, adormeceu e, como a friagem da manhã estivesse muito gostosa, dormiu perdidamente até a uma da tarde, hora em que o encontramos, todo cuspido de passarinho.

R. G. era um demônio. Mais atleta, mais afeito à terra que qualquer um de nós, era uma espécie de Tarzan, filho do mato e do rio, diante da nossa meia tendência para o asfalto. Numa tarde, resolvemos caminhar pela estrada de ferro — e outra coisa não pretendíamos senão dar uma olhada na filha de um vigia novato, morena carregada, de olhos verdes e longas tranças que, de tardinha, lavava os pés, enfeitava a cabeça com uma flor e vinha para o patamar de casa tocar viola de doze cordas e cantar "Sussuarana". No meio do caminho, demos com a ponte de ferro, feita de trilhos, dormentes e mais nada, onde só o trem podia passar. R. G. teimou que atravessar seria uma canja, andando por cima dos dormentes. "E se o trem viesse?", aventamos essa perigosa possibilidade. Não ligou. Nós ficamos no barranco do rio e ele começou, sozinho, a travessia. De repente, parecia coisa do diabo, o trem saiu da curva, a cem metros da ponte. R. G. ia exatamente na metade e não tinha tempo de correr para a frente ou para trás. Fechamos os olhos, pensamos em Deus por sua alma de dezesseis anos. O trem passou, houve um minuto de pausa e, depois, R. G. apareceu no mesmo lugar, fazendo gestos vegetais e gritando que não seria a locomotiva da Great Western que o mataria tão jovem. Garoto de incrível presença de espírito, quando viu o trem à sua frente, agachou-se, segurou com as mãos um dos dormentes e deixou o corpo pendurado. Depois que passaram os doze vagões, suspendeu-se como num exercício de barra e começou a rir do estado de pânico em que estávamos. O maquinista, ao chegar à estação de Gameleira, a dois quilômetros dali, entregou-se à polícia, confessando que tinha matado um menino da usina Cachoeira Lisa.

Primos e primas, seis moças e seis rapazes, resolveram passear a cavalo num engenho nosso que se chamava Cuiambuca. Saíram de madrugada e prometeram voltar às três da tarde. Acontece que deu sete horas, estava quase escurecendo e nada deles voltarem. Como era negócio de moças e rapazes, embora primos, as mães ficaram meio assustadas. Eu e Tião, porém, sabíamos que o grupo voltaria são e salvo. Planejamos ir para a Volta da Jaqueira, lugar frequentado por fantasmas e almas penadas. Quando os cavaleiros surgissem, Tião, embrulhado num lençol, iria para o meio da estrada e ficaria parado, rezando, aos berros, uma jaculatória pelo repouso dos espíritos desassossegados. Fiquei atrás da jaqueira e quando ouvi o tropel dos cavalos, mandei Tião com o seu lençol para o meio do caminho. Nossos primos, tomados pelo susto, em vez de correr, baixaram os rebenques no pobre do Tião que, durante quinze minutos, apanhava e gritava: "Não tem graça, não. Vocês sabem que sou eu". Do meu esconderijo, queria intervir, mas a crise de riso era tanta que não conseguia sair do lugar.

São estas as pobres e perdidas recordações embora sem ternura para os outros de que me sirvo nos dias de saudade. Meus quinze primos, espalhados, desarrumados no mundo (um deles é frade dominicano em Paris), são, hoje, nestas coisas que conto, minha única maneira de voltar ao moleque da campina que não sabia nada e era rei de tudo, para quem o remorso foi uma simples palavra do catecismo, no tempo em que a reza da noite redimia as viagens impossíveis do sexo. Não desprezeis minhas humildes saudades, mas buscai, em vossa meninice, lembranças parecidas com estas e elas vos restituirão um certo apego, um pouco de bem-querer aos dias de hoje, tão sem graça em sua maioria.

Manchete, 25/07/1953

Avó, tios, amanhecer, bois, trem e cavalo

Minha avó não gostava de mim, nem eu dela. Vivemos assim muito felizes, porque duas pessoas que não se gostam não se necessitam nem se sofrem. Eu era tão desligado dela que nunca lhe desejei a morte.

Nossa relação era simples e cômoda. Eu lhe pedia a bênção, sabendo que sua bênção não me ia servir de nada. Ela me abençoava só de boca, sem gosto ou desgosto, porque as três ou quatro palavras de sua bênção, além de não lhe tirarem coisa alguma, jamais iriam melhorar minha vida. Nossa relação era parecida com a que temos, hoje, eu e Walther Moreira Salles. Com a diferença de que eu e Walther Moreira Salles nos vemos menos vezes e nos suportamos bastante mais.

Deve ser horrível para uma criança gostar muito da avó e, pior ainda, para uma avó gostar do neto. Não há, aliás, a menor razão para os netos amarem as avós e as avós amarem os netos. O normal é que se tolerem. E o ideal é que se desprezem, como a minha avó me desprezava e eu a ela.

Rua da União, n. 9, Recife. Casa da minha avó. Nasceram ali todos os surdos ódios que, ainda hoje, unem minha família. Toda a inveja, toda a competição que entrelaçaria, para sempre, essa família numerosa, pobre e inseparável.

Com que ternura recordo a hipocrisia dos meus tios. Como os amo, aos vivos e aos mortos, sem ter sido preciso admirá-los! Nunca fizeram nada de muito ruim. Sua ambição, sua inveja, sua soberba foram sempre veniais. Faziam parte da preguiça e da incompetência que Deus lhes dera. Preguiça e incompetência comoventes que, deles, herdei e vou carregando, vida afora, achando graça.

Casavam-se com as primas para não saírem de casa e apurar nos descendentes o bendito sangue do ócio.

Em seus amores infiéis, suas parceiras eram mulheres humildes, que lhes tiravam as botas e lhes faziam os cafunés. Mulheres sem amor-próprio. Esposas ou filhas de lavradores, em cujo olhar havia uma cláusula contratual: "Servir de amor o corpo do senhor de engenho". Faziam-lhes o requeijão com a mesma sensualidade com que lhes ofereciam as castidades do corpo.

Mulheres silenciosas, mornas, obedientes. Confessavam-se, aos sábados, ao mesmo padre, amigo da família, que não lhes pedia para abandonar o pecado.

Junho e julho eram frios e chuvosos. A campina ficava toda verde. O rio cheio, barrento, veloz. O dia custava a clarear e o gado mugia, angustiado durante todo o lento amanhecer. E nós, embaixo das baetas, com o corpo cheio dos pensamentos da puberdade, que só se aplacavam com o sol. O tempo não soava, não tinia, não ciciava, até que os passarinhos cantassem. Patativas, sabiás, canários-da-terra. Depois o trem, ao longe, veloz, ao compasso dos dormentes, ou parando, a respiração opressa. Chegando e, depois, indo. Afinal, apitava, perdendo-se no canavial, afogando-se no canavial.

E sua voz eram adeuses.

Toda sensação de adeus que ficou em mim não são mais que os trens distantes, ainda apitando, cheirando ainda a lenha queimada, contando o compasso nos dormentes.

Meu Deus, meu Deus, se eu tiver um dia que ficar só, me leve de volta à infância. Quero ir de trem. Chegar de trem. Descer, com a mala na mão e perguntar à primeira pessoa que reconhecer:

— Cadê meu cavalo Trancelim?

Diário da Noite, 15/01/1962

Bichos de terraço

A música dos carros de bois, macia e distante, escorria nas ladeiras do engenho. As pessoas mais velhas já tinham dito que saíssemos do sereno e estávamos naquela varanda, de roupa limpinha, comendo pão com açúcar e manteiga, vendo e ouvindo o tempo. Na beira do açude, começava a cantoria de sapos que, mais tarde, viriam para o terraço, com seus olhos feios, sua papada latejante, a barriga gelada, comer besouros e mosquitos. A noite ameaçava, ameaçava, o céu ficava afogueado e, quando menos se esperava, escurecia. Chegavam as formigas de asa, dançavam em volta das lâmpadas e, tontas, caíam nos pratos de sopa, nos copos d'água, entravam em nossos cabelos. Besouros dos mais variados modelos chegavam no canavial, faziam uma revoada de reconhecimento e aterrissavam. Logo depois, um bicho que eu nunca mais vi em parte alguma — grande, carnudo, com quatro pernas e um par de asas, pesado — vinha num voo lerdo, baixava nos cantos da sala e ficava por ali, comendo mosquitos miúdos. Eram as pacas. Finalmente, em grande gala, as maiores muriçocas do mundo, voando de norte, sul, leste e oeste, assobiavam aos nossos ouvidos, anunciando que não haveria mais sossego. Seus ferrões eram enormes e tiravam sangue das pernas, do rosto, dos braços, de onde houvesse, enfim, carne descoberta de gente viva. Flit, Detefon, Neocid eram palavras ainda a ser inventadas e tínhamos que lutar, corpo a corpo, contra os insetos picadores. Cada um que ficasse atento à aterrissagem de uma muriçoca e, mal a bicha pousasse, cada um que lhe acertasse uma tapa vigorosa e certeira. Era divertido. Se eu visse uma muriçoca na testa de minha mãe ou de outra pessoa mais velha, cabia-me o direito de dar-lhe uma tapa na cara, mesmo que a tapa doesse, e ainda me agradeciam, se eu matasse o bicho sugador. Pelos cantos, as empregadas queimavam farinha e esterco, numa tentativa de inventar o inseticida que nunca nos convenceu. Enquanto isso, no terraço, os sapos davam seu show. Namoravam a mariposa, o besouro, passavam eternidades de olho parado na presa. Depois, num rápido golpe de língua, comiam sua conquista, sem mastigar e sem sentir-lhe o gosto. Mas, coitadinhos, eram tão otários aqueles sapos. Se alguém lhes jogava uma ponta de cigarro, com a mesma gulodice engoliam a brasa e saíam por ali, aos pinotes, para morrer de úlcera e aparecerem estatelados, dias depois, com as pernas esticadas, secos como papelão. Um dia, um moço malvado esquentou um prego até ficar vermelho e jogou para o sapo comer. O pobre do batráquio não pestanejou. Foi de língua no ferro e, se engoliu depressa, mais depressa ainda a gente viu o prego sair-lhe pela barriga, ainda incandescente. O bicho deu um grito, de suas costas saiu um leite grosso (que, diziam, cegava) e, ali mesmo, deixou de ser sapo, num gesto triste de morte. Pela primeira vez, um sapo conseguiu comover gente. Choramos.

Diário Carioca, 24/06/1953

Véspera de São João

De ano em ano, ao passar pelas datas festivas, lavro o flagrante do meu saudosismo e sinto que estou envelhecendo mais depressa do que seria justo. Agora, por exemplo, quando escrevo estas notas que serão publicadas sem época, é véspera de João Batista e o barulho dos fogos, e os gritos das crianças, e a rancheira sanfonada no rádio da vizinha, tudo isto me sucumbe, me infelicita, porque é mais uma alegria além de mim, entre tantas que já não me atingem.

Sei que fui um mau soltador de balões e que nenhum dos que acendi escapou de três metros de ascensão sem pegar fogo. Jamais enchi os bolsos de bombas transvalianas, jamais tentei acender o estopim de uma ronqueira. A própria bola de brasa das estrelinhas me atemorizava um pouco, porque diziam: "Essa bola, se cair no seu pé, vai fazer uma ferida que não sara nunca mais". As noites de junho, porém, eram minhas de um jeito especial, no cheiro, na frieza do vento, nas cores dos seus enfeites. A fartura das comidas à base de milho verde — canjicas, pamonhas, o próprio milho cozido ou assado —, os pratos enormes espalhados na mesa, a vaidade de mamãe ao explicar seu jeito inimitável de dosar o leite de coco, tudo isto era uma emoção da qual o estômago e o espírito participavam, cobrindo-nos de orgulho pelo que éramos, unindo-nos num coral de ternura por aquelas mãos quituteiras, afeitas aos mistérios do sal e do açúcar. A cozinha da nossa casa no engenho Pontable era um laboratório. Mais de vinte mulheres, mexendo alguidares, dando ponto em goiabadas, torrando castanhas-de-caju, desnudando espigas, ralando coco, enrolando bolinhas de cambará, davam-se de corpo e alma ao êxito doceiro da festa. Dali, saíam dois bolos inesquecíveis: o de mandioca e o pé de moleque, que atraíam gente de longe para comê-los com café torrado e moído (no pilão) no quintal da nossa casa. Quando dava meia-noite, começavam as adivinhações. Minhas irmãs iam cravar facas virgens nos troncos das bananeiras e, no dia seguinte, não sei por quê, amanhecia uma letra da folha da faca. Cada uma ia buscar um copo, com água até a metade, derramava uma clara de ovo dentro e, misteriosamente, no fundo do copo, aparecia uma igreja ou um cemitério, agourando mortes e casamentos. Nos pratos fundos, cheios d'água também, pingavam cera de vela até aparecer uma letra boiando. Ante os meus olhos ansiosos e assustados, tudo aquilo era verdade, predição de Deus e dos santos.

Vi negros do engenho com os pés descalços andando em cima do braseiro da fogueira e saírem rindo do outro lado, dando vivas a são João e são Pedro. Não era o hábito do pé no chão que, engrossando suas solas, as faziam escapar das queimaduras. Não. Era a fé. Era a crença daquela gente sugestionável, anestesiada por todas as coisas ditas em nome de Deus e da religião.

Hoje, esta véspera de São João me encontra na distância em que voluntariamente me coloquei, lamentando, em silêncio, a morte da minha capacidade de deslumbramento. Aconteça o que acontecer, não sairei desta máquina (que há muito deixou de ser prazer para ser tarefa). Ah, eu gostaria tanto que os meus olhos ainda se encantassem acompanhando o voo dos balões até a altura em que eles se transformam em estrelas! Mas a fadiga acabou com as reservas de meninice que a gente deve manter pela vida em fora. Os fogos me intranquilizam. Os balões que se danem! Sou a favor daquele cartaz que recomenda não soltar balões para evitar incêndios dos pomares e das florestas. Gostaria de ainda acreditar nas adivinhações do copo, do prato fundo, da faca na bananeira... Mas tudo o que esses bruxedos podiam prometer eu já fiz, por tudo eu já passei, só falta morrer. Esta noite me encontra sem ternura nova, sem um novo motivo, heroísmo. Dela, eu queria somente a brisa fresca e silenciosa, sem as vozes dos bêbedos, sem os estouros das bombas cabeça de negro. Dela, eu tiraria a paz filtrada de todas as dores ocasionais e, nela, armaria uma rede cearense para dormir esquecido de mim mesmo. Mas nem isso é mais possível. Todas as horas já foram prometidas aos outros. Tenho que escrever, tenho que falar, tenho que pedir, tenho que contar uma história engraçada, tenho que mentir... E tudo isto sem enlevo, na grande maioria das vezes, pelos que de mim exigem esta inglória maratona.

Perdoai, senhores, tantas lamúrias. Mas cada um dá o que tem.

Manchete, 11/07/1953

A mesa do café

Menino só sabe que é feio, no colégio, quando o padre escolhe os que vão ajudar à missa, os que vão sair de anjo na procissão e os que vão constituir a diretoria do Grêmio Mariano.

Eu soube que não era bonito em 1928, no Colégio Marista do Recife. Nunca fui escolhido. Mas sem a menor tristeza, sem concordar até. Aquele julgamento era precipitado, pois (estava convencido) ainda não havia nada de definitivo sobre o bonito e o feio, a beleza e a fealdade. Quais seriam as demarcações? A exata linha limítrofe, quem seria capaz de determinar? Se não existia a explicação lógica do feio e do bonito, a notícia da minha feiura não me causava mal nenhum. Ao contrário, livrava-me dos tributos que teria de pagar se fosse bonito, ajudando missa e saindo de anjo à frente das procissões.

Na mesa do café, éramos cinco irmãos. Havia bolo de mandioca, requeijão, bananas fritas, pão torrado e bolacha d'água. Éramos cinco irmãos e, dos cinco, quatro eram bonitos. Vá lá, eu era o feio. Então, por que minha mãe gostava mais de mim? Ela, que nos zelava a todos, que nos conhecia pelo avesso e pelo direito, por que gostava mais de mim? De pena não era, porque pena é uma coisa e amor é outra. Menino conhece. O gesto complacente, por mais carinhoso, é sempre vacilante e triste. O gesto de amor chega a ser bruto, de tão livre, alegre e descuidado.

Minha mãe gostava mais de mim. Eu sabia e ela sabia que eu sabia. Em tudo, a nossa cumplicidade. Na fatia de bolo, na talhada de requeijão e no sobejo do seu copo d'água. Nossa cumplicidade até hoje existe, quando de raro em raro, nos encontramos.

Da mesa do café, víamos pela vidraça os canteiros de terra negra e as rosas de maio. Vinha o cheiro úmido da terra molhada, mais que o das pálidas rosas da minha infância.

Minha mãe e eu. Nossos olhos tão parecidos.

Minha mãe só tem um defeito. Não ser minha filha. Sempre foi metida a saber mais que eu.

Só soube que era feio quando amei pela primeira vez. Vi-me, então, corajosamente... e não era como gostaria de ser. No coração, um amor tão bonito. Ninguém iria acreditar, mesmo eu dizendo, mesmo eu explicando, mesmo eu jurando.

Apaguei a luz. Tocava o Concerto n. 3 de Beethoven e, no final, apesar do tom ser menor, o lirismo era tão ardente que tudo ficou entendido entre mim e a minha feiura: eu a amava e ela não me abandonaria até a morte.

Diário da Noite, 26/09/1961

Dia do Trabalho

Meu pai trabalhou muito, plantando cana. Subindo e descendo ladeiras, montado a cavalo. É, sim, plantava cana. Saía às cinco da manhã, para "correr o serviço" e voltava às sete, oito da noite, mais morto do que vivo. Estirava-se na chaise longue. Minha mãe, em silêncio, agradecida, lhe tirava as botas.

Por mais longe que esteja aquela noite, por mais espesso que seja o tempo, vejo-o estirado na espreguiçadeira. O rosto muito cansado. Coçava um pé com o outro (as muriçocas) e emendava cigarros. Fumava Victor, de um caporal cheiroso que não há mais. Ninguém podia falar antes que ele dissesse as primeiras palavras. As de sempre, esfregando o rosto, aflitamente, com as duas mãos:

— Este ano não iremos colher nem oitocentas toneladas. Não choveu. A plantação da várzea, que era minha esperança, voou na foice.

Nós entendíamos toda a terminologia pessimista do plantador de cana. Mas sabíamos que aquilo era do cansaço. No dia seguinte, montaria a cavalo bem cedinho e sairia cheio de fé. Seu cavalo se chamava Sergipano. Um alazão de quatro pés calçados, com uma estrela na testa. A crina, quase branca, esvoaçava quando esquipava.

Uma empregada botava o banho do meu pai. Desapareceu completamente a expressão "botar o banho", "um banho". Antigamente, todos os banhos eram "botados". Gritava-se para as empregadas:

— Já botou meu banho?!

Depois que meu pai tomava banho, sentávamos à mesa e conversávamos, enfim. Refeito, quase otimista, dizia, tomando a sopa, que, na realidade, só havia uma maneira bonita de ganhar dinheiro: plantar cana. Quando chovia, então... E sugava a sopa da colher, fazendo barulho.

E plantou cana até morrer. Aquele homem magro, sério; não sei se triste, mas muito sério. Ensinou-nos, aos dois homens da família, a trabalhar sempre muito. Plantamos cana, os dois, por causa dele. Cana-caiana, depois, a POJ,* que Apolônio Sales trouxera de Java. Então, irrigamos e adubamos cana, adotando toda a modernização da agricultura aprendida nas cartilhas de Apolônio. Atravessamos montanhas com bicas de madeira e obras de alvenaria. Molhamos a terra por gravidade quando havia água alta. Bombeamos água quando a água era baixa. Botamos esterco, com as mãos, nos sulcos da cana plantada. Molhávamos as canas devagarinho, como se fossem rosas, para não magoá-las e evitar a erosão. Fizemos pinças hemostáticas, em pequenos riachos. Construímos açudes. Tudo em vão. A terra nos venceria.

Uma noite definitiva caiu sobre nossas esperanças; nossa fé, nosso amor pela terra herdada e renegada, a terra abjurada e inclemente. Nossos gritos de esperanças enrouqueceram, e fomos obrigados a abaixar a cabeça. Eu e meu irmão, meus primos, todos vencidos. Nossa alma arfava. Vencida a lembrança heroica do velho Rodolpho Araújo, nosso avô, um homem que não se repetiu, senhor das terras de Duas Barras.

É na manhã do Dia do Trabalho que escrevo estas lembranças. Não tenho mais que lembranças para escrever. *Hélas!*

---

* Variante da cana-de-açúcar, originária da Indonésia. [N. O.]

Escrevo-as para lamentar que tenha trabalhado tanto, sempre tão direito para, ao fim de tudo... Mas há um passarinho cantando, no pé de angico. Um passarinho pequeno, besta, carioca até, e isto me alenta.

O Jornal, 03/05/1963

Lembranças do Recife

Carta de amigo dizendo que a gente nem se lembra dele; notícia de doença na família, telegrama de jornal contando a morte do pastor presbiteriano Jerônimo Gueiros — tudo isso chegou num dia só e acendeu estas cinco lembranças do Recife:

Primeira: íamos à missa das seis e meia, todos os domingos, no Colégio Marista. Quando comungávamos, tínhamos direito a várias xícaras de café, meio pão e manteiga Sabiá. Depois, vínhamos andando ao longo da rua Formosa para tomar conta do domingo, que nos oferecia os seguintes prazeres: das nove às onze, jogo de botão, em disputa de um campeonato que nunca terminou. Ao meio-dia, violento almoço de feijoada, com porco assado. Às duas, pegar o bonde da avenida Malaquias e assistir a mais um encontro entre Náutico e Esporte, acontecimento da maior importância na plana existência do Recife. Depois, voltávamos cansados, íamos ao Politeama — se sobrasse dinheirinho — e dormíamos, de consciência tranquila, o longo sono dos que ainda não foram ao Vogue, ao vento do Capibaribe, fresco, sem umidade, macio, sem cheiro de Botafogo e Leblon. Quando voltávamos da missa, porém, na metade da rua Formosa, parávamos em frente à igreja do sr. Jerônimo Gueiros e, sem o mínimo respeito àquele homem inteligente, culto e virtuoso, gritávamos: "Cala a boca, burro!". Os irmãos maristas eram muito rigorosos em relação ao nosso comportamento na rua. Mas achavam muito engraçado quando interrompíamos a prédica do pastor.

Segunda: os preparativos para as regatas da rua Aurora assanhavam todo o bairro da Boa Vista. Três dias antes começavam a armar as arquibancadas, em três lances, cada uma pintada de uma cor, para serem entregues, depois, aos torcedores do Barroso, do Náutico e do Esporte. O primeiro páreo era de estreantes e não despertava grande interesse. Mas, depois, a coisa esquentava e a vibração dava chilique nas mulheres, cólera nos homens, sangue quente, enfim, em toda a murada do rio. Os portugueses do Barroso chegavam em primeiro lugar, mas o que interessava era a luta entre o Náutico e o Esporte, na disputa da segunda colocação. Pelas calçadas, depois do último páreo, muita roupa de linho branco, sorvetes de maracujá e mangaba, grupos de oito moças de braços dados ocupando a calçada toda, risos, sem-vergonhice, sem pecado, encontro marcado para a primeira sessão do parque, ao fim da qual começava a fadiga de todos nós e o desencanto por tudo o que não fosse cama de longa, lençol até a cintura, janela aberta, brisa do rio, sonho sem o menor interesse para a psicanálise.

Terceira: a Procissão de Enterro saía na Sexta-Feira Santa. Lenta, acompanhada por uma orquestra de trombones de pisto, tubas e clarinetas, lá vinha, com os seus paramentos roxos, com as irmandades dos homens pálidos. A Paixão e a Morte de Cristo aconteciam em cada um dos nossos corações e culminavam ali, no enterro do Salvador. Ficávamos na janela pedindo a Deus que o caixão não parasse em nossa porta. Diziam que, em frente à casa onde a procissão fizesse uma parada, morreria um. E era mesmo. Todo ano a Procissão de Enterro parava em frente à casa de minha avó... e todo ano morria gente.

Quarta: fomos velar o corpo de um parente distante. Depois de certa hora, deram-nos bolacha maria, chá e foram descansar um pouco, deixando o corpo entregue à nossa guarda. Lá para as tantas, minha prima achou que devia mudar um dos quatro círios da volta do morto. No que fez força para colocar o círio novo, o castiçal cedeu, ela caiu, bateu com o pé no caixão e o querido defunto só se salvou do tombo porque todos nós, num pulo de bicho, o seguramos no ar. Dali por diante, deu um nervosismo e começamos a rir, sem parar, muito alto, e quanto mais nos esforçávamos para prender o riso, mais ríamos. No quarto, a viúva acordou e, com a voz muito sofrida, gritou de lá: "Não chorem tanto, meus filhos. A alma de Augusto, a esta hora, está no céu!".

Quinta: quando eu fiz quinze anos, ganhei um relógio de pulso e 5 mil-réis. Olhei os ponteiros, vi que era hora de fazer uma besteira e entrei no botequim. Estávamos veraneando em Boa Viagem e, quando era de tardinha, o pessoal da minha idade vinha, de banho tomado e roupa limpa, inventar mentira sobre as moças — namoros, bolinagens veladas, agrados sinistros, tudo mentira, tudo imaginação. No dia dos meus anos, em vez de conversar essas coisas, compramos uma garrafa de Bagaceira Pingo de Uva e eu, sozinho, para ganhar uma aposta de 2 mil-réis, bebi toda. Anoiteceu, me deixaram na praia, a maré cresceu e me levou. Quem deu por mim foi um negro chamado Paulo, que tinha ido molhar os pés na franja na onda. Não sabia onde eu morava, nem o nome de minha mãe. Saiu andando comigo no ombro, perguntando a todo mundo e, aos poucos, mais de cem pessoas acompanhavam o menino bêbedo, desacordado, que o mar ia levando. Quando acordei, eram três da madrugada e minhas irmãs choravam no pé da minha cama. Quando compreendi a gravidade daquele momento, comecei a chorar também — choramos em coro, cinco pessoas, até seis horas, sem dizer uma palavra, quando dormimos abraçados, com o pecado e o sofrimento lavados pelas nossas lágrimas quentes.

Manchete, 25/04/1953

Deslumbramentos e desordens

Pensávamos que as ruas do Recife noturno fossem nossas. Vínhamos da campina dos engenhos, com a impressão de que éramos donos das coisas e das pessoas. E saíamos, de noite, para reinar. O cabaré foi o primeiro grande deslumbramento, com os seus cartazes inesquecíveis: "Dez bailarinas de salão, importadas diretamente de Buenos Aires e Montevidéu". Eram dez mulheres decotadas, com as sobrancelhas em arco, mais bonitas que as locais, fumando em longas piteiras, cheirando a Giacinto Innamorato (que eu me lembre, era assim que se escrevia), encantando-nos. Logo no segundo dia, já estávamos em grandes amizades, comendo peixes cozidos nos restaurantes da praia, providenciando passeios de barcaça e contando histórias que, quando não sabíamos, inventávamos. Não tínhamos dinheiro, mas tínhamos alegria. E a mulher de cabaré (só muito depois viemos saber disso) adora alegria. As coisas todas do seu trabalho: a proposta galante, a comissão no corpo de bebida, o próprio tango argentino — tudo é tristeza. Alegria é sair de tarde ou, se chover, ficar jogando paciência, inventando mágicas de baralho, imitar o andar e a fala dos outros. Para nós, o show sempre foi uma função de muito respeito e Lupita Carballo era sensacional. Tinha a cintura muito fina, os quadris grandes e redondos. Fazia um número de bailado espanhol complicadíssimo, e só no fim da temporada fomos saber o que significava. Era a história de uma camponesa que se apaixonara por um moço rico. Lutava, sofria, mortificava-se — tudo em vão. Um dia, cansada de viver e de esperar, cravava um punhal no peito, bem em frente à janela do nobre. E Lupita ficava morta no chão, com a mão fechada em cima do seio, enquanto durassem os aplausos. Apagavam-se as luzes e a dançarina saía de cena, correndo por entre as mesas. Nunca houve um dia — contou-nos — que, ao fugir de cena, não fosse apalpada, nas coxas, pelos fregueses mais categorizados da casa. Lupita nunca foi muito do grupo, porque mentia um pouco: dava a entender que era prima de Dolores del Rio.

Muitas dessas moças foram nossas amigas durante vários anos e aconteceu que nos encontramos inúmeras vezes, sempre com imensa ternura, na Bahia, em Maceió, em São Paulo... Por onde passávamos, elas estavam. Queixavam-se de tédio, não iam trabalhar enquanto nosso navio parasse no porto e bebiam, falando em velhice. Gostaria de escrever os nomes dessas moças argentinas e uruguaias, mas não sei se deva, não sei se possa.

Fora do cabaré, bebíamos nos botequins onde houvesse aguardente, caju ou sarapatel. Andávamos em grupo, éramos grandes de corpo e muito valente nos olhava no canto do olho, com vontade de tirar a diferença. A polícia foi, aos poucos, criando raiva dos nossos abusos. Não fazíamos nada, mas falávamos alto, rindo muito. Então, uma meia dúzia de investigadores resolveu seguir-nos e, depois, provocar-nos. A princípio, evitávamos. Saíamos de onde eles estavam. Mas, com o tempo, a provocação foi tanta que cansou. Fomos levados a sérios conflitos contra investigadores e guardas-civis. Acabamos sempre na cadeia. Chegamos a ser barrados no cabaré, para onde os delegados Fábio Correia, José Francisco e João Roma mandavam os policiais de sua maior confiança (fortíssimos e carniceiros), com ordem de matar-nos, se fosse preciso. Uma noite, fomos jogar no Cassino do Grande Hotel. Tínhamos bebido e estávamos alegríssimos. Na porta, havia um tira muito nosso conhecido, que andava jurando, em tudo o que era roda de café, um dia nos pegar. Estava na porta, com as mãos nos quadris, o paletó aberto para mostrar o revólver que tinha. Quando um de nós foi entrando, o polícia grunhiu: "Nem pense nisso". Quisemos saber por quê. Respondeu: "Porque eu não quero". E ia acrescentando um discurso de moral, mas, no primeiro maltrato que disse, levou um tapa de mão aberta em cima da orelha e, quando caiu sentado, já estava sem a arma. Fez uma cara de medo, um olhar de quem vai morrer afogado. Pediu para não apanhar, alegando ser casado e ter filhos. Mas não foi possível atendê-lo. Completamente imobilizado, levou algumas palmadas no local apropriado, enquanto era intimado a nos chamar de "papai". Se não chamasse, não o largaríamos tão cedo. Com um ar nojentíssimo de covardia, hesitando, abriu a boca e disse baixinho:

— Papai...

Claro que meia hora depois estávamos no xadrez. Dois de nós ficaram dois dias presos e, ao sair, receberam ordem para deixar a cidade em 72 horas.

Revista da Semana, 03/04/1954

Num velho caderno

Rio, edifício Souza, 1940. Choveu e não vai haver futebol! Que bom! Na realidade, não há a menor necessidade de futebol. Dá muita briga. No jogo Fluminense x Madureira, campo do Fluminense, só havia duas pessoas nas gerais e estavam longes, uma da outra. Foram-se aproximando, aproximando e, quando se juntaram, o pau comeu. Assistimos ao espetáculo, defronte na arquibancada, sem poder fazer nada. Até que um guarda fosse lá, os dois perderam quase o sangue todo (que não devia ser muito).

Fiquei com este dia para mim. Para ler *A estrela sobe* e escrever estas notas. Na realidade, gostaria de escrever *A estrela sobe* exatamente como Marques Rebelo escreveu. Hoje, é um livro lindo. Um dia irei achá-lo ruim? Espero que sim, pois tenho a mania de achar lindo tudo o que leio.

Fiquei com este dia inteiro para mim — o domingo de Páscoa. Achei engraçado que Carlos Frias e Manoel da Nóbrega telefonaram desejando "feliz Páscoa". Não soube o que dizer, na hora. Amanhã, terei que lhes dar uma explicação. No Recife, não se deseja feliz Páscoa a ninguém. Eles não irão acreditar, o arrumador veio com o ovo de Páscoa que ia levar para a filhinha. E eu nunca tinha visto um ovo de Páscoa!

Fiquei com o dia todo para mim e não sei o que vou fazer com ele. Meu amigo saiu para almoçar com a noiva. Devia ter-me levado, pois sabe que só tenho 7 mil-réis para aguentar até sexta-feira. Que fome, meu Deus! Mas o jeito é aguentar com ela até de noite, quando poderei comer, no palácio, bife à milanesa do tamanho de um lenço. Sai por uns 3 mil-réis, mas o que é que eu vou fazer?

Essa chuva está tão bonita, tão espessa. Às vezes nem vejo a hora, no relógio da Standard. São quatro e meia da tarde, tenho muito tempo ainda para viver. Horas, dias, semanas, anos. Quantos anos? Como não sou uma pessoa de futuro, tenho medo de ficar aqui, sempre aqui, nesta janela, contando os anos de minha vida, no relógio da Standard.

Augusto Rodrigues recebeu umas moças em sua casa. Uma delas, distraída, levou-me o relógio. Uma semana depois voltaram e Augusto não tirava os olhos delas. Poderiam levar o quê? Nisso uma perguntou as horas e Augusto não se aguentou:

— Olha aqui, agora eu só tenho um relógio, que é aquele da Standard. Veja as horas, mas deixe ele onde está.

A moça baixou os olhos e começou a chorar. Augusto ficou com pena e telefonou para o Mestre Valentim, pedindo laranjadas, sanduíches, doces. As moças comeram com alegria, mesmo a que estivera chorando. Depois que saíram, que é da caneta de Augusto?

Logo que cheguei, fui morar em Copacabana, no edifício Orânia. Onde morava Cesar Ladeira. Não tinha relógio. Sabia das horas pela vizinha. Às sete e meia, em ponto, entrava um senhor. Eu ouvia a campainha. Às dez, ele se ia e minha vizinha o despedia, no elevador, quase aos gritos:

— Vê lá! Vê lá se vai me trair!

Às onze em ponto chegava o outro e eu ouvia a campainha. Às vezes, às duas da manhã, o primeiro resolvia voltar e saía uma briga...

No Orânia, se eu comprasse um relógio, era porque queria mesmo gastar.

Não há vida que me faça mais inveja que a de Cesar Ladeira. Tem automóvel, toma banho de mar e só almoça às quatro da tarde, no Ponto Elegante. Sentei-me com ele, algumas vezes.

Come apenas ovos mexidos, para não engordar. Tem sempre uma mulher no apartamento, cada noite uma diferente. Um dia bati à porta, ele veio atender desgrenhado e explicou, fingindo que estava muito sem jeito:

— Você desculpe, mas tem uma cliente aqui que veio para a aula de ginástica.

Devia ser uma artista. E da Urca. Desci o elevador, encantado.

Daqui, vejo os navios entrar e sair. Hoje, por exemplo, passaram um Ita, um Ara e outro, grande, que devia ser o *Arlanza*. Os navios entram gravemente, na Guanabara, sem olhar para trás. Dão a impressão que, atrás deles, vai uma orquestra de trombones e tubas, tocando uma marcha triunfal, quase fúnebre.

Os navios grandes são de uma pose insuportável. Parecem arrastar um manto longo e lento, que não acaba, de veludo e ouro. Mas, na cerração, perdem a empatia. Começam a urrar, um urro de fera amedrontada que se quer impor pelo brado, morta de medo por dentro. Agora, por exemplo, se entrar ou sair um navio, vou ouvir-lhe o gemido. O tempo está que não se vê nada.

Um dia, irei fazer uma viagem grande, num navio daqueles. Nem que seja em terceira classe. Queria, por exemplo, entrar Tâmisa adentro, numa tarde assim como esta. O bicho urrando, comigo dentro. Eu fazendo parte de sua importância e de seu medo.

Abelardo Barbosa nos emprestou o rádio. Prometi-lhe um lugar na Tupi se me arranjasse um rádio. O diabo é que tenho que pedir a Teófilo, quando voltar do norte. Teófilo não vai querer Abelardo, com aquele sotaque da Paraíba.

Mas o rádio está aqui e tenho nove estações para ouvir. É só mudar, de uma para outra. Agora, por exemplo, no Rádio Clube do Brasil, estão passando o último disco de Orlando Silva. "Súplica" é uma valsa linda. Fala nas súplicas de um amante abandonado, batendo nas paredes frias de um apartamento. Começo a pensar em como seria o apartamento. Se seria parecido com este 1005. Se teria vista para a Guanabara. E a mulher? Na certa, uma argentina, metida a coisa, que chamava o homem de *"mi vida"*. Deve ser horrível ter-se uma mulher argentina! Não é por nada... mas já que vai falar espanhol, que seja espanhola de uma vez.

No Assírio, por exemplo, quase todas as mulheres são argentinas. Mesmo que eu tivesse dinheiro não sairia com elas. E é preciso ter dinheiro para sair com uma argentina. Muito. Come no Assírio, depois na Taberna da Glória e, de madrugada, no Soares. Só gente de Copacabana aguenta com elas. Comem três vezes por noite.

Falar nisso, não sei se aguento até anoitecer. Tenho que ir ao Palácio, entregar-me à milanesa. Vou ficar com 4 mil-réis e, se o garçom não trouxer um daqueles bifes do tamanho de um lenço, ficarei com os meus 4 mil-réis e a mesma fome com que lá fui. Meu amigo está em casa da noiva, na Tijuca, comendo galinha cozida. Custava me levar?

As luzes se acenderam enquanto estava de vista baixa. Agora, não se vê direito a chuva. Acendem-se as janelas dos apartamentos, na Esplanada do Castelo. Ali (dizem) é que moram as mulheres do Dancing Avenida. Devem estar todas infelizes, porque está chovendo. As mulheres assim, de dancing, de cabaré, quando chove, ficam todas muito tristes. Umas afogam a cabeça nos travesseiros e choram, debruçadas, convulsivamente, sacudindo o corpo todo. Quase sempre de peignoir. A solidão do peignoir.

Nota do cronista: Estas notas foram refundidas, pois no caderno eram apenas rabiscos, às vezes impossíveis de ler. Notas de um rapaz, chegado ao Rio, cheio de deslumbramentos.

O Jornal, 14/04/1963

Destemor acima de tudo

Estava espanado na cama, morto de fome, sem um tostão no paletó que eu via sobre o espaldar na cadeira. Era o ano de 1941, quando este gordo cronista pesava menos cinquenta quilos e cinquenta remorsos. Morávamos no edifício Andraus e acreditávamos num sol de praia que nos dava a pigmentação necessária à dignidade de um moço de Copacabana. Passava do meio-dia, o banho de mar tinha sido muito agradável, mas dele só restava aquela fome sem remédio, sem ter onde matar, ali, nas redondezas do Posto 5. O jeito era fechar os olhos e pedir a Deus umas horas de sono para o santo esquecimento da nossa pobreza. Pensei em vender o canário-do-império, comprado na véspera pelo meu companheiro de apartamento. Ou seria mais fácil comê-lo frito? Enquanto rejeitava essas duas soluções, entrou de quarto adentro um cheiro de comida gostosa que, de tão ativo, devia ser um assado de novilha rondando a minha miséria. Levantei-me num pulo e abri a porta. Ao lado, no 29, o mensageiro da pensão acabava de deixar uma marmita de razoável gabarito, rescendendo carne feita no torresmo. Lembrei-me de coisas honestas e sagradas — minha mãe e a fita azul da Congregação Mariana —, mas lembrei-me muito mais de mim, um andarilho, um coitado, a quem a Comissão de Inquérito do céu jamais negaria perdão por crime de gula. Tirei a tampa da primeira panelinha e dei com três fatias de carne assada (dessas que são escuras e tomam todo o gosto do molho) ao lado de um purê sem importância e de uma folha de alface própria para canário. Não perdi mais tempo. Revi a solidão do corredor, meti a mão e ia tirando as três fatias quando a porta se abriu. Agachado, humilhadíssimo, vi primeiro os pés da moça; depois, os tornozelos, os joelhos, as coxas e, finalmente, a sunga amarela. Estávamos, agora, frente a frente. Os olhos dela (verdes), indignados. Os meus (marrons mesmo), suplicantes. Ela cheia de razão e eu, apenas, com fome. O silêncio demorava, quando ela o quebrou: "Faça o favor de me dizer seu nome". Respondi, com a maior dignidade deste mundo, disposto a todos os males que porventura caíssem sobre minha culpa: "Fernando Lobo, minha senhora".

Diário Carioca, 22/08/1953

Um homem macio

Eu sei que não é comum a gente conhecer primeiro o paletó e só depois o dono. Mas aquele apartamento que nos passavam em terceira transferência de locação era habitado por um paletó desse brim da cor de papel, meio desgostoso na gola e quase franjado nas mangas. Em seu cabide, no fundo do armário, mantinha a engomada dignidade das coisas passadas a ferro. De saída, a gente via que não se tratava de um paletó bem-humorado e logo depois descobria que sua presença, ali, estava ligada a um telefonema diário, que começava assim:

— Comé? É da tinturaria...

E, depois de algumas palavras de reconhecimento, perguntava:

— Comé? O homem já deixou o dinheiro do paletó?

Os dias amanheciam defronte da Baía de Guanabara, depois de noites intensas numa boemia de principiante que mistura bebida ou que acredita em vermutes e vinhos do porto. O sol que entrava pela janela era o sol irritante dos bêbedos e dos ressacados, dos homens que ainda não puderam comprar cortina e, por isso, quando dava no quarto, fazia-se, imediatamente, credor dos nossos nomes feios. Era uma sequência desses mal-estares matinais diários: primeiro, luz no rosto; segundo, gosto de sapato de tênis na boca; terceiro, bola de bilhar solta na cabeça; quarto, o telefonema da tinturaria. Nós não tínhamos nada a ver com o paletó e, pela necessidade de esticar mais o sono da manhã (o que era conseguido com uma meia preta em cima dos olhos), respondi:

— Meu amigo, o homem comprou um paletó novo, não quer mais bem a esse, não vai deixar dinheiro nenhum pra você e seria bom que alguém viesse buscá-lo já.

Meia hora depois, um rapazinho se identificava como emissário da tinturaria e, após receber o que tinha vindo buscar, me deu esse conselho:

— Doutor, nunca se meta com gente de rádio.

No dia seguinte, conheci Dorival Caymmi, vestido de azul-marinho, cantando samba, fazendo enviés nos olhos para três mulheres langorosas, dando aquele seu velho show de charme. Tenho a impressão de que, depois daquela madrugada, não nos separamos mais. Andamos pelo norte, trabalhando para o mesmo patrão, gastamos a mesma cédula, tivemos a mesma intoxicação de mariscos, achamos graça na mesma anedota e descobrimos o Leblon, por acaso, numa noite sem a menor importância, conversando com um pescador na porta de um bar, cujo sobrado já foi casa de saúde, pensão, rendez-vous, ateliê de costura, hotel e concentração de jogadores de futebol. Juntos, aprendemos uma porção de coisas: o respeito à preguiça, a necessidade de reagir um pouco a certos horários, a utilidade de duvidar sempre da lealdade dos outros, o bem que é gostar do piano de Radamés e do bandolim de Jacob, a certeza de que vamos acabar e ser esquecidos daqui a pouco e a enorme ambição de sairmos do Rio e voltar cada um para a praia de sua terra, antes que aqui passe alguém e pergunte:

— Você não foi Fulano?

Dorival Caymmi é o homem essencialmente macio, sem aquela necessidade urgente de ir à Europa ou de musicar um filme de Disney. Todos os êxitos que lhe aconteceram deviam estar na linha da mão, porque ele não fez força nem rezou para isso. Das desilusões que teve, nunca disse nada a ninguém. Sua música, que é feita de mar e vento, vai continuar depois de nós. Seu violão talvez seja entronizado numa vitrina do Museu Folclórico. O discurso seria feito pelo sr. Pedro Calmon.

O homem continuará macio pelo resto da vida. Calculem que há cinco dias, depois de treze anos cheios de coisas importantes, Caymmi me perguntou:

— O que é que vocês fizeram do meu paletó que ficou com vocês naquele apartamento da rua do Passeio?

— Comemos... — respondi, com um pouco de saudade de antigas fomes.

Revista da Semana, 09/01/1954

Três mudanças trágicas

Chegamos ao Rio em 1940, mais para constatar o que contavam do que mesmo para ganhar a vida. Fui morar no edifício Orânia, na Ronald de Carvalho, em Copacabana, com dois amigos do Recife — um médico e outro desenhista. O sr. Fernando Lobo, que chegara uns meses antes, ficou num apartamento do Morro da Viúva, com um casal ligado à sua família. Quando nos encontrávamos, bebíamos nos bares da Lapa, comíamos em restaurantes de tabela moderada, fazíamos planos de sobrevivência e falávamos sempre na possibilidade de termos um apartamento que fosse nosso.

PRIMEIRA — Morava pacatamente no edifício Orânia, com dois companheiros de vida serena que saíam cedo para trabalhar e voltavam às nove, dez horas da noite, para conversar dez minutos e dormir. Uma tarde, eu dormia como um justo quando fui despertado por dois mascarados, que me prendiam os braços e me apertavam o pescoço. O primeiro momento foi de medo e susto, mas logo reconheci Fernando Lobo e Augusto Rodrigues. Saí da cama, fizemos as contas do nosso dinheiro — eram uns 900 mil-réis — e fomos beber chope no bar OK, na avenida Atlântica. Bebemos até oito e meia da noite, houve quem nos insultasse, brigamos um pouquinho e voltamos, os três, para o Orânia. Enchemos a banheira até as bordas e resolvemos tomar um banho quente. Acontece, porém, que entramos os três ao mesmo tempo, a banheira ficou vazia e a água se espalhou pelo apartamento todo. Ao mesmo tempo, sentimos aquela vontade de nadar e começamos a nadar no assoalho, com um entusiasmo quase olímpico. O apartamento era pequeno e o aguaceiro, não cabendo nele, caiu na rua, escorrendo pela varanda. Foi um escândalo no edifício. Veio gente bater na porta e batia inutilmente, porque, empolgados com as nossas braçadas, não abríamos a porta para ninguém. Quando menos esperávamos, chegaram os meus dois pacatos companheiros. O páreo acabou ali. O pileque também. E, naquela mesma noite, fiz minha mala e fui para a rua, sem saber em que cama dormiria.

SEGUNDA — Arranjamos um apartamento no décimo andar do edifício Souza. Aquilo era uma conquista. Tínhamos um telefone, pedíamos laranjada em Mestre Valentim e, pela janela, a Baía de Guanabara entrava que era uma beleza com os seus navios e barcaças, seus raros vasos de guerra e aqueles cargueiros cinzentos, que mugiam dentro da bruma nas tardes de cerração. Nossa vida era espiar o mundo e a janela era tudo. Ficávamos o dia inteiro pensando em coisas inúteis, falando de saudades que aos poucos morriam, cuspindo nas cabeças da fila do Metro. Passávamos fome, é verdade, mas nunca morremos dela, porque, de madrugada, umas moças do dancing (elas adoravam ouvir nossas conversas) traziam um bule de café com leite e dois sanduíches americanos, carregados no alface. Líamos bastante, porque uma das camas, sem os pés, era montada em quatro pilhas de revistas *O Cruzeiro* — herança do inquilino anterior — e passávamos horas embevecidos com a leitura dos pés da cama.

Num domingo, às cinco da manhã, o telefone tocou. Era uma mulher com acentuada pronúncia cearense, gosma de bêbedo na fala, dizendo-se nossa admiradora e garantindo uma grande semelhança física com Bette Davis. No quinto telefonema, no quinto apelo, dissemos que ela viesse. Bette Davis chegou às cinco e vinte e pediu uísque. Naquela época, para nós, uísque era exatamente uma palavra estrangeira, sem a mínima realização no copo ou no paladar. Mas não podíamos negar uísque a Bette Davis. Fui ao banheiro, derramei três dedos de álcool num copo, dois dedos de um remédio chamado Anemotrat e perguntei a Fernando se aquilo não era uísque. Ele achou que era. Bette Davis bebeu de uma vez. Em seguida, debruçou-se na janela e começou a gritar: "Socorro! Socorro! Dois homens roubaram meu relógio e estão querendo me matar!". Veio a polícia, veio o dono do prédio, que morava no andar de cima, e veio a ordem de mudança para o dia seguinte, antes do meio-dia. Numa segunda-feira, com a maior dignidade deste mundo, pedimos onze almoços na pensão Santa Luzia, dissemos que mandassem buscar o dinheiro e as marmitas às duas da tarde, convidamos amigos de Pernambuco, comemos e saímos à uma e meia, com as malas num táxi, sem saber em que travesseiro iríamos largar essas cabeças, tão criadoras de encrencas, tão coitadas.

TERCEIRA — Agora é um apartamento térreo, na rua Viveiros de Castro, em Copacabana. Temos geladeira, tapete persa, vitrola, livros, dois telefones. Aquilo tudo era do sr. Lima Cavalcanti, naquele tempo embaixador do Brasil no México. Mas, embora inexplicavelmente, estávamos ali. Com uma semana de Copacabana, éramos donos da conversa de todos os bares da praia. Nossa grande arma de conquista era o samba de improviso e os rapazes se escandalizavam com a nossa rapidez de raciocínio, com a precisão das nossas rimas. Algumas moças independentes — ou pelo menos independentes aos domingos e feriados — nos ofereciam feijoadas, outras nos levavam para andar de automóveis. E íamos vivendo. Uma noite, oferecemos uma festa em casa. Veio muita gente. Uma das moças telefonou para o 2º Distrito, deu o endereço e contou que havia sido raptada. Daí a pouco, veio a polícia, os vizinhos foram ouvidos, nós fomos presos, o apartamento interditado, os tiras disseram horrores de nossas mães honestas e distantes... E à tarde, de táxi, fui do comissariado de Copacabana a um Ita que já estava desatracando em vinte minutos, desgostoso mas saudoso do Rio. Recife me pegaria outra vez.

Manchete, 09/05/1953

A senha do sotaque

Faltavam uns oito dias para o Carnaval de 1941 e eu entrava, sem paletó, sem moral e sem camisa, segurando as calças com as mãos, num compartimento úmido e fétido da Polícia Central do Rio de Janeiro. Os outros presos batiam samba em latas de goiabada e cantavam uma toada, que dizia: "Aquela que me acompanhava na minha jornada partiu/ Para onde, eu não sei". A água fria, que de dez em dez minutos jogavam na barriga da gente (para acalmar), escorria no cimento lodoso, misturada a feijão, a restos de carne, a urina e fezes. A cadeia estava cheia demais e, ao procurar um cantinho onde pudesse me acocorar, era ameaçado pelos olhares dos que haviam chegado primeiro. Ai de mim se pisasse alguém. Acocorei-me, afinal, entre um mulato e um brancoso e comecei a tomar conhecimento da minha situação. Vi-me só, esquecido, ignorado e inúteis eram todos os bens que pudessem me querer. Minha mãe, coitada, por mais que me amasse, que jeito me daria o seu amor, tão longe ela estava de mim e de minha miséria? Minha namorada, tão aflita que sempre tinha sido em relação às minhas artes, por mais telefonemas que desse, jamais saberia de mim. Meus amigos outra coisa não podiam fazer além de ficar tristes, trancados num apartamento do edifício Andraus, esperando notícias e pedindo a Deus que eu chegasse antes deles. Naquele exato momento, compreendi a grandeza do homem que tem de valer por si mesmo, pela sua dor, pela sua desproteção e, sentindo a imensa coragem dos desvalidos, os meus olhos, que vieram suaves e mansos, se tomaram do mesmo ar de desafio, da mesma arrogância que havia nos olhos dos meus irmãos, assassinos e ladrões. Podia haver o que houvesse e minha dor não teria gemidos, podiam me dar de chicote até eu virar ferida e não diria a ninguém que parasse. Foi quando rangeu o cadeado da porta de grades e disseram meu nome por extenso. O mulato à minha direita palpitou por conta própria: "Acho que vais apanhar". Eu também achava, mas quando me vi no corredor, lado a lado com o guarda que me viera buscar, o destemor era tão grande, o desapego da vida era tão frio e real, que lhe disse já em tom de briga: "Na hora de bater, bata em lugar que mate; ou, então, bata de longe". O policial parou de repente e me fez parar também, segurando-me pelo cós das calças. Olhou-me com ódio e eu o olhava com desprezo. Estávamos há cem anos de olhos pregados um no outro, quando veio um guarda de talabarte e perguntou o que era que estava acontecendo. Tirou os olhos de mim e respondeu: "Nada. É o preso que está querendo cigarro". Meteu a mão no bolso e ofereceu cigarros Liberty. Tirei um, botei atrás da orelha e continuamos andando.

Uma hora depois, eu tinha sido solto e estava na rua, sem saber que caminho ia tomar. Por um desses raros e importantes acasos da era de Filinto Müller, ninguém tinha me batido. Então, o mesmo guarda, que eu pensei que fosse um mau sujeito, estava me esperando na esquina. Disse que, da outra vez, eu fosse menos valente e, quando soube que eu morava em Copacabana, deu-me 20 mil-réis para ir de táxi. Tinha sotaque de pernambucano.

Diário Carioca, 11/11/1953

Navios antigos

Estendo-me na praia com uma secura imensa de verão. O mar está safira e, cruzando as Cagarras, sai um navio para o mundo. A última vez que andei de navio faz uns catorze anos. Naquela época tinha-se tempo a perder em viagens mais longas. Hoje, anda-se de avião e ainda se lamentam as poucas horas cochiladas de um país a outro. No tempo dos navios, não havia nada mais bonito que amanhecer no tombadilho para ver os primeiros sinais de uma cidade. Chegar à Bahia, por exemplo, vindo-se do Recife, era uma beleza. Primeiro as praias, depois o casario e, finalmente, cruzava-se o Forte de São Marcelo, vendo-se o Elevador Lacerda sem entendê-lo direito. As amizades de bordo tinham um modelo só. Sempre um capitão de exército, um japonês e um padre. O capitão contava a revolução de São Paulo, com alguns dos seus fatos heroicos e muita coisa sobre a Coluna Prestes à base do ouvi dizer. O japonês era um homem limpíssimo, com sua roupa de linho branca, seus óculos de aros finos ameaçando cair à falta de nariz. Não falava, não dançava, não jogava no bar. Quando o navio atracava, era o primeiro a descer. Ninguém sabia para onde. Japonês a bordo parece personagem de livro policial. Mas o padre era de uma alegria que não acabava mais. Depois de passar horas sobre o breviário, contava-se com ele para tudo. Qualquer joguinho de cartas, desde que não fosse a dinheiro. Qualquer conversa sobre política, desde que se concordasse ser o comunismo obra do demônio para destruir a família e a religião. Além disso, havia as moças. Moças ansiosas do norte, com os sonhos cheios de

Rio de Janeiro. Gostavam da ficar até tarde cantando músicas de velhos carnavais. Jogavam garrafas no mar, com falsos pedidos de socorro e recados de amor para namorados impossíveis. Namoravam na base do meigo olhar, embora, de vez em quando, uma fosse vista em carinhos mais fortes com estudantes do Recife ou do Ceará. Uma noite antes da chegada, indicavam seus possíveis endereços no Hotel Argentina, no Avenida ou em casa de uma prima no Flamengo. Esses namoros não davam em nada, porque era só botar o pé em terra e o Rio de Janeiro mudar a vida de cada um. Bons tempos, os dos navios. As viagens mais longas valorizavam as cidades.

Levanto-me um pouco, procuro o navio e ele já não está mais. E à minha direita uma senhora francesa, crivada de perguntas, explica ao filho de cinco anos que os casais se separam depois de certo tempo e, por isso, muitas crianças têm mãe e padrasto, pai e madrasta. A matemática é difícil de entender. Inclusive para mim. Caio na água. Fria, com um cheiro forte de iodo. Tento um longo mergulho e saio uns quinze metros depois, com os olhos ardendo. Tento nadar e doem-me os ombros. Não sou mais disso. Volto à praia, acendo um cigarro, enfio-me nas alpargatas e vou beber chope no bar, em companhia de alguns pequenos desgostos e batatas fritas.

O Globo, 09/11/1956

Fundo do mar

O fundo do mar é bem mais bonito do que a gente pensava. Essa vegetação, que nasce ao longo dos rochedos imersos, é muito sortida em cores, muito bem desenhada pela natureza. O verde varia entre o musgo e o asa de periquito, enquanto o azul é de uma tonalidade só, muito mais rei que *pervenche*. Entre distâncias curtas, como em canteiros, há (em arrumação de buquê) floração de violeta, esmaecida na orla das pétalas e desenhada em traços finos de vermelho, dando ideia de que esses caprichos foram riscados ou pintados, depois da pétala pronta. Os peixes são lindos e, sobretudo, bem-humorados. Há os azuis, com olhos rosados; há os negros, os cinzentos e os marrons, que ficam no fundo, chupando pedra, estes são mal-encarados, lentos e pensativos; mas a grande maioria é verde-água, com o corpo riscado de amarelo, coral e havana. São muitos e, por isso, se sentem mais senhores, mais seguros do direito de sassaricar à vontade. Tenho a impressão de que jogam uma espécie de futebol, disputando uma bolota feita não sei de quê. A onda, de vez em quando, modifica seus planos, atrasa seus lances, faz alguns desistirem da brincadeira e cuidar de outro divertimento. Só agora, com esses óculos de mergulhador, é possível olhar e descobrir as minúcias de um pequeno mundo e de umas felizes criaturas que se desprezava ou ignorava antes, porque o mergulho era um displicente exercício do banho de mar para molhar o cabelo ou medir o fôlego. Agora, por exemplo, estou há não sei quanto tempo espiando a vida deste raso e salgado fundo do mar — vida que, se não assume a importância da nossa, é mais bonita do que esta em que morremos, no asfalto, no banco de um bonde, no fundo de um bar fumacento ou no voo monótono de um avião perigoso. Sinto-me como não me sentia há cerca de dez anos, deslumbrado. Pelo tempo deste mergulho, pelo esquecimento das pessoas que ficaram em cima d'água ou tomando sol nas barracas, atinjo, em convivência, um pouco dessa categoria de ser marinho, tão melhor que nós, em estar feliz e ser livre. Minha presença não os assusta nem inibe. Talvez me confundam com um mero, e como o mero é geralmente imbecil, divertem-se e vivem sem que eu, em nada, os constranja.

Dois peixinhos afastam-se do grupo e vão encontrar-se rente à areia. Ambos são verdes e pálidos e um deles — o mais redondo — deve ser uma peixinha. Olham-se, parados, e o mais esguio (machinho) faz uma mesura com a cauda, assanhando a areia. Ela recua e fica de perfil, numa esquiva feminina, à espera de nova investida galante. O peixinho faz uma volta lenta em torno da namorada e outra vez se encontram, demorando-se em olhares. Estão mais ou menos entendidos e tenho a impressão de que a peixinha pediu alguma coisa. Ele se afasta, entra numa brecha da pedra e volta com um raminho preso na boca. Pensei: ela pediu uma flor e ele, coitado, foi correndo ao florista buscar o que, entre os peixes que namoram, se equivale à orquídea. Gentil, suave, ardiloso, esse salteador de corações! Mas não. O que ele trouxe não foi orquídea, nem rosa, nem cravos... foi um sanduíche do queijo ou do presunto deles, porque estão comendo, a duas bocas, com certa sofreguidão. A um palmo dos dois, pejada em virtudes, com ares espreitadores, passa uma peixa em marcha lenta e atitude grave. Os namorados lhe dão as costas, como quem encabula e disfarça. A peixa, que é mais volumosa e deve ser mais velha, sem se dar por achada, passa. Trata-se, com certeza, de uma senhora bisbilhoteira que vigia os outros para infernizar e enredar.

Volto à tona para buscar resistências contra a vontade de ser peixe. Uma mulher circula, nadando mal. Um homem está refestelado numa câmara de ar. A onda — essa é a boa! — pega um rapaz distraído e joga-o na praia, virando espuma e fazendo os outros rir. Descubro que, antes dos óculos de mergulhador, só se sabia das artes perigosas e incômodas do mar; os naufrágios, os afogamentos, os enjoos de bordo, o temporal, a morte do pescador e a mentira de Iemanjá, tão usada em canções, tão ilustrativas em tiradas folclóricas. O mar continha, todavia, outro sentido, que ultrapassava o mistério e o medo; guardava essa beleza que, só depois de homem feito, só depois de gasto por tantas e tão violentas desilusões, pude descobrir. Dentro desses óculos, o homem, que muitas vezes fechou seus olhos por cansaço e saciedade, encontra mais o que ver, mais o que sentir e amar, sem que seja preciso tomar de ninguém.

Revista da Semana, 27/02/1954

Pensa, Pedro

Eu te escrevo para pedir que não venhas, Pedro. Vai ser bonito se chegares num dia claro, de céu azul, de praia cheia de gente. Será um deslumbramento a moça saindo do mar — com um maiô tão pouco e o busto tão muito — e se deitar na areia, a rir das tuas ombreiras e das bocas das tuas calças. Sentirás o que eu senti há doze anos, e escreverás a todos os teus amigos. Mas é melhor que não venhas. Será uma alegria apertar a mão da estrela do rádio, pensar uma coisa bem agradável, dizer e perder o fôlego. À noite, irás fazer a ronda dos bares de Copacabana, conhecerás os poetas, cronistas e pintores. Verás a moça do cinema, uma outra do teatro, verás gente de livro e de jornal. Dirás: será mesmo aquele o Rubem Braga? E o Braga te dirá uma frase bem curta, para que tu não entendas e ainda te sintas feliz. De que te servirá a apresentação ao poeta Bandeira se, com toda certeza, ele não vai gostar dos teus versos? Para que o tempo e a emoção de entregar os originais do teu livro de contos ao escritor Álvaro Lins, na esperança de uma edição José Olympio?

Depois, quando passar o ineditismo, quando vires a rua e as gentes, os automóveis e a polícia — tudo sofrendo, Pedro —, vais sentir saudade da tua rede, do jardim da tua casa e saudade de ti, quando eras puro. Não troques o ensopadinho da tua casa, a conversa da família em volta de ti, as horas certas de almoço e jantar pelo restaurante francês que te obrigará a comer sempre o que não pretendias, sozinho numa mesa ou ao lado de uma mulher que não te quer muito. Não deixes o teu quarto — com o teu guarda-roupa, tua estante de livros e aquela cadeira onde há sempre um paletó — pelo cômodo ruim que vais ter em Copacabana. Não te deixes deslumbrar pela palavra "apartamento", como eu me deslumbrei há doze anos, a ponto de esquecer a palavra "sobrado". Hoje, eu queria tanto voltar ao sobrado e não posso. Todo mundo vai dizer que eu fugi e todos estão de olho em mim. Vim andando ao longo da praia, vim deixando, na areia, as marcas das minhas botinas e todos me seguem, e todos me descobrirão, e todos sairão correndo e gritando se eu tentar escapar: "Pega o ladrão, pega o ladrão!".

Fica, Pedro. Tua cidade é tão linda. Se o que te inquieta é o sossego, agita-te dentro de ti mesmo. Depois, em volta de ti. Cria um caso, rouba a mulher do outro, foge para o mato e, quando voltares, sorri para quem te ameaçou de morte. De noite, vai à boate, pede uma bebida fechada, acende o teu cigarro e todos te olharão empolgados. Faze de ti um ídolo daí e não ouvirás o chamado do navio que some no fim do mar, nem o voo do avião te chamando todo dia.

Fomos uns dez e viemos na mesma leva, Pedro. Acreditamos em páginas de revistas, telegramas de jornais e notícias de rádio. Fomos na conversa dos que vinham passar o tempo e voltavam contando coisas, falando sem esta sinceridade com que te digo agora verdades tão cruas. É verdade que experimentamos uma porção de alegrias, que nos deslumbramos centenas de vezes. Mas, agora? Tudo o que acontece é reprise, com os mesmos personagens, o cenário mesmo, causando-nos a mesma saciedade que te causa aí a repetição do teu dia.

Arranja um jeito, faze uma força e fica, Pedro. Não venhas pela moça de maiô, pela boate que acaba de manhã, nem pela vontade de vencer na vida. Vida não é páreo e, se é, ninguém vence. Esbaforidos, imprestáveis, chegamos todos empatados. Se vieres e se um dia pensares que venceste, vais ver que ganhas muito e vives pouco. Tentarás voltar, mas atrás de ti, denunciando, estarão as marcas dos teus pés na areia da praia, e haverá um bando de gente louca para gritar: "Pega o ladrão! Pega o ladrão!".

Pensa, Pedro: valerá a pena?

A Noite Ilustrada, 01/07/1952

Vigésimo aniversário

Comemoro, hoje, em intimidade, os meus primeiros vinte anos de crônica. Como não tenho a menor esperança de completar outros vinte, sirvo-me de um uísque puro e bebo-o, festivamente, não em homenagem, mas em lembrança de tudo quanto passei.

— Tua saúde, homem!

Comecei no Recife, em abril de 1941, via pistolão, após receber de volta onze crônicas que entreguei, pessoalmente, ao secretário do jornal. Fui publicado, afinal, descrevendo uma mulher que vira na rua Nova e que, face a ela, me colocara "com a humildade de um mendigo diante de um prato de comida". A imagem fez muito sucesso entre quatro ou cinco amigos, na calçada do Fênix, Recife. Mas foi só. À noite, quando fui levar a segunda crônica, o secretário trancou-se comigo em seu gabinete e passou-me esse carão:

— A Norma Shearer (havia-lhe elogiado o "estrabismo lascivo de Norma Shearer") de quem você falou é esposa de um anunciante nosso, que mandou suspender o anúncio da edição de domingo. Você, hoje, tem que escrever qualquer coisa, explicando que a semelhança com qualquer pessoa é mera coincidência.

Depois:

— Já vi que você quer ir no caminho de Rubem Braga. Mas fique sabendo que, em cidade pequena, isso é impossível.

Segui, dali para a frente, tomando imenso cuidado com qualquer coisa que pudesse desgostar o anunciante. Na mesma crônica de estreia, a revisão me atingira pela primeira vez. Corrigiram "mendigo" para "mendingo". No dia seguinte, sobre Carnaval, saiu "sempertina", em vez de "serpentina". Pensei muito em abandonar o jornalismo. Por dois motivos: o anunciante e a revisão.

Aqui, no Rio, em meus começos, por mais que procurasse evitar, escrevia sempre para uma minoria, que frequentava o Vogue. Moças educadas no Sacré-Coeur, que me chamavam, suspirosas, de poeta. Causava-me náuseas os olhares oleosos com que me diziam o elogio. Tudo falso — o olhar, a voz, o flerte ficeleiro que me ofereciam. Na época, o *Petit Prince* estava muito em moda. Era chique citar-se o diálogo da raposa com o pequeno príncipe. A raposa a dizer que era preciso primeiro cativar. Aquilo me enfadava, de tão repetido. Uma vez me disseram que eu era o Saint-Exupéry do Brasil e passei a fugir de toda aquela gente prodigiosamente tola. Entediava-me, depois de tanto viver, ser o "Exupéry do Sacha's".

Faço, hoje, vinte anos de cronista. Andei um bom pedaço de mundo e conheci um sem-número de corações. Tranquei-me em casa, depois. Não gosto de escrever. Se soubesse fazer outra coisa, mesmo que fosse um contrabando, não escreveria coisa alguma. Mas preciso escrever e tenho que continuar. Encontrei, porém, um caminho melhor. Meu leitor não é mais a moça educada no Sacré-Coeur. É o portuário Porfírio. É o candango demitido em Brasília. É a funcionária pública, cujo salário não lhe paga o almoço na cidade. É uma gente que existe. A viver males que existem. Homens e mulheres de verdade, para quem a raposa de Saint-Ex tem uma importância muito limitada. Faz-me bem, ao tomar este uísque comemorativo, saudar o novo público de carne e osso:

— Saúde, leitor!

Última Hora, 05/04/1961

Fortaleza-Ceará

Em 1944, enquanto a maioria dos cearenses arranjava um jeito de emigrar, íamos para o Ceará ganhar a vida. Naquele tempo, qualquer dinheiro dava, porque o sonho era pequeno e a paz muito grande. Sobrava um ímpeto de adolescente para o trabalho e não havia essa manhã de hoje que nos faz gemer e viver em queixas de fadiga e desamparo. O sol de Fortaleza era poderoso e nos tirava da cama sem cansaço, cheios de crença em um dia novo, sem remorsos, porque a véspera havia sido serena. Nossa moderada existência eram dez horas de trabalho, uma ou outra sessão de cinema e algumas conversas sensatas de varanda, com projetos de comprar casas pelos institutos, ter muitos filhos, até um dia sentar, trancar a porta e pedir silêncio para escrever um romance. Os domingos eram enormes e a branca praia de Iracema toda nossa, desde a Ponte Metálica até os confins de Mucuripe, onde as lentas obras do cais do porto mostravam quanto o Ceará é esquecido, quanto os governos e Deus são anticearenses.

Saímos de jangada com Manoel Pedro, Jerônimo e Tatá — os que sobraram da aventura cinematográfica de Orson Welles, aqui na Barra da Tijuca. Sua veleira tinha um nome bonito quase na ponta do mastro: *D. Rosa*. Toda jangada é bonita, mas *D. Rosa* ganhava das outras.

Aqui no Rio ninguém tem a devoção da jangada, ninguém faz conta de sua beleza. No norte, porém, se a gente acorda, escruta o horizonte e não vê uma vela, esse dia vai ser azarento ou, pelo menos, sem graça. Então, quando amanhece, e a linha dos navios está cheia de velas, é dia de Deus, a alegria e o amor reflorescem em todos os corações. Nortista que volta e chega de navio começa a sentir o que realmente vale, quando os jangadeiros velejam à volta do vapor e alguns pescadores gritam palavras de amizade, acenando hospitalidade, com cavalas e camorins nas mãos.

Que um ônibus ou uma ingratidão não me mate antes que eu possa andar de jangada outra vez, ouvindo histórias de coragem no mar, sentado no banco da proa com o rosto molhado, a mente curada e o peito livre do peso das angústias. Sei as jangadas de cor, o nome de cada uma de suas peças. Os paus são seis: duas mimburas, dois bordos e dois meios. A haste, que estica a vela, chama-se retranca e a forquilha, que escora a retranca, tem o nome de espeque.

Saímos de jangada, fazendo linha reta mar adentro, partindo da frente do Jangada Club (casa do milionário Fernando Pinto), navegando uns seis quilômetros na linha do norte. Depois, virávamos à direita e, bordejando, atracávamos em Mucuripe. Ali, a maré sempre foi um remanso e a água, quase parada, era morna e macia como uma piscina. Gostaria de me lembrar do nome de um velhinho de oitenta anos, casado com uma moça de trinta, que nos vendia cachaça, água de coco, cajus e unhas de caranguejos. Era um tipo cem por cento cearense, de rosto triangular e pele ressequida. Contava muitas histórias, mas seu assunto predileto era mulher. Certamente, nunca houve oitenta anos tão bem conservados, e disso tivemos provas nas confidências da esposa, que já casara antes com moço de trinta e dizia que só viera saber o que era amor nos braços do velho praieiro.

Hoje, os "verdes mares bravios" comeram a praia toda e entraram pela Aldeota adentro. O Ramon, o Jangada, o Praia Club, as casas de veraneio — já não existe mais nada. Também, aquele era um mar impossível. Aos domingos, a média era de dez a doze afogamentos.

As lembranças do Ceará são muitas e repletas de saudade. Nossos amigos, poetas e jornalistas, pescadores, fazedores de cajuína, conversadores da praça do Ferreira, cometeram a sensatez de ficar por lá. De vez em quando, há um que manda um livro, com dedicatória ou um recado de bem-querer. O sereno e fraterno companheiro João Calmon (este sofre muito os meus desajuizamentos) telegrafa todo santo ano, participando o nascimento de mais um filho. O Ceará, em matéria de "crescei e multiplicai-vos", é quase uma Índia: os casais mais moderados têm oito filhos. Outros vão a vinte. E dormem em rede.

Manchete, 16/05/1953

Bahia, galinha e festas

É com imensa saudade de coisas e pessoas que vamos falar da galinha do Manoel, a melhor comida de toda São Salvador. Até hoje, ninguém pôde fazer uma ideia de como aquelas maravilhas são preparadas, e quem cometeu a ingenuidade de pedir receitas, voltou ignorando-a mais do que nunca, tão hábil é o despistamento do proprietário desse bar triste, onde nada é especialmente romântico, nada foi projetado, mas onde aconteceu tanta coisa da Bahia. Vem uma travessa imensa e são seis ou oito galinhas nadando em molho gordo e escuro. A padaria ao lado, cúmplice desse misterioso assado, mandou o pão estalante e quentinho que, daqui a pouco, estará enxugando a graxa gostosa de um prato que precisa ser batizado. Com Odorico Tavares, num domingo de não fazer nada, resolvemos chamá-la de "Galinha ao Mobiloil 40" e foi assim que a apresentamos a Aníbal Machado, Rubem Braga e à moça Tônia Carrero, que vinham da Europa e ficaram conosco (Anísio Teixeira também estava) durante dois dias, enquanto a estiva, preguiçosa e politizada, prendia o *Poconé* no cais. Se Deus ainda me quiser na Bahia, nem que seja por umas horas, eu quero ir buscar uma porção de saudades naquele canto da Barra. Quero, também, pagar os 300 mil-réis que eu devo ao Manoel — única fatura baiana que não liquidei, quando vim de lá, em abril de 1948. Se alguém está de viagem marcada para esses dias em Salvador, encontrará duas festas — a da Aleluia e a do Espírito Santo, no domingo de Pentecostes. De passagem pela Barra, será um crime perder a galinha do Manoel, feita sem

dendê, sem pimenta, sem nada da tradicional comida afro-
-baiana, mas boiando naquele molho, cuja receita ninguém
obterá jamais. A rua e o número eu nem me lembro. Mas fica
ali defronte do mar, perto do farol, atrás do edifício Oceania,
quase na esquina onde se cruzam e dobram os bondes de Barra
e Barra Avenida. É só perguntar que todo mundo ensina.

Nenhuma cidade do mundo tem tanta festa de rua. E todas elas pertencem ao povo, à gente mais tipicamente baiana,
a ponto de manter sempre como espectador: jornalista, gente
de dinheiro, poeta ou turista que, nelas, queiram tomar parte.
É necessário ser pobre, baiano e, se possível, negro, para conquistar o posto de personagem numa procissão do Bom Jesus dos Navegantes ou na imensa noite campal da Senhora
Sant'Ana, no Rio Vermelho. Contente-se em ver os outros —
e já será uma graça — se lhe vier a felicidade de acompanhar,
de janeiro a janeiro, as festas de rua da Bahia. Farte-se do espetáculo dos capoeiristas das rodas sambeiras, dos reisados.
Abuse daquelas generosas melancias de Conquista e não se dê
ao luxo de evitar que o caldo, escorrendo, lhe molhe o peito e
a camisa. Mas não pense em ser mais que um mero espectador, porque a festa de Iansã (santa Bárbara), na Baixa do Sapa-
teiro, é dos pais de santo, das "baianas", dos negros do cais e
da praça Cairu. A Conceição da Praia tem muito o que olhar.
São centenas de barracas, em volta do Mercado Modelo, com
os nomes mais líricos do mundo, vendendo comida de azeite.
São tabuleiros enormes de abacaxis, melancias, pinhas e um-
bus. É a zoada dos berimbaus e dos chocalhos, o canto do ti-
rador, enquanto os capoeiristas fazem letra no chão. O cheiro
da cachaça, no suor e no hálito dos sambeiros, no vento e na
cantiga da roda de samba. A igreja, bonita que só ela, toda iluminada, onde se reza a novena para louvar Nossa Senhora da
Conceição — louvar, somente, porque o povo está feliz e não
pede nada.

Gente pacata, a da Bahia. A incomparável doçura do povo rende os nove dias da Conceição da Praia, sem uma cena de sangue, sem uma briga de sopapo. Discutir discutem, porque quem é baiano tem que bater boca a vida inteira. Mas nada de estragar a roupa e a pele do outro. No Recife, em festas mais humildes (só de barraquinhas de prendas e carrosséis), a confusão era tanta e depois de certa hora, exército, polícia e povo se entendiam tão pouco, que o jeito era o tiroteio. Feliz de quem pode estar na Bahia, a 8 de dezembro, e assistir a uma Conceição da Praia. Noite e dia, o zabumba comendo, o povo cantando, dançando e, como anotou o samba de Caymmi: "O sol está queimando mas ninguém dá fé".

Em janeiro é a festa do Bonfim. Gente, comida e alegria são as mesmas. O lugar, porém, é mais bonito e o ritual tem aquela nota aguda e chocante da lavagem da igreja, quando o povo canta e dança no templo, derramando extrato, loção e água no mosaico. O arcebispo — hoje, cardeal — muitas vezes já conseguiu proibir essa cerimônia, apontando-a como profanação à casa de Deus. Mas são tantos os protestos que se vê na obrigação de ceder sempre. As festas de rua da Bahia são uma longa história a contar.

Manchete, 11/03/1953

Bahia, candomblés e pais de santo

Era uma noite de muita chuva e, pelo caminho do Dique, ficando eternidades em cada atoleiro, matando-nos em cada uma de suas longas derrapagens, o chofer de praça nos levaria ao terreiro de Ciríaco, num lugar chamado Bate Folha. O barro vermelho espumava, desciam cascatas barulhentas das ladeiras em volta e o céu, sem paz, estalava e roncava, em relâmpagos e trovões, os maiores que já vimos até hoje. Nessa época, passava pela Bahia a sra. Berle, embaixatriz dos Estados Unidos no Brasil, e se mostrava muito interessada por tudo que fosse arte, seita, festejo e presença, enfim, do negro na *boa terra*. Foi uma viagem longa, duas horas de estrada escorregadia e alagada. Quando chegamos, já havia chegado a notícia de que a embaixatriz, muito cansada, desistira de vencer a tempestade, recolhera-se ao hotel e pedira, se possível fosse, que organizassem uma macumba completa nos salões do Baiano de Tênis ou da Associação Atlética, para que ela pudesse ver tudo, sem as agruras dos caminhos. Esse capricho da sra. Berle feriu os brios de todos os pais de santo da Bahia, que se negaram a deixar seus terreiros e transformar sua religião em show para americano achar graça. Também a sociedade, as famílias *de bem* da Graça e da Barra, protestaram contra a possibilidade de trazer mandinga, cantoria e suor de negro para os salões, onde os seus longos vestidos alisavam o assoalho, ao som de valsas e de blues. A visitante foi embora sem ver candomblé e, naquela noite fria, molhada e lamosa, contemplávamos de trono, no local reservado aos convidados mais ilustres, a sessão do terreiro de Ciríaco.

* * *

A batida dos atabaques, a cantoria aguda e metálica, as danças de rodopio e viravolta, o transe nervoso das ogãs, tudo isso nos inquietava, inspirando uma vontade de pretextar doença, pedir desculpas e ir embora. O candomblé continuaria assim, pela noite adentro, sem nada de sensacional, e não tínhamos apetite para chegar com ele à madrugada. De repente, uma menina de cinco anos, com a face doentia, o cabelo tonsurado e o olhar místico dos velhos macumbeiros, saltou dos braços do pai, veio para os pés de Ciríaco dançando um bailado de feios requebros, tremendo as mãos, a cabeça, e esfregou o rosto no chão até sair sangue da boca. Foi um momento de grande emoção e nossa sensibilidade ficou como se lhe dessem uma surra de urtiga. Em volta de nós, a assistência estava feliz, porque o santo tinha baixado ao terreiro de Ciríaco, em grande estilo.

O mais famoso candomblé da Bahia era, porém, o de Joãozinho da Gomeia, figura incrivelmente teatral e maravilhoso bailarino que, hoje, está rico num sítio de Caxias. Numa noite de Iansã, fomos vê-lo, em grande montagem, numa das noites mais festivas de sua roça, em São Caetano. Com os trajes de santa Bárbara (Iansã), Joãozinho dançava de olhos fechados, fascinando uma plateia de turistas, poetas, jornalistas e políticos da UDN, em trânsito por Salvador. Quando acabou de dançar, veio caminhando como um sonâmbulo e, quando todos lhe solicitavam palavras de conselho, explicava, em nagô, que não era Joãozinho e sim Iansã, e que não sabia falar em brasileiro. Aproximando-se de mim, disse-me, porém: "Vamos lá na camarinha tomar uma Brahma". Entrei com ele e o pai de terreiro, livrando-se dos sintomas de santo, tirou uma cerveja quente de debaixo da cama, para que eu e santa Bárbara bebêssemos no mesmo copo.

João da Gomeia deu o que falar quando casou com uma mulher branca e rica de mais de oitenta anos. Muitos ogãs do seu terreiro mudaram de pai e foram ser filhos de dona Moça de Oxalufã, na roça do Saldanha.

Outro terreiro de muita fama e grande frequência é o de Manezinho, em Brotas. Uma tarde recebi recado desse pai de santo para ir ter com ele no mesmo dia, impreterivelmente. Meia hora depois estava lá, sentindo o cheiro forte da incrível promiscuidade de bodes, galinhas e mulheres sem banho, numa espécie de estábulo, hermeticamente fechado. Manezinho levou-me para o quarto, onde estava armado um peji, e disse, com os olhos rasos d'água, que a minha situação era muito séria. Só naquelas redondezas, havia mais de trinta serviços contra mim. Queriam a minha saída da Bahia, o mais rapidamente possível e, se isto não fosse muito viável, minha morte seria a satisfação de muitos. Perguntei-lhe o que devia fazer em minha defesa, se devia tomar os préstimos de um advogado esclarecido, assim como Orlando Gomes ou Gilberto Valente. Explicou-me, Manezinho, que advogado não tem nada a ver com macumba. Depois, sem cobrar nada, deu-me umas pipocas e um breve poderosíssimo igual ao qual só existia um: o que foi mandado ao sr. Getúlio Vargas, depois do golpe de 29 de outubro.

Saí dali, com alma cheia de medos e, trinta dias depois, deixava a Bahia condenado a todas as suas lembranças e saudades, como até hoje vivo, sem esperanças de revê-la, de respirar-lhe o vento macio da Pituba, de pisar-lhe o chão de ladeiras que sobem e descem, levando e trazendo mistérios, mostrando e escondendo doçuras.

Manchete, 18/04/1953

Neruda e a Bahia

Estava linda a Bahia em 1946, quando Neruda andou por lá. O céu azul, todos os dias. As comidas de azeite eram de ouro, duas, três vezes por dia. O mistério da lagoa de Itapuã amanhecia cada vez mais indecifrável. A igrejinha de Monte Serrat tornaria poeta o próprio Goldwater se lá fosse assistir aos crepúsculos. Sei que eu e Odorico Tavares trabalhávamos muito. Mas, agora, que me lembre, não fazíamos nada. Absolutamente nada. Ou ficávamos zanzando pelo Terreiro de Jesus, ou descíamos o Pelourinho e nos enfiávamos pelas ruas pequenas, de cheiro senegalês, à procura de nada. Hoje estou certo de que, em nossa euforia, apenas experimentávamos os primeiros dias da paz. Não haveria mais guerra, nunca mais. Todos os homens, de todas as raças e de todas as distâncias, se entendiam num simples olhar e passavam a falar uma mesma língua: "Eu vos amo".

Todos nos amávamos ao vento, com nossas camisas de peito aberto. "O mundo marcha para a democracia" — diziam os oradores, nos meetings e solenizações. "E para o amor" — pensava eu, de mãos estendidas às flores e aos homens.

No Mirante dos Aflitos, os namorados se beijavam no nariz. Nunca cheguei lá, que não de uma esperança, que entrevisse um rapaz beijando o nariz de uma moça. Às vezes o rapaz era outro, ou a moça já não era a mesma, mas havia sempre um homem beijando, com ternura, a ponta do nariz de uma mulher. "Vão ficar nisso?" — perguntava a mim mesmo. Depois, entendi que não, que aquilo era um carinho saciado de depois; ou um apelo de antes.

Neruda chegou e se reuniu a nós. Grande, os olhos sonolentos, o braço fraterno por cima dos nossos ombros. Chamava-me de "*mi vecino*", porque nossos quartos eram parede-meia e lá íamos nós, pelas ruelas do mercado, a comprar enfeites, colares, santos e abecês de poetas populares, que tratavam Hitler com as honras de Satanás.

Foi quando aconteceu o caso da "mulher de Brotas", ainda hoje lembrado com arrepios pelos maridos infiéis de uma Bahia tão sonsa. Mas a sonsice baiana é muito mais cristã que consequente de qualquer dissimulação atávica. No arrepiante "caso de Brotas" (ah, que frio na espinha), o marido traiu a mulher e esta, durante a noite, armada de afiadíssima navalha, resolveu cortar o mal pela raiz. Os jornais, com palavras cuidadosas, contaram o caso, sem discutir com quem estava a razão.

Era a primeira malvadez que uma pessoa fazia com a outra, depois do Armistício. Os homens conversavam, gravemente, nos cafés. A gente pensava que era sobre cacau, atentava o ouvido e não era. Falavam da vingança de Brotas e alguns se perguntavam, com receios proféticos:

— Quem garante que a minha mulher não se transformará, amanhã, numa "mulher de Brotas"?

Ninguém garantia. Todos, na realidade, receavam.

Estava linda a Bahia em 1946, quando Neruda andou por lá. O céu azul, todos os dias. Os namorados se beijavam, nas pontas dos narizes.

"Vão ficar nisso?", pensava eu. Não devem ter ficado.

O Jornal, 06/02/1964

Um botão de rosa a Maria de São Pedro

Os guias e as histórias que se contaram da Bahia estarão sempre marcados por nomes de famosas quituteiras negras, algumas recolhidas às cozinhas de famílias abastadas, uma maioria marcando nas ruas com seus tabuleiros, e umas poucas, que tiveram ajuda rica, estabeleceram-se com restaurantes, passando assim ao livro universal da Bahia, escrito em todas as línguas, por escritores e jornalistas errantes. Aqui, onde escrevo estas notas, fora do Rio e sem meus cadernos da Bahia, não sou capaz de lembrar um só nome destas mulheres suavemente gordas que faziam ponto no Terreiro de Jesus, no Elevador Lacerda, em Água de Meninos ou ao pé da Conceição da Praia. Recordo, porém, uma Maria, simplesmente Maria, que parava ali na varanda do Tabaris, ao lado do antigo Cinema Guarani, com vista debruçada para a Barroquinha. Nosso ponto de encontro, quando deixávamos o estúdio da Rádio Sociedade e a redação do *Diário de Notícias*. Era 1945 e nossa alma estava repleta de sonhos — sonhos que, ao menos eu, não sonharia hoje, tão velho que estou, ao peso do desencanto. Sonhávamos o povo livre, a verdade e as virtudes dos líderes. Quando morreria o último tirano fascista? Quando uma felicidade só seria a de todos, num mundo de justas recompensas e justo amor? Sonhávamos ali, em voz alta, num patriotismo desamparado, de crianças que se iriam desencantar tão depressa aos primeiros discursos pós-Estado Novo, de 1945.

Era o tabuleiro de Maria — Maria simplesmente. Gorda, de ancas sedentárias e seios maternais. Dava um tamborete, depois um prato a cada um. Deitava uma concha de camarão, outra de arroz e um ovo cozido no molho oleoso de coco e dendê. Não me lembro de comida tão gostosa em toda a minha gorda existência. Comíamos devagar, para dividir os vários sabores de cada garfada, e falávamos de política e poesia. Já os ingleses haviam desembarcado do norte da França e os tanques alemães enguiçavam gelados, para sempre, nos campos do inverno russo. Os nossos presos políticos estavam sendo reclamados em letras e clamores. Qualquer coisa de novo estava para chegar ou nós chegaríamos a uma bela e legítima praça, onde a canção seria uma só, de todos e por todos. Maria reenchia nossos pratos e escutava. Aos sábados, dava-nos sarrabulho e, lá num dia ou outro inesperado, uma moqueca com feijão de leite. Tudo sob a noite baiana, amiga e real. Nossas almas novas em folha, nesse amor ainda por dar, embora amando tanto! Ao menos isto — uma felicidade precedente: o amor nos amava.

Depois desta Maria, outra, a de São Pedro. Fez-me esquecer a primeira — a da porta do Tabaris. Ou, se não a esqueci, troquei-a pela de São Pedro. Minhas horas eram outras. Precisei viver mais de dia e, de dia, era ali, no sobradinho do Mercado Modelo, em frente ao cais dos Saveiros, que íamos aos dendês. Maria de São Pedro, os dentes e o branco dos olhos mais brancos que eu já vi. Sabia do dendê todos os milagres e consequências. Quem passasse na Bahia, nós levávamos para lá. Um dia foi o Braga, com Tônia Carrero (naquele tempo, Mariinha) e Aníbal Machado. Voltavam da Europa e traziam as primeiras notícias do existencialismo. Contavam de Sartre, como ele era, onde parava, quem o seguia. Anísio Teixeira ouvia e contava com acolhimento. Odorico Tavares, poeta de versos renunciados, emudecia nos olhos azuis de Mariinha. O Braga resmungava por conta própria. Aníbal, de boina, repetia os camarões. Mas um dia veio Neruda, comedor exagerado de pimentas, bom paladar de aguardente, olhos sonolentos de andino. O azeite de galinha de xinxim lhe escorria pelo canto da boca. Lá uma vez outra, dizia os seus versos com voz grave e respeitável: "Posso escrever os versos mais tristes esta noite/ A noite está estrelada e ela não está comigo".

Chamava-me de "vecino" porque morávamos em quartos parede-meia, no mesmo hotel. Pablo Neruda amou a Bahia. Maria de São Pedro levava-nos à cozinha para vermos as postas do peixe embebendo-se no ouro do dendê. Em outra viagem, chegou Augusto Rodrigues, com Clóvis Graciano. Lá um dia, Gilberto Freyre. E nós sempre ali, porque a Bahia era uma escala obrigatória, um porto de mistérios, um cais de violeiros, uma feira de contadores de histórias, um cenário de Jorge Amado, uma religião musical de Caymmi, um prato de dendê no sorriso branco da Maria de São Pedro.

Hoje, a notícia de sua morte. Soube, simplesmente, que morreu Maria de São Pedro. De quê, não me disseram. Se fazia sol ou se chovia, se houve flores e saudades, música e procissão, se foi de manhã ou pelo entardecer o seu funeral, nada me disseram. Se ela estava já enferma ou se morreu de repente, se estava magra ou gorda, nada mais contaram. Apenas que morreu Maria de São Pedro. Eu soube ontem à noite e comecei a me lembrar de mim, ali na Bahia. Minha ânsia política que passou tão depressa. A confiança que eu sentia em cada palavra de um discurso. O passo que me levava ao amor, mal o acenassem. O carinho contido nos meus carinhos. Depois, os meus amigos e, nisso, me vem constantemente Odorico Tavares, a quem sempre vejo, para gostar mais e aumentar as saudades. Nossa vidinha baiana, no cais do porto ou em Ipitanga, esperando gente para levar às igrejas, às praias e aos dendês. A livraria do Sousa ficava na praça da Sé e lá parávamos, depois do almoço, folheando livros que nem sempre líamos. Depois, íamos aos discos da rua Chile. Era preciso ouvir muita música sinfônica, nos domingos desumanos da Barra Avenida. Descíamos para trabalhar, no velho casario do *Diário de Notícias*. Chegavam os jornais do Rio e dávamos graças a Deus por vivermos na Bahia.

Morreu Maria de São Pedro e, com certeza, terá um biógrafo e, com justiça, terá uma rua. Fez muito pela Bahia, essa mulher. Não lhe neguem uma placa, numa pequena rua, para que o visitante de amanhã recorde o que dela ouviu, ao ver o seu nome num muro qualquer. Isto fará parte da devoção baiana àqueles que chamaram os homens de longe, para ver e amar a Bahia. Maria fez, com o seu dendê, o que fez Caymmi em sua canção, Pancetti em sua tinta, Jorge Amado em seu romance, Marta Rocha em seus olhos azuis... Outros muitos, com o coração tocado pelas emoções do céu e do chão, do homem e da cantiga, na cidade indecifrável e amada. Recado errante: leve um botão de rosa a Maria de São Pedro.

O Globo, 04/06/1958

O Braga

Braga — Rubem — é de Cachoeiro de Itapemirim e, disso, faz um patriotismo germânico, agredindo quem fala mal de sua terra. Fuma Liberty Ovais e, por estranha coincidência, padece de uma bronquite que lhe dá certo encanto. Na guerra, um correspondente americano o identificava a quilômetros pela fumaça do cigarro. Levava um lenço ao rosto e dizia: "*Braga is here*". Em seguida, vomitava e escrevia para a família, nos Estados Unidos, repetindo, na carta, dezenas de vezes: "*Braga is here*". Mora em Ipanema, numa cumeeira de edifício, em frente ao farol da Ilha Rasa, onde escreve, lê, pensa, bebe, fuma, dá almoços e ama — embora ao amor, aos grandes planos e ressacas do amor, dê a maior parte do seu tempo. Em sua sala, passam todos os ventos e Braga (o íntimo dos ventos) os chama pelos nomes: sudoeste, noroeste, terral (brisa terral) etc. É sonâmbulo e, uma vez, tendo dormido em São Paulo — num hotel da avenida Ipiranga — despertou em Santos, na cama fofa do Balneário. Não tem hora certa para dormir, preferindo repousar em módicas prestações de duas e três horas, onde estiver e quando o sono o pegar. Acordado ou dormindo, sofre 23 horas por dia de dor de cotovelo, dedicando a hora restante a pensamentos bancários, o que vale dizer: pensar em letras. Considera o verão um bem de Deus e o toma como merecimento seu; quando lhe oferecem qualquer trabalho, entre novembro e abril, sua resposta é uma só: "vamos deixar pra maio". Odeia o presidente da República e seu grande prazer é escrever contra a palavra "Vargas", pelo menos, uma vez por mês. É querido e acatadíssimo em todas as rodas, principalmente naquelas onde estão os políticos que ele considera adversários. Homens e mulheres sabem, de cor, vários trechos de suas crônicas e gostam de repeti-los, em êxtase, o que encabula um pouco o autor, obrigando-o a levar o copo à boca para cobrir o rosto. Dança mal e é razoavelmente desafinado. Mas gosta de música e sabe distinguir o que é bom do que não serve. Em matéria de mulher, não fala em "boas", nem em "pedaços" — fala em "beleza", prendendo-se, terrivelmente, aos detalhes. Já lhe ouvi longos discursos sobre "joelhos redondos" e "coxas longas".

Gosta do mar e dos peixes, sabe o nome de várias estrelas e tem umas conversas com as Três Marias. Viaja sob qualquer pretexto. Basta que uma garça voe no rumo da Europa... e lá vai o Braga. Na Itália ou na França, sente-se como se estivesse no Brasil. Fala francês, inglês e português, com péssima pronúncia. É das pessoas que melhor já escreveram neste nosso idioma. Vive há um mês da crônica de Joaquina, que dizia: "Joaquina, com a mão no queixo, os olhos no céu, era quem mais fazia. Fazia olhos azuis". Homem de atitudes seguras, à base de uma lealdade pouco vista de Joana d'Arc até nossos dias. Não perdoa certos inimigos, por mais gracinhas que eles façam para ser bonzinhos. Há dias, um inimigo rico, através de terceiros, ofereceu-lhe um bom ganhador de dinheiro. Braga não se deixou fascinar por um segundo sequer, não ficou com o semblante dos seduzidos, respondendo, em cima da oferta: "Engraçadinho, quer que eu seja seu empregado. Por que ele não vem ser copeiro do meu apartamento?". Fisicamente, não é grande coisa, mas tem sempre muito sol no rosto e muita saúde no lábio inferior, que, às vezes, toma ares e cores de alcatra, em prato de churrascaria. Não se dá com Wainer e Chateaubriand, que, por sua vez, são inimigos entre si. Entende e gosta de pintura, balé, marés, futebol, geografia, mulher (seus penteados, seus jeitos de andar, seus modos de pintar a boca, suas cruzadas de pernas), conhaque, passarinhos, poesia, seu poeta preferido é Bandeira e seu clube é o Flamengo. Já fez jornalismo no Rio Grande, São Paulo, Minas, Ceará, Pernambuco e, do Recife, recorda frevos e maracatus, obrigando-me a cantar, a três por dois, algumas canções dos carnavais pernambucanos. Fez quarenta anos e garante que foi pela primeira vez.

Este é Rubem Braga, de quem nossos netos lerão as crônicas e — quem sabe? — talvez invejem a era (quando a vida era mais barata etc.). Sua "água furtada" tem uma varanda, a varanda tem uma rede e, na rede, tem eu, sem camisa, recebendo o sudoeste, de frente, gelando os suplícios do meu avesso e falando bem da vida alheia com o dono da casa. Indo e vindo, navio ou avião do rumo-sul passa por lá e dá adeus. Braga, escorando na fumaça de mais um Liberty Ovais, trama uma viagem à Europa. A vitrola toca "Summertime" e anoitece. Os pinheiros de alguns quintais bem-postos, que existem por ali, dão boa-noite ao poeta e vão tratar de sua vida.

Manchete, 07/02/1953

Discurso a Caymmi

Muito luar, praia cheia de gente, Caymmi de branco, com os cabelos idem: este cronista, levado ao discurso, começa falando de si mesmo e, depois de outras coisas, diz assim: "Volto hoje em busca do grande silêncio das madrugadas no Terreiro de Jesus, da paz incomparável da igreja de Monte Serrat, onde a lua é madrinha da minha vida, e das curvas femininas da praia que começaram num gesto sequioso do mar". O microfone enguiça, outras coisas são ditas, até que o microfone ressuscita na hora em que era dito: "Volto e, perante o luar, o povo e a praia de Itapuã, me penitencio de ter ido, quando a grande beleza era esta e só aqui seria possível a tão desejada reconciliação comigo mesmo. Ninguém se encante quando o navio passar de noite, carregado de luzes, chamando para longe... Ninguém se encante e ninguém vá: fique na Bahia para que, depois, num tardio e irremediável arrependimento, não venha deplorar o que fez diante dos que ficaram".

Estas palavras, amigas e amigos da Bahia, não se devem limitar ao meu deslumbramento pela volta. São elas para meu companheiro e meu irmão, para meu poeta e meu cantor, o suave baiano Dorival Caymmi, cujo nome, num magnífico gesto dos pescadores, acaba de ser escrito nesta praça. Vós que aqui viestes (os pescadores) sois dignos de todas as ternuras. Não viestes para ouvir os políticos e, deles, arrancar promessas. Não viestes para exibir vossa pobreza na face anemiada de vossos filhos ou na humildade de vossas roupas. Viestes para ouvir e exaltar Dorival Caymmi, que nada promete, a não ser, enquanto vivo, dizer em canções que a Bahia é bonita, que o seu povo é o suave, crente, bem-humorado, heroico e festeiro povo de todas as doçuras baianas. Andai pelo mundo em fora e, em toda parte, numa confissão de mulher ou de poeta, haverá sempre um grande desejo de conhecer o Bonfim, de contemplar o silêncio feiticeiro da Lagoa do Abaeté, de sentir a exuberante autenticidade do casario baiano, com o azulejo de suas fachadas e o jacarandá sisudo dos seus balcões. Uma vez, em Santiago do Chile, ao saber que eu era brasileiro, um chofer de táxi me disse:

— *Yo queria ir a Bahia.*

Perguntei por que e ele me confessou:

— *Para ver lo que tiene la baiana...*

Estas coisas acontecem no Chile e em Paris, em Nova York e no Afeganistão, porque a música de Caymmi escreveu nos muros do mundo e, mais ainda, no coração dos povos a palavra "Bahia"!

Foi aqui, em Itapuã, com Zezinho, Eduardo Peres, Fernando Pedreira e seu irmão Deraldo que Caymmi, pela primeira vez, cantou o mar e os temporais, a vida e a morte dos homens do mar. Foi aqui que os saveiros lhe ensinaram a ser irmão das viagens e dos riscos marinhos. Foi aqui, também, que o seu coração se encantou, pela primeira vez, por um olhar, um gesto e um suspiro de mulher. Eduardo Peres, Zezinho e Fernando Pedreira aqui estão, mais velhos e mais conquistados pela saudade. Deraldo não pôde vir. Por mais que quisesse, não conseguiu viver até esta noite em que seu irmão de violeiro da praia passou a nome de praça, num desejo grato do povo. Então, em respeitoso instante, citamos a falta de Deraldo Caymmi.

Meu querido e fraterno Dorival, em nome dos teus amigos, fazendo destas palavras e desta profunda emoção o dizer e o sentir de todos os que te querem bem, deixa que eu te aperte num abraço quente e demorado. Deixa que me orgulhe e me sinta mais gente pela ventura de contigo ter andado, de mãos dadas, por caminhos duros ou macios, em horas de riso ou de tristeza. Deixa que me louve por tê-lo perto, quando necessito de ti, de tua inigualável cordura, para repousar de todos os meus cansaços, assim como repousam os marinheiros cansados nas enseadas do silêncio e da tranquilidade. Quantas e quantas vezes, sem saber o que fazer de mim e de minha inquietação, fui buscar em tua palavra e em teu silêncio a calma e o destemor para continuar vivo.

Sabeis, senhores! Caymmi é o grande repousante, entre todos os nossos amigos! Vinde ver Itapuã, gente do norte e do sul! Trazei pelas vossas mãos as mulheres mais belas do mundo e aqui, nesta praça, parai para espiar a placa. Se alguém perguntar: "De quem foi este nome? Foi guerreiro? Foi presidente de Estado?", respondei: "Não. É um poeta. É o cantor deste mar e destes coqueiros, deste vento e deste luar, destes pescadores e destes saveiros. É o agradecido cantor de Itapuã, praia de coqueiros, areia, morena e saudade".

E, em mais um abraço, deixa que eu te diga, Dorival Caymmi: vive o mais que puderes e, da saudade de tua terra, faze tua canção, cada vez mais bela, cada vez mais poderosa!

Manchete, 18/07/1953

O mar, em 1928

Banho de mar, no Recife, era banho salgado e só se tomava com ordem médica, das cinco às seis da manhã, antes do sol.

As roupas de banho das mulheres começavam numa touca, seguida de casaco-sunga escuro (com aplicações róseas ou azuis) até os joelhos e sapatos de borracha. Acordávamos com a noite fechada, entrávamos em nossas roupas de banho e partíamos, de carro, para a Boa Viagem. Em jejum. Ai de quem tomasse café e entrasse na água. Contavam-se casos de pessoas que envesgaram ou ficaram com a boca torta. Tinha que ser um jejum como o da comunhão. Nem água. A madrugada cheirava a sargaços.

A família só descia do automóvel depois que o chofer, pessoa de confiança, fizesse um reconhecimento da área adjacente e garantisse que não havia ninguém (homem), ali por perto. Naquele tempo, o homem não atacava, mas já olhava. Na praia, a pessoa mais velha mandava que todos fizessem o pelo-sinal e tirava uma ave-maria, a que todos respondiam, encomendando a alma a Deus, em caso de afogamento ou congestão.

— Botaram algodão nos ouvidos?

— Botamos.

Davam-se as mãos e entravam no mar, pé ante pé, até a cintura.

— Um, dois, três... e já!

E mergulhava, agoniada, de mãos dadas, olhos, ouvidos, boca e nariz tapados, a família inteira.

Essas lembranças têm 35 anos. O mar era uma novidade. Um desconhecido. Fazia-se cerimônia com ele. Tinha-se medo dele. O mar de 1928 era ainda de Castro Alves. Soleníssimo. "Stamos em pleno mar!" Fazia medo. O mar hoje é o de Caymmi. Tornou-se íntimo. Ninguém respeita. "É doce morrer no mar."

Quem, em 1928, teria coragem de brincar assim com o oceano Atlântico?

O Jornal, 10/02/1963

Nós e os dourados

Tínhamos que atingir um ponto do mar de onde fosse possível ver a silhueta completa do Pão de Açúcar, à direita da Ilha Rasa. E à esquerda do barco, além da Ilha Redonda, as Tijucas, desanuviadas e distintas. Chegamos, depois de umas duas horas de motor Panther. Estamos a cerca de quatro milhas ao sul do farol. No barco, além de quem vos conta a história, Chico Brito, Pescocinho (por não tê-lo), Noca, um senhor enjoando (por isso, dele, revelamos apenas as iniciais, O. B.) e o timoneiro Braga — este último de Cachoeiro de Itapemirim. Motivo: cardume de dourados. Viemos corricando desde a pedra do Forte e as iscas chegaram intatas. Lanço minha linha de estreante sem grandes esperanças e, de repente, alguma coisa me puxa para fora do barco. Resisto, dou linha, cobro a margem de passeio que lhe dei, o bicho pula um metro em cima da onda (é grande e verde!) e, finalmente, dá o seu último show de valentia, no fundo do barco, levando punhaladas em volta dos olhos, resistindo e morrendo, dando-nos rabanadas na barriga e nas pernas, morrendo e resistindo. Logo em seguida, é o Braga às voltas com o segundo peixe. Repete-se a luta, a ferroada do bicheiro e o dourado número dois é apunhalado aos nossos pés. Chico Brito é senhor desses mares e desses peixes. Fez-se um grande íntimo dos ventos e das correntes marinhas. Salta, diz nomes feios, xinga a tripulação, embarca o peixe, muda as sardinhas do anzol, tudo com autoridade. O mar está azul e as águas, muito límpidas, mostram o fundo abismo de Janaína, onde o risco e a morte têm silêncio de flor e som de cantiga. O sol arde no rosto, nas costas e nas pernas aprazando uma noite de Picrato de Butesin. De repente, vindo por debaixo do barco, maior que o barco (uns três metros e meio), um bicho marrom com a cabeça de martelo, nadando em macio. Ninguém disse nada antes de olhar para Chico Brito. Depois, os seis, como uns loucos, começaram a xingar o tubarão de tudo o que era nome. O bicho volteou o barco e só de piada deu uma cabeçada no motor de popa. Nessa altura dois dourados comeram nossos anzóis e o tubarão resolve comê-los antes de nos comer em juventude. O seu nado é uma beleza. Uma negaceada do dourado fê-lo dar uma grande virada de piscina — sem botar as mãos. Sua nadadeira, fora d'água, assovia na tona e conduz minha linha. Em seguida, numa deitada de desprezo, corta o arame do meu anzol e passa roçando o barco a um palmo de mim. Cuspo nele. Depois circunda o barco num raio de três metros e vem, de cara, em grande velocidade, em nossa direção e a beleza da investida não deixa ninguém ter medo. Braga se equilibra nos calcanhares e o espera na ponta do bicheiro. Pensei: perdemos um cronista. O bicho leva a ferroada no lombo, dá outra virada de piscina e quer levar o Braga pra ele. No barco, todos são contra. A ponta do bicheiro abriu e o tubarão soltou-se. Chico Brito prepara a espingarda. Vai ser um tiro certo. Vamos chegar aos Marimbás rebocando três metros e meio de tubarão. Mas, nessa altura dos acontecimentos, o grande seláquio resolve cuidar de outros interesses e some a boreste, cortando água, singrando onda com o leque das costas. Voltamos aos dourados. O sol esfria. Parece que saímos do pesqueiro porque a posição das três Tijucas, em relação à ilha Redonda, já não é a mesma. O vento está ficando úmido. O nosso companheiro O. B. enjoa, coitado, e ressona agarrado no caniço. Voltamos à praia, com oito dourados e uma história de tubarão para contar.

Diário Carioca, 02/02/1954

Eles não mudaram

Digo sempre que João Condé e José Lins do Rego, por mais tempo que passem no Rio, por mais viagens que façam à Europa, continuarão cada vez mais nortistas. João implacável, criado em colégios daqui, fala e vive como um fazendeiro de Caruaru. José Lins, se não fosse o cacoete rubro-negro, estaria intacto na índole, na espontaneidade e no sotaque de um sertanejo paraibano.

Estava, há vários dias, para escrever qualquer coisa sobre as admiráveis crônicas que Zé do Rego nos mandou de sua última excelente viagem, quando, no último sábado, fui encontrá-lo à mesa com Di Cavalcanti. A festejar, além da alegria de estarmos juntos, havia o livro de Di e a entrada de Zé do Rêgo para o rol dos imortais. João Condé também estava e não sei que espécie de som tinha a nossa conversa, mas um garçom se achou na obrigação de nos atender em espanhol. Na mesa não se falava outra coisa senão o patuá de Areias, Caruaru e Recife.

Levei, depois, o imortal às pamonhas e ao caldo de cana de São Conrado. Comemos e nos lambuzamos, como se estivéssemos numa soberana noite da Feira do Bacurau, no Recife. Pamonhas, feitas ali aos nossos olhos, saindo da água fervente, foram comidas com uma saudade visivelmente maior do que qualquer espécie de fome. Um caldo de cana verde e grossa, podia não ser tirado de cana-caiana ou demerara, mas tinha um sabor acentuado dos banguês de Pernambuco. Essa coisa de ser-se do norte tem, sim, uma certa importância. Dentro de nós, há uma constante memória de gostos e de cheiros.

A gente anda, a gente se deslumbra, mas a volta, por exemplo, a uma água de coco é quase uma regeneração. Vivendo fora da Paraíba ou de Pernambuco, cada um se perde a seu modo. Cada um tem sua vida e suas horas. Quando acontece de nos juntarmos, um faz, na conversa do outro, sua viagem de retorno. João Condé, por exemplo (sei lá por quê), me leva às feiras de gado em Vitória do Santo Antão. Zé Lins me devolve aos terraços da casa-grande do meu engenho, onde meus parentes dormiam enormes sestas de rede, ninados a cafunés, acordando de hora em hora para gritar com as galinhas que andavam por dentro de casa, a saber da chuva.

O Globo, 21/08/1955

O amigo de infância

O tom era mais que o de uma queixa. De acusação:

— Você não se lembra mais de mim!

Eu não me lembrava daquele homem, no todo. Mas, em parte. Não lhe recordava o nome, nem tinha a menor ideia de quando o vi pela primeira ou pela última vez. Onde o vira. Seus olhos eram, porém, meus conhecidos. Seu olhar e sua voz, ambos amargos.

Continuava a acusar-me de tê-lo esquecido. A ele, que relembrava dos nomes dos meus irmãos, da rua e da casa onde morávamos, de como eram minhas roupas domingueiras.

Eu gostaria de saber explicar-lhe que, na vida, basta haver duas pessoas para que uma esqueça a outra. E, na vida, há tanta gente. Uma explicação tão difícil que só um bêbedo seria capaz de entendê-la. Porque os bêbedos são mais generosos e aquiescentes. Aquele homem, porém, estava lúcido. E sua lucidez era, convencionalmente, a certa. Contra mim, a razão de alguém que pretendia saber por que eu o esqueci, se ele não me esqueceu? Quando eu é que devia perguntar-lhe, se possível, segurando-o pelas lapelas, por que não me esqueceu, se eu o esqueci?

Se ele fosse um bêbedo, compreenderia. A humanidade apegou-se tanto aos convencionalismos que, hoje em dia, é muito difícil falar aos homens que não estão bêbedos. No entanto, o homem é livre e pode optar por ser autêntico. Mas não. Prefere aprisionar-se, acomodar-se cada vez mais, à significação exata e formal das palavras e dos gestos.

Afinal, deu-se a conhecer. Chamava-se Francisco e era um amigo de infância. Pedi-lhe desculpas. Abracei-o. Fui-me embora. Mas, se fosse possível convencê-lo, teria ficado para dizer-lhe, com todas as palavras nos lugares certos, que a falha não é, jamais, de quem esquece o amigo de infância. E, sim, de quem dele ainda se lembra. O natural é que o gato seja manhoso; a águia, nobre; e o homem, esquecido. Não me entenderia. Para ele, tanto quanto a águia devesse ser nobre, o homem teria obrigação de ser perfeito. Então, de nada adiantaria eu lhe ensinar que os amigos de infância, desde que se separam, serão irreconciliáveis depois quando, da infância, outra coisa não existir além do homem envelhecido. Seria possível, sim, preservar o amigo de infância se possível fosse preservar e manter a infância. O ar e a luz de suas manhãs. As cores do casario. Os cânticos e o incenso das novenas. A beleza, a coragem e as esperanças do menino.

O Cruzeiro, 02/06/1962

A tarde e a multidão

Todos estão tristes às 4h25 da tarde, na avenida Nossa Senhora de Copacabana. São muitas pessoas e todos os rostos são apreensivos. É como se houvesse uma causa comum, essencial, anterior. Todos caminham amargurados às 4h25 da tarde, na avenida Nossa Senhora de Copacabana.

Por quê, se não vai chover e se o mar não vai transbordar? Por que esse ar de todos, tão aflito, de quem não se sabe achar?

Tempos atrás, passei pela avenida Nossa Senhora de Copacabana, todos eram felizes. O amargurado era eu. Hoje, na multidão, não tenho mais que dois problemas. Dói-me a botina nova, no pé esquerdo, e vou comprar um ferro elétrico. Quanto à botina, bastará descalçá-la quando chegar em casa. E sentir a dor passando, que é um prazer muito maior que o de nunca ter tido dor nenhuma. Mas, o ferro elétrico? E o ferro elétrico? Como é que se compra um ferro elétrico?

Pergunta-me o homem do balcão:

— Como é que o senhor quer o ferro elétrico?

Hesito e respondo, na medida do possível:

— Um que seja bem elétrico.

Sim, porque se vou comprar um ferro elétrico, quanto mais elétrico for, melhor. Se fosse comprar um quadro-negro, tinha que ser o mais negro de todos.

Volto à rua e as pessoas estão ainda mais aflitas às 5h15 da tarde, na avenida Nossa Senhora de Copacabana. A tarde vã, desperdiçada, no rosto de cada semelhante. Como se cada um tivesse uma coisa sem remédio na parte alta da cavidade torácica. Uma angústia, uma falta de ar, malgrado a tarde estival.

Falta de exercício respiratório. Nada mais que isso. O homem se desentende consigo mesmo porque se esquece de respirar. É preciso aspirar, no mínimo, quatro litros de oxigênio em cada tomada de ar. O homem de hoje não respira, ofega. Como os cachorros. E isto altera o equilíbrio moral de cada um.

Aflige-me o pobre olhar das multidões. Por nada. Não há culpa ou causa comum. Cada qual carrega o seu deserto, seu calvário particular, porque na angústia, no fundo da grande angústia, há uma cômoda preguiça, um estágio de lânguido torpor como o do ópio.

Não há nada a fazer pelas pessoas da tarde, na avenida Nossa Senhora de Copacabana.

Diário da Noite, 27/09/1961

Menino de olhar triste

Via, da janela, o menino com o seu olharzinho de pessoa triste, espiando a rua sem licença ou coragem para sair. Debruçadinho no portão, comia uma bolacha maria e mastigava horas, sem o menor entusiasmo pelo biscoito. Comecei a pensar na falta de graça que estava sendo sua vidinha. Se na rua nada o fascinava, a bolacha também era sem gosto. E seu coração de menino começou a me dar pena, de tão desalegre que estava. Mais adiante, os outros jogavam bola, brincando de ser Flamengo e dizendo semipalavrões. Um deles, fazendo microfone de uma lata de graxa, irradiava o jogo imitando o palavreado do Cozzi. O resto da rua estava calada e vazia, a não ser na esquina, onde um casal moreno de namorados esperava somente escurecer para entrar em ação conjunta.

Continuei olhando o menino da bolacha maria com uma vontade enorme que acontecesse alguma coisa boa com ele, que alguém que chegasse com um embrulho de presentes, um voo de passarinho que o alegrasse ou, ao menos, o interessasse. Mas não acontecia nada e o dia começou a escurecer de repente. Foi quando os garotos do futebol largaram de jogar e vieram andando, falando meio ofegantes, gabando-se de seus dribles e de seus chutes. Em frente à casa do menino mansinho, um, que usava boina e já tinha as pernas arqueadas de beque recuado, parou e insultou:

— Que é que há, galinha-morta?

O de dentro jogou a bolacha fora, limpou as mãos na camisa e ficou de olho seguro, esperando outra provocação, que veio:

— Tás com medo, seminarista?

O menino da vidinha sem graça não deu uma palavra. Abriu o portão, chegou perto do garoto da boina e, sem lhe perguntar pelos parentes, deu-lhe aquele soco exato que resvala no queixo e faz o adversário andar de costas e cair sentado. Andou um passo à frente e esperou que o outro levantasse. O ar de segurança do vencedor era uma coisa tão de homem que os outros, além de se instalarem em neutralidade, não ousaram dizer nada. Depois que a turma foi embora e ele voltou para o seu lugar, acenei-lhe um adeus de parabéns, rimos e, naquela fração da eternidade, fomos duas criaturas perfeitamente entendidas, felizes uma com a outra: eu e o menino do olhar de pessoa triste.

Diário Carioca, 31/12/1953

Oração da vida e da morte

Gosto da vida e de viver pelas pequenas alegrias que me deram. Por isso, queria morrer meia hora depois do instante marcado. Trinta minutos para só fazer e sentir o que fosse de melhor: ter uma confissão de amor, ver os olhos do meu filho, fumar um cigarro em sensação de cansaço, ouvir uma música que se chama "These Foolish Things", embriagar-me e me apaixonar em seguida. Gostar de viver é, em mim, uma coisa meio inexplicável. Fui sempre um tímido, um preguiçoso e, essencialmente, um tímido. As coisas boas passavam em velocidade sônica e meus gestos se encolheram sempre, sem se sentirem capazes de tomá-las. Em volta, havia a admirável audácia dos outros, as mãos enormes dos outros a recebê-las antes de mim. Mas mesmo assim sinto-me capaz de pedir e de merecer meia hora de vida além da vida, para repetir essas pequenas alegrias que me deram. Que alegrias são essas? Com exatidão, não sei, mas houve. Ter sido querido em bem de amor, por exemplo? Certamente, não fui. E quem poderá dizer que foi amado? A gente nunca sabe. Mas sei que gostei dos outros, tantas vezes, e isto é muito. Querer bem tem sido uma constante em minha vida. Quis bem à beleza, à inteligência, à juventude, ao erro, à generosidade, à coragem, à lágrima e ao carinho dos outros. O próprio ar que, em momentos, se parece com uma certa melodia jamais tocada. Experimenta, amigo, recordar os ares das manhãs feriadas de tua infância.

É necessário, portanto, viver mais, além do instante que seria o último, por essas pequenas felicidades que tivemos.

Por mais habituado que se esteja consigo mesmo e, de si mesmo fatigado, o minuto a mais será sempre um nascimento e uma redenção. Por essas crenças que ainda me restam, gosto de viver agora que anoitece e a rua está triste. E gostarei mais ainda amanhã, quando vier outro dia para clarear o mar.

Diário Carioca, 18/06/1954

O dia longo e confortável

É bom dormir cedo. Deitar com um cansaço maior que o pensamento e, sentindo uma espécie de sal dentro das pálpebras, descobrir que os ruídos se estão distanciando. O homem se felicita de não ser apenas uma efervescência de ideias, de ter ainda uma química humana que o rende, que o prostra. O homem intenso, que dorme sem sonhar. Acorda com a luz e os passarinhos da manhã. Vê o relógio. Dormiu quase oito horas, como todas as pessoas livres que prezam, acima de tudo, o direito de si mesmas. Olha ao longo do dia, que está começando. Um dia enorme, confortável. Não precisa correr. As horas são muitas. Pode escrever, nadar, receber, pagar, ir ao alfaiate, iniciar um tratamento de dentes. Tudo, menos sonhar. Os sonhos constroem com uma das piores matérias-primas do mundo — o nada. A perfeição do nada é fascinante. E só se deve construir com pedras e verdades. Uma casa ou uma felicidade precisa ser feita com as mãos. Jamais com palavras. A palavra substitui e relega o feito. Em vez de se contar uma história, devia-se estar fazendo constantemente alguma coisa com as mãos: uma estátua, um cigarro de palha, um carinho. A palavra sempre intrigou e desuniu. As mãos muito menos.

O homem olha as suas mãos sem feitos e procura recuperar-lhes a intimidade. Torná-las úteis e proveitosas.

O dia está lindo na avenida Atlântica. Em frente, a Ilha Rasa, desanuviada e nítida. A velha fortaleza, mais ou menos inútil como todas as fortalezas, onde uma corneta dá ordens várias vezes por dia. Uma mulher entra no mar, sem hesitação de medo ou de frio. E vai nadando, quase sem fazer espuma. Está fazendo alguma coisa. Não está pensando muito. As pessoas competentes estão muito acima das inspiradas. Vem-se da infância como de uma pátria. A maturidade é um exílio, no qual há que se proceder com dignidade. Meu corpo é meu e deve, cada vez mais, apossar-se da minha alma. Livrá-la de lacerações às vezes tão imerecidas. Não devo fazer poesia com o meu corpo (lição de Drummond), e cada vez menos com a minha alma. É preciso manter a intensidade das tendências. Comer, por exemplo. Comer com manteiga, com arroz, molho e pão. Um homem afrontado, depois de uma comida gorda, é um homem mais próximo de suas purezas. E o dia se estende aos meus pés como uma passadeira enorme. Devo caminhar sobre o dia o mais possível e misturar-me às multidões que suam, que sobem e descem escadas, que fazem fita e esperam, que empurram, que enfrentam oponentes reais de carne e osso e cantam, mesmo sem razão. O dia está tão grande à minha frente que, para fazer tudo o que preciso, nem é preciso chegar ao seu fim.

O Globo, 28/08/1957

Beleza

Acorda esse homem inesperada e injustificavelmente cedo, sem saber direito onde está, mas inteiramente certo de que aquela cama não é a sua. O despertar de quem dorme fora é sempre assim e a primeira sensação é uma desconfiança: terei sido raptado? Aos poucos, as ideias se arrumam, a inconsciência do sono vai cedendo lugar à lucidez das coisas exatas e a realidade se comprova na cor da parede, no desenho dos móveis, no cheiro da fronha e dos lençóis, que é uma agradável novidade olfativa. Esse homem chega à simples conclusão de que é um hóspede. Tem um dia grande e vadio pela frente. Poderá, se quiser, continuar na cama, lendo, tramando, cochilando e, mais que tudo, gozando a perspectiva do tempo sem horários e sem tarefas. Mas decide levantar. Antes, faz sua reza íntima de todas as manhãs, a que diz: "Não te deixes tomar pelo pequeno êxito e não te eleves acima do conhecimento que tens da tua frequente fragilidade" etc. Abre a janela. A bruma baixa desfigurou a silhueta dos montes. Vai chover e o dia terá um céu triste. Mas o vento frio da serra e as flores, que são tantas — amarelas, vermelhas, azuis — trazem uma alegria completa, uma impressão de salvamento, em que os cansaços e desgostos aparecem como penas já cumpridas. Dali por diante, esse homem está quite com os castigos e lhe chegam — como nos domingos da meninice — as esperanças, o ânimo, a ideia tranquila de existência. Esse homem não sabe se está apaixonado por uma mulher ou simplesmente pela vida. Mas, em seu coração, há um amor indefinido, que por si, pelo bem que faz, poderá ficar sem alvo certo, sem reciprocidade. Basta-lhe a manhã de vento frio, o perfume das flores e o verde do capim viçoso. Deve ser este um grande momento de sua vida, porque a sensação constante de saudade não está, pela primeira vez, entre os seus sentimentos.

Diário Carioca, 07/11/1954

As lembranças são inesperadas

Tenho três viagens para escolher: andar uns cem metros e tomar um táxi; esperar uns dez minutos pelo lotação; tomar aquele bonde que vem descendo a ladeira com sua cantiga de ferro. Vamos ao bonde. Feliz, neste mundo, de quem ainda pode andar de bonde. Não tenho pressa. Ou, melhor, já é tarde demais para apressar-me.

Acomodo-me num banco vazio, a tarde é clara e quase faz frio. Sinto um começo de paz dentro de mim — a paz dos bondes vazios nos bairros sem comércio. As casas passam, umas de azulejo, outras com jardim na frente, algumas de janelas verdes, numa delas uma moça no sobrado a molhar uma planta. De repente e tão depressa, uma porção de coisas que eu não via há muitos anos: casas de jardim, janelas verdes, moça molhando planta. No bonde, uma mulher de pescoço magro, dois bancos à minha frente, a única viajante além de mim. Pescoço escuro, onde cabelos brancos e amarelos terminam em remoinhos, lembrando cangotes negros de algumas mulheres magras de quando era menino. Via-as assim, nas missas, nas novenas, nos ofícios do mês de Maria. Eram mulheres resignadas, que rezavam muito e que, apesar disso, me davam a impressão de que não iriam para o céu. Porque eram magras. Eu só acreditava o céu para as pessoas gordas, talvez porque minha mãe e minhas tias fossem gordas e eu as tivesse na conta de santas. Agora, esta mulher do bonde me traz tantas lembranças e nas lembranças um bem-estar tão inesperado que, se não parecesse exibicionismo, eu lhe pagaria a passagem.

O terraço do engenho, as cheias do Serinhaém e o cercado coberto de água até onde a vista pudesse ir. Os meninotes faziam jangadas de bananeira e lá se iam, água afora, matando a gente de inveja pela sua liberdade. Eram meninos de barrigas enormes e umbigos saltados — mas soltos, livres, como todo filho de senhor de engenho tinha vontade de ser. Ficávamos no terraço cumprindo a pena da nossa riqueza. Os carneiros subiam o monte e, lá no aceiro da mata, ficavam berrando até que as águas descessem e o rebanho pudesse voltar ao cercado. Dos bois, ninguém sabia. Via-se ao longe um ou outro, desgarrado; ou vinha um nadando na direção do curral. Nossos carneiros, os que eram de montar ou puxar os carros, nós trazíamos para dentro de casa e dávamos-lhes de comer o milho em nossas mãos, com um carinho que eles jamais entenderam. Nunca houve um menino de engenho que não tivesse o seu carneiro — quase sempre chamado Tomé...

Nós contemplávamos as cheias, do terraço da casa-grande, até o dia se apagar e as muriçocas chegarem para comer-nos as pernas e os braços. Entrávamos, então, para jantar e ouvíamos falar, gravemente, das não sei quantas toneladas de cana perdidas na enchente diluvial. Havia sempre quem chamava atenção para o malfeito das coisas:

— O ano passado foi a seca que comeu a safra. Este ano foi a chuva.

Safra. Palavra que envelheceu quatro gerações acima da minha e, do coração, matou muitos Araújo e alguns Morais. Naquele tempo, não havia infarto mas, com alguma frequência, morria-se de repente. Não havia derrame cerebral, mas ficava-se com um lado esquecido, para o resto da vida. E tudo por causa das apreensões causadas pelas safras.

Na sala grande, iluminada a candeeiros, jantávamos carne-seca, mexida com ovos, farofa de água quente, café e bolacha comum. Pelos cantos da sala, perto das escarradeiras, queimavam-se farinha e estrume para espantar as muriçocas. Não adiantava nada. Vivíamos de pernas encalombadas, durante todos os meses das férias, no engenho.

O bonde para e desce a mulher. Com ela, vão-se essas recordações que, inesperadamente, vieram fazer-me tão boa companhia. A gente nunca espera como e de onde vêm as lembranças. No cangote magro da mulher do bonde, nos remoinhos dos seus cabelos brancos e amarelos, no ar e na luz da tarde, eu andei uns trinta anos para trás e descansei de quase toda a minha escravidão, de minha vida feita de horas e números, onde o dever do êxito me obriga a refugiar-me na esperança de voltar um dia ao chão de nascença e, sobre sua relva, andar de pés descalços.

O Globo, 02/08/1958

Engenhos

Pontable era um engenho de pouca safra. Não dava mais que 2 ou três 3 toneladas de cana. Mas era bonito. Do terraço da casa-grande, a gente via o cercado que não acabava e, depois, fazendo horizonte, o rio Serinhaém. De um lado e do outro, lá nas alturas, a mata. Bom fazer viagem de carro de boi, por dentro da mata, até o Engenho Alto do nosso tio Pedrinho Moraes. Mas a gente só ia uma vez no ano, três, quatro dias antes da festa de São Pedro, que era para não banalizar a viagem. A família toda, as empregadas, os gatos da casa, um papagaio. Saía-se com o dia ainda apagado, viajava-se quatro horas na sombra e, quando se via, a luz explodia na boca do Engenho Alto.

Isto acontecia na época mais fria do ano. Apesar do sol, o mês invernoso era frio. Ou então, em ano de cheia, chovia quinze dias e só parava quando se fazia novena a santo Amaro. Era a coisa melhor que havia, viajar de carro de boi por dentro da mata. Com sombra e frio. Com alegria.

Outro prazer que a gente tinha era ir às missas dos domingos, em Gameleira. Atravessava-se o rio de balsa, com carro de boi e tudo. Era difícil arrumar aqueles bois na balsa. Mas balsa não vira. Afundava meio palmo, medido na canela dos bois, e chegava do outro lado, sem perigo. Mesmo assim a gente morria de medo que fosse tudo para o fundo do rio, onde contavam que morava uma cobra da grossura de uma barrica e do tamanho do trem das sete. O trem das sete era grande. A locomotiva, quatro vagões de passageiros e três de carga. O tamanho maior que havia. O tamanho da cobra que morava no fundo do Serinhaém.

De noitinha, lá uma vez perdida, havia música no terraço. Uma harmônica, um triângulo e uma viola de doze cordas. O rapazinho do triângulo cantava com uma voz muito presa no peito:

Acorda, linda, vem ver
Acorda, linda, vem cá
Se é bonito, tem que ver
Dois navios correr no mar

A maioria daquela gente nunca tinha visto o mar. Com a exceção das empregadas que iam e vinham conosco duas vezes por ano ao Recife, ninguém tinha visto ainda o mar. O cocheiro perguntou um dia ao meu irmão:

— O mar e só de água ou tem plantação dentro?

Meu irmão explicou, como pôde, o que era o mar. E o homem, depois de entender, quis saber mais:

— Mas esse mar que passa lá no Recife pertence à usina ou é do governo?

Depois de jantar com o meu parente Cícero Dias, do engenho Jundiá, pensei horas nessas coisas. Cícero veio de Pernambuco, de Jundiá mesmo, onde ficou o mais que pôde, pescando traíra no riacho e dormindo na rede do terraço. Quem é de engenho pode passar cinquenta anos sem voltar. Pode ficar em Paris, em Nova York, onde for... Quando volta, sente que não desacostumou. O corpo descansa onde deita. A boca fica feliz de tudo o que come. O olhar se acende em tudo o que vê.

Última Hora, 31/05/1961

Um mundo

Sei que é muito feio a gente não falar inglês, mas os meus conhecimentos da língua de Bing Crosby não vão muito para além do *"how are you"*. Esta falha não foi, porém, uma razão suficiente para que abrisse mão da viagem a Nova York. Podem ficar certos os poliglotas de que chega a ser fascinante a gente viver num país sem falar e sem entender. Acontecem coisas engraçadíssimas, como aconteceu a Fernando Lobo nessa mesma Nova York que estou deixando agora. Numa cadeira de barbeiro, foi dizer um *"yes"* e lhe fizeram um xampu de meia hora e dois quilos de espuma. Algumas vezes, arrumei todas as palavrinhas da frase própria para pedir "Chesterfield", disse-as bem direitinho e o garçom me trouxe um hambúrguer com salada de batatas.

Eu era um mudo em Nova York. Mas a minha receptividade era maior, no ver e no sentir das coisas e pessoas. *"I am a dumb"*, disse, um dia, à minha amiga Modena Carol. E ela respondeu: "Sim, mas diz mais que muita gente".

E assim lá se ia o homem pelas ruas de Nova York. Assim, comprei discos, meias, sapatos, calças e canetas esferográficas. Assim, comi e bebi, à base do *"please"* e do *"I want"*. Riram muito de mim, cochicharam sobre mim... Mas, em compensação, no Recife eu vi vender lagartixa, ou melhor, osga de parede, a muito major do Corpo de Fuzileiros Americanos como sendo filhote de crocodilo.

Voo para Ciudad Trujillo, novamente a caminho do Brasil, e não sei quando, como, ou se um dia ainda voltarei aos

Estados Unidos. Gostaria de voltar e ver outras cidades. Mas, se foi curto o tempo do meu passeio, não me posso queixar de ter visto poucas coisas. Vi muito, senti mais ainda. E é mais importante aquilo que a gente sente sentado — digamos — numa mesa de bar, do que numa viagem de volta ao mundo, cercado de cicerones por todos os lados.

O Globo, 27/07/1955

Crônica fora de tempo para Marilyn Monroe

Já devem ter escrito tudo sobre a morte de Marilyn Monroe.

A notícia, a crônica, a poesia. A poesia mais vezes, que é fácil de fazer, havendo luto e dor. A receita do seu suicídio já foi passada, para que outros repitam. Os moralistas censuraram sua vida e os psicólogos explicaram seus desvarios. Quem tinha de chorar, de verdade ou para os fotógrafos, já chorou, e as flores deixadas sobre o túmulo morreram depressa, ao calor de agosto. Não haveria novidade a acrescentar, nesta crônica, que está sendo lida tantos dias depois de Marilyn Monroe.

Eu quase a conheci. Em 1955, em Nova York, embora legalmente separada de DiMaggio, passava duas semanas com ele num dos apartamentos da torre do Waldorf Astoria. Um dia, de tarde, Fredy, seu garçom particular (havia sido dono de bar aqui no Rio), entrou em meu quarto aos gritos:

— Vista-se correndo! Você vai entrevistar Marilyn Monroe! Falei de você, e ela está à sua espera. Já arranjei até fotógrafo.

O repórter que há em mim nunca foi maior que o meu decoro. O meu pundonor de homem feio. Era um verão quentíssimo. Olhei-me ao espelho. O rosto estava grande e o cabelo impenteável. Além disso, meu inglês não dava para nada. Os intérpretes sempre me enervaram. Sempre truncaram o que perguntei e nunca responderam o que, na realidade, quis saber. Iria ficar humilhado em duas línguas, numa só burrice, suando na testa e no pescoço. Não custava nada poupar Marilyn, tão bela, daquele encontro sem vantagens: disse a Fredy que não ia e o ouvi, ao telefone, lamentando que o repórter brasileiro houvesse viajado para Chicago. Achei engraçado, porque ninguém vai a Chicago. Morreu Marilyn sem ter passado pela chatice de ter me visto. Melhor assim.

Marilyn foi o retrato na parede de todo homem só. Do soldado, no front. Do palhaço, no camarim. Do estudante, de óculos, sem mulher. Do sentenciado. Foi a página de revista pregada na parede. Todos a amavam na parede do quarto. No coração, acho que não. Quem, hoje, colocaria seu retrato na mesa de cabeceira? Só o rosto, no porta-retrato. Quem pensaria nela, com viuvez? Talvez DiMaggio, que é um homem.

Morreu Marilyn Monroe sem que o prometido jamais lhe fosse dado.

O Cruzeiro, 25/08/1962

Paris acorda

O homem se rende ao cansaço dos seus excessos, deita às sete da noite e dorme como um lago ou como uma criança. Havia o que andar pela noite, mas os seus olhos pisados lhe fazem o grande apoio da fadiga. Como estão envelhecendo depressa, estes olhos! E como já foram ávidos e ansiosos! Agora, uma pálpebra caiu sobre a outra e, sob a sombra dos cílios, vieram sonhos feitos de saudade e pequenos cuidados. Não é possível uma evasão e um esquecimento, porque o que antes foi feito jamais deixará de ser, ao longo do sono, uma preocupação de amor e de medo. E esse homem se desperta, às seis da manhã, com o dia frio entrando pela janela. Não tem cigarros e seria esplêndido tomar uma xícara de café com leite. A rua está mais ou menos vazia, com a exceção dos pombos que beliscam o asfalto e das mulheres encapotadas que saem dos subterrâneos. Note-se a grande tranquilidade dos pombos e o certo ar de saciedade nos olhos das mulheres. É assim que Paris acorda: pombos serenos e mulheres nem sempre. O homem simplesmente passa. Num café da rua Marbeuf, quase esquina dos Champs-Élysées, uma moça de olhos e nariz parecidos com os de outra o espia de enviés. Primeiro, com alguma curiosidade. Depois, com um pouco de inesperada ternura. Para esse tímido, que mastiga o seu croissant, seria bom falar-lhe, dizer uma palavra qualquer de gratidão e agrado. Sairiam os dois, talvez, pelas calçadas dos Champs-Élysées e talvez fosse belo o que eles se dissessem. Mas aqueles olhos e aquele nariz se pareciam tanto com os da outra que, como a outra, talvez ela fosse natural de coração frio. O homem, então, pesou o mal e o bem que lhe podiam vir e, como era um rebelde, preferiu ficar sozinho, com a sua dor e o seu *café au lait*. Paris acordava e nada tinha a ver com isso.

O Globo, 21/05/1955

Três lembranças

A estrada fez uma curva da direita para a esquerda e começou a voltear o lago. À esquerda, uma pequenina avenida estava cheia de bandeirinhas azuis, vermelhas, amarelas, brancas. Dos restaurantes em fila, vinha uma música de flautas, acordeões e violinos. Homens e mulheres comiam na varanda, rindo e cantando. À direita, uma rampa de grama, o lago verde-escuro pela sombra das árvores e aquelas moças de cabelos soltos, de mãos dadas, tão jovens, andando devagarinho, esperando idade para o desgosto. Parei o automóvel para vê-las e tentar senti-las. Que mundo seria o de suas almas? Que espécies de ânsia e calor correriam em seu sangue? No meu lugar, um jovem ginasiano teria desejado tomar um daqueles rostos e, com ou sem doçura, beijá-lo minuciosamente. A mim cabia vê-las e, contritamente, arrepender-me de todos os meus pecados. Esses pecados mortais irremediáveis: o de ter nascido, o de ser filho de senhor de engenho e o de ter envelhecido tanto, antes de chegar a Blankenheim.

O homem completava o tanque de gasolina, enquanto o menino calibrava os pneus. Uma mulher de cabelos cinzentos deu um doce ao cachorro e fez-lhe uma pergunta que ficou sem resposta. Tentou saber de mim o que o cachorro não lhe soubera explicar. Tudo em alemão. Disse-lhe, em português, que a melhor maneira de nos entendermos seria ficarmos calados. Ela riu do som das minhas palavras. Eu ri do riso dela. O menino da calibração riu de nós dois e, para não ficar por baixo, o homem da gasolina também começou a rir. Nessa altura, minha amiga voltava e perguntou quem dos quatro contara a anedota do "lima a mira". Apontei para o cachorro.

Seguimos viagem, deixando o lago, as moças, as bandeirinhas e um outro arrependimento meu, que não citei na relação acima: o de não tocar violão.

Duas cidades após, eram quatro horas da tarde. Saíramos de Paris à meia-noite pela Porte de Pantin e tínhamos apenas tomado leite com presunto, em Verdun. Não fosse tão agradável o ar fresco daquele domingo e tão belas as margens do caminho, estaríamos morrendo de fome e de desgosto. Entretanto, poderíamos chegar até Colônia sem comer coisa alguma e, de lá, fazermos os seiscentos quilômetros na direção norte, até Hamburgo. Mas, à direita do caminho, havia uma casa de campo tão simpática, tão limpa, ao centro de tantas flores, que inventamos uma fome qualquer para apear. Comeríamos o quê? O menu teria pratos que se escrevem mais ou menos assim: "Vilhgurterzein". E, quando um viesse, seria, digamos, uma sopa de asas de borboletas. Mas descemos e comemos carne branca de ovelha, com um molho delicioso e uma espécie de repolho. A cerveja tinha uma tonalidade acaju e, ao se ver no estômago, subia-nos às pontas das orelhas. Deu aquele sono brasileiro de terraço. Sono de casa-grande. Sono que só Ascenso Ferreira poderia interpretar, num filme sobre banguês. O jeito era ficar ali, dormir dentro das próprias mãos, sonhar com os dedos e as linhas da vida. Se alguém quisesse esperar por alguém, que o tempo esperasse por nós. Parasse. Que nos importava chegar um dia ou um ano depois a Hamburgo? E alcançávamos assim o auge da falta de caráter, quando o dono da casa nos deu, a cada um, um comprimido e um copo d'água. Parece mentira, mas, cinco minutos depois, estávamos lépidos e fagueiros, como quem se deita às nove da noite e dorme até sete da manhã. "O que é a natureza!" — dissemos um ao outro. E continuamos estrada afora, gozando essa coisa romântica e inacreditável que é estar-se numa Alemanha lindíssima, depois de tantos "Heil Hitler!".

Após 24 horas de viagem, uma parada e quatro doses de scotch, chegávamos àquele cabaré de Saint Pauli. Uma mulher viera sentar-se ao meu lado ou, talvez, eu é que tenha ido sentar-me ao seu. Apurar de quem partira a iniciativa não era bem a preocupação. As pálpebras pesavam-me arrobas. Vestia uma calça azul de brim ordinário, uma camisa qualquer e um paletó de lã muito mais curto nas costas que na frente. Estava barbado e sujo. A mulher tomou-me uma das mãos, olhou-a e passou a uma amiga. A amiga olhou com desinteresse e devolveu. A que recebera de volta tornou a olhar e, depois de tomar-me a bênção, restituiu-me, enfim, a mão direita. Antes de guardá-la em um dos bolsos, contei os dedos. Estavam certos, cinco. Aí a cabeça caiu sobre os braços. Ouvia cada vez mais longe o pistão da orquestra solando o "Arrivederci, Roma". Cada vez mais longe. Cada vez mais longe, quem sabe na própria Roma. Meus cabelos foram acariciados fraternamente e não sei de mais nada. Acordei de tarde, sem saber onde estava e mais ou menos inseguro de quem era. Reconheci-me, a seguir, pelo relógio e pelas abotoaduras. Desgostei-me de estar sozinho e teria pedido água ou café se um dos meus filhos viesse com a bandeja. Olhei o cinzeiro, onde estava escrito: "*Vier Jahreszeiten* — Hamburgo". Era demais!

O Globo, 02/08/1956

Acaba aqui

O que fazer nesta última noite de Paris? Ir a Montparnasse? Ver o show de Lido? Ficar outra vez no Éléphant Blanc? Chorar? É difícil escolher. Mas é preciso fazer qualquer coisa, homem, e não ficar assim com esse ar de goalkeeper reserva, torcendo, da cerca, pela desgraça do efetivo. Você não quer voltar, está bem. Mas, se você ficar, você morre.

Depois dessa conversa tão séria, pegamos o automóvel e fomos rodar, às tontas, pelas ruas de Paris. Talvez fosse melhor ficar na calçada do Bar do Teatro, conversando coisas pequenas e tomando *bière* até de manhã. Seria uma temeridade botar o pé numa boate, porque os francos estavam nas últimas. Ah, que saudade enorme daquelas notas de 10 mil, que parecem um pouco com capa do almanaque *Cabeça de Leão* e cheiram como as balas Guanabara de antigamente! Elas todas se acabaram. Ou melhor, se acabaram quatro vezes e, agora, ninguém as trará de novo.

O automóvel continua rodando Paris acima e abaixo, beirando o Sena, cruzando pontes, girando em torno do Arco do Triunfo. De uma feita, fomos bater em Pigalle, aglomerada e sórdida, toda vermelha de anúncios luminosos, onde quase 100 mil turistas vão diariamente comprar fotografias obscenas e assistir a patifarias. E a gente segue procurando um lugar onde ficar, mas sem striptease, sem Ivanás, sem show de espécie alguma. Bastaria um piano, tocado devagar. E entramos no Mars Club. Lá já estivéramos, em outra noite, sem imaginar que a hora de deixar Paris fosse chegar tão depressa. Maria Velasco tocava o seu piano (muito bem tocado) e cantava. Depois, vinha aquele pianista negro de barbicha, artista até os cabelos, fazendo harmonias incríveis, transparecendo uma alma linda que todos nós gostaríamos de ter um dia. Uísques bebidos sem entusiasmo ou sofreguidão. Pausas desconcertantes de silêncio, entre dois assuntos mornos. O que vai embora, caindo de saudade dos que vão ficar... Quem sabe das coisas do coração dos outros? Foi aí que me mandaram chamar de uma das mesas. Era um dos Nicolas Brothers, nosso conhecido de uma madrugada no Calavados. Queria dizer que já sabia a melodia de "Ninguém me ama" e, levantando-se, foi ensiná-la a Maria Velasco. Queria que cantássemos todos, mas "Ninguém me ama" é contraindicado para noites de despedida. Então, o Nicolas lembrou-se daquele samba (aliás, lindíssimo): "Quem é que não gostaria de ser baiano também". Tinha aprendido no Brasil, em 1939. E, daí por diante, fechou-se o tempo. O pequeno Nicolas começou a cantar o seu mais fino, o melhor possível, enquanto Maria Velasco fazia coisas lindas ao piano e o negro de alma linda, abraçando o contrabaixo como a uma mulher, tirava-lhe os resmungos mais jazz deste mundo. Esquecemos que nossa mesa era um lugar de despedidas. Esqueci que era a última noite de Paris. E ficamos de pé. E gritamos. E, depois de duas horas de jazz, sentávamos todos a uma só mesa. Nota: 18 mil francos! Mas nada pagava o espetáculo daquele pequenino Nicolas, um artista caríssimo, oferecido a nós pelo prazer de cantar e nada mais. E ele, tão importante em Paris, achegara-se modestamente, homenageando-nos com nossas canções.

Quando voltamos à rua, o dia estava inteiramente claro. As latas de lixo se enfileiravam na calçada. Foi aí que nos sentimos poetas fracassados, lutadores vencidos, pessoas inúteis ao próximo e a nós mesmos e desejamos (os dois) uma sarjeta para cada um, ou — quem sabe não seria melhor? — uma lata de lixo para cada um enfiar o seu rosto e acabar ali, como uma coisa inotória e triste. Estávamos bêbedos, é verdade. Bebedeira de jazz, de uísque, bêbedos da própria certeza de deixar Paris. Fomos andando pela rua...

O Globo, 06/06/1955

As luzes de Hamburgo

Descobri, hoje, com a madura resignação com que defronto meus impossíveis: jamais serei um escritor. Descobri tarde, talvez, mas, em causa própria, nunca se renuncia a uma ambição antes que se chegue à última e definitiva impossibilidade. Terei que ser, até a morte, o que sou hoje. Um homem que escreve em jornal, um dia melhor, outro pior, mas sem nunca dar inteiramente de si. Em meu caso, isto seria escrever, pura e simplesmente, a minha simplicidade. Fazer linguagem convicta e indiscutível, por exemplo, das impressões que me causasse o silêncio de uma estrada ou de um homem. Saber mais do mar nos olhos de um peixe, ou na passividade de um rochedo.

Não é preciso estar-se só, para escrever: é necessário ser-se só. Como um beduíno, no deserto. Como o maquinista de um trem noturno — o olhar estendido em linha reta. Como o piloto de um avião, em viagem transoceânica, quando o perigo e o silêncio fundem e confinam o risco e a paz, vestindo o homem da sua verdadeira serenidade. Como um sentenciado em noite de insônia só e esquecido, o ser que a ninguém está faltando, de que ninguém faz conta. Mas, em todas as solidões, acima de tudo, ser-se só, não sentir falta da voz, do gesto, do calor, do aplauso de quem quer que seja. Ser-se só e bastar-se a si mesmo. Apreender e sentir o mínimo som que resvalou no silêncio. Ou aquela faísca que luziu na virgindade da treva. Olhar as grandes alturas, ou das grandes alturas, e não lamentar que nada seja seu, porque cada coisa é íntima e desanuviada à mente do só.

Lembro-me de que, uma noite, senti-me só. Viajava para Hamburgo e, em Hanôver, minha companheira sentiu um sono invencível. Faltavam-nos seis horas de estrada e noite fria. Conduzíamos um automóvel pequeníssimo, quase desconfortável, e não era possível encontrar uma comodidade digna do cansaço de tão querida amiga. Fiz-lhe uns travesseiros com o meu casaco e o seu mantô, confortei-lhe, ao menos, a cabeça, e, quando a olhei, já o seu rosto tinha a placidez e o ar indefensável do sono. Lembro-me de que a descobri mais viva e mais intensa, e quis-lhe mais bem, dali em diante, para o resto da vida. Depois, achei-me incomparavelmente só. Não porque não tivesse a quem dizer ou de quem ouvir. Mas porque sobre a estrada descera uma névoa muito densa e muito baixa, e a luz dos meus faróis, em vez de atravessar, clareavam a cerração, tornando-a branca e compacta, como uma parede de algodão. Eu tinha que conduzir devagar, adivinhando o desenho das curvas e a largura dos automóveis que vinham em sentido contrário. A minha guarda, havia uma mulher dormindo, uma vida ao deus-dará, o descanso de alguém a velar. Procurei-me tanto em mim mesmo que me encontrei, como nunca, legitimamente só. Como um desmemoriado. Nas luzes que passavam por mim, comecei a entender melhor o todo da escuridão. O homem se sentiria menos escravizado e seus passos seriam mais fáceis se as noites fossem integralmente escuras. Ou totalmente clareadas pelas luzes com que os homens a perturbam. Nunca as lâmpadas intercaladas de espaços apagados. Comecei, depois, a entender os homens, não pela língua que falavam e sim pela música do que eles me diziam. Dos caminhões que passavam por mim, quase roçando, vinham vozes em alemão (o alemão é uma língua que nem os alemães entendem) e eu entendia que essas vozes me disseram, claramente: "Cuidado. A bruma está muito baixa. Cuidado". Ou então, em tom de maior fraternidade: "Não seria melhor o amigo parar e esperar que o tempo melhore?". E eu retribuía, dizendo em português, que certamente também estava sendo entendido: "Muito obrigado. Eu estou sabendo que é perigoso, mas tenho que chegar a Hamburgo ainda hoje". E viajei assim, ciente e só, até que as luzes de Hamburgo despertaram minha companheira e me deram uma certa noção de missão cumprida.

Minha tendência, porém, é procurar a companhia dos outros. Muitas vezes andar quilômetros, para contar um estado de alma, que podia ser guardado só para mim, até que dele nascessem verdades necessárias ao meu poder e à minha segurança. E tendo ainda para o deixar-me procurar pelos outros, ouvir-lhes algumas confidências, a que eu devia renunciar, porque de nada valho aos meus confidentes, nem deles me sirvo em alguma coisa que me fortaleça ou acrescente. Também meu coração repercute exageradamente no amor, a ponto de criar pessoas indispensáveis à minha vida. E, enquanto amo, quase sempre me dissipo. Perco todo o direito a mim mesmo e transformo em deveres todos os meus pensamentos, gestos e palavras. Um ânimo só acorda e dorme comigo: dar, conceder. E de mim esqueço, e a mim nego outro prazer que não seja o de estar inventando alegrias (que nem sempre chegam a ser alegrias) para quem amo, sem aritmética e sem defesa.

Entanto, é preciso ser-se só e ter apenas um cavalo. Ou um barco. Diante de um céu diferente, não haver o que ouvir nem com quem concordar. Levar linguagem aos mínimos sustos e encantamentos da sensibilidade e, no exercício integral e legítimo da palavra, dizer, ao fim de algum tempo, as coisas simples com simplicidade.

Terei que ser assim, até parar. Um homem, que escreve nos jornais. De quem se elogiam os escritos, por gentileza, modismo ou falta de assunto. Sobre quem se silenciará, de vez em quando, por gentileza. Cercado de pessoas que atordoam. Um homem sem haveres, fazendo conta dos seus deveres.

Vendendo ideias, palavras, canções que ainda precisavam amadurecer.

Gostaria de ser preso. De cumprir uma sentença. De conquistar a solidão perfeita de um desmemoriado. Mas como? No Brasil, que crime levaria à cadeia um homem de salário superior a 50 mil cruzeiros mensais?

O Globo, 10/02/1958

A morte passou por mim

Pedira ao rapazinho do posto que me fechasse cuidadosamente o capô. Dali por diante haveria uma longa reta, e gosto de correr quando viajo sozinho. Faço isso há já muitos anos, por prazer verdadeiro, muito antes de James Dean e Françoise Sagan. A velocidade de um automóvel ao longo de uma reta é, em si, de um romantismo que me faz enorme bem. Peço o máximo ao meu automóvel. E ele me dá o máximo. Seguro-o pelo guidão e sinto que o domino inteiramente. Ao mesmo tempo, começo a fazer parte dele e ele de mim. Pedimos pequeninas coisas um ao outro e nos servimos, mutuamente, do que estamos precisando no curso da estrada. Quanto mais velho e, portanto, mais infeliz for o automóvel, mais me comovo — tanto quanto devo comovê-lo, com as minhas fragilidades e estados d'alma. Não sei de amigo mais íntimo que um automóvel em alta velocidade. Não sei de sentimento de solidariedade maior entre homem e máquina, máquina e homem, ambos gozando o mesmo bem-estar, ambos expostos a igual perigo.

Em Portugal, a caminho de Alcácer, eu dirigia uma máquina Mercedes, nova e de grandes virtudes. Fazia bem tudo que eu lhe pedia. Se lhe pedia uma curva sem sofrer a velocidade, sem relinchos dos pneus, fazia-a muito melhor do que eu estava desejando. Silenciosamente, como se as rodas, apesar de me garantirem a mais perfeita estabilidade, estivessem um centímetro acima do chão. Mas essa Mercedes, se bem que eu a amasse, não me comovia assim como este velho Jaguar, maltratado por vários donos antes de mim, passado por várias cirurgias malfeitas, sobrevivente de todas as judiarias, até chegar às minhas mãos e ao meu amor. Automovelzinho sem sorte! Deixo-o encostado, cuidadosamente encostado, e quando volto, alguém lhe afundou o para-lama ou estourou-lhe um farol. No primeiro dia do nosso conhecimento, um bêbedo da madrugada arrancou-lhe a antena. E talvez o mesmo bêbedo escreveu-lhe um palavrão na pintura. Isto era o de menos, porque o brasileiro, mesmo sem beber, adora escrever palavrões. Não só na pintura dos automóveis como nas paredes, nos muros, nas calçadas (quando o cimento ainda está mole) e nos banheiros públicos. Em outros países, nas tábuas das mesas, é hábito desenharem-se corações entrelaçados e, quase sempre à ponta de faca, escreverem-se nomes de namorados e frases de amor. Aqui, não. Um palavrão a mais nunca é de menos. Em Paquetá, na Pedra da Moreninha, falavam-me em nomes e corações que lá deixaram centenas de namorados, há mais de trinta anos. Faz pouco tempo, quando fui ver a Moreninha, constatei essas relíquias de tão fascinantes histórias. Mas, em traços frescos, não faltavam palavrões e desenhos do pior gosto, alguns com alusões a políticos, mas a maioria dizendo mal de mulher. Brasilidades!

São essas coisas que vou pensando quando viajo sozinho, e uma reta cômoda me tenta a pedir mais ao meu velho e sofrido Jaguar. Não sei por quê, vêm-me inesperados pensamentos da meninice. Nossa casa, em Pontable. As salas amplas. Os sofás e as cadeiras de jacarandá. À noite, nos quartos e nos cantos das salas, farinha queimada para espantar as muriçocas. O cheiro da farinha queimada sinto-o agora. Cheiro bom, porém inútil. Nunca espantou muriçoca nenhuma. No meio da noite, elas sobrevoavam minhas orelhas e tocavam um violino agudíssimo antes da aterragem. Pensava comigo: "Onde irá pousar? Com certeza na testa, porque orelha não tem sangue". E preparava o tapa mortal para o meio da testa. A muriçoca dava mais um revoo e, sem que eu esperasse, picava-me, exatamente na mão que estava pronta para matá-la. Nunca levei a mínima vantagem nas minhas guerras noturnas contra os insetos. Na infância, perdi sempre para as muriçocas e, há alguns anos, num hotel alemão de Aix-la-Chapelle, lutei a noite inteira contra uma pulga. Apenas uma (posso asseverar), talvez a única do hotel. Picava-me o pé e, quando ia procurá-la entre os dedos, recebia uma ferroada nos ombros ou no rosto. De manhã, quando o sol entrou na mansarda, via-a morta, a pulga, entre duas dobras do lençol. Meu sangue a intoxicara.

A velocidade de um automóvel em minhas mãos é qualquer coisa que regula minha identidade comigo mesmo. Se estou dirigindo e meus pensamentos não se desenvolvem com tranquilidade até a beleza, é porque não estou tão íntimo de mim mesmo quanto gostaria de estar. Então, pressiono menos o acelerador. Começo a olhar mais as árvores e a relva das margens. Fazem-me bem os trechos de sombra, na estrada. Ou porque as árvores coparam o caminho, ou foi um morro que escondeu o sol por alguns instantes. As sombras das estradas amansam a alma e arrumam a sala de visitas da nossa casa interior. O homem tem uma casa interior, que é sua só.

Outra coisa que me faz bem à tranquilidade é pensar nos inimigos. O tanto que fizeram para que eu os odiasse! Não conseguiram mais que um esquecimento, para mim confortável. Como davam trabalho, antes de se declararem inimigos. Ter que suportá-los. Suas conversas inúteis. Usavam de todos os lugares-comuns do sentimento, para provarem-me que eram bons. E aquilo me enfadava. Que mal me fazem as frases de bondade, quando cheiram a álcool! Que maravilha ter certos inimigos e poder contar sempre com sua ausência! Nunca seriam capazes de nos fazer o menor bem ou, sequer, despertar-nos uma emoção, além da tolerância!

Que maravilha este carrinho maltratado, dando tudo de si (140 quilômetros) enquanto a estrada e só esta reta ondulada, lembrando, às vezes, o ventre de uma mulher. Ou, melhor, um corpo despido de mulher deitada, que a gente pudesse contemplar desde a cabeça e enlevar-se ao capricho de cada um dos seus relevos. Pobre de quem ama uma mulher verdadeiramente bonita!

Pedira ao rapazinho do posto que fechasse cuidadosamente o capô. Queria correr e pensar estas coisas da minha solidão. De repente, notei-o mal fechado — o capô. E, no mesmo instante, o vento o despregou dos ferros que o prendiam, jogando-o violentamente contra o para-brisa. Depois, subiu, rolou na estrada que ficou atrás de mim e caiu numa vala. Eu estava vivo. Milagrosamente salvo, porque o vidro, embora se estilhaçasse, impedira que toda aquela ferragem entrasse da boleia adentro e me cortasse a cabeça. Que seria de mim, sem cabeça? Que pensamento levaria de mim, minha cabeça, ao libertar-se para sempre?

Pensei em deixar o capô na estrada. Continuar sem ele, com o vidro estilhaçado. Mas pensei também que tinha deixado muita coisa para trás... e seguido. Era exatamente a hora de voltar, apanhar o capô, levá-lo comigo, entregá-lo com carro e tudo a um lanterneiro que o reconstituísse. Por que se chama de lanterneiro a um homem que desamassa automóveis?

O Globo, 22/01/1959

A embreagem

Enquanto o Brasil resolve se compra ou não a Bond & Share, o mecânico me avisa, com a maior frieza, que o conserto da Kombi irá custar 45 mil cruzeiros.

— Mas como? Esse carro veio daí semana passada! Gastamos 6 mil cruzeiros e o senhor disse que estava tudo em ordem!

— É, meu amigo, carro é assim mesmo. De uma hora para outra, pifa. Tem que mudar a embreagem, a direção, as ponteiras, em resumo, 45 mil cruzeiros.

— Mas, sendo eu um cardíaco, o senhor não podia fazer uma diferença?

— Nem um centavo.

— Então, tá... — E fui arriando o telefone aos pouquinhos, como quem acaba de ser avisado da consumação de uma fatalidade. Quarenta e cinco mil cruzeiros! Quantos dias vai ser preciso trabalhar?

Nessa altura, telefona Carlos Alberto:

— Quero uma entrevista sua, para a TV-Rio e o vídeo terá que ser feito na sexta-feira, ao meio-dia.

— Claro, claro. Nem se discute.

— Mas tem que vir de smoking.

— Que fosse de maiô, ora essa!

— O cachê você já sabe: 25 mil cruzeiros.

E, dentro de mim, correu aquela contabilidade. Quarenta e cinco, 25. Depois, a reação, mas uma reação de quem não é de nada:

— Não pode subir esse cachê um pouquinho?

— Nem um centavo.

Não havia nada a fazer. Nenhuma esperança. Nenhum apelo. Eu era um homem que, de smoking, custava 25 mil cruzeiros. A embreagem do carro, 45. Está provado que uma embreagem custa vinte contos mais que um homem. Eu devia ter nascido embreagem.

Na vitrola, um acordeão soluça uma valsa monótona. Abro a janela, que dá para o oitão da casa, onde nunca aconteceu absolutamente nada. A mulher do caseiro está chorando. Pergunto-lhe por quê. O caseiro saiu, de manhã cedinho, e não voltou. Penso no rosto, no corpo, nas mãos do caseiro. Tudo nele é redondo. Quem valerá mais: ele ou uma embreagem? Só perguntando ao mecânico. Mas o caseiro vale as lágrimas da mulher, que jamais me pareceu capaz de chorar.

Nessa altura, as luzes se apagam e as meninas do orfanato, que estavam em silêncio, começam a cantar como se fossem loucas:

Hava naguila
Hava naguila
Hava...

E me veio, como em todas as horas em que faltaram vinte contos, aquela necessidade fundamental de existir. Vestimos as roupas, saímos, jantamos e fomos todos muito felizes.

O Jornal, 07/06/1963

Barzinho de varanda

Saio pouco e, como todas as pessoas que saem pouco, sinto-me perdido quando estou na rua. Não sei direito por que e para que saí. Não me lembro onde ficam e como se chamam as ruas. As pessoas que encontro são rostos meus conhecidos, mas não sei como se chamam. Se entro numa loja para comprar, por exemplo, uma camisa, escolho a primeira e me nego a experimentá-la. Volto à rua, sem ter a menor ideia de onde deixei o automóvel. Um dia, completamente esquecido de que tinha um automóvel, voltei de táxi para casa.

Nunca fui capaz de sair e fazer mais de uma coisa na rua. Se tenho que ir a um médico, vou ao médico e volto para casa. Se tenho que ir a um cinema, vou ao cinema e volto para casa. Não tenho nervos nem organização para ir a um dentista, depois ao alfaiate, depois ao cabeleireiro. A prova é que meu alfaiate vem em casa e meu cabelo, que é pouco, está entregue aos cuidados de minha mulher, que o apara, de dois em dois meses, quando começa a entrar pelos meus ouvidos.

Outra coisa que me faz bem, quando estou na rua e a cabeça tonteia, é entrar num bar, se possível de cadeirinhas na calçada. Gosto de parar no Lucas, que tem um terraço agradável, apesar de estarmos sempre expostos a cantores e músicos populares, que não cantam nem tocam a meu gosto. Outro bar que me melhora a cabeça é o Imperator, modesto (apesar do nome), onde se toma um chope ou vários, em companhia de velhos amigos que chegam de repente. Ciro Monteiro é um. Vejo-o pouco, mas sempre no Imperator, contando histórias que me fazem rir ou quase chorar, mas sempre uma conversa mansa, de quem não tem medo do futuro nem ciúmes do passado. Ciro nunca me disse que o Brasil vai mal ou que ele, Ciro, estivesse atravessando qualquer crise. Jamais abriu a boca para dizer que Fulano ou Beltrano o perseguia ou que Deus tenha sido, um dia, ruim com ele.

Toma o seu uisquezinho Lumumba, devagar e sem gelo. O amor de sua vida é Lu, sua mulher, mas (frisa) depois do Flamengo:

— Eu digo sempre a Lu: quando eu "me mandar", você procura o presidente do Flamengo, seja ele quem for, e peça uma bandeira emprestada, para cobrir o caixão.

E continua:

— Você não sabe como eu gosto do Flamengo. A camisa do Nelsinho está comigo, lá em casa. Número 8. Tenho também a camisa de um remador campeão. Se eu viajo, levo as duas camisas comigo. Mas, fora essas duas, que são relíquias, tenho umas dez camisas do Flamengo, compradas. Quando dou um almoço, ofereço uma a cada convidado. Fica todo mundo vestido de Flamengo, comendo e bebendo.

E começa uma história:

— Eu gosto do Flamengo, porque quem é Flamengo sabe falar as coisas como elas devem ser faladas. Eu já vi um cara perguntar para o outro: "De que cor é a camisa do Flamengo?". E outro respondeu: "Rubro-negra e preta". No Vasco tem gente assim? Uns anos atrás, em Jacarepaguá, estava um crioulo escutando o jogo no rádio. Houve um gol e ouviu-se aquela gritaria. Outro crioulo ia passando e perguntou: "Como é que tá?". E o do rádio respondeu: "Flamengo, dois a zero, gols de Avaristo e Zé Galo!".

Uma chuva espessa desabou sobre o mar, que estava cor de chumbo. Depois um relâmpago e aquele trovão. Ciro encolheu-se todo:

— Taí. De trovão eu tenho medo.

O garçom lhe trouxe uma fritada de camarões, que era para esquecer a trovoada. A fritada estava bonita. Pedi uma igual.

Não sei se minha falta de modos, na rua, é velhice, doença ou loucura. Que me lembre, sempre fui assim. Não gosto de andar. Daí, meus sapatos durarem seis a sete anos. Agora, se encontro um barzinho de varanda ou de cadeiras na calçada, e se chega Ciro Monteiro, posso ficar horas sem querer voltar para casa, bebendo soda limonada.

O Jornal, 22/02/1964

Cerveja e amigos

Numa entrevista de televisão, o repórter perguntou a Pixinguinha:

— Dizem que você, quando parar de beber, vai morrer. É verdade?

E Pixinguinha, abrindo os braços e o sorriso, respondeu:

— Então eu não vou morrer nunca!

Pixinguinha é uma coisa muito boa. O que sai de dentro dele contém a mesma inocência de que foi feito o "Carinhoso". Não sei se Pixinguinha é bom porque bebe ou bebe porque é bom. Sei que ele é bom e bebe.

Uma vez, teve uma "coisa". Foi em 1948, se não estou enganado. Estávamos na Rádio Tupi e vi alguém entrar, correndo, num estendido. Fui ver. Lá dentro, estava o mestre Benedito Lacerda, debruçado no piano, chorando como uma criança.

— O que é que foi, Benedito?

— Eu estou com medo que Pixinguinha, dessa vez, vá embora. Eu não queria que ele morresse antes de mim.

Parece que Deus ouviu e Benedito foi antes.

Seria bom que nenhum dos dois tivesse ido. Que os dois ainda tocassem, em dueto, não só o "Carinhoso", mas aquele fabuloso "André de sapato novo".

Bons tempos, os de "André de sapato novo"! Nós íamos com Paulo Bittencourt, Di Cavalcanti, o "saudoso" Mário Cabral e, quando estava no Rio, Vinicius de Moraes para a casa de Pixinguinha. Mal chegava, Paulo Bittencourt ia direto para o ganzá. Recordo-o, de pé, o ouvido muito atento ao ritmo, os olhos pregados nas bochechadas de Pixinga que soprava o saxofone. Era um sax bonito, presente de Paulo, comprado, na época, por 65 mil cruzeiros (preço de um automóvel). Mário Cabral, de perfil, numa cadeira de balanço, se enlevava. Di Cavalcanti fazia passos de dança recordando os tempos áureos de Zaíra Cavalcanti. Ao fundo, João Condé sorria, balançando a cabeça com gratidão, como se toda aquela festa fosse oferecida a ele.

No arraial de Pixinguinha havia um tanque de cimento, cheio de blocos de gelo, onde ficavam os vinhos e as cervejas. Os vinhos eram da marca Telefone e as cervejas, "barrigudas". Foi lá que bebi pela primeira vez uma cerveja branca, muito densa, da mesma marca das "barrigudas". Parando um instante de tocar (Paulo jamais parou), Pixinguinha me levou para um canto, abriu a tal cerveja e ordenou:

— Beba esta, que é a melhor do mundo.

E era mesmo. Armei uma espreguiçadeira ao lado do tanque e fiquei bebendo. Quando chamaram para o almoço, cadê pernas para me levantar? Trouxeram-me o prato e comi sentado. Ali mesmo dormi com o prato no colo e já era de noite quando Di Cavalcanti se lembrou de investigar se eu estava vivo.

Não sei há quanto tempo bebi aquela cerveja poderosa, nem quantos anos faz que não me encontro com Pixinguinha. Os dois, porém, fazem-me muita falta. Todas aquelas pessoas presentes ao almoço, as que morreram ou viajaram, todas, todas me acenam de onde estão, com as mãos, os olhos e os cabelos tão jovens.

O Jornal, 05/03/1964

O homem só

Deixo-me ficar no canto mais refrigerado da boate, sozinho, ansioso por continuar sozinho. À minha direita, come um cidadão exageradamente magro, com os ombros em desenho de âncora e uma dessas bocas que, em certos rostos, envelhecem antes dos olhos e dos cabelos. Conheço-o de ouvir dizer e sei que o seu maior empenho é passar por ex-perigosíssimo gângster. Examino-o. Não tem nada de Bogart ou de Raft. Nem sequer uma leve parecença com Hercule Poirot, dos policiais de Agatha Christie. Tira a cabeça do prato e elogia o cantor, puxando conversa. Concordo, com um gesto de cabeça. Anima-se e diz uma frase em espanhol, definindo a vida. Gostaria de ter-lhe avisado que sua definição ainda não era a irrevogável definição de tudo isso que estamos fazendo ou fingindo fazer. Mas não lhe disse nada e o desesperancei de qualquer entendimento entre nós, pelo menos naquela noite. Essa coisa de a gente ficar sozinho é, de vez em quando, muito importante. O convívio distrai muito, abstrai muito. E é preciso que a gente se fixe, ao menos uma ver por dia, no exame de certas pessoas. Nós somos muito atacados. Ninguém se livra da campanha constante de um inimigo medíocre e desonesto. E é preciso pensar nele um pouquinho, porque a perseverança dos medíocres é, no fim das coisas, uma adição de certa força. Então, penso nos meus possíveis inimigos, não com vontade de destruí-los, mas desejoso de que eles sejam menos inquietos e mais amáveis, mais tranquilos e decentes. Penso em construí-los, então. Não por ambicionar que eles resolvam amar-me, de um momento para outro. Mas para que ao menos eles durmam sem sobressaltos suas noites de medo, em companhia de sua vigente insegurança.

Noutra mesa mais distante, há uma senhora de óculos. Fala e ri livremente, numa espécie de simpatia além de qualquer modelo de bons modos, comum e invariável nas mulheres do *society* diário. Bate nas costas do companheiro ou lhe acende o cigarro na brasa do seu. Mas em tudo isso muito bonita, de óculos, prendendo-me a atenção pela beleza dos seus maus modos. Depois, um pouco mais à esquerda, formou-se uma mesa de políticos. O político brasileiro, numa boate, conversa de um jeito especial como quem já sabe de todas as coisas aprazadas ou ocasionalmente futuras. Não sei se posso descrever-lhe o ar. Mas fala com a cabeça baixa e os olhos levantados, exalando certo mistério e grande convicção. Há coisas que são ditas entre dentes. Outras não são ditas, mas entendidas num simples meneio lateral de cabeça. No fundo, eles não sabem de nada, nem vão resolver coisa alguma porque, na maioria, são políticos de conquistas, apoios e oposições pessoais. Mesmo assim, convencem-me de sua autoridade sobre mim, por exemplo, que sou povo, da maneira mais lírica possível — povo! Continuo sozinho, preservado por uma série de acasos. Bastaria que entrasse um conterrâneo, um colega do jornal, um credor, e teria eu que sair da intimidade com que estava tratando a mim mesmo, para dividir-me ou compartilhar, para fazer concessões e, certamente, constranger-me. Lembro-me de um amigo que morreu e da minha falha em não ter improvisado uma certa coragem de abraçar sua família. Penso numa conhecida, de quem imaginei vir a ser um convívio útil, leal, bom. Mas ela, sem se aperceber disso, não me quis para nada. A seguir, vou-me tornando ambicioso. Agita-me a ideia de viajar outra vez e de poder descansar de tudo quanto venho fazendo sem tréguas, escrevendo, escrevendo... As certezas que tenho de mim mesmo sobrevivem às suposições que de mim fazem. Mas é preciso que o homem se realize dentro de suas certezas e não à base do que dele se pensa ou se diz. Eu só tenho dado o que de mim esperaram. E recebido, sempre gratamente, sem medir ou pesar. O homem está sempre além e aquém do juízo e da confiança do seu próximo. Nunca foi pensado ou dito exatamente de mim. Na maioria das vezes, pensaram de mais. Em tristes e resignadas ocasiões, pensaram de menos. Mas é bom que nunca acertem a fim do que o homem se mantenha irrevelado para, naquela rara intimidade de si mesmo, sentir-se consolado ou perdido, morto ou vivo, mas irrevelado e intenso.

O pianista toca uma canção desconhecida, o homem à minha esquerda (o que não se parece em nada com Bogart) mastiga com algum barulho. A moça de óculos tira os óculos. Os políticos começam a comer. E no rosto do cigarreiro, que recebe uma gorjeta, descubro uma ingênua melancolia. Mais nada.

O Globo, 28/01/1956

Domingo

O domingo que, há muitos anos, vinha sendo o meu dia sem graça, fez-me redescobrir o seu bom ar e convenceu-me da sua alegria, como na meninice. Vou a pé por uma rua de Ipanema, vou andando sozinho, sentindo a tarde fresca e interessando-me pelas pessoas que encontro. O prazer físico de andar e estar só. O conforto de estar vestindo uma camisa muito maior que eu, só a camisa, sobre uma calça grande também e desvincada. A maravilha de não precisar falar. Passa uma mulher bonita, alta, com um pelo-de-arame pela corrente. Mais adiante, uma outra espera alguém que a levará para uma mesa de biriba, ou que seja para uma cartada mais séria. Depois, um jovem casal de mãos dadas, rindo alto, segurando-se um no outro, para não cair da gargalhada. Um senhor com uma máquina fotográfica, à bandoleira. Aquele antigo ar dos domingos voltando da infância facilitava-me a intimidade que cada homem deve manter consigo mesmo. As crianças são íntimas de si mesmas. Depois, quando vão engrossando a voz e criando buço, começam a fazer-se cerimônia. Às vezes, entre os trinta e os quarenta anos, perderam tanto os pontos de referência que a noção dos pés e das mãos é vaga e sem posse. A própria voz é um acontecimento estranho e transfigurado. Passa-se a não dizer, e sim a ouvir as próprias palavras. Pobre de quem se ouve!

Entro num barzinho de fregueses muito moços. São pares de namorados e a pessoa mais velha deve ter dezoito anos. Esforço-me por ignorá-los, mergulhando no livro que trouxe e bebendo a cerveja que pedi. Eles, porém, me ignoram com a maior facilidade. A vitrola toca uma canção minha, em solo do piano. Seria péssimo se eles reconhecessem o autor e ficassem diferentes por minha causa. Mas não achavam nada de mais a vizinhança de um homem que fez uma canção. Entanto, eu acho ainda que é uma grande coisa um homem ter feito uma canção. E ouvi-la, em público, entre os que não a fizeram! Senti-la de todos e sabê-la sua.

Que bom não ter agora com quem falar. Foi sempre a palavra que enganou todas as coisas. Enquanto estou calado, podem fazer de mim todas as suposições erradas e absurdas. Mas não fui eu que menti ou enganei. Há pessoas que nos obrigam a mentir. São as que nos pedem aqui e ali um julgamento que lhes seja agradável. Alguém seguro de si não nos pede jamais uma opinião sobre o seu feito. Espera, ou pouco se importa com a ideia que estamos formando a seu respeito. Os homens que não se confiam perguntam-nos constantemente: "Você não acha que agi muito bem? Você, em meu lugar, não faria exatamente a mesma coisa?". E nunca duas pessoas reagem exatamente da mesma maneira em face do mesmo acontecimento. Porque não existem duas pessoas rigorosamente iguais. Na melhor das hipóteses, um teria a gravata de outra cor.

Que bom ser domingo outra vez, depois de trinta anos!

Entra uma moça clara, da idade das outras, e senta à mesa em frente à minha. Jovem. Linda. E eu, não.

O Globo, 21/05/1957

A chegada de Vinicius de Moraes com a primavera, ao som de loas e atabaques, para a maior glória...

Chegou ontem, ao Rio, o capitão do mato Vinicius de Moraes, o branco mais preto do Brasil. No momento exato de sua chegada, verificaram-se nesta cidade fatos estranhos que, com a devida licença das autoridades civis, militares e eclesiásticas, passamos a relatar. Todavia, antecedentemente, precisa dizer-se que o dito poeta é filho de santo (Oxum) e desembarcou no dia consagrado a Xangô e Iansã.

Desembarcava o poeta quando, nesta cidade, soprou um vento portador de bruxedos, vento que a cada um tocou e a todos provou sua magia. Houve alterações nos quatro reinos da natureza (sim, são quatro) — o animal, o mineral, o vegetal e o cambial. Pedras viraram flor, mulheres viraram pedra, flores viraram mulher e o dólar, que estacionara em 1700, ascendeu a 1800 para a maior glória de Oxalá. Observaram-se ainda fatos estranhos que serão cantados, com o tempo, nas feiras livres pelos poetas populares.

Certa senhora, por exemplo, ensaboava-se em sua banheira e, no momento exato em que Moraes tocava o solo pátrio (solo este que estremeceu), viu um clarão de ouro em seu banheiro, como se o sol explodisse na parede. Era Ogum, seu pai em pessoa, rindo como um louco, que vinha avisar a chegada de Vinicius pelos caminhos de Inaê. Sem tirar o sabão do corpo, mal enfiando uma calça e uma blusa, a dita filha de santo botou-se para o cais da praça Mauá, onde brancos, pretos e mulatos, todos "no santo", com o chão a ferver sob seus pés, dançavam à chegada do bravo capitão do mato. À frente, com a camisa do Flamengo, Ciro Monteiro, filho de Ossani, dançava e cantava, com a melodia tradicional, estas palavras encapetadas:

Vinicius, Vinicius
Tua glória é lutar!
Vinicius, Vinicius,
Campeão de terra e mar!

Do Botafogo, clube do poeta, apenas comparecera Lúcio Rangel, filho de Oxumaré (das sete cores do arco-íris). E, com seu trombone invisível, toava (do verbo toar) a ária mágica do Divino Brancura.*

Em meio às danças, disfarçado no *Homem invisível* (H. G. Wells), via-se Cara de Cavalo,** filho de Omolu, naquela manhã portador de alvará assinado, não só por todos os babalorixás seus conhecidos, mas por todos os juízes de todas as varas, ogãs de terreiros como nós.

As festas se prolongaram indefinidamente, sendo que vários candomblés de Caxias e Niterói e outros, prestigiados pelo poder econômico de Copacabana, Ipanema, Leblon, Laranjeiras e Gávea Pequena, bateram seus atabaques até dia claro. Nunca nesta cidade houve festa maior, incluindo-se a chegada do Jaú e a volta do selecionado brasileiro após o bicampeonato no Chile. O capitão desembarcou vestindo dourado, traje ritual das "perdidas ilusões". Pelo braço, trazia seu último e definitivo amor, a quem se brindava com vivas, flores

---

* Silvio Fernandes, o Brancura, compositor do samba "Deixa essa mulher chorar", era assim chamado na imprensa por Lúcio Rangel. [N. O.]

** Manoel Moreira, criminoso que assassinou o detetive Milton Le Cocq. Foi a primeira vítima da Scuderie Le Cocq, organização policial clandestina que atuava como grupo de extermínio. [N. O.]

e frutos. Desembarcado, dirigiu-se à rua das Acácias, residência de sua genetriz, onde ficou em visitação pública até o nascer do sol. É preciso que se registre o fato de, nessa noite, não terem sido cobrados couverts nos bares e boates, e toda bebida ter sido livre nas gafieiras e adjacências. Hoje, as festas prosseguirão, na abertura do Castelinho, nova casa de Sacha Rubin, que é filho de Oxóssi.

Assim, chegou o capitão do mato Vinicius de Moraes, pastor da noite, como o cabo Martim, que será orixá (podem ficar certos) tão logo desencarne para a maior glória desse povo branco, preto, marrom, azul, verde, amarelo e encarnado — o povo da mui desleal cidade de São Sebastião.

O Jornal, 23/09/1964

Conversa e nada mais

Só depois de muito viver descobri que não era precisamente um poeta. Havia dentro de mim alegria de quintais antigos, provincianismo de retretas, coretos, retumbâncias de passadas bandas de música em grandiosos finais de dobrados semipatrióticos. Ou havia, simplesmente, infância, trazida no coração para gastar na viagem. Infância com que se sente a felicidade das verdes manhãs; com que se compram os desgostos de cada porto; com que se paga a angústia de cada impossível.

Ao sentir-se adulto, isto é, vazio e só, o animal humano começa a perguntar "por quê?". Por quê, meu Deus? Mas é tarde e inútil. Ninguém é bastante comovente para merecer o amor de que precisa. O tempo que se perde na procura de cada "por quê?" podia ser dado à música de Schumann, à poesia de Rimbaud, à noite solitária do homem livre em seu travesseiro.

É tarde demais para alguém tentar a repetição de Cristo. Faltam causa e motivo ao incompreendido comum do amor comum. As pessoas estão geralmente apressadas. Todos, sem exceção, só se empolgam pela sua mágoa. Ninguém, até hoje, acompanhou um enterro sem lamentar ser parte de um cortejo convencional e sem a menor beleza. Uma caridade de mau gosto, a de enterrar um semelhante.

Lembro-me dos teus olhos bons, em cada vez que sofro. Se soubesse onde estás agora (amanhece um dia de maio sobre a janela), se fosse justo e compreensível procurar-te, iria ver-te, como naquela noite casual. Tudo era casual naquela noite. O chamado. O caminho da tua casa. O ar despercebido das pessoas com que cruzei feliz. Minha naturalidade casual com que te dei companhia. Não sei de outro encontro mais amigo em toda a vida. Que Deus nos impeça repeti-lo!

Um dia, certo homem quis ensinar a vida a uma mulher a quem amava. Ao fim de pouco tempo, em seu convívio, ela saberia o melhor poeta, a música verdadeira, o caminho da beleza, enfim, de todas as artes. Além disso, teria a devoção do mar, das flores e dos vergéis. Conheceria melhor o silêncio, a solidão e a exata importância dos gostos e das renúncias. Não correu um ano inteiro e ela pediu para ir-se embora. Não houve apelo que a fizesse ficar. E aquele certo homem, após todas as lágrimas de que foi capaz, deteve-se, então, e achou muita graça ao descobrir que, se alguém havia aprendido, tinha sido ele. Uma lição cruel: é preciso amar as pessoas sem a preocupação de transformá-las.

Não se preocupe o leitor com estas coisas que foram escritas quase impensadamente. Não escreva a leitora "G.", tampouco o assinante "S.", pedindo explicações disso e daquilo ou pedindo satisfações sobre aquela frase, que não está clara ou poderia ser mais bem explicada. Seria um favor também não imaginar estados no cronista, cujo estado é bom — não só o de alma, como de nascimento: o glorioso estado de Pernambuco. Que não se façam comparações, mesmo as mais honrosas, porque o cronista reconhece que Paul Claudel é muito melhor poeta e, se não o fosse, não terminaria tão bem o poema da "Virgem do meio-dia", uma canção a Maria Santíssima: "Porque estás aqui para sempre, simplesmente porque és Maria, simplesmente porque existes..." e vai por aí. Meu caro leitor, um cronista brasileiro, mais das vezes, deve ser lido sem considerações em torno.

O Globo, 15/05/1958

Um conhecimento na vida

Conhecer mais uma pessoa, digamos, uma mulher, levar em conta (isto é importante) a primeira ideia que ela nos causa. Examiná-la com atenção e demora. Ouvi-la o mais possível, mesmo se com isto lhe causamos a impressão de que só ela está sendo conhecida. Nós já havíamos, nós já éramos e, sobre nós, seria inútil pensar aquém e além, tirar ou acrescentar.

Depois, dar-lhe com simplicidade uma alegria; no caso, trazendo-lhe alguma coisa de novo que fortaleça a sua fé ou lhe proporcione uma súbita esperança; ou, quando nada, darmos-lhe uma emoção de tranquilidade. Descobrir, logo depois, qual seria aquele poro por onde entraria aquela palavra, ou aquele sopro que nos transferiria, em parte, para sua vida.

Conhecer-lhe, o mais breve possível, a casa. Ouvir-lhe os discos preferidos. Ver-lhe o álbum de fotografias antigas. Tudo em silêncio, mas sem espírito de perícia policial. Prestar atenção ao nome familiar que ela mais repete — quase sempre uma tia amiga e compreensiva. As notas de cobrança, os recados escritos que veremos, casualmente, nas imediações da cozinha e da copa. A geladeira. Tanto de uma mulher, na geladeira! Onde se poderá saber quem pensa e quem não pensa no dia de amanhã (as que pensam guardam a metade do creme, a metade da maçã). Os livros da estante. Ou os que estão mais ao alcance, na mesa de cabeceira, por exemplo. O banheiro. O tamanho e a espessura das toalhas. O talco, os sais, os sabões, os cremes, os dentifrícios, os óleos, as esponjas e escovas. Numa simples visita ao banheiro da amiga recente nós a conhecemos muito mais que após 24 horas de interrogatório. Seu cuidado consigo mesma, seu cuidado transferível às pessoas do seu bem-querer. Seus hábitos e bons gostos, sua capacidade, enfim, de amar o próximo como a si mesma. Tudo ali, entre os azulejos e as frascarias de uma sala de banho. Depois, abrir-lhe as janelas da casa. Ver a paisagem e a vida que cercam sua vidinha. O todo dia implacável dos seus olhos.

No dia seguinte — é preciso não esquecer, durante um só minuto, que ela é feita de sanguinações e resulta de estímulos —, na mesa do almoço, você lhe fará o pão com manteiga enquanto esperarem a carne e as batatas. Ela o sentirá como o amigo necessário. Pegará, de repente, em sua mão, e baixará os olhos sobre o prato. E nisso lhe pedirá, certa de que é de uma maneira vã, em pura perda, que você fique ali, para sempre... ou o mais possível — vá lá. Ela sabe dos imponderáveis da vida, sabe que está pensando em milagre, por isso baixa os olhos ao prato. Você, então, é o rei. É aquele homem domingueiro e bem almoçado, cheirando a lavanda fraca, que tem, e sabe, mais uma amiga. Resta-lhe retribuir, meu caro senhor.

O Globo, 17/04/1957

Café com leite

É preciso amar, sabe? Ter-se uma mulher a quem se chegue, como o barco fatigado à sua enseada de retorno. O corpo lasso e confortável, de noite, pede um cais. A mulher a quem se chega exausto e, com a força do cansaço, dá-se o espiritualíssimo amor do corpo.

Como deve ser triste a vida dos homens que têm mulheres de tarde, em apartamentos de chaves emprestadas, nos lençóis dos outros! Como é possível deixar que a pele da amada toque os lençóis dos outros? Quem assim procede (o tom é bíblico e verdadeiro) divide a mulher com o que empresta as chaves.

Para os chamados "grandes homens", a mulher é sempre uma aventura. De tarde, sempre. Aquela mulher, que chega se desculpando; e se despe, desculpando-se; e se crispa ao ser tocada e cerra os olhos com toda força, com todo desgosto, enquanto dura o compromisso. É melhor ser-se um "pequeno homem".

Amor não tem nada a ver com essas coisas. Amor não é de tarde, a não ser em alguns dias santos. Só é legítimo quando, depois, se pega no sono. E há um complemento venturoso, do qual alguns se descuidam. O café com leite, de manhã. O lento café com leite dos amantes, com a satisfação do prazer cumprido.

No mais, tudo é menor. O socialismo, a astrofísica, a especulação imobiliária, a ioga, todo asceticismo da ioga... tudo é menor. O homem só tem duas missões importantes: amar e escrever à máquina. Escrever com dois dedos e amar com a vida inteira.

O Jornal, 27/01/1963

Numa varanda ao mar

Era uma moça muito querida que fazia anos e nos dava bebida na tarde de um domingo chuvoso. Abrimos as vidraças do terraço e deixávamos, de propósito, que o vento esfriasse e os pingos de chuva molhassem nossos rostos, nossas camisas, nossos braços e nossas mãos, que pegavam em copos e cigarros. O lugar era de um jeito que a baía podia ser vista em vertical, aos nossos pés. O mar estava exatamente da cor desta metade de página, cinzento. Nas primeiras pedras, logo abaixo da amurada do cais, as ondas vinham fazer barulho de espuma branca. Mais adiante, no meio da baía, havia um homem e um pequenino barco, ambos de frágil aparência, ele em pé, imóvel, como se em pé houvesse morrido e, imediatamente, tivesse virado estátua, em homenagem a todos os pescadores da Baía da Guanabara. Os navios eram poucos e saíam da bruma em navegação lenta, friorentos, com preguiça de irem para onde estavam indo. A mim, fazia um imenso bem ficar ali, não sei se ignorado pelos outros ou se deixado em sossego de propósito, numa generosidade dos outros; a mim e a mais duas pessoas que, se falassem, não se dariam prazer, tampouco se entenderiam. Cada um de nós devia ter um motivo especial para estar olhando o mar. O meu motivo, por exemplo, era constituído por uma série de pequeninas e sérias razões, como: a resistência que faço para não conhecer mais pessoas, além das que já conheço; o sem jeito em que fico ao rever gente que outrora chegou a ser íntima e que se sumiu durante os meses mais sérios do ano; a necessidade de evitar que me dessem feijoada para comer na presença de todos — porque feijoada e banho frio são usos que devem ser adotados com algum pudor e de portas fechadas; enfim, o mar, pela viagem que promete, pela experiência que acorda em quem o escruta (uma experiência madura, que não é essa experiência carioca restrita à mesa de canastra e ao jantar americano), o mar incriável que nos leva sempre a perguntar quantos dias ainda faltam para o fim do futuro.

Nessa altura, chegou uma moça para repetir as clássicas revelações das mulheres que tomam uísque: "Eu, quando bebo, digo tudo o que sinto, faço tudo o que quero e jamais me arrependo do que já fiz". Tentei explicar-lhe que isto é uma fase e que eu, hoje em dia, quando bebo, embora sinta coisas mais bonitas do que quando dirijo automóvel, não digo nada, faço o possível para não fazer nada do que realmente quero (ou para não querer nada) e, amiudamente, me arrependo de tudo quanto já fiz. Em seguida, mostrei-lhe a paisagem que, a princípio fê-la dizer frases de celebração da sua sensibilidade, mas, logo depois, voltou para de onde tinha vindo, onde havia mais animação. A outra moça, que se debruçou ao meu lado, não aparentava a menor preocupação em ser alguma coisa naquele momento. Veio sem frases e sem definições, trazia sobrancelhas decentes em um rosto calmo de prima, mostrando-se dona de uma dessas seguranças que, muitas vezes, leva a mulher à honestidade. Falou de sua casa, que ela assegura ser frequentada por fantasmas, convidou quem estava perto para ir lá, um dia, e ver o que fazem as almas do outro mundo. Finalmente, veio a terceira moça. Era uma dessas pessoas que brincam o Carnaval com tanta força que ficam, o ano inteiro, com os bolsos e as orelhas cheios de confetes. Falava de coisas inúteis, sem saudade de nada, sem um mínimo daquela timidez necessária ao fascínio do homem pela próxima. Confundindo muito a mão do copo com a mão do cigarro, deu risadas, falou de alguns dos presentes com a maior despiedade, até que a vieram buscar para existir noutra roda em que a conversa estava mais alegre. O mar continuava tão cinzento quanto este papel. O homem que morrera em pé continuava estátua. E eram os mesmos o frio e a preguiça dos navios. Na sala, trânsito de bandejas, divisão de pessoas em grupos incompatíveis, a moça que fazia anos indo de um em um dizer coisas muito amáveis e o dono da casa, em alegria pensativa, assistindo as coisas que aconteciam por causa da sua hospitalidade. Foi quando o meu amigo veio contar: "Sabe que eu me separei de Fulana?". Perguntei o porquê — e, quando quis corrigir a indiscrição, já era tarde. Meu amigo respondeu só isso: "Porque só posso viver em felicidade". E comecei a pensar naquele novo homem que começava ali, já de cabelos brancos, caminhando sozinho, medroso de outro amor, querendo muito ou disposto a não querer mais nada. E, se não fosse aconselhar, teria dito: "Deixa que o tempo te cuide; descrê de um modo geral, porque a quem se desilude, o que vier será motivo de gratidão".

Manchete, 21/11/1953

Notas da chuva

Deixo-me quieto, quase imóvel. É possível, então, entender mais o barulho da chuva sobre a palha. Na chuva, o poder evocativo dos sons. Sobre a pedra, sobre o barro, sobre o rio, sobre as folhas. A lembrança imprecisa de um momento da meninice. A quase certeza de que eu estava só, como agora e, como agora, não me sentia especialmente alegre. Mas em paz. A chuva é bela, na música e no formato. E, acima de tudo, porque é água. A água é bela.

Nenhuma emoção é mais forte que a de entrar no quarto da mulher que dorme. Sentir-lhe o cheiro e o calor, no ar do quarto. Tocar-lhe a pele poderosa. Nela, encontrar a intensificação completa. Depois, dormir como na morte, para despertar ao peso dos deveres aflitos a cumprir. O mistério indecifrável de uma mulher a que se volta. Só se ama uma mulher quando lhe tememos a pele e o cheiro. Quando a ideia de sabê-la em outro amor nos torna capazes de matá-la ou perdoá-la. Matá-la e perdoá-la são duas coragens difíceis. Fica-se, geralmente...

Ama-se, angustiadamente, o vestido pendurado da amante ausente. E haverá mais verdade na companhia desse vestido (morto como um vestido) que adiante, nos braços de uma nova mulher.

Os sentimentos das nossas constantes paixões! Enlevo, carinho, generosidade, sacrifício. Infelizmente, por mais que se tenha feito para negá-lo, o verdadeiro amor é aquele que nos abrange e nos vence como um vício. Nunca se diga que o amor é fácil antes de se vivê-lo como um vício.

O homem investe demais contra os seus gostos verdadeiros. Quando devia deixar-se ser, consentir a si mesmo, procurar-se mais e mais no fundo de suas tendências.

A carne não mente. Apesar da má companhia em que vive, ainda não chegou à perfeição desse erro. Vivamos antes das palavras. Ou em vez das palavras. Seremos livres e intensos.

Quantos séculos e quantos poetas deverão passar para que se digam todas as verdades? Quando se assistirá a toda a intimidade de um nosso semelhante, sem que ele e nós nos sensibilizemos? Em que dia se será só, em companhia de outra pessoa? Só se saberá verdadeiramente de um homem depois de morto, quando o forem vestir.

A preguiça se parece muito com a humildade. Não quero nada além do não ter a cumprir em hora certa. Livre a hora futura... ainda que incerta. Que não me deem além de viver no tempo sem pensar em aproveitá-lo. Não importa o minuto que passa sobre o meu sono sem ambições, o minuto que passa sobre a rede onde estou deitado, quase imóvel. Os bens chegarão ao acaso. O acaso é a verdadeira hora certa. A mulher virá para o amor. A poesia explicará o mistério. A música me desvendará durante algum tempo. Tudo o que houver de ser legitimamente meu virá entre as horas que perco, enquanto durmo. Só me exalta a posse legítima e afim.

A água é bela e jovem. Ninguém a envelhecerá. Ninguém a prenderá para sempre.

O Globo, 12/03/1957

A candura da chuva

E as chuvas voltaram. Elas, que nos tinham abandonado, para nos advertir de quanto precisamos delas. No jardim, o verde da folhagem resplandeceu. Uma goteira intermitente, caindo sobre uma folha grande (nunca sei os nomes das plantas), repete, em espaços certos, um som musical que me agrada. Foi por causa de gota assim, repetida, que Chopin criou o Prelúdio da "Gota d'água".

Para mim, em minha deliciosa clausura, o que a chuva tem de mais importante são os sons. Tantos e tão variados. Sobre as folhas, sobre a areia, sobre o cimento, sobre o balde de alumínio. Depois, escorrendo nas telhas. Quem mora engavetado, num apartamento, não sabe o que seja a chuva correndo, escorrendo, se esfregando nas telhas. É preciso morar em casas térreas. Quando nós éramos meninos, as casas tinham uma outra telha de vidro, e a gente não só ouvia, como via a chuva deslizando, resvalando, tinindo no beiral da nossa casa já morta, lá longe, onde os bois mugiam suplicantes de madrugada. Lá longe, onde os carneiros, no entardecer, tinham olhos desavisados. Lá longe, onde os sapos assobiavam uma música dodecafônica. Lá longe, onde dormem, profundamente, os nossos mortos e a nossa puerícia. Quão enganosa e ligeira foi a infância!

Esta chuva, que está caindo desde ontem e continua caindo, agora me traz algumas esperanças que estavam a morrer. Não se detenham, amigos, em pensamentos pessimistas, nem chorem a dor que ainda não doeu. Somos homens e a palavra "homem" sinonimiza com força e liberdade. Eu sou livre, mesmo neste quarto de portas fechadas. Só o fato de eu querer continuar preso me cobre de todas as liberdades da vida. Meu corpo, grande e farto, coberto de liberdades. O espírito diáfano, com uma asa em cada omoplata, tem todo o céu do sonho para voar.

Faz-me bem esta chuva. Não quero dizer, com isto, que a poesia tenha voltado. Nem irei garantir que ela tenha havido um dia. Quero comunicar, a sei lá quem, que estou bem e que este bem, que me vai por dentro e me veste o corpo, deve estar com alguns de vocês, que preferem a chuva ao êxito; a chuva ao poder; a chuva ao dinheiro; a chuva à sociedade; a chuva ao smoking. Tenho chuva e amor. Uma coisa e outra são prazeres que embevecem. As duas coisas se completam, em nós... e o homem aquiescente aceita a paz, afinal, como o único bem da terra.

Ah, não estou ligando para as notícias dos jornais. Não foi Deus quem as escreveu. Foram os homens. Estão todas truncadas, intrigadas, todas. Sou livre. A liberdade completa é não querer e não poder.

Brindemos essa chuva, que me aumenta a capacidade de ir escrevendo essas verdades intatas, sem grande sentido aparente, sem nenhuma importância fundamental. O fundamental que fique a cargo dos poderosos. Não quero mais que a música reminiscente da chuva que está caindo e a mão do amor sobre minha fronte e meus cabelos.

O Jornal, 03/10/1963

Eis tudo

Voltaram as chuvas e, com elas, o jardim ficou, de repente, antigo. Antigo e bom para mim, porque todas as coisas antigas foram boas para mim. Ou, se não foram, o tempo as passou a limpo.

Tenho um jardim verde, entre muros velhos, como são os jardins da Madalena no Recife. Muros amarelos, lodosos, e o verde do lodo resplandece assim que chove. A vida fica bonita quando começa a chover. Uma porção de lembranças, que não são de que ou de quem. Lembranças sem forma e sem cor. Sem cheiro e sem sons. É. Deve ser a infância, toda ela, que se perdeu sem que eu pudesse fazer nada. Um gesto sequer, de defesa. A infância que me visita. Pode entrar. A casa é sua.

Eu era um menino de cócoras, no fundo do quintal, brincando com os meus carrinhos. Chovia, em setembro, principalmente no dia dos anos do meu irmão. Eu tinha carrinhos de lata, pintados de vermelho e amarelo. Outros feitos por mim, com rodas de carretel. Eu era grande em relação a eles, e era um deus, porque fazia seus destinos. De cócoras, imensamente maior que eles, falando sozinho, para dar um enredo à brincadeira. Chovia. Minha mãe e as empregadas gritavam, chamando-me. E eu respondia:

— Já vooouuu!

— Mas você não vê que está chovendo?!

— Ah, aqui está tão bonzinho!

Daí a pouco, vinha lá de dentro uma pessoa maior que eu, muito maior que os carrinhos consequentemente, maior que um deus, e me arrastava pelo braço. Os carrinhos ficavam na chuva, morrendo.

É triste a morte dos brinquedos. Todos os meus brinquedos morreram na chuva. Uns de ferrugem, outros se descolaram. Todos os meus brinquedos viveram pouco, em setembro, sob a chuva morna do Recife, principalmente no dia dos anos do meu irmão.

Hoje está chovendo e eu não tenho um só brinquedo. Não quero continuar penetrando essas lembranças e as aceito, como um todo, certo apenas de que fui menino. Da minha vida, o que foi que eu fiz? As minhas palavras, os meus gestos, os meus silêncios, as minhas iras, a minha tristeza — ninguém ouve, ninguém entende. Perdi a razão e todas as mortes me cercam, muito atentas. Estou pleno de um mistério vão, que não serve a ninguém, nem me salva, nem me redime, nem atenua meus defeitos. Paciência. Precisava ser banhado em águas sagradas.

Está chovendo reminiscentemente no jardim da minha casa alugada, na Lagoa. Onde e como encontrarei outra vez aquele grito interior da alegria?

O menino foi proibido de ir à festa. Eis tudo.

O Jornal, 22/11/1963

Notas para um livro de memórias: Infância

Eu era um menino muito burro, muito magro, que sofria de impaludismo. Tinha medo de guerra porque o meu pai era tenente-coronel da Guarda Nacional e eu achava que, havendo guerra, ele iria. Ninguém me disse nunca que tenente-coronel da Guarda Nacional não era nada; que não ia haver guerra e que, mesmo havendo, meu pai não teria nada que fazer lá. Respondiam às minhas perguntas com a mesma seriedade, o mesmo engano, com que eu perguntava. Só para que eu continuasse apreensivo.

Os grandes valem-se muito do medo dos meninos.

Eu perguntava, por exemplo, à minha mãe:

— Se tiver guerra, meu pai vai?

— Vai... — respondia minha mãe.

— E se ele se ferir, vai morrer?

— Não. Se ele se ferir, o médico botará iodo na ferida e ele ficará bom.

— Mas vai arder, não vai?

Para os meninos do meu tempo, o iodo era muito mais importante do que hoje é a penicilina. Era o milagre. Mas ardia muito e a gente, podendo esconder uma ferida, escondia, só para que não botassem iodo. Mas eu tinha esperança de que meu pai não fosse morrer na guerra, por causa do iodo.

Diziam-me que eu, quando crescesse, ia ser padre. Eu não sabia nada de padre, a não ser o cheiro. Padre tinha um cheiro e a pessoa tinha outro. Sempre me disseram que pessoa podia (e devia) ser padre. Mas nunca me ensinaram que padre também era pessoa. O gênero humano, para mim, era formado de pessoas, padres e soldados. As pessoas podiam ser: meninos, mulheres, homens, velhos, corcundas, anões e defuntos. Os meninos, as mulheres, os homens, os velhos, os soldados e os defuntos podiam ser pretos ou brancos. Os corcundas, os anões e os padres, não. Seriam sempre brancos. Nesta última classificação, continuo pensando tal qual pensava, aos cinco anos. Porque, de lá para cá, não vi corcundas, anões ou padres pretos. Os anões, os corcundas e os padres são invariavelmente brancos, sendo que os anões, sem exceção, têm narizes arrebitados. Os corcundas usam costeletas e vendem bilhetes de loteria.

Devo repetir que, dos padres, eu nada sabia, a não ser do cheiro. Eu era um menino muito burro, mas muito olfativo. Posso enumerar quase todos os cheiros da minha meninice. Quero começar por minha mãe que, entre as coisas e pessoas, era a única que não tinha um cheiro só. Também as coisas que ela tocava ou que a tocavam, cada uma tinha um cheiro, todos muito agradáveis. Os lençóis de sua cama, por exemplo, além de muito frescos, cheiravam mais a vegetal que a animal; mais a planta que a gente; mais a flor que a mãe.

Seguem-se outras lembranças olfativas que considero importante: os estábulos, os jasmineiros, as gaiolas dos passarinhos, o cozimento do doce de goiaba, a refinação do açúcar em tachos, o galinheiro, as galinhas, a Bênção do Santíssimo (os ofícios religiosos, todos), os percevejos do mato, o suor dos cavalos, os livros escolares, os lápis, as canetas, a edição ilustrada (grande) de *Dom Quixote de La Mancha*, o sabonete Dorly, as peças de madapolão e o charque no armazém, os bonecos de celuloide (ao natural ou queimados), a calda podre da moagem da cana (derramada no rio), o iodofórmio das feridas dos pobres, as castanhas assando, os cajus, as mangas, o feijão no fogo, o cheiro conjunto das madrugadas. E o mais belo de todos os cheiros: o da terra, quando chovia de repente e breve, e o toque da chuva desprendia da terra, como do corpo de uma mulher, como da carne de uma mulher sacudida e volatilizada pelo amor. O perfume feliz e essencial da vida.

Meu pai era um homem sério. Morreu aos 46 anos, quando eu tinha sete. Dele, só consegui saber que era muito sério. Se mais vivesse, eu iria julgá-lo e conheceria, não sei se para bem ou mal, sua gravidade e seu silêncio. Não me legou a menor influência. Tenho a impressão que, se mais vivesse, teria me ensinado a ser formal e a cuidar um pouco do dia de amanhã. Eu seria, certamente, perito contador e usaria bigode. Seria, vamos dizer, um João Dantas, mais discreto e menos triste.

Não sei o dia em que minha infância acabou. Nem sei, com certeza, se acabou. Porque não sei se ainda sou menino ou se sempre fui um velho.

Nota do cronista: Dedico esta crônica a todos aqueles e aquelas que estudam a criança e, dela, tiram conclusões. Gostaria que me dissessem se sou um perverso, um anarquista, um sentimental ou um grandíssimo… sei lá. Também a Di Cavalcanti, que várias vezes me tem pedido para abandonar tudo e me fechar sozinho numa casa, longe de todos, para escrever sobre Pernambuco, os engenhos e a meninice. Esta é a nota de número um, "Infância". Um dia, escreverei as de números dois, três e quatro, que se chamarão, pela ordem, "Adolescência", "Maturidade" e "Morte".*

Última Hora, 11/07/1961

* As crônicas sobre a maturidade e a morte não chegaram a ser escritas. [N. O.]

Notas para um livro de memórias: Adolescência

Da infância, de tudo o que houve, ficaram as impressões olfativas. Não teria havido mais nada senão o cheiro da terra, o jasmineiro, o cozimento dos doces de goiaba?

Certamente, não.

O adolescente é inteiramente só. Faz todas as viagens e se casa com todas as mulheres, sem sair de sua casa, sem fazer outro caminho senão o grave caminho da volta do colégio. Todas as coisas acontecem por dentro do adolescente. Daí o silêncio, a vaguidão, a densa estupidez aparente dos adolescentes.

Vamos admitir que haja o último dia da infância. Quanto à minha, tenho a impressão de que não houve. Que sempre fui um velho ou que ainda sou menino. Mas vamos admitir que tenha havido esse último dia. Procuro-o, incessantemente, na memória. É possível que tenha sido numa manhã do ano de 1927. À porta da minha casa, um homem louco de ciúmes rasgou à navalha o corpo de uma mulher. Depois, ele mesmo, o homem, cortou o pescoço com a navalha. Seu corpo caiu atravessado na linha do bonde. O bonde parou para não matá-lo outra vez. Veio a ambulância e o enfermeiro, com a ponta do sapato, tocou a cabeça do homem. A cabeça estava solta do corpo. Todos viram e todos cobriram os rostos com as mãos. Disse o enfermeiro àquelas pessoas horrorizadas, como se nada demais houvesse acontecido:

— Este não precisa mais de ninguém.

E afastou-se. As pessoas ficaram mais horrorizadas ainda com a frieza do enfermeiro. Mais do que com a cabeça desligada do corpo. No entanto, aquele enfermeiro dissera uma coisa muito séria e muito direta. Aquele homem não precisava mais de ninguém. Não precisava dele, o enfermeiro. Nem do horror caridoso da plateia. Afinal, não precisava de nada e de ninguém, porque estava morto.

A mulher com o corpo rasgado à navalha foi levada a uma padaria, enquanto esperava a maca e os enfermeiros. Gritava e pedia muito que lhe dessem água. Uma velha empregada da nossa casa nos disse, com absoluta segurança:

— Se ela pediu água é porque vai morrer.

E explicou:

— Pessoa ferida a aço, quando pede água, morre.

Eu fiquei de um dia certificar-me disso com um médico, mas fui deixando para depois e desisti. E fiz bem, porque aquilo me foi dito por uma pessoa que acreditava tanto em si mesma e eu acreditava tanto nessa pessoa que, se um médico não confirmasse, estaria desmentindo não uma velha empregada da nossa casa, mas um acontecimento do possível último dia da minha infância.

Qual teria sido o primeiro dia da adolescência? A procura é ainda mais difícil que a do último dia de infância. Certamente, não foi o da primeira mulher. Porque a primeira mulher não é nunca a que se entrega ao adolescente. Mas aquela que acontece, como todas as coisas, por dentro do adolescente. Aquela que se torna um sentimento. Uma dor. O primeiro ciúme venial.

No dia em que fiz quinze anos, minha mãe me deu um relógio de pulso. Não me lembro se me deu dinheiro. À noite, na Boa Viagem, havia várias pessoas que já tinham feito quinze anos. Eu lhes mostrava o meu relógio. A princípio, conversou-se sobre mulher de roupa de banho. A que tinha mais isso e mais aquilo. A que era mais bonita disso e daquilo. Um deles, muito rico, quando se dizia o nome de uma, proclamava em cima da palavra:

— Já vi nua.

Casualmente, saiu o nome de sua irmã e ele ficou calado. E essa, por acaso, já tinha sido vista nua por vários dos presentes, maiores de quinze anos.

Então a conversa mudou para aguardente. De todos o único que já havia provado era eu.

Isto não me fez mal nem bem. Não me envergonha nem me jubila. Mas desde os treze anos, quando voltava do colégio, parava numa venda e bebia 220 réis de aguardente. Achava aquilo muito natural, não seria capaz de deixar de fazê-lo e estava absolutamente certo de que o fazia por causa do banho. Naquele tempo, nos engenhos, fazia mal tomar banho sem antes beber um pouco de aguardente.

Então propuseram-me uma aposta. Ou melhor, um desafio. Eu beberia uma garrafa de aguardente, pelo gargalo.

Quando acordei a sala estava toda escura. A sala de jantar, onde me armaram uma cama de lona. Eu não sabia de nada. Mas soube logo depois, pela minha mãe, que eu fui encontrado na praia, e que o mar ia me levando. Um empregado de uma casa da vizinhança chegou a tempo de me salvar a vida. O relógio, não.

Nesse dia em nossa casa, durante muitas horas, todos concordaram que eu não tinha jeito. Falaram na minha ida para a Marinha. E não sei em que dia mudaram de opinião. Quanto a mim, convenci muito do que eles disseram e vivo muito bem assim, absolutamente certo de que não valho, sequer, aquele relógio que o mar levou.

Não existe maior solidão do que a do adolescente. Não me lembro de mais nada que fiz. Do que sonhei, sim, me lembro de tudo. E fui fazendo coisa por coisa, depois, já homem, todas as coisas que sonhei. O adolescente não é um cretino, como se julga. É uma pessoa emboscada, sonhando. Não faz nada. Ou o que faz é desatentamente, sem intensidade, sem gosto, ao acaso do jeito.

Última Hora, 18/07/1961

Semana Santa

No dia em que lerdes estas notas, já será outra semana e a vida voltou a funcionar como dantes, em todo o seu mecanismo de trabalho, suas graças e agruras. Não seria possível exigir — mesmo que fosse de um leitor amigo — a exata compreensão para o que se diz em Sexta-Feira Santa, num bairro sem gente, numa rua sem som, numa hora exatamente fria e cinzenta. São lembranças que chegam e, acolhidas com bondade, pousam na mesa de escrever. Quantos anos se passaram depois daquele tempo em que despescávamos um viveiro no bairro dos Afogados, em Recife? Mais de vinte. As pessoas grandes da casa recebiam o peixe, cuidavam de tratá-lo e esperavam, enquanto assasse no fogo. Depois, numa mesa grande, iam enrolá-lo em folhas de bananeira (cada embrulho, três curimãs), porque a encomenda deveria seguir no trem da tarde para os parentes e amigos do interior. Cada embrulhinho com a sua coisa escrita: "Jejum de Glorinha e Vevinha". Trinta e quarenta "jejuns" seguiam todo ano para uma gente que ficava muito grata e mandava dizer: "Comemos pensando em você e pedindo a Deus que nunca lhes falte paz e saúde". O que ficava era uma enormidade e dava para fazer moquecas, ensopados de coco, fritadas, escabeche... E a pimenta vinha nadando em molhos de coco e azeite. Muito arroz feito papa e todos à mesa, embora comendo muito, com os pensamentos em via-sacra, seguindo os passos de Cristo, do Horto das Oliveiras ao Calvário. Quando tiravam os pratos, ficávamos à mesa e minha mãe, com voz lenta e uma leitura muito bonita, contava a Paixão segundo são Mateus. Sem me insurgir (por medo e incapacidade), eu me dividia dentro do conceito cristão e achava que Pôncio Pilatos era um bom sujeito. Chegou a apelar para o povo e a pedir que escolhessem entre Jesus e Barrabás. A massa, porém, intrigada pelos anciãos e sacerdotes, pediu a liberdade de Barrabás, exigindo que o sangue de Cristo caísse sobre seus filhos. Já a mulher de Pilatos era chegada a sonhos e mandou avisar ao marido governador: "Nada haja entre ti e esse justo, porque muito em sonho padeci por seu respeito". Ensinavam-me, porém, a condenar a tibieza de Pilatos, que se tentava inocentar lavando as mãos em público e gritando ao povo de Israel: "Eu sou inocente do sangue desse justo; vós lá vos avinde". E lembravam a citação do credo, que diz: "Padeceu sob o poder de Pôncio Pilatos".

Até certo ponto, era contra Pedro. Embora tenha sido ele o único a seguir Cristo (muito de longe, é verdade) das Oliveiras ao Pretório, não lhe concedia o direito de mentir às três perguntas das criadas. Não lhe perdoava o esquecimento pois, avisado por Jesus de que o negaria três vezes antes do galo cantar, seu papel era dizer: "Sim, eu sou um dos seus discípulos, eu o conheço e lhe sigo os passos". Então, me explicavam que essas coisas todas aconteciam para que se cumprissem as predições dos profetas. Ensinavam-me, também, a ver em Pedro um ser humano, frágil, inclinado ao erro e à negação. E havia, também, o trecho que eu achava muito bonito (ainda hoje acho): "Trevas sobre a terra, desde a hora sexta até a hora nona e, num dado momento, Jesus clama em voz alta: *'Eli, Eli, lamma sabachthani?'*" (Meu Deus, meu Deus, por que me abandonaste?). Houve uma pequena confusão e os soldados entenderam que Cristo clamava por Elias. Deram-lhe, então, uma esponja com vinagre, insultando o crucificado, duvidando que Elias viesse tirá-lo da cruz. Aí entra o bonito: "E Jesus, clamando outra vez em alta voz, rendeu o espírito. E eis que se rasgou o véu do templo em duas partes d'alto a baixo: tremeu a terra e partiram-se as pedras. E os sepulcros se abriram e muitos corpos dos santos, que tinham adormecido, ressuscitaram". Estão aí duas modalidades encantadoras de chamar o ato de morrer: uma é "render o espírito" e a outra é a dos corpos adormecidos ressuscitarem. Ponho-me, agora, ante a inexorabilidade da morte e gostaria (só isso, em semelhança do Nazareno) de render o espírito e, em seguida, adormecer.

Outra lembrança que agora me chega a deslumbrar (em comparação com as coisas que já não existem) é a da Procissão de Enterro. Velhas matracas soando na rua Formosa. Gente andando devagar, com a cabeça baixa e a banda de bombardinos tocando o mais grave dos cantos fúnebres. Repetiam uma superstição muito recifense de que, em toda a casa onde o corpo do Senhor parasse, morreria uma pessoa da família. E nós ficávamos na janela do sobradão (na rua União, esquina com a Formosa), com os olhos postos no povo, pedindo a Deus que a procissão não parasse ali. Mas parece que era de propósito: todo ano parava e todo ano morria um tio nosso.

Essas lembranças a que me entrego, com certo prazer, sei que a ninguém interessa. Faço delas uma crônica sem beleza, porque demasiadamente pessoal, e dou, sem esperanças, a alguém que talvez lhe entenda as emoções.

Revista da Semana, 08/05/1954

Carnaval antigo... Recife

No Carnaval, minhas calças eram brancas e meus sapatos de tênis. As camisas, sempre feias, variavam. Lembro-me de uma roxa que desbotava.

No Recife, o Carnaval começava no Natal. Ou melhor, não havia Natal no Recife. A 24 de dezembro, os blocos saíam às ruas, com suas orquestras de trinta e quarenta metais, seus coros de vozes sofridas, a tocar e a cantar as jornadas mais líricas. Chamavam-se "jornadas" alguns dos cantos carnavalescos do Recife, talvez por influência das jornadas dos pastoris. Agora, por que os cantos dos pastoris se chamavam jornadas, não sei.

Mas na noite de 24 de dezembro, quando a gente pensava que seria uma noite silenciosa, o Vassourinhas estourava numa esquina, acordando-nos, na alma, uma alegria guerreira, impossível de explicar agora, tanto tempo e tanta fadiga são passados. Nós íamos primeiro às janelas, depois para a rua, até que afinal nos misturávamos ao povo, onde cada rei fantasiado, cada rainha de cetim, eram reis de verdade. Mas reis de quê? De tudo. Da voluntariedade, do absolutismo, do amor e do futuro. O futuro de que faziam parte.

Não se pode fazer ideia do que era o povo do Recife, solto nas ruas do Recife, após a declaração irreversível de Carnaval. Faziam parte da corte imperial mulheres morenas, que suavam, em bolinhas, na boca e no nariz. Mulheres de olhos ansiosos, presas de todos os atavismos de religião e dor, a dançar a mais verdadeira de todas as danças — o frevo.

Ah, de nada serviam suas heranças de submissão, porque o despontar do Carnaval era um grito de alforria. E seus corpos, seus braços, seus pés teriam sido repentinamente descobertos, assim que os clarins do Batutas de São José romperam o silêncio a que os humildes eram obrigados. Tão louca e tão bela aquela dança! Uma verdade maior que as verdades ditas ou escritas saía dos teus quadris, até então bem-comportados.

Se fosse possível descrever, em palavras, a introdução, ao menos a introdução, da marcha do Clube das Pás! Mas é possível dar uma ideia do que se passava por dentro de mim, que me sentia, inopinadamente, órfão e livre, desapegado de tudo e de todos. Eu era mais que um guerreiro. Era o vento. Cada homem e cada mulher eram uma parte daquele furacão libertário. Todos se emancipavam (eu digo por mim) e se tornavam magnificamente dissolutos... porque o clarim estava tocando, porque os estandartes se equilibravam no espaço, porque o mundo, naquele exato e breve momento era, afinal, de todos.

Tudo deve estar mudado. O Carnaval do Recife talvez não seja, hoje, um desabafo. Talvez não contenha aquele desafio de homens e mulheres, livres de todas as sujeições e esquecidos de Deus. É possível que se tenha transformado numa festa, simplesmente. Talvez seja alegre, e isto é sadio. Mas os meus carnavais eram revoltados. Não tenho a menor dúvida de que aquilo que fazia a beleza do Carnaval pernambucano era revolta — revolta e amor — porque só de amor, por amor, se cometem os gestos de rebeldia.

Muitas vezes, de madrugada, o menino acordava com o clarim e as vozes de um bloco. Eles estavam voltando. O canto que eles entoavam se chamava "de regresso". Não sei de lembrança que me comova tão profundamente. Não sei de vontade igual a esta que estou sentindo, de ser o menino que acordava de madrugada, com as vozes dos metais e as vozes humanas daquele Carnaval liricamente subversivo.

Meu quarto era de telha-vã. Minhas calças, brancas. Meus sapatos, de tênis. Meu coração, inquieto. E nada tinha sido ainda explicado.

O Jornal, 07/02/1964

Notas carnavalescas

Foi lançada, no Carnaval de 1954, uma brincadeira das mais divertidas e inocentes: tirar a fantasia da próxima. Exemplo: no auge da dança, quando a moça fosse mais feliz dentro da sunga, alguém chegava de mansinho e lhe puxava o pino do fecho ecler até o fim. Em volta, vexames, incontinência de gestos, flashes fotográficos e o baile continuava sem motivos sérios para derramamento de sangue. Outra novidade introduzida no Carnaval foi levar uísque de casa, em garrafinhas presas ao cinto. A repetição dos maus serviços dos bares, o mau humor dos garçons e os preços em uso inspiraram essa inteligente iniciativa dos festeiros que só sabem brincar com um pouco de álcool no sótão. As garrafinhas, depois de vazias, eram usadas em brigas, em função de cassetete, com imenso sucesso.

Desapareceram por completo as fantasias de muitas saias ou de saias compridas. As baianas e as damas antigas, além de fazerem muito calor, tomavam espaço. Aos poucos, a fantasia foi-se simplificando. Passou da saia à calça comprida, daí encurtou, virou short, até que chegasse ao biquíni, que cobre pouco e refresca muito. Nos bailes, o amor foi praticado às claras, sem essa hipocrisia antiga de sair um pouco para o jardim ou para a varanda. Tudo houve, sem preocupações de esconder, do beijo na testa ao *clinch* amistoso. A polícia assistia, com discrição e paciência.

Os ladrões vieram, em massa, do norte e do sul. O que há de melhor em batedor de carteira esteve nos bailes e circulou pela avenida nas horas em que a multidão foi mais compacta.

Vi um homem gritar: "Roubaram meu dinheiro! Deve ter sido aquele moço que vai ali, correndo!". A polícia correu atrás do fugitivo e este, ofegante, defendeu-se: "Não senhor! Roubaram meu dinheiro também. Eu estou correndo atrás daquele outro que vai ali". Virando a esquina, um caubói chamou a atenção de todos. A polícia resolveu perseguir o segundo suspeito que, com certeza, já estava querendo pegar um terceiro. Enquanto isso, durante as providências, tiraram a caneta de ouro do delegado.

A proibição do lança-perfume foi uma ideia muito louvável, mas, na prática, fracassou por completo. De ano para ano, mais se cheira éter no Brasil. Antigamente, era Pernambuco o estado mais cheirador de éter da União. Foi-se descuidando e, aos poucos, perdeu a liderança. Hoje, no Rio de Janeiro, só não toma sua prisezinha quem não tem nariz. E, como de um modo ou de outro (chato ou apapagaiado) todo mundo tem o seu narizinho, sonhou-se o sonho bom de leveza e sabedoria que os jatos de cloretila inspiram. A meu ver, a marcha mais bonita foi a do Zé da Zilda mesmo: "Deixa as águas rolar". Em samba, o que houve de melhor, foi o que dizia: "Só na hora da sede/ É que procuras por mim/ A fonte secou". Lembro-me de que o autor desta canção, desde o Carnaval de 1953, andava de cantor em cantor implorando, pedindo pelo amor de Deus que gravassem sua musiquinha. Sou testemunha de que Emilinha Borba e Linda Batista recusaram. Este ano foi a mesma coisa. Ninguém queria o samba e seu autor — que se chama Monsueto — teve que inventar um cantor novo (não sei o quê Moreno) para cantar essa beleza de verso popular: "Eu não sou água"... etc.

Estamos envelhecendo mais depressa do que podíamos supor. De ano para ano, mais o Carnaval vai perdendo em graça. No de 1953, ainda havia um restinho de vontade festeira (pelo menos, vontade de cantar e beber). Fomos para Quitandinha, fizemos uma espécie de fantasia (com um boné e um colar de despedida havaiana) e ainda nos demos ao desplante de fazer certas gracinhas. Este ano, não. No domingo, no primeiro gesto mais carnavalesco que tivemos, botaram lança-perfume no meu olho e voltei à base. Todo mundo achou graça, disseram que era velhice, riram de mim... mas riram porque lança-perfume nos olhos dos outros é refresco.

Quarta-Feira de Cinzas... um dia marcado para se sentir arrependimento. Eu não me sinto culpado de nada. Se pequei, foram pecados venais. Comungaria agora mesmo, se não houvesse almoçado bacalhau de coco e fritada de mariscos.

Revista da Semana, 20/03/1954

Prazeres proibidos

Não sei, leitor, se você é como eu: gosto de certos prazeres condenados. E a mim nada custa esta confissão, porque não tenho nome ou apelido a zelar. Gosto, por exemplo, das delícias de um resfriado.

Ganhei um e o venho cultivando desde o último sábado. Saio do banho morno para a frieza. Do calor dos estúdios de televisão para a ventania da praia. Durmo com a refrigeração ligada ao máximo. Faço, enfim, o que posso para mantê-lo. O que mais me prende aos resfriados é a burrice que eles me dão. Uma burrice, de certo modo, geral, mas carinhosamente centralizada nos ossos da face: os nasais, os palatinos, os lacrimais e os cartuchos. O máximo de burrice no menor espaço possível. Numa área que eu poderia pegar com uma mão. Então, para render esse torpor, encho as narinas de Vick VapoRub, uma vaselina que me aumenta todas as mucosas e recende, intensamente. Falo e sinto que minha voz está mal dublada. Telefonam-me e quando estranham o meu falar, dá-me imenso prazer em comunicar, suspiroso:

— Ah, estou resfriadíssimo desde sábado!

E as pessoas me dizem de lá:

— Faz o seguinte: tome um chá de limão, bem quente, deite-se e agasalhe-se.

— Vou fazer isso. Vou fazer. Foi bem lembrado.

E não irei fazer nada, porque o que eu quero é o resfriado. Passo uma vida sem resfriar-me, quando vem um, iria espantá-lo com chás e cuidados? Tá louco!

Quando disse que sentia minha voz mal dublada, me referi a uma das mais encantadoras particularidades dos meus resfriados. Passo a trocar os emes por bês anasalados e os enes por eles, ainda mais anasalados. Isto é: falo "bambãe" e "lunca".

E cá estou, prazerosamente, resfriado. O quarto cheira às cânforas contidas no Vick VapoRub. As pessoas me telefonam e, fingindo piedade, me dizem:

— Você precisa tratar disso.

As mais modernas, menores de trinta anos:

— Por que não toma Tetrex?

— Bem lembrado. Bem lembrado... — respondo a todos, com uma hipocrisia ainda maior que a deles. Dentro e fora de mim, estou feliz porque estou resfriado. Cubro-me de jornais e revistas. Leio-os, sem parar. Depois levanto, vou à máquina e bato um pouquinho. A empregada, que é portuguesa, olha-me com olhos compadecidos. Os portugueses se sensibilizam muito face aos resfriados.

Lá para as tantas, levanto-me, tomo banho, visto-me e vou à vida. Os outros têm automóveis de luxo, bens imobiliários, tudo. Eu tenho o meu resfriado. Di Cavalcanti, por exemplo, está em Paris. Enlouqueceria se fosse pensar como e quando poderei ir, também. Mas não posso me queixar. Tenho um resfriado... E não quero muito mais que isto.

O Jornal, 28/09/1963

Exames médicos

— Tire suas calças.

Nunca um homem lhe dissera isto.

— Como?

— Fique só de cuecas e meias que o dr. Fulano virá examiná-lo.

E saiu da sala, o assistente.

Nunca antes sentira uma sensação tão grave de degredo. Nunca fora tão só. Tão indefensável. Não estava só na sala. Estava só no mundo, no tempo, no nada. Estaria menos só se pudesse deitar, sentar. Se houvesse um espelho ou um relógio. Uma gravura na parede. Ou se tivesse visto uma tomada de corrente. Se lhe viesse um pensamento. Qualquer um. Não estaria tão só se estivesse vestido — gravata e paletó. Se em vez das cuecas estivesse de calção. Se, mesmo estando de cuecas, não estivesse de meias. Não é fácil explicar, embora alguns entendam, o que seja o deserto de um homem de cuecas e meias, em pé, à espera de um médico que lhe irá mostrar quantas mortes há em seu corpo. O homem, até os vinte anos, só acredita na morte dos outros. Depois, pelo exercício de ler jornais, sabe da sua. Mas se convence da morte como uma fatalidade singular. A humanidade é que é plural. Os médicos, certos ou errados, aludem as mortes, sabem quantas são, distinguindo a melhor da pior e tendo plena certeza de que algumas são prorrogáveis.

Então vem o médico, de branco, neutralmente de branco, e inicia um humilhante interrogatório do qual faz parte esta pergunta: "Seu pai e sua mãe morreram de quê?". Dificilmente tem-se pai e mãe vivos ou ambos morreram num desastre da Central. Pai e mãe quase sempre morrem em casa e nunca de boa coisa. Daí o médico começa a apalpar e a ouvir o homem. Aquele homem só, de cuecas e meias, acanhado por fora, cheio de mortes por dentro. Afinal, a permissão:

— Pode se vestir.

E não é bem a roupa que o paciente veste. É sua dignidade. Já de calças, volta-lhe a noção de crítica. Acha que o médico podia ser menos formal. Depois, de paletó e gravata, convence-se de que todos os médicos são, no fundo, advertentes, censores, e não fazem outra coisa senão destruir nossa tão feliz ignorância sobre o avesso que, em má hora, lhe confiamos.

Enfim, separados pela escrivaninha, quando o médico exige uma radiografia e um exame de sangue, o paciente diz (pensa) "pois sim" e volta a seu direito de poder morrer sem saber como.

O Jornal, 01/04/1962

A água da remissão

O médico deu a permissão:

— Pode cair na piscina.

— Mas, doutor...

— Pode cair.

Há dois meses, com a mesma autoridade, ele me dizia que não falasse, não gesticulasse e, sendo possível, evitasse pensar. Pela primeira vez alguém me dava razão. Eu estava doente.

As palavras, eu dizia em duas vezes. Começava, interrompia, pegava ar e continuava. Angústia dispneica. A respiração havia subido. Estava no queixo. Dava para viver. Quando chegasse aos olhos, eu morreria. O homem é tão frágil que, não respirando, morre.

Eram sete horas e eu tinha uma dor só, muito grande, que me impedia de deitar. Fui internado em pé, feito Clemenceau. Apesar de proibido, pensei o tempo inteiro. Era uma doença dessas que fazem o homem perder sua ilusão de eternidade. Antes dela, todos pensamos que só quem morre são os outros. Depois dela, somos os outros. Daí por diante, seremos enfim fortes e descuidados, porque nos livramos do selo himenal da perenidade. Sentia, pela primeira vez, uma certa admiração por mim mesmo. Uma nova densidade, feita de dor e morte. Por dentro, coragem. Por fora, um halo inconsútil de proteção. Adviera uma noção mais lúcida de tudo, de todos e de mim.

A digitalina, a protrombina, o carinho e, logo depois, a vida.

Nelson Vidal, o Colombo da minha doença, meu médico ainda, meu amigo ao depois, mandou que me atirasse à piscina. Claro, pensei no Rio da Guarda, mas o que esse homem manda, a gente pode e deve fazer. Caí de cabeça, como se a água, uma coisa só, fosse todas as coisas proibidas. Fosse a vida, que me tinha sido proibida, em sal, gorduras, gestos e palavras. Engraçado, a vida é pouco mais que sal, gordura, gestos e palavras. Mais música, luz, amor. Deus, também.

Atirei-me de cabeça e saí adiante. Um longo mergulho de remissão. Tudo havia recomeçado, inclusive a ilusão de eternidade. O homem devolvido à multidão. Cassaram-lhe todos os privilégios. Que chatice!

O Jornal, 16/02/1963

Página de um diário

Minha pobreza é quase sempre cômica. Ontem, por exemplo, a cozinheira veio avisar que era preciso comprar carne. Não sei se são todas, mas há sempre uma alegria no olhar da minha empregada quando a carne se acaba. Uma vitória, nos olhos dela, quando vem dizer que a carne se acabou. A carne, o feijão, o arroz, seja o que for.

Meu dinheiro, ontem, era zero, e como não tenho conta no açougue, tive que fazer demorado discurso explicando a necessidade que o homem tem de comer macarrões. Por que ela estava com as pernas inchadas? Porque só comia carne, carne, carne. O organismo pede mais talharim! Tudo isto porque a padaria vende talharim e me deixa pagar de trinta em trinta dias.

O médico é contra os meus cigarros e me proibiu passar de oito. Os oito permitidos, com mais oito que fumo escondido, são dezesseis. Dá para viver. Ou para morrer, sei lá. Então, um cardicolega me aconselhou a fumar cachimbo. Diz que a gente bota o cachimbo na boca, fica escrevendo, o cachimbo apaga, a gente acende, ele apaga... Fica-se nisso e o dia passa, com apenas uma carga de bom fumo inglês.

Fui ver um cachimbo. Custa 40 mil cruzeiros um cachimbo Dunhill. Recuei. Como em basquetebol, pedi tempo. Ao chegar em casa, recebi telefonema de um amigo, dizendo que ia a Londres. Veio aquela coragem e lhe pedi que me trouxesse um Dunhill de até quinze dólares. Fiz as contas, com entusiasmo, e achei que podia. Agora o homem está para chegar, e cadê os quinze dólares? Claro, pode esperar, mas e minha palavra de pobre soberbo? Não sei por que esse amigo vai voltar já, se Londres está tão linda, envolta na bruma deste fim de inverno! E se ficasse uns dias em Paris? Um homem cheio de lutas (coisas de jornal, de televisão, de rádio, de política), um homem assim, sempre que pudesse, devia espairecer em Paris. A primavera desponta nas mansardas da rua François-Ier. Os gatos saem preguiçosos de janelas minúsculas e vão divagar nos telhados. E meu amigo poderia participar de tudo isso, fumando meu cachimbo...

As desconjunturas da pobreza incomodam um pouco, mas são engraçadas. Minha vida perderia os encantos se a geladeira estivesse sempre cheia de carne e se, sobre esta mesa, houvesse cinco ou seis cachimbos. Pobreza execranda é aquela de Braz de Pina, que a gente vê quando vai para Petrópolis. Os homens e os urubus, disputando o lixo, de igual para igual. Os homens empurrando os urubus, os urubus empurrando os homens, na mais absoluta e triste igualdade de direitos. Lembrei-me que, por ali, passa diariamente o deputado Danilo Nunes, a caminho de Campo Grande. Deve olhar o espetáculo e resmungar, entre dentes:

— Esses comunistas...

O Jornal, 10/04/1963

A morte do urubu

Um urubu morto, atravessado, na avenida Epitácio Pessoa, Lagoa. Já vira gente, boi, cavalo, galinha, coelho, cachorro e gato mortos. Urubu era a primeira vez.

Parei o carro, desci e, diante do urubu morto, me dispus a pensar. Primeiro, que existe a Sociedade Protetora de Animais, mas essa entidade não se ocupa de urubus. Ou, se se ocupa, é muito discretamente. Na hipótese de não se ocupar, urge criar uma sociedade à parte, que seria Protetora de Urubus.

Nessa altura, passa um menino carregando uma lata de água da lagoa para o Morro da Catacumba. Pergunto:

— Menino, como morreu este urubu?

— Um carro pegou — responde o menino. E depois de uma pausa, pergunta-me: — Era seu?

Perguntou sem ironia, sem má-criação, e eu merecia a pergunta, tal o interesse com que indaguei sobre a morte do urubu. Subiu o morro, o menino, e continuei a pensar sobre o urubu. Urubu, um bicho que quase nunca morre, quando morre, não faz o menor sucesso. Nenhuma homenagem. Ninguém. Bicho nenhum. No mesmo local, já vira algumas vezes um ou outro gato morto. Em sua volta, vários urubus. Agora, um urubu morto e gato nenhum ao pé de si. Morto e abandonado, por quê? Porque o urubu sempre teve o maior descaso pelo resto da Criação. Pelo homem, principalmente. Quando dele (urubu), um homem se aproxima, sai andando de lado, devagar, como se o homem lhe causasse, ao mesmo tempo, asco e desprezo. O urubu acha o homem arrogante e, com certa razão, pergunta: "Por quê? Tanta superioridade, por quê? Por quê, se não voa?". De fato, neste particular e em alguns outros, somos inferiores ao urubu, que tem asas. E nós? Temos apenas braços. Melancolicamente, braços. O urubu voa e voa bonito, enquanto nós somos prisioneiros do chão. Não temos mais que os nossos pesados e dolorosos passos. Quando inventamos voar, após dezenas de tentativas fracassadas, criamos um aparelho construído à imagem e semelhança do urubu. O que é o avião, senão um urubu em transe de aperfeiçoamento? Sim, o avião se aperfeiçoa cada vez mais, na meta necessária do urubu. Já não faz barulho, como o urubu. Um dia, não dará desastre, como o urubu.

Daí o pouco caso e o andar desdenhoso do urubu, à aproximação do homem. Com toda razão, porque, em relação ao espaço, o urubu é autossuficiente e autodeterminado.

À beira da Lagoa Rodrigo de Freitas, dentro da bruma da manhã, só eu, velando o urubu. Só eu, pensando em urubu. Outros urubus, garbosamente, sobrevoavam-nos. E eu, humildemente homem, eu que só tenho braços e passos (estes pesados e dolorosos), era, ali, o único representante da imprensa. Isto é, a primeira pessoa a reconhecer que um urubu, em muitas coisas, é mais perfeito que o homem. Se esta verdade a alguém doer, paciência. O papel do jornalista é dizer a verdade, só a verdade, nada mais que a verdade. Até sobre os urubus.

Diário da Noite, 23/01/1962

O espelho deitado

Fomos à Praia das Conchas por um caminho novo, um velho caminho sem engenharia, rejeitado desde que fizeram a estrada. Margeamos as salinas, subimos uma ladeirinha e, quando descemos, já era a praia.

Havia claridade ainda, um resto de luz poente, a areia molhada da beira d'água refletia a lua cheia. A onda vinha, voltava e a lua ficava. Na areia. As crianças nunca tinham visto a lua no chão. Sorriam, deslumbradas. A menor delas encantava-se em botar o pezinho em cima de uma lua. E nos sorria, desconfiada, como que a perguntar se estava sonhando, depois se era lícito continuar fazendo aquilo. Lá uma hora, disse uma coisa que todo mundo já disse, mas que em sua cabecinha era uma descoberta e, em sua boca, o verso de um novo cântico:

— A lua é bonita.

E a lua ficou nova e linda, para sempre.

Num canto da praia há uma casinha de reboco comido pelo salitre. A única da Praia das Conchas. A mais pobre, para sempre. Ali mora o salineiro Orlando Santos. Trabalha para os Lage. Enquanto conversávamos, os filhos nos espiavam, receosos, de braços cruzados. Uma fila de quatro meninos, pálidos, sem idade, nus da cintura para cima. Mais atrás, uma menina dentro de um vestido maior e mais velho do que ela, com o irmão de meses escanchado na cintura. Pareciam posar para uma fotografia de propaganda da miséria brasileira. Pergunto ao salineiro se são seis os seus filhos. Responde-me que eram onze. Não lhe quis perguntar por que, ali, só havia os seis.

Negociamos um cigarro meu por um dos seus fósforos. Oferecemos nossos favores futuros. Despedimo-nos.

Na volta estava, enfim, anoitecendo. Vimos, do alto, as salinas, como um espelho imenso, estendido na planície. Refletia os últimos laivos vermelhos do pôr do sol. E assistimos à tarde arquejar e sucumbir, na superfície do espelho deitado. A terra arfava, exausta, vitoriosa, e anoiteceu.

É bem possível que, naquele momento, mesmo que fosse por uma fração de instante, todo o amor da vida estivesse, eterno, dentro de mim. Eu o sentia. Olhei humilde e gratamente teus grandes olhos, tão bonitos.

O Jornal, 12/03/1963

As quatro Marias do Pará

Nesse tempo de dinheiro curto, quando as famílias de salário mais digno já estão apertando o cinto e comprimindo seus gastos, um pobre casal do Pará ganhou quatro gêmeas. Uma mulher chamada Raimunda deu à luz quatro menininhas, e foi tamanha a doçura ao vê-las nascidas que as chamou de Maria. Raimunda estava contente, Raimunda estava feliz, porque ninguém, em momento de ira ou de revolta, chamaria alguém de Maria. Marcolino, que é o pai, foi muito solicitado pelos repórteres e, em todas as vezes, confessou grande felicidade em ser tão pai de uma só vez.

Essa gente humilde do norte cumpre o "crescei e multiplicai-vos" com uma naturalidade e um espírito esportivo que fazem gosto. Quem andou pelas praias do Ceará conviveu, por certo, com imensas famílias de pescadores e soube, de cada casal, coisas espantosas sobre fecundidade e vida. Casais praianos (o homem pescador e a mulher, na maioria dos casos, rendeira de bilros), indo à missa, puxavam uma fileira de oito a dez filhos. Se lhes faziam perguntas, respondiam sempre que "Deus tinha querido assim" e contavam, com pesar, a morte de dois ou três, quase sempre de enterite. Não se soube de um casal sem filhos, em Mucuripe, por exemplo, zona de jangadeiros e vendedores de aguardentes. Só vendo, é possível se ter uma ideia da pobreza em que essas crianças se criam. São uns bichinhos barrigudos e nus, montados em cavalos de cabo de vassoura, correndo a praia, levando recados e cantando umas cantigas desgostosas, comoventes demais para a boquinha de um menino. Comem peixe e farinha. Vestem camisolões que raramente descem além do umbigo. E vão assim até doze ou treze anos, quando lhes cobrem o sexo por uma mera formalidade de ser humano. Talvez seja esta a única formalidade cumprida em todo o litoral do Brasil, onde proles enormes constituem densas populações de indigência; onde a fertilidade consegue neutralizar o fabuloso índice de mortalidade infantil. Mas não se sabe de nenhuma mulher que, por pobreza ou medo de ser mãe, tenha provocado ou encomendado um aborto. Lembro-me de que falei com um jovem pescador, rapaz de 22 anos que, vivendo há cinco com uma mocinha magra de nome Corina, já era pai de quatro meninos. Quis ver até onde iam sua coragem e inconsequência. Perguntei-lhe o que pretendia fazer de tanto filho. Respondeu só isto:

— Nada. Nasceu, a gente cria.

A base dessa sabedoria é muito certa. Nascer e morrer são duas coisas inevitáveis. E os meninos nascem e morrem, sem que nada se diga ou se faça em contrário. Os que sobrevivem ganham uma camisola e basta vir em casa nas horas de comer peixe ou de dormir na rede. Essa invenção de colégio, de dentista, de vacinação, isso o governo, se quiser, que vá à praia tomar suas providências.

No Ceará, havia um líder da praia que antevia e sabia de coisas, além dos modos primitivos de sua gente. Procurava falar com jornalistas e encontrar soluções de dignidade para as famílias dos pescadores. Algumas vezes foi apontado como agitador vermelho. Outras vezes foi ouvido e incentivado. Seu plano, se bem que arriscado, tinha muita beleza. Viria ao Rio numa jangada e, aqui, contaria ao presidente da República (Getúlio Vargas) tudo o que sabia sobre a miséria e o desamparo das famílias dos pescadores. Veio. Conjurou o perigo e as distâncias do mar. Morreu, porém, na Barra da Tijuca, posando sua bravura para o cineasta Orson Welles. Esse homem se chamava Jacaré e essa história todo mundo sabe. Mas da inspiração, da viagem, do heroísmo e da morte de Jacaré, nada de novo se aproveitou, nem o filme, no qual a RKO esbanjou milhares e milhares de dólares. A vida do pescador de Mucuripe é exatamente a mesma: menino nascendo, chorando, correndo, cantando, morrendo... à toa.

Agora, no Pará, a alegria com que Raimunda e Marcolino recebem quatro gêmeas é uma inesperada lição de pureza. Casais ricos — e os há às centenas por aí —, gente que a sorte preparou melhor para ser pai e mãe, são gentes que vivem de *délivrances* trimestrais, chegando a ter contas-correntes em parteiras especializadas. Os motivos são vários: o apartamento pequeno, dificuldades financeiras ou é a mulher que acha maçante o tempo da gravidez. Enquanto isso, Raimunda, paraense e pobre, sorri em doçura e chama de Maria suas quatro filhinhas parecidas. Por causa disso, este cronista pede licença e, em seu nome e em nome dos seus leitores, passa um telegrama aos pais das Marias do Pará. Eis o texto:

"Raimunda e Marcolino — Belém do Pará. Parabéns pela felicidade de vocês. Sobrevivência e saúde para as quatro Marias. Em época de tanta notícia de mortandade, essa notícia de vida que vocês nos deram foi um motivo de esperança e alegria para todos nós. Abraços do cronista e dos leitores da *Revista da Semana*."

Revista da Semana, 16/10/1954

Everaldino com saudades

Everaldino, nome da Bahia, mãos e cabelos de melhor baiano. Encontrá-lo num restaurante da noite, em São Paulo, com ele comer carne e arroz, era uma coisa assim igual a estar no Café das Meninas, em Salvador. Seu ar e sua voz macia baianizavam por completo o salão, onde paulistas friorentos comiam. Contava suas histórias. Saiu da Bahia como taifeiro e foi andar pelo mundo. Várias coisas cometeu pela vida afora, até ser escafandrista no Golfo de Biscaia, trabalhando para um barcaceiro grego que se chamava Papaulus. Sem querer, sem provocar, ficou amante de Maria, mulher de Papaulus, descendente de espanhola e — disse Everaldino — "a dos olhos cinzentos". Não sabe o que o levou para ela: talvez tenha sido o olhar, da cor das tardes chuvosas, da cor dos nevoeiros no mar. Talvez tenha sido a mão macia que lhe afagou a cabeça numa noite de febre. Talvez tenha sido simplesmente a solidão de um baiano exilado, largado por caminhos que só vira em nome — sem sonhá-los — nas aulas de geografia do primeiro ano de ginásio. Não fora, disso tinha certeza, apenas pelo prazer de trair.

Papaulus era um homem grave e vagaroso. Não perguntava nem contava histórias. Um dia, era tarde, viu Maria sair de um abraço do amante e desaparecer no corredor que dava para a cozinha, consertando os cabelos. Sentou, pediu a Everaldino que lhe trouxesse a garrafa de Genebra, começou a beber e avisou que haveria mergulho na manhã seguinte. Everaldino preferiu sair para embriagar-se na rua, em companhia de pescadores seus amigos. Só voltou na hora em que tinham de sair para o mar. Sem dizer nada, foram os dois para o ponto onde seria o mergulho. Teriam que refixar uma boia — avisara o chefe — e, olhando com dureza os olhos do baiano, ajustou-lhe o redondo e feio capacete de escafandrista. Everaldino compreendeu que ia para a morte e sentiu o fundo do mar como um consolo e um descanso, uma punição e uma eternidade. Escorregou, devagar, pelas beiras do barco e sumiu-se. Passaram-se os primeiros minutos, passou o tempo normal de imersão. Poderia ter tocado a campainha, apelado para o perdão do grego, mas não quis. Esperaria a morte, dentro do capacete de ferro. As algas e os peixes eram visões de despedida. E a transparência do verde lhe enchia de beleza o último dos mundos aos seus olhos. Foi quando sentiu um puxavante e, devagar, começou a ascender. Papaulus podia tê-lo deixado morrer e seria ali, sem denúncias, sem punição. Mas não quisera. Trazia o mergulhador outra vez para o barco e, num gesto de grandeza, apertava-lhe a mão (sem sorrir, olhando-o outra vez com dureza) premiando-lhe a coragem de não ter pedido para salvar-se. Everaldino conta que, da praia mesmo, tomou rumo de viagem. Nem fora — embora quisesse tanto — olhar, pela última vez, os olhos cinzentos de Maria. Dali, andando sempre pelo mar, foi ser baterista de uma orquestra cubana, em Singapura. Eram seis músicos e, de cubano mesmo, só havia o pianista, que se chamava Juan de Luca. O maraqueiro era francês, o pistonista italiano e tanto o guitarrista como o rapazote da clarineta eram argentinos. Deixou a orquestra, um ano depois, para aventurar com tráfico de tóxicos, em Lourenço Marques. Everaldino me contava essas coisas mastigando, fazendo pausas como se quisesse gozar cada saudade, rindo de um ou outro pormenor que lhe vinha à lembrança. Por exemplo: Annie, a francesa que vendera toda a roupa de dentro para almoçarem juntos. E lamentava-se: "Não conheço Paris; não passei do Havre". Dez anos depois, voltava à Bahia como clandestino.

As ruas eram as mesmas, a vista do mar, olhada das janelas dos fundos, em um sobrado da rua Chile, também era a mesma: saveiros, barcaças, o Forte de São Marcelo, a rosa dos ventos encravada no ladrilho da Escola de Marinheiros. Mas os amigos, que tinham sido três, tinham ido correr mundo também. Um estava no Rio — soubera — vendendo essência de extrato francês.

Mais um navio levou Everaldino, de terceira classe, até onde o dinheiro dava: Vitória do Espírito Santo. De lá, para seguir viagem, teve que lutar num circo contra um canguru por 300 mil-réis. Empatou.

Perguntei-lhe, então, de tudo o que tinha feito, de que tinha gostado mais. Respondeu-me que só foi realmente feliz quando era farol de caricaturista, em Roma. Posava, nos cafés, para um jovem italiano chamado Adolpho que sabia fazer seu perfil muito bem-feito. Acabamos de comer. O garçom trazia a nota que, com gorjeta, dava 100 mil-réis. Everaldino fez questão de pagar. Na saída, pediu-me duzentos emprestados. Despediu-se e, bem jantado, com crédito no restaurante e 100 mil-réis no bolso, dobrou na esquina da rua Aurora. Fiquei olhando-o, com inveja de um homem vivedor. Alguém bateu no meu ombro e tirou-me do êxtase. Era Dermival Costalima, que chegava em passo vagaroso.

Revista da Semana, 12/06/1954

Estrada afora

Vou pela estrada, juro, sem a menor vontade de morrer. À esquerda, o mar me segue ou eu o sigo à sua direita ou, ainda, o que é mais provável, um não tem nada a ver com o outro. O mar é o mar, uma coisa que ninguém conseguiu explicar até hoje. Eu sou eu, uma pessoa, um homem igual a todos os que são frágeis, sabido de cor e salteado por meus parentes e amigos. Ou se eles não me sabem, pensam que sim e isto lhes dá uma certa autoridade para lamentar-me. Ou envaidecerem-se de mim. Eu me sei pouco. Por exemplo, agora, poderia asseverar alguns gostos e desgostos que, amanhã, talvez sejam outros. Assim como: quero viver, mesmo quando não estou gostando da vida. Não tenho mais que a vida. Para a vida convergem o amor, o esquecimento, as alegrias e os castigos. Da minha vida, nascem a intenção e o feito. Tenciono mais do que faço. Estou sempre tencionando. Só tenho a vida e sinto-me capaz de prezá-la no último instante de uma sufocação. Não vejo merecimento em usar-se o suicídio num bolso do paletó. O suicida vê o revólver, o rio, o mar e o despenhadeiro já com olhos de viagem. Lembro-me de que só uma vez senti um vago desapego pela existência. Estava cansado e ainda não havia feito nem a metade de tudo. Não cheguei a querer a morte, mas pus-me à sua disposição. Não me quis. Agradeci-lhe o pouco caso e desci do avião.

Vou pela estrada e preferia ser uma outra pessoa. Não me importaria de passar um mês sendo Vicente Celestino. Mas quem ia me ser, durante a ausência? A quem confiaria as minhas prezadas desditas? Só a alguém que fosse capaz de amar uma ou outra dessas infelicidades que se repetem em cada pausa do homem comum. Assim que eu me lembre, se fosse mesmo passar uns dias em Vicente Celestino, só uma pessoa e, por acaso, uma mulher, poderia ficar de caseira durante meu retiro. É uma pessoa como eu, que nada sabe de si mesma. Substituir-me-ia com tamanha perfeição que, ao voltar, todas as desarrumações de que vivo estariam intactas. É preciso saber ser-se interino e manter a desordem encontrada. O homem desarrumado é antes de tudo um forte.

E lá me vou, estrada afora, neste primeiro dia do ano, pensando coisas que não melhoram nem ajudam. É claro que estou triste. Como há três meses não me sentia tanto. Mas não vou morrer por isso e amanhã já estarei muito melhor. Viver é isso mesmo. Felicidade que é felicidade mesmo tem sempre uma agonia no meio. Vamos viver mais um ano (todo ou em parte) e não serão esses desgostos à beira-mar que nos levarão a quebrar o vidro e puxar a corrente. O lema será este: querer bem às mulheres e confiar nelas. Mas sempre de olho nos homens, porque, em cinco, um não gosta de música, outro é usurário, o terceiro é vaidoso e os dois restantes não valem as unhas que roem. O nosso Amigo (com "a" grande) é um sexto, que acordou tarde e não sabe de nada. Podemos amá-lo, sem maiores medos.

O Globo, 04/01/1957

Guia prático e sentimental da Rio-São Paulo

Ao completar sessenta viagens da rodovia Presidente Dutra, gostaria de contar as belezas, os perigos e os mistérios dessa estrada comprida. Há quase dois anos, todas as vezes que São Paulo dá saudade e chama, venho fazendo esse caminho e o considero o maior prazer de um viciado em automóvel. Se a estrada já matou gente, não a evitem por isso. O homem, morredor por excelência, tem morrido tragicamente em todos os caminhos do mar, do céu e da terra. É necessário, porém, saber andar naquela pista estreita. Se a reta tem quase cem quilômetros, o pneu pode não ter mais nem um minuto de vida. Se a curva surgiu de repente, vamos desenhá-la a capricho, ocupando menos da metade do asfalto. Se, depois, o terreno é ondulado, na baixa pode haver um buraco ou um carro enguiçado. Tomados estes cuidados, o motorista deve apegar-se a uma ideia — chegar. O tempo normal de uma viagem tranquila é de seis horas. Mas a tendência de quem dirige é encurtar esse tempo, depois da terceira ida. Vitor Costa, em automóvel Cadillac, já fez em quatro horas e quinze minutos. Eu mesmo, também em Cadillac, consegui quatro horas e 25. Mas o sr. Fernando Chateaubriand, em Jaguar XK120, quando gasta mais de três horas e meia, fica de mau humor o dia inteiro. Nenhum dos leitores deve tentar essas marcas, não só porque estaria viajando perigosamente, como também porque perderia o melhor do passeio: as paradas.

Saindo de noite, a primeira parada deve ser o jantar de Resende. Há um restaurante sem nome, à esquerda de quem vai,

antes de chegar à zona residencial dos militares. Ali, come-
-se um bife delicioso, feito na manteiga, com o molho do próprio sangue e servido com ervilhas e arroz. Levados por mim,
João Condé, Odorico Tavares, Rubem Braga, Millôr Fernandes, Reinaldo Dias Leme e Dorival Caymmi já provaram dessa
comida e lamberam os beiços. É prudente, porém, ir à cozinha
e conversar com um cidadão meio atarracado que se chama
Oséas. Ele adora ser consultado sobre a qualidade da carne e
diz sempre se a alcatra está melhor que o filé.

Depois de Resende é uma reta só, fascinante, instigando o
pé contra o acelerador. Passa por Queluz, Cruzeiro, Cachoeira
Paulista, Lorena, Guaratinguetá, Aparecida, Pinda e chega a Tau-
baté, onde é sempre necessário reencher o tanque, ver água, óleo
e pneus. No primeiro posto à direita, há um botequim frequentado por motoristas de caminhões e retirantes nordestinos dos
paus de arara. O elemento local ouve conversa e fala com o seu
"r" oleoso, ótimo para quem tenciona aprender inglês. Comem-
-se as linguiças mais gostosas do mundo, fritas na hora, à vista
do freguês. O caminho que resta para São Paulo não gasta hora
e meia, a não ser que haja inverno e madrugada, quando o ne-
voeiro raras vezes falha e se cola no para-choque do automóvel,
obrigando todo trânsito a trinta quilômetros de marcha lenta.
Em São José dos Campos, num restaurante ao lado do Posto Parente, come-se uma galinha de arroz que em nada é diferente das
galinhas de sua casa. Logo depois, sente-se a passagem de Jacareí,
porque mulheres e crianças estão postas à margem da estrada
oferecendo os seus famosos biscoitos. Só parei uma vez para essa
transação. Depois, passei sem diminuir a marcha e, para não de-
sacreditar de mim, resolvi não acreditar nos biscoitos de Jacareí.
O resto é mais uma reta até São Paulo, onde, se alguém nos espera, acontece uma porção de coisas boas.

Só deve ir a São Paulo de automóvel quem vai descansar, quem deixou as preocupações em casa e pode merecer

a estrada no que ela sabe dar de melhor. Quem vai a negócio, quem leva preocupação ou está sujeito a desencantos ao chegar, deve, de preferência, tomar o trem ou o avião. A estrada é para quem está em estado de graça. A escolha dos companheiros também é muito importante. Todos os preparativos devem ser feitos num máximo de sigilo, para evitar que alguém se ofereça como companhia e pôr-nos à vontade para convocar o que houver de melhor em matéria de apetite, sede e conversa. Devem ser evitados aqueles que cochilam, os que mandam fechar os vidros e os que pedem para diminuir a marcha. Dizem que é uma maravilha levar a namorada recente, mas, para essa graça, embora muitos sejam chamados, poucos são os escolhidos. De um jeito ou de outro, a Rio-São Paulo ainda é uma grande inspiradora. Das suas noites, do que se disse e sentiu em suas idas e vindas, nasceram minhas pobres canções.

Manchete, 30/05/1953

De um diário inútil

O homem dormiu no fundo de um automóvel, parado na estrada de São Paulo. Acorda e olha seu rosto no espelho do para-brisa. Está mais feio do que já era. Em compensação, o dia está lindo e o vento cheira a eucalipto.

A viagem continua e esse peso cristão da véspera de Natal lhe dói na vida. As coisas todas que vão acontecer já estão mais ou menos previstas. Não haverá nenhuma alegria especial, nem tampouco, com a ajuda de Deus, deverá acontecer alguma coisa de chorar.

O quarto de hotel foi feito para que os homens de alguma sensibilidade pudessem ter uma prova, sem odores, do isolamento dos presos e dos pestilentos. É uma solidão que se quebrará quando se quiser, pelo telefone e pelas campainhas de chamar. Essas coisas serão usadas se o hóspede precisar pedir café, cigarros e socorro. Mas ele não pedirá nada nem chamará ninguém, porque precisa entregar-se a uma série de úteis apreensões: o coração, se continuar assim, vai parar, de estalo, um dia desses; o fígado talvez caminhe para a consistência do *pâté de froie gras* (nacional); os rins e a vida, enfim, estão ameaçados. De repente, a alma se acovarda e, como numa resposta de reza, vai dizendo, à medida que os remorsos pousam em sua testa: "mea culpa, mea máxima culpa". Ninguém o chamou para o perigo. Ninguém o ajudou a errar. Tudo foi ele que fez, sozinho.

O que quer dizer tantas flores, no Largo do Arouche? Ele e a cantora são velhos amigos. Andam pela rua de mãos dadas, falando de casos fúteis e calando coisas sérias. Se resolvessem dizer tudo, acabariam sentados num banco da praça, aos prantos, dando um péssimo exemplo às crianças, que cantavam cenas de roda com sotaque italiano e inocência internacional. Vamos comprar flores, então. Dez dúzias de cravos vermelhos. Outras dez de cravos brancos. E essas rosas? Mais dez dúzias. Um pergunta se o outro está exagerando e ambos saem abraçados àqueles duziarais de flores molhadas, ensopando a roupa da festa, rindo, certos de que flor, quanto mais, melhor!

De novo, na rua, entregue à indiferença das pessoas da avenida Ipiranga, o homem caminha sozinho. Não há um táxi para se tomar e é justo que cada chofer tenha seu motivo para ficar em casa, ao menos hoje. As árvores da Praça da República, talvez cansadas de seus passarinhos, cansadas — também é possível — dessa monotonia que é ser sempre árvore, estão em noite de grande mau humor. Em cima delas, o céu brumoso, o céu industrial de São Paulo, sujo e frio, céu em que ninguém se deve fiar muito, a que ninguém deve pedir nada. Um bêbedo vem andar na calçada e, brincando de batalhão, tenta acertar o passo, cantando: um, dois, um, dois. Depois, começa uma conversa de pedir, mas não pode dizer coisa com coisa. Seria demagógico abraçá-lo e desejar-lhe boas-festas.

O homem chega, afinal, à casa de onde o chamaram para comer. As flores compradas de tarde estão em todos os cantos. A mesa está coberta de toalha branca e, no centro, sem mais nada, foi jogado um cravo vermelho, num gesto de bom gosto. O rádio canta, sem parar, que a noite é azul, feliz, é de luz, é silenciosa, é a mais linda do ano. O homem já teve noites muito mais bonitas, num tudo azul que não acabava mais. Daí a pouco, todos começam a comer e, pela ordem, sentem gosto de nozes, de castanha, de rabanada, de abandono.

Chegam visitas. Um homem rico vem dar sintomas de ser boa pessoa, traz uma garrafa de champanhe e conversa dez

minutos. Se pudesse, ficava. Mas tem ceia em casa. Elogia-
-se-lhe o gesto. Chega, depois, um casal alto e magro. Ambos bebem muito e ele comunica suas novas inclinações. Em volta, pôde-se dizer, com absoluta segurança, que não foi o Natal que mudou. Foi ele. Mudou para mais brando. Ninguém acha nada de mais e, de copos erguidos, brindam o novo anjo. A moça alta e magra apesar de noiva do neorrecuperado, participa, com igual entusiasmo, do brinde pela transmutação. Para mais brando.

É tarde. O que tinha de haver, já houve. Os olhos ardendo. As vidas estão com sono. O homem, se bem que disfarce, não pode negar que já teve Natais mais engraçados. Se lhe perguntassem o que queria ser (em vez de si): José Sans? Therezinha Solbiati? O próprio Rubens do Flamengo? Não. Deixa assim. Ganhou um telegrama e um isqueiro. O que é que ele quer mais? E sai andando em cima do chão mercantil de São Paulo.

Revista da Semana, 30/01/1954

A noite do Palepale

Ari Barroso acabava de dizer que não beberia jamais e pedia que o garçom lhe trouxesse água gelada, em vez de uísque. Era uma resolução tomada há muito mais de oito dias e mantida com imensa energia. Convidei-o, então, para jantar na Cantina do Palepale, na Barra do Tibagi, em São Paulo. Gostaria de, além de colocá-lo à frente do mais gostoso cabrito ensopado de todo o mundo, mostrar o que é uma verdadeira casa de comida italiana. Palepale, aos sessenta anos, é um sobrevivente de dois infartos do miocárdio. Mas não está espichado numa cama, à espera da morte. Está andando para lá e para cá, aos gritos, dando vivas aos fregueses, dizendo muito o nome de cada um. Numa mesa ao fundo, Leônidas da Silva come talharim, ao lado de uma verde salada de rúcula. Noutras mesas, mulheres bonitas de São Paulo vieram para esse canto da Barra Funda (o Tibagi) e não fazem questão de engordar um pouco ao tempero palepaleano. Não há garçom. As mesas são servidas pelo genro (Neco) e pelas filhas do dono da casa. Também não há mau humor entre os que servem e os que comem. O alto-falante toca, apenas, duas músicas: "Tropo tarde" e "Luna rosa", mas toca em macio, dando a impressão de que essas duas canções bastam ao mundo dos sentimentalistas.

Estamos sentados, com a alegria de ficarmos juntos, Araci, Paulo Soledade, Ari Barroso. Leônidas grita de lá que o Flamengo está acabado. Ari Barroso protesta, de pé, levantando o seu dedo de profeta. Palepale trouxe linguiça calabresa bem fritinha e Ari, ao morder o primeiro pedaço, me olha como um menino que quer pedir alguma coisa. Entendo-o e mando vir o irresistível vinho Meleto das prateleiras do Palepale. É um vinho poderoso, esse vinho da Itália. Ninguém, até hoje, conseguiu bebê-lo sem sofreguidão. E, ao terceiro copo, já Ari Barroso está dizendo o seu clássico discurso de alegria: "Eu sou aquele que saí do bosque e vim tocando a minha flauta amena! Ó tu, que tens a tranquibérnia da vida, toda sarapintada de azul! Não me venhas de *sanaclitias sepebelzia til-til*". Os pratos caem na mesa, como se fossem castigos. Galinha à passarinho, cabritos vários, talharins, linguiças, provolone do melhor e o Meleto, nobre de Firenze cumpliciando tudo, com o seu gosto de uvas privilegiadas. Rimos todos. Araci está feliz, como há muito tempo não a via tão feliz. Paulo Soledade conta histórias de suas idas a Paris. E Ari, ao décimo copo, pergunta se é, de fato, digno da medalha de Mérito Nacional. Claro que sim. É preciso uma medalha para cada peito, uma gratidão pública para cada vida. Somos quatro! "Garçom, por favor, quatro medalhas do Mérito Nacional!" E Leônidas da Silva diz de lá que ainda sabe jogar futebol. Com uma bola no pé, sabe para onde mandar. Mas cadê força para correr atrás dela? E revela: "Essas bolas de hoje correm muito". Ali estava um ídolo da minha meninice, com o mesmo rosto de riso branco que eu tinha colado na tampa da caixa do meu time de botão. Vive bem. Ganha o suficiente para não comover os seus velhos admiradores. Tem doze casas em Pinheiros. Leônidas da Silva teve a sorte de acabar o seu futebol em São Paulo e, mais ainda, no São Paulo Futebol Clube, grêmio de gente que não sabe abandonar os seus grandes defensores.

É uma hora da madrugada. A casa do Palepale está cheia outra vez. Aos poucos. Gaetaninhos crescidos — modelos de Alcântara Machado — foram entrando devagar. Vieram de boina ou boné e foram sentando. Nessa altura, pedíamos a nota para continuar a alegria que o Meleto nos dera. Mas não foi possível sair. Anunciaram uma sessão de cinema, com um grande faroeste. Não acreditamos logo. Devia ser brincadeira. Mas, não. Todas as noites, à uma da madrugada. Palepale oferece fita de caubói aos moços da Barra do Tibagi. Faz frio. Os italianinhos cruzam as lapelas e esfregam as mãos. As luzes se apagam. Palepale grita que quem falar será posto na rua. E a sessão começa. Primeiro vem o tradicional documentário dos caçadores de patos-selvagens. Depois, então, começaram as aventuras de um mocinho, que se chamava Durango Kid. Ele se vestia todo de preto e o seu cavalo era branco. No mesmo instante, viramos crianças outra vez. Éramos crianças, gritando, batendo palmas, torcendo contra o soco e o revólver do bandido. Éramos crianças em tudo, menos no vinho que continuávamos bebendo pretextando duas fortes razões, além da alegria de estarmos juntos: o frio e o encontro com Leônidas da Silva.

Saímos para continuar a noite de São Paulo. O pensamento me media e me pesava, e eu me sentia leve, fácil de conduzir, íntimo de mim mesmo — eu que já fora um estranho qualquer aos meus olhos de censura. O meu ser, escravo de lembranças antigas, pela primeira vez começava a querer bem ao dia seguinte.

Revista da Semana, 03/07/1954

Um giro com Araci

Aqui está a velha amiga, depois de um tempo enorme. Senta-se em cima de uma perna, como sempre gostou de sentar-se e, como sempre, puxa muito o vestido para cobrir os joelhos. Fala de uma porção de eras que não voltarão jamais. Quando passeávamos, com Caymmi, nas madrugadas de São Paulo. Quando comíamos empadas em sua casa, depois do futebol, a ouvir tangos argentinos. Quando passávamos a noite inteira no Casablanca, conversando com Evaldo Rui, que era um santo. Quando viajávamos de trem noturno, eu, ela e Ari Barroso, inventando histórias para esticar a noite. Quando íamos comer cabrito e beber vinho, na Barra Funda. Quando saíamos para procurar o poeta Vinicius, perdido nas madrugadas, pelos bares da beira-mar. Tudo isto para, depois, chegar a uma conclusão:

— Meu Maria, nós temos perturbado o silêncio de muita gente por aí afora.

Minha querida amiga Araci de Almeida, leitora diária do Velho Testamento, tornou-se uma das pessoas mais doces deste mundo. Ama a todos, ajuda a uma infinidade de pessoas e tomou duas crianças para criar. Uma menina, Odete, e um menino, Vicente, a quem chama de Monsieur Vincent.

— Já pensou a gente criar um menino chamado Vicente? — diz-me muito a sério.

Vamos para a rua. Levo-a pela mão. Paramos para comer no Petit Club e, depois, descendo a pé, fomos sentar no bar do Gigi. Aí, começou a parte mais emocionante do nosso encontro. Começou a cantar, a princípio, baixinho. Depois, com Chuca-Chuca ao piano, foi desfilando a valer seu grande repertório. O bar inteiro em silêncio. Até os estrangeiros, que eram muitos e não tinham nada a ver com Vila Isabel, ouviam, extasiados. A plateia batia palmas e quase todos vinham beijá--la. Mocinhas da nova geração viam-na pela primeira vez e, de uma delas, escorreram lágrimas. O velho centroavante Caxambu veio de lá, de peito opresso, sem poder falar, e caiu--lhe nos braços. O italiano Pierluigi d'Ecclesia sorria siderado e procurava explicar que não havia visto nada igual desde que chegou. Era Araci em pé, com os braços abertos, a dizer a todo o peito: "Eu sei por onde passo/ Sei tudo o que faço/ Paixão não me aniquila". Já era muito tarde quando saímos à procura de um táxi. Araci estava feliz. Gabava-se de sua saúde e gabava o velho Baltazar, seu pai, que só foi morrer aos 94 anos, assim mesmo atropelado por um caminhão. Fresco e leve o ar da manhã. Viemos rodando sem a menor vontade de recolher, falando de gentes, coisas e ternuras que não se repetem mais. A frase da despedida foi esta:

— Meu Maria, nós ainda vamos perturbar muito silêncio por aí.

O Globo, 19/05/1959

Um louco na chuva

É a chuva mais forte que caiu em cima de mim e, enquanto homens e mulheres disputam as marquises, correm atrás dos táxis, invadem as lojas, resolvo andar. Visto calça e camisa. Tenho 120 mil-réis em três cédulas sujivelhas de circulação paulista. Já aos primeiros minutos desse prazer de foro íntimo, estou só, como um rei, como um louco, andando na chuva. Molham-se-me os cabelos e a água escorre pelo rosto, entrando pelo nariz e pela boca. Ensopara-se a camisa e a calça, os sapatos começam a encharcar-se e andam aos guinchos. Ponho as mãos no bolso e o dinheiro virou lama. Jogo-o fora e ando. Os pensamentos são inesperados e vários. Poderia começar, aqui, uma nova existência, sem lembranças de nomes e de paisagens, sem orgulho do avô, sem uma só vaidade presente ou passada. Entro na Vinte e Quatro de Maio, dobro a Dom José, volto à avenida e sigo ao longo da Ipiranga. Ocorrem hipóteses esquisitas, como por exemplo a da morte de Sílvio Caldas. Começo a ouvir "Chão de estrelas", só em orquestra. Os violinos estão fraseando, em massa, aquele pedaço que diz: "Nossas roupas comuns dependuradas/ Na corda qual bandeiras agitadas". Aí chego a uma saudade e começo a sentir como uma evidência recente: Sílvio Caldas morreu. Todas as estações de rádio estão fazendo o seu necrológio e me convidam para dizer alguma coisa. De mim, esperam palavras importantes e o silêncio se abre em volta como um cordão de isolamento. Minha garganta está cheia de soluços. O som da minha voz é trêmulo, hesitante e digo, apenas: "Sílvio

Caboclinho Caldas Aulete, foste a sonoridade que acabou".
Agora, a orquestra modula e os metais estão fazendo a primeira
frase de "Faceira". De repente, fica só o ritmo, enquanto o vio-
loncelo sai de sua dignidade, para solar: "Que eu te conheci,
faceira/ Fazendo visagem, passando rasteira" e o piano, com
preguiça, responde: "Ô que bom, que bom, que bom". Chove
mais ainda. É necessário tirar os sapatos e pendurá-los no dedo.

A camisa está gelada, ficou transparente e se cola nas costas, agoniando. Tusso. Certamente, terei uma pneumonia dupla, que é mais cara. Devo estar inteiramente louco. Por que
imaginar a morte de Sílvio Caldas? Seria um revide ao sentimento geral pela morte de Chico Alves? Antes, devia perguntar: por que estou andando na chuva? Descalço na rua de São
Paulo, tremendo de frio, adoecível do peito dentro de meia
hora, descubro que a vida de Sílvio Caldas é uma velha canção necessária a todos nós, que sua morte, em moldes trágicos,
traria o povo para a rua em procissão de enterro, para cantar —
com tubas e bombardinos — no tom mais grave possível a um
coral misto, a marcha "As pastorinhas".

Estou praticamente nu, moralmente nu, caminhando na
chuva. Deveria, agora, ser uma nova pessoa que se chamasse
Clementino, que não sentisse saudades, que não quisesse bem
a ninguém, sem casa, sem emprego, sem receita e sem des-
pesa. Um homem com frio — mais nada — com os lábios des-
coloridos e as pontas dos dedos engelhadas. Ofereceria todo
o meu estado à compaixão do próximo, minhas vestes ao asco
e minhas mãos à esmola. E, quando entro numa rua de mo-
radia familiar, uma mulher desce um vidro de limusine e me
espia apreensiva. Era aquele, exatamente aquele, o momento
de começar a ser mendigo, estender-lhe as mãos e pedir. No
entanto, em nome de uma alma incorrigível que rege minha
insensatez física e sentimental, em lugar das mãos, estendo-
-lhe meus olhos que, mudos, lhe pedem um cobertor e um

abraço. Queria ser um homem integrado na miséria e fracassa o mendigo na hora em que a chuva e o frio seriam o seu melhor disfarce de pobreza. Fracassam as aparências de resignação e desamparo, porque a devoção ao carinho novo continua sendo um motivo de persistência e heroísmo. Um homem assim não deve começar de novo. Não se livrou, não se curou de nada: das saudades, das manhas, da estultice, da emotividade burguesa, do cultivado apego à sua existência de seresta. Tem que se conformar, voltar para o hotel, vestir o terno azul e a gravata prateada.

Revista da Semana, 20/02/1954

Amanhecer no Margarida's

Abro o janelão do meu quarto. Ainda não amanheceu. Quem mandou dormir cedo? Não eram dez horas e, abraçado amorosamente a um travesseiro, rendera-me à maravilhosa morte do sono. Sonhei que jogava pôquer, fazia um straight flush de espadas (até dama) e, tal qual acontece quando estou acordado, ninguém me pagava. Que sina, esta minha, de sonhar sempre as mesmas coisas que vivo!

Ainda não amanheceu. Sopra um vento frio, muito forte. As nuvens são escuras e estão agitadas. Voam velozmente e, de repente, partem-se em dois e três pedaços. Tenho certo medo de todas as coisas do céu. Do próprio céu. De Deus. Ensinaram-me, em menino, que todos os castigos vêm do céu, de Deus. E que, mesmo assim, eu deveria fazer tudo para ir para o céu. Não quero. Tenho medo, e tanto, que não aprendi o nome das estrelas nem das várias espécies de nuvens. A gente não sabe nada sobre as coisas de que tem medo. Teme, sem discutir. Mulher, por exemplo, que tem medo de barata, que sabe a mulher sobre as baratas? Assim sou eu, com o céu e Deus. Não sei nada. Temo-os. Agora, quem me garante que, dessas nuvens agitadas, não vá cair alguma coisa em minha cabeça? Quem me garante?

Aos poucos, a silhueta da montanha se desenha, escura, sobre o fundo esbranquiçado. "Que delícia estar sozinho!", penso, com a maior franqueza. Em companhia de quem eu poderia estar que já não me houvesse dito: "Saia desse sereno!"? E, no meu próximo espirro, mesmo que fosse daqui a dez anos, cobrar-me-ia o cuidado tomado: "Está vendo? Não lhe disse que aquele sereno ia lhe fazer mal?". Não há nada mais antigo que ser contra o sereno.

Nunca se faz rigorosamente o que se quer em companhia de outra pessoa. Pode ser-se feliz em companhia de outra pessoa, mas é uma felicidade de renúncia, como a do cristão que reza de joelhos, morrendo de dor, nas rótulas e nos rins. Ou, então, não é felicidade e sim uma atitude interesseira, de espera e emboscada. É-se feliz, vá lá, de esperança, ao lado de uma mulher.

A grande felicidade seria, portanto, a de estar-se inteiramente só em companhia de alguém. Mas quem seria esse alguém, tão perfeito? E eu, quem seria? Muita gente chama de felicidade a burrice que bate quando se está junto da pessoa amada. É uma burrice agradável, mas é burrice. Agora, se se quiser dizer que burrice e felicidade são dois estados parecidos, está certo. Pa-re-ci-dos. Mas nunca se é burro quando se está inteiramente só. E nunca se é rigorosamente feliz quando se está perto de alguém.

Enquanto pensava nessas coisas, tantas e tão lúcidas, clareou muito pouco. Logo, pensei tudo depressa, porque estava só, inteligente. Se houvesse alguém ao meu lado, por melhor que fosse, Santiago Dantas, a conversa teria ficado na dúvida do sereno fazer ou não fazer mal à saúde. Já seriam, portanto, oito da manhã. Mulher diz uma frase que, perante as leis civis e religiosas, deveria constituir justa causa para a anulação do matrimônio: "Vista um suéter, meu bem".

Abre-se o janelão ao lado do meu. É o cronista Braga, que se debruça. Penso em quanta gente gostaria de acordar e, como num milagre, ver o cronista Braga ao pé de si. Quanta mulher! Todavia, não é assim, como imagina. Começa que, quando se levanta, o cronista Braga está dormindo ainda e, durante dez minutos, não diz coisa com coisa. Quando principia a raciocinar, informa se o vento está soprando de sul ou de norte e o que irá acontecer, se for de noroeste. Tira do bolso um higrômetro e proclama o grau de umidade do ar. Daí por diante, começa a identificar os passarinhos pelo canto. Se voa uma andorinha, comenta-lhe o voo, que considera o mais gracioso.

Então, ao abrir-se o janelão ao lado, eis que surge o cronista Braga. Após o boletim meteorológico, conta que dormiu pouco, porque esteve a rever crônicas do seu próximo livro. Leu Proust. Sugere descermos à cidade e tomarmos um café. Lembro-lhe a falta de leite e vamos assim mesmo.

No nosso quase-caminhão, descemos, os dois, uma ladeira muito em pé. Se o freio falhar, serão dois cronistas a menos numa cidade onde há (dizer com a música do samba) "mais cronista que mulher". O Sabiá veste sua japona de lã grossa, fechada até o queixo. Não somos suficientemente interessantes para nos aturarmos todos os dias. Mas damo-nos bem, nos fins de semana. Há muitos anos, com algumas interrupções, saímos, às sextas-feiras, para um lugar ou outro. Dormimos e comemos, o mais possível. Beber, havendo caráter, evita-se. Compramos coisas de trazer, como linguiças e *boudins*. Jogamos muito no bicho. Havendo dinheiro, jogamos alto. Quando os jogos são separados, ele ganha, eu não. Aqui, em Petrópolis, vamos ao ceramista de Itaipava, ao orquidário do caminho de Carangola e ao parque São Vicente. No mais, ficamos na avenida Quinze, vendo as moças. Está sempre pretendendo, o Sabiá, comprar um terreno num platô, de vista bonita. Pergunta muito o preço por metro quadrado. Rejeitamos convites para banhos de piscina.

É assim, leitor, que os vossos escravos se refazem, para que não vos falte o pão do espírito. Vão por aí, a dormir em bons lençóis, a revolver cada qual sua consciência, e voltam, de mente lúcida, tão viva e tão ungida, para (de minha parte) escrever estas chatices, às terças-feiras.

Última Hora, 02/08/1960

De manhã

Acordo cedo e abro a janela para o dia bonito. Tenho que sair, ir ver um eletricista que conserta faróis de automóveis. Mas preferia ficar aqui, vendo o dia. Daqui, conversar com Deus e agradecer o que tenho. Vou bem, obrigado. Sou imensamente grato ao Senhor, assim como estou, em odor de santidade, sem beber, sem jogar, mas com este cigarrinho na mão. Ah, não me tire este cigarrinho...

Falar nisso, Deus, ontem li um artigo contra o fumo e me deu vontade de escrever outro, a favor. Será verdade tudo aquilo que dizem do fumo? Gostaria de escrever um artigo, desagravando o fumo. Escreveria, com gratidão, pela companhia que me fez, quando eu era só. Passava dias inteiros a conversar com esses cigarros negros, fortes, de machíssimo aroma... tão amigos. Francamente, não acredito que doença alguma, e muito menos aquela cujo nome é triste de escrever, seja causada pelo cigarro. O cigarro é um companheiro. E companheiro não trai.

O dia bonito e eu fumando, na janela. As crianças do orfanato já se levantaram e fazem barulho com as suas chinelinhas. Daqui a pouco, irão rezar as ave-marias. Rezarei com elas, pedindo a Deus que não retire nada do que me deu, pois preciso desta serenidade, deste estado de graça e da distância em que me botei, para viver, cada vez mais intensamente, o meu amor e o meu resto de vida. Darei bom-dia a esse dia tão bonito e ao Deus que faz os dias bonitos. Bom-dia aos passarinhos, cujas vozes se misturam à dos órfãos, que já rezam suas ave-marias. Há uma coisa comum em mim, nos órfãos e nos passarinhos. Talvez sejam os nossos olhares que se pareçam. Mendigamente se pareçam. Deixa de ser vagabundo, Antônio.

O Jornal, 30/08/1962

Tentativa de suicídio

Já falei de Godofredo, distinto corrupião patrício que divide comigo as delícias e glórias de um apartamento (quarto, sala e piscina), em Fernando Mendes. Godofredo é solteiro, discreto, e tão discreto que não canta. O único corrupião (ou sofrê) que não canta o Hino Nacional.

Vivíamos em boa paz e, dentro da medida do possível, um cuidava do outro. Isto é, ele cuidava mais de mim do que eu dele. Projetávamos, no futuro, arranjar mulher. Uma para os dois. Se não desse certo, apelaríamos para a solução banal: uma mulher que fosse só minha e uma corrupiona só para ele.

Até ontem, Godofredo levava uma vidinha tranquila. Ou eu achava isso. Acordava, tomava banho, comia seu *petit déjeuner* (ovos, pepino e vitaminas) e passava o dia aos saltos, alegremente, como o pato da Bossa Nova. "Este passarinho é débil mental", cheguei a pensar. Mas, não. Godofredo tinha uma coisa dentro dele. Um desgosto, e eu não sabia. Por volta das três horas, quando fui vê-lo, encontrei-o cutucando o prego da gaiola com a ponta do bico. Falei:

— Vê lá, Godofredo.

Ele disfarçou, deu um salto, comeu um pouquinho do ovo cozido e ficou nisso. Às quatro e dez, quando retornei a vê-lo, toda a parede em volta do prego já estava comida e Godofredo, numa bicada valente, arrancou o prego. Claro, a gaiola despencou e eu mal tive tempo de gritar, histericamente:

— Godofreeedo!

Da sala, vieram correndo dona Verinha, Ivan Lessa e Murilo Almeida. Mostrei a gaiola no chão, onde Godofredo jazia desacordado. Morto? Não se sabia. Começamos a chamá-lo pelo nome: Godofredo! Godofredo! E, depois, com ternura: Godô! Godô! Godô! Abriu um olhinho, envergonhado. Respiramos.

Meu pobre passarinho tentara o suicídio. Depressão, desencanto, situação econômica — não sei. O que sei é que Godofredo, num gesto tresloucado, arrancou o prego de sua gaiola e atirou-se ao solo. Isto é grave porque, que se saiba, é o primeiro corrupião que procura a morte com o seu próprio bico.

Conversamos. Não quis dar sua altura. Mas nota-se, em cada instante do seu silêncio, que o corrupião patrício Godofredo está precisando de uma corrupiona. Vamos providenciar. Uma para mim e outra para ele.

O Jornal, 08/09/1964

Os canários

Há muitos dias estou para escrever qualquer coisa sobre dois canarinhos-da-terra que pousam todas as tardes num galho de acácia, bem em frente à minha janela. A princípio, pensei que fossem um canarinho e uma canarinha, em começo de caso sentimental. Mas, não. Os dois têm as cabecinhas avermelhadas e isto, em canário-da-terra, é sinal de machidão. Chegam depois das duas, instalam-se sempre no mesmo galho e ficam horas a fio conversando, contando coisas, passando o tempo. De vez em quando, um levanta a asa e o outro coça. É a única atitude mais ou menos suspeita, nessa amizade de passarinho, que venho acompanhando há já algum tempo. No mais, são sóbrios, dignos e respeitáveis. Devem ter alguma coisa em comum para debater diariamente. Talvez seja literatura, talvez seja música. Acontece que, quando algum sanhaço esvoaça e vem pousar na mesma árvore, eles se olham (como que se consultando) e voam para longe. Fazem questão desse isolamento e, mesmo quando o passarinho que chega é canário também, dão o fora demonstrando, claramente, que não são de súcia (palavra predileta da minha avó). Tenho quase certeza de que se trata de uma dupla, assim como Joel & Gaúcho, Alvarenga & Ranchinho ou Lauro Borges & Castro Barbosa. Mas também desconfio de que um deles é o Vinicius de Moraes dos canários. O outro — quem sabe? — é possível que seja João Cabral de Melo Neto.

Hoje, quando cheguei para trabalhar, eles estavam quase no parapeito da janela. Não tomei precauções de silêncio, não andei nas pontas dos pés e eles continuaram, como se minha presença ou fosse amiga e costumeira demais, ou fosse tão desimportante que não merecesse a fuga. Estavam, porém, mais indóceis. De frente, um para o outro, davam pulinhos, cochichavam, metiam as cabecinhas embaixo das asas... Faziam, enfim, centenas de trejeitos. Sua atitude era assim a de quem está contando aventuras galantes. Então, não me contendo, gritei da minha cadeira:

— Falando mal das canarinhas, hein?

Parece que estavam mesmo, porque os dois ainda tentaram disfarçar um pouquinho e, logo após, sumiram num voo reto para outra árvore defronte. Tinham sido flagrados em maledicência.

Diário Carioca, 10/07/1954

Como são Francisco de Assis

Após muitos anos de ausência, senti falta de uns velhos amigos, íntimos confidentes de outras épocas: os passarinhos da Vitor Costa. Privava com eles, na rua Bolívar, quando viviam em menos espaço e não eram tantos.

Cheguei numa hora tranquila da tarde. Não havia ninguém a não ser um tratador sonolento que, por sua sonolência, pouco se estava incomodando com o que eu perguntasse ou ouvisse dessas criaturas tão melhores que eu. Estavam limpos e felizes. Falavam uns com os outros, creio que de assuntos políticos. A cacatua, por exemplo, estava de cenho franzido, como se tivesse a resolver o caso da Aeronáutica. Não lhe dei grande importância, porque, de aeronáutica e política, mesmo na versão mais inocente das aves, quanto menos souber, melhor.

Esta coleção de Vitor Costa, segundo me dizem, é a segunda do mundo. Um americano já ofereceu 200 mil dólares por ela — em português, 28 milhões. Aqui aportam estrangeiros de todo o mundo. Uns vêm especialmente para isto, porque a fama destas gaiolas chegou ao Afeganistão ou às ilhas da Polinésia. Quanto a mim, não sou um maníaco. Como um são Francisco de Assis (menos virtuoso, é claro), pergunto deles e de mim, porque as lições dos pássaros são de paz e amor.

Minha primeira entrevistada é a ave-do-paraíso. De sua vida, sei que veio da Indonésia e é a única do Brasil. De mim, ela deve saber tudo ou, ao menos, a versão dos colunistas. Sou um homem de briga, com pausas de poesia mal compensada.

Que bonito, este bicho! A cabeça preta (no que difere de Di Cavalcanti), o pescoço verde e essas longas egretes, azuis e cor-de-rosa. Confio-lhe um segredo e a ave-do-paraíso me diz gravemente: "Juízo". Achei que era uma censura. Passei a outra gaiola: a do Mainard. Com este, todo respeito é pouco. Pássaro hindu e, como todo hindu, deve saber de grandes macetes. Nossa conversa foi difícil porque tanto quanto seu português é nenhum, meu inglês pouco passa do *good night*. Engraçado, o Mainard. Fala mesmo. Um inglês assotacado, assim como o do meu amigo Rubem Braga. Admiro-lhe as cores, preto com as bochechas vermelhas e uma moldura amarela em volta da cabeça. Diz-me, nas despedidas:

— *Please, open the door!*

E explica que precisa ir-se embora. Lembro-lhe que a fuga seria um erro. Destas gaiolas confortáveis, outros já se escafederam e voltaram, dias depois, desencantados com a vida lá fora. Aqui o mamão é farto, enquanto nas quitandas mais barateiras, um quilo de mamão está por oitenta cruzeiros. Não me dá resposta, com a sua suficiência hindu, e deixo-o, afinal, para ir ao encontro do Príncipe de Gales. Este é inabordável. Não me arriscaria a contar-lhe os meus desaires. Há cinco Príncipes de Gales no mundo inteiro, inclusive o ilustre marido da sra. Simpson. São todos convencidíssimos. Coitado. É parte de uma raça extinta. A última Princesa de Gales morreu numa gaiola, em Chelsea, Londres. Que canário maravilhoso você, Príncipe de Gales! Enorme! Farto em suas penas amarelas. Os dois olhos negros, como duas cabeças de alfinete, lá no fundo da plumagem. Deve ver pouco e, por isso, não se apercebe de que sua raça vai terminar ali, sem continuação de filhos e netos. Se consentisse casar-se com uma canarinha-da-terra, ainda bem. Teria filhotes cantadores e brigões, como eram os das gaiolas do meu avô, Rodolpho Araújo — o homem que mais amou os canários-da-terra no Brasil. Trocava beijos com os mais valentes, antes e depois de cada bulha. Pouco simpático, o Príncipe de Gales. Não serve, hoje, para o meu caso. Mil vezes ir trocar ideias com os faisões, as cacatuas, os periquitos da Austrália, que são muitos e não se portam com emproamento. Aí sim, a conversa foi fácil e animada. Cada um disse o que bem queria, sem a menor cerimônia. Um pouco atrapalhada a entrevista com o rouxinol-do-japão, não por ser rouxinol (porque conversa de rouxinol todo mundo entende), mas linguagem de japonês é que são elas. Era uma tarde de nuvens pesadas sobre a Lagoa Rodrigo de Freitas. As luzes da gaiolaria iam acender-se. Saí, levando a confidência com que tentei interessar a ave-do-paraíso e, pela calçada, fui andando em vão, cada vez mais preso ao mesmo lugar, à mesma alegria, ao universo à parte, que, casualmente, descobri. Adeus, ilustres aves e pássaros. Noutra tarde, virei para conversarmos as luminárias ou as agruras da vida.

O Globo, 17/12/1958

O néscio, de vez em quando

Nunca me poderão acusar como falador da vida alheia, porque não sei fazer outra coisa que não seja falar de mim. Falo dos outros, é claro, mas, sem grande sucesso. De mim, a quem desconheço totalmente, falo de cadeira.

Um editor me pediu para escrever uma autobiografia, mas seria um livro de memória. Disse-lhe que não, alegando que era moço ainda para me tornar memorialista e velho demais para começar a escrever. Sim, amigos, nenhum de nós, cronistas, começou ainda a escrever. Escrevemos todos os dias, às vezes melhor todavia, mais das vezes cansadíssimos da obrigação inclemente de escrever todos os dias.

Hoje, por exemplo, estou escrevendo desde ontem, para merecer um fim de semana, longe daqui e mais perto de mim mesmo. Uma rede, um cachimbo (minto, um cigarro), um ou outro mosquito, a mulher e, se esta deixar, uma cervejinha gelada. No braço de maré, em frente ao terraço, pula, de vez em quando, um peixe grande. E, quando a noite é mais clara, a gente o vê, como uma coisa de prata brilhando no ar. Eu digo o de sempre, com o espanto mental que trouxe do Recife:

— Você viu o peixe? — E completo, fazendo o tamanho com as mãos. — Era dest'amanho.

A mulher, na rede ao lado, diz que viu, mas com um certo desgosto pela minha surpresa, com razão. Minha incabível perplexidade, face a um acontecimento tão comum. Então eu me recomponho, puxo uma conversa possivelmente interessante, até que ela se esqueça da minha atitude cretina, porque mais um peixe pulou, simplesmente. Fica tudo em paz e conversamos sobre os poetas melhores, desde Camões. Os da língua portuguesa apenas, porque daí a pouco salta outro peixe e eu não me contenho:

— Você viu o peixe? Dest'amanho.

O marido tem certos deveres de parvoíce, de cretinice até, para com sua esposa. Porque só existe realidade onde há, ao menos, um toque de besteira. Já a visita, não. O homem, mesmo sendo marido, quando está em visita tem obrigação de ser brilhante.

Bebo mais cerveja, gozo a delícia de mais um mosquito nas imediações do tornozelo (os mosquitos preferem as partes pálidas do ser humano), converso sobre Jacqueline Kennedy e, quando começo a atingir o nível intelectual da minha amada, eis que pula outro peixe... Assim não é possível. Um homem assim não devia ter saído pelo mundo, à procura de Deus e amor. Poderia ter ficado em sua casinha do Recife, dizendo suas besteiras, mas em casa de sua mãe. Mãe e irmãos são parentes. Mas mulher só vira parente e só tem obrigação de aguentar os espantos cretiníssimos do marido após as bodas de prata. Reconheço que tenho longos momentos de lucidez, mas sempre interrompidos por exclamações da maior besteira.

Desculpe, leitor, eu ter falado, mais uma vez, de mim. É que escrevo muito direitinho quando descrevo o néscio intermitente que existe dentro deste homem. Um pobre homem do Recife.

Nota do cronista: Dedico esta crônica a Dorival Caymmi, que, na realidade, nunca viu um peixe.

O Jornal, 02/02/1964

Caminhos do descanso

Há muita gente que perde os seus feriados ficando em casa, encrencando com a mulher, criando casos com o cachorro, os vizinhos e o papagaio. Outros inventam consertar uma porta, fazer uma nova arrumação nos livros, mexer no condensador do rádio — e o dia apaga, sem que se tenha dado nada à vista, numa cidade de caminhos tão bonitos, que nos levam para longe de todos os pesares, que nos aliviam de tantos enfados. Uma das vantagens do Rio é a gente poder ser turista — e deslumbrar-se como turista — morando aqui. Por mais que doa a vida, por mais maltratado e medroso que esteja o coração, não há sofrimento que resista à paz, à beleza e à luz coada de um canto que se chama Cascata Gabriela. Gabriela quem foi? O que fez? Seria fácil saber — bastava telefonar ao sr. Raymundo Castro Maya, canteireiro daquelas matas. Mas é capaz de ser uma homenagem à Besanzoni e fica melhor imaginar Gabriela, inventá-la, cada um a sua maneira. Eu contaria, inventando-lhe o corpo e a vida: "Era uma lindeza de moça e todas as tardes ia conversar com a fonte. Disse coisas tão tristes uma vez, que a fonte, compadecida, não deixou que ela se fosse nunca mais e, integrando-a na beleza e no silêncio do seu derredor, transformou-a numa flor. Hoje, Gabriela é uma daquelas mil marias-sem-vergonha debruçadas no lago".

O silêncio está parado, ali, à nossa espera. Não vamos quebrá-lo; vamos, sim, tomá-lo para abrigo de tudo o que de mais puro existe, em silêncio, dentro de nós. A impressão é de que fomos os primeiros a chegar, porque, no chão, não há marcas de pés, pontas de cigarro ou papéis de chocolate. Tudo está intacto: a pedra lodosa, a umidade, o cheiro de mata e não há talo faltando flor. Daqui, iremos ao Açude da Solidão — este nome nos conquista.

A estrada de Jacarepaguá, aquela que começa na ponte dos pescadores de robaletes, vai marginando a lagoa até quando pode e, depois, se embrenha pelo mato, dando uma sombra muito gostosa aos que vão pelo seu asfalto. Nas margens, aqui e ali, surgem vendedores de frutas, caranguejos, caldo de cana e cocadas. Os balcões estão cobertos de moscas, mas, com jeito, pode-se afastar algumas delas e arranjar lugar para beber um caldo de cana geladinho, única volta possível aos engenhos de açúcar de Pernambuco, mortos e distantes, vivos e tão pertos de mim pela recordação. O destreino da cana já não me deixa diferença e gosto de uma caiana ou de uma demerara. Além disso, o vendedor aumenta o seu estoque com água e, se eu reclamar, vão dizer que estou fazendo show de erudição canavieira. À direita da estrada, surgem as primeiras chácaras e uma delas é, hoje, a maior atração da viagem. Além de ovos, vendem-se aves vivas, abatidas ou já preparadas para comer. Lendo o anúncio de aves abatidas, uma criança perguntou por que elas estavam "abatidas", se tinham estado doentes. Tudo é muito limpo, muito bem-arrumado e, milagrosamente, não há o menor cheiro de galinheiro. Famílias inteiras descem de automóveis compridos e comem, com as mãos, uma galinha assada gostosíssima por 55 cruzeiros. A casa dá água, sabão e toalha, de maneira que ninguém se enoja de empunhar uma titela ou uma coxa, mordendo ao jeito de Henrique VIII. Chega-se, depois, a Jacarepaguá, onde se vê o nome de Breno da Silveira escrito em muros, paredes e placas de centros eleitorais. As setas indicam, insistentemente, a chamada freguesia e, mesmo na freguesia, não acontece nada.

* * *

Em Jacarepaguá, entrando-se pelo caminho de Três Rios, sobe--se o corte que vai acabar no Grajaú. O começo da subida é a estrada em construção, de barro incerto, pastoso e denso. Em muitos lugares, sente-se que o automóvel está cortando a mata meio devastada, mas ainda poderosa. À noite, sem pensar em assaltantes, é muito gostoso parar o motor e apagar os faróis. Os momentos da primeira escuridão são chocantes. Mas, depois, se houver um mínimo de minguante no céu, a luz se filtra nas árvores e desenha, na estrada, uma porção de coisas, que são sombras da mata — tudo isto em fundo silêncio. Logo depois, começa o asfalto. À esquerda veem-se toda a zona norte e muito dos subúrbios do Rio. A miséria está ao alcance da mão, porque a favela começa no debrum da estrada e só acaba lá embaixo, no trilho do bonde. Moradias pequeninas, frágeis, malcheirosas. Mulheres descalças, fumando cachimbo e carregando latas d'água. Homens feitos urinando, sem cerimônia, nos pés de parede. Um negrinho imobilizado num tamborete, enquanto o pai lhe corta o cabelo duro. Meninos, porcos e galinhas comendo coisas no chão. Se a cada pessoa perguntarmos: "Como vai você?", dirão todas: "Bem, obrigado". O homem é frívolo e necessário. Paciência.

Manchete, 07/03/1953

Alto da Boa Vista & Floresta

Quando acaba a Conde de Bonfim, você entra à direita e começa a subir. A noite está quente e, se por graça de Deus seu automóvel é de capota de pano, é bom baixar. A moça vai reclamar, em nome do penteado, mas é necessário argumentar que os cabelos dela são lindos, voando; que um lenço, por mais bem-posto que seja, fará com que sua cabeça fique parecida com a dos aviadores antigos — com as cabeças de Sacadura Cabral e Gago Coutinho.

À margem da ladeira, na grama lisa que acompanha o asfalto, casais tijucanos trouxeram travesseiros e estão tirando partido da noite calorenta. De barriga para cima, mandam seus problemas ao inferno e dizem frases da marca de "nada mais lindo que o céu do meu país". Depois, quando chegam em casa, é que vão ver o corpo todo picado de micuim.

São grandes e bonitas estas casas da beira do caminho. Gente que se preza tem chalé de verão por essas bandas. Jardim, piscina, um manga-larga para o passeio de tarde, uns dois ou três automóveis para ir buscar boatos na cidade, rede no terraço, canastra, buraco, passeinho ali por perto para importunar os casais nos automóveis parados. Quando o seu carro passa pelo Sacré-Coeur, a moça que vai ao seu lado toma um jeito de saudade e diz sempre: "Foi aqui que eu estudei" e conta uns três ou quatro casos, onde aparecem nomes já manjados de algumas freiras. Não satisfeita, em favor da estirpe, a moça dirá que esses colégios são rigorosíssimos, que só aceitam meninas das melhores famílias — e contará, com a revolta do uso, o caso de Bibi Ferreira, que não foi aceita porque o pai era artista. Aí, depois do show de pedigree, você chegou ao portão grande da floresta.

Cheiro de mato e de flor. Vem a vontade de morar uns anos por aqui, sem sair daqui e, com o tempo, ficar um pouco vegetal. Não ter defluxo, axilose, pé chato, afta, caspa e dor de dente. Neste portão entrou um monge, há uns três anos, e virou árvore ou zumbi, talvez, mas ninguém soube dele nunca. Agora, entram centenas de namorados, pretextando a noite quente, com as melhores intenções deste mundo, sentindo o cheiro da rosa que desabotoou de manhã e ouvindo o canto esparso de passarinhos com insônia. Surgem centenas de placas mostrando os caminhos e você escolhe uma para seu guia: "Gruta de Paulo e Virgínia". Uma capela, à direita, dá margem a que se fale em Cândido Portinari — assunto seguro durante meia hora (lá dentro, há um painel de Candinho). Então, você pode dizer uma porção de coisas interessantes sobre pintura. Num brilhante a propósito, é conveniente citar o caso de Van Gogh, que cortou a orelha e deu a uma rapariga. Sobre Gauguin, é aconselhável não sair do livro *Um gosto e seis vinténs*, carregando um pouco a narração de sua morte, com a face leonina, destruindo, nas chamas, sua pintura, toda ela feita sobre motivos e modelos do Taiti. Depois, o nosso Picasso. Frisar bem que se trata de comunista, embora leve uma vida de burguês. Aproveitando, fale, com apetite, na esposa de Picasso — provocará um certo ciúme na moça-toda-ouvidos. De Picasso, pule para Pancetti. Foi marujo, morou na Itália, é tio de Isaurinha Garcia, sofre de tísica, apaixona-se com imensa facilidade e é doutor em marinhas. Você dará uma nota de funda erudição se lançar um foguete assim: "Eu gosto das marinhas, mas os melhores quadros dele são os pintados em Campos do Jordão". Depois, num fecho de ouro, lamente a doença de

Matisse e terá passado brilhantemente pela igrejinha da floresta. À sua frente, continuará a placa da gruta de Paulo e Virgínia, chamando para um lugar que nunca chega. Aqui e ali, um barulhinho de fonte. Depois, uma casa toda vermelha, proporcionando à moça o direito de exclamar: "Esta é uma pinta de sangue na floresta". Nessa altura, o lirismo é inevitável. Será de bom-tom você dizer de cor, tirando a mão direita da direção, aqueles versos de Paulo Mendes Campos:

O instante é tudo para mim que ausente
Do segredo que os dias encandeia
Me abismo na canção que pastoreia
As infinitas nuvens do presente.

Ao fim desses versos, a moça tem o direito de suspirar e dizer uma frase da marca de: "A noite é tão noite". E estará tudo sem jeito. Os caminhos da floresta da Tijuca são redondos, inacabáveis e nunca levam à gruta de Paulo e Virgínia. Não são caminhos, são pretextos. E você os segue, sem pensar no assalto que está a dois minutos e a um metro de você. Sem saber que essa moça é um abismo. Sem atentar para os canhotos do seu livro de cheques. E você continuará, até que o ponteiro da gasolina descanse no suporte à esquerda do mostrador, até que o carro tussa e pare. Ah, além daquele monge que virou flor, pelo portão da floresta passou muita gente, em clima de namoro suave e amigação em começo. Todos, depois de dar muitas voltas, saíram na Gávea Pequena pelos portões do fundo. Todos, menos o monge, que virou flor.

Manchete, 10/01/1953

Jardim Botânico

Começa que todo jardim é botânico. É por aqui que moram todas as cigarras do Rio, as de Olegário inclusive, sem hora para cantar, cantar, até chatear. Começam modestamente, num "nham-nham-nham" de carro que não quer pegar e, depois, engrenam a prise do seu canto agudo, vertical, que chega à mata e volta de lá, repetido, com certeza, por milhares de outras, colocadas em distâncias certas, revezando-se para que a música não cesse. De começo, a gente fica meio deslumbrado com o bem de ter cigarras assim, tão à mão. Mas, depois, vai enjoando e deseja que o inverno chegue logo para molhar as asas das bichas e parar seu coral. Nunca ouvi falar de cigarras tão sem cerimônia. Entram de casa adentro e cantam nas cortinas como se estivessem na intimidade do seu mato. As crianças adoram e não há uma que não tenha a sua, amarrada numa linha, morrendo e cantando, cantando e morrendo.

Além das cigarras, acontece muito pouca coisa no Jardim Botânico. São casas de morar e uma minoria de edifícios de vida sossegada, em cujas portas a gente não vê, como é frequente em Copacabana, ambulâncias, rabecões ou carros da radiopatrulha. Nas calçadas brincam meninos sardentos (quase todos são americanos), com óculos de miopia e falam inglês aos gritos, forjando intrigas e vivendo histórias de mocinho e bandido. Usam aquelas calças azuis da Sears e fazem seu inferninho nas ruas transversais, correndo risco de vida, de vez em quando, quando entra um automóvel desembandeirado, sem buzinar.

Sou novo no bairro e faço uma grande confusão entre o Jardim Botânico e a casa da Besanzoni. Ambas são moradas de muito muro e, às vezes, dão impressão de casa mal-assombrada. No Jardim Botânico não acontece nada além da árvore da primavera, que bota uma flor em setembro para o Braga escrever uma crônica e viver, por longo tempo, dos comentários que desperta. Na casa da Besanzoni, a gente passa e nunca vê a dona pelos jardins, fazendo show de juventude, como nas reportagens do Nasser. A impressão é que o mato vai comer tudo e não demora muito.

Aqui, anoitece à música das cigarras. O Cristo, que é visto de costas, fica iluminado e, de vez em quando, puxa uma nuvenzinha e se cobre. Em volta da lagoa, as lâmpadas têm luz triste e, em conjunto, não parecem dentadura, como as de Copacabana. O grande movimento vem da Ponte de Tábuas, onde existem alguns botequins de uma porta, mercearias que fecham tarde, bancas de jornais e umas duas farmácias. Sobem automóveis, na rua à direita, que é caminho para a Vista Chinesa, Mesa do Imperador e outros lugares de namorar. Na hípica, em certas noites, há umas reuniões que mantêm um alto-falante ligado por horas e mais horas, com um cidadão dizendo números e algumas frases que a gente nunca entende. Fartura de lotações, ônibus e táxis, indo e vindo no caminho do Leblon e da Gávea. Por aqui, ninguém se lembrou de abrir um restaurante ou churrascaria. Quem é do lugar come em casa ou vai para o Leblon, de camisa esporte, alpercatas, mulher a tiracolo e passa mal por lá mesmo.

O Largo dos Leões foi minha decepção de 1940. O nome encheu meu pensamento durante um tempão, até à noite em que vim espiar uma namorada feia — não havia largo nem leões. O lugar não oferecia o menor conforto aos namorados, obrigando-os a tomar o caminho da lagoa e ficar por ali, pelos bancos, aos abraços, até chegar um homem mal-encarado, dizer-se da polícia e levar alguns trocados. Naquela época, não havia a moral padilhiana e a noite pertencia a todos, aos pegas de todos, nos lugares ermos e silenciosos do Rio. Nem para isso o Largo dos Leões servia. Nem para tirar retrato e mandar com dedicatória aos amigos que ficaram no Recife. Treze anos passaram e tudo ficou como era — feio, triste, despovoado.

Quando é de manhã, pela janela, a gente começa a ver um homem, com um martelinho, batendo na pedra. É um hino à persistência. Entra dia, chega noite e lá está ele com a sua batidinha de sineta, a serviço não sei de quem, tengo-tengo-tengo. Faço meus cálculos de antigo trabalhador do campo, meço a montanha com os olhos, conto as marteladas de um minuto e chego à conclusão de que, batendo assim, daqui a vinte anos, o moço derruba o Cristo. Antes disso, porém, derrubará a mim e a todos os condenados ao tengo-tengo desse martelinho que bate, sem parar, nove horas por dia. São os barulhinhos do Jardim Botânico — o que é que a gente vai fazer?

Enquanto bato esta crônica, num fôlego só, as cigarras voltaram a fazer misérias. Gostaria de amá-las e escrever melhor por causa delas. Mas, não. É uma nota só, é um apito. Daqui a pouco vem uma e, como uma louca, entra pela janela. Cantará juntinho de mim, no meu pé de ouvido, como quem está fazendo teste para o rádio.

Cigarra só é bom cantando longe, porque aí é mesmo "saudade de antigas ressonâncias". Mas, no Jardim Botânico, se a gente deixar, elas entram no ouvido.

Manchete, 24/01/1953

Silvestre, Paineiras, Corcovado

Subindo o Silvestre, a gente não foge apenas do calor da planície carioca, mas de uma porção de cores e cheiros. Vai-se ladeira acima com inveja de quem mora naquelas casas integrais, definidas — algumas são pensões de estrangeiros —, onde deve ser muito bom ser só e triste por alguns dias, sem o amarelo das carrocinhas de sorvete, o vermelho das geladeiras de Coca-Cola, o azul-látex dos maiôs e os cheiros renitentes de óleo, gasolina, pizzaria, fritura, água sanitária, ar-condicionado e maré. Não faz mal se, debruçadas nos janelões ou sentadas nos muros dos jardins, as mulheres são mais gordas, usam echarpes e meias soquetes. Não tem importância o silêncio apreensivo de homens sisudos, que não sentem obrigação de ir à praia, ao futebol, tomar chope, mascar chicletes, usar alpercatas, blusões por fora das calças. É gente parada ou caminhando devagar, que dormirá depois de um copo de leite, ouvindo Mozart numa estação de ondas curtas, com perfume de jasmins pela janela. O bondinho de bitola estreita chega àquelas alturas sereno, sem um caso entre o condutor e o passageiro, e ambos me dizem "até amanhã" cordialmente, graças ao ar que respiram.

Quem tem um filho de olho azul, uma namorada recente ou amigos em trânsito, tire um sábado e vá subindo esta ladeira. De vez em quando, pare, dê uma espiada sobre o Rio de Janeiro e veja como ele é cheio de truques, lá embaixo. O mar, a lagoa, o estádio municipal — tudo é truque, até as favelas, que são mantidas pela prefeitura, para que os sambistas possam fazer "Lata d'água na cabeça", "Barracão" e outras cantigas, desde o "Chão de estrelas", de Orestes.

Ninguém resiste ao Hotel das Paineiras, com a sua cor de icterícia, suas telhas lodosas (que denunciam goteiras), seu silêncio. É uma construção tão casa que de hotel só tem a fama. A sala imensa do térreo é o restaurante. As mesas estão forradas para o jantar e, em cada uma delas, há um vidro de remédio. Um hóspede não se incomoda que os outros saibam que ele sofre do fígado, dos rins ou do estômago. Em cima, o assoalho é de longas tábuas e faz música, gemendo, quando a gente pisa. A diária atual é de 150 cruzeiros por pessoa, com a comida paga por fora. À direita de quem entra, o bar, onde moças sem pancake tomam chá nas pontas dos dedos, mastigando com cuidado para não incomodar o vizinho com o barulho da torrada, família de quatro pessoas faz sua mesinha de buraco e o homem do boné bebe conhaque. Daqui, veem-se a curva de caminho que se some na Niemeyer, o Leblon, Ipanema e as ilhas Cagarras. Vê-se toda a pista do Jóquei Clube e, com um binóculo, um rádio e um telefonema ao bookmaker, fazem-se acumuladas, *bettings*, duplas e placés. Na época do Grande Prêmio Brasil, a varanda está cheia e a féria do concessionário do bar é mais gorda. Depois, o dia acaba e o Hotel das Paineiras sagra-se mais uma vez como o único lugar do mundo onde, realmente, não acontece nada. Ninguém para aqui sem fazer o firme propósito de voltar, um dia, e passar duas semanas posto em sossego neste canto em cujo portão jamais buzinou uma vaca leiteira.

Chegamos. O Cristo do Corcovado não é mais cartão-postal. Uma porção de lembranças. Nossos parentes posaram para aquela fotografia de lambe-lambe, tirada de cima para baixo, mal desceram do bondinho. Minha namorada de 1940 veio pela minha mão, recomendou que eu não aceitasse o jogo das três cartinhas e comeu uma maçã. Tinha o olhar de quem perdeu um brinco — falava olhando para o chão, em volta de si — e era assim que sabia dizer suas ternuras. Debruçados, todos pensamos, vagamente, em suicídio e, de várias maneiras, dissemos que o Rio era a cidade mais bonita do mundo. Vendedores de frutas e de cartões-postais pleitearam nosso dinheiro. Posamos para o cortador de silhueta e tu ficaste parecida com Carmen Miranda. O detalhe engraçado destas silhuetas são os nossos cílios, onde o artista capricha tanto. O homem gordo, com um quisto em cada cotovelo, veio repetir que mora aqui há dezessete anos, sem nunca ter descido. Sua dignidade é tanta que a gente não se arrisca a lhe dar 10 mil-réis. Aqui, esquecem-se as ingratidões, a ronda do câncer, as promissórias e suas datas de vencimento. Ninguém virá dizer que o telefone está chamando, nem haverá o garçom que cobra o couvert pelo que vimos e sentimos. É possível até que, como na "Modinha" de Bandeira e Ovalle, "uma ternura singular palpite em cada coração". É uma pena ter que descer, mas, se não há outro jeito, vamos todos para a varanda de Ovalle, de onde, um dia, cairá uma estatueta de trinta quilos e matará uma pessoa, na avenida Atlântica. O uísque é irlandês, mas Danny Kaye também é. Só aqui é possível conversar sobre "dez saudades diferentes" e ouvir que o Brasil é salvo, todos os anos, pelo Carnaval, "porque o Carnaval é a única forma de combate à prostituição". O violão de Ovalle é canhoto e sola um improviso seresteiro. Quem desce do Corcovado, antes de voltar à realidade, deve ficar umas horas nesta varanda.

Manchete, 14/02/1953

Lembrança de Ovalle

O escritor Fernando Sabino me levara à casa de Ovalle. Tinha sido uma visita programada, adiada e muitas vezes deixada para outro dia. Ovalle me recebia meio aturdido e logo depois descobri que ele se sentia na obrigação de dizer qualquer coisa muito certa, muito importante. Nosso encontro fora precedido de algumas informações generosas a meu respeito e de tudo que eu ouvira contar de genial dessa "vida conversada" de Ovalle, a que Carlos Drummond aludiu em seu artigo "A porta do céu". Eu, porém, estava certo de que não diria nada que merecesse pasmo, que me deslumbrasse, que mudasse as convicções dos presentes. Ovalle precisava, todavia, como uma criança, conquistar-me. Houve uma hora em que ficamos os dois na área de serviço, assistindo a um baile carnavalesco que havia no ex-Cassino Atlântico. Perguntei umas coisas que ficaram sem resposta. O silêncio de Ovalle era tanto que seu corpo tremia de prenhez. Passamos à sala. Serviu-me um uísque irlandês que tinha gosto de madeira. Fomos à varanda, onde havia aquela cabeça de mármore (uma mulher) deitada no parapeito. Olhamos o céu e o mar, que não tinham nada de importante ou inspirador. Voltamos à sala e, ao tempo que bebíamos, mais me alegrava de estar conhecendo aquele homem de pijama. Os mais íntimos puxavam por ele, fazendo-o conversar. Contaram-se histórias e, num dado momento, sem que ninguém pudesse esperar, Ovalle se empertigou, apontou-me duramente e falou:

— Você é bom!

Até aquele dia, eu estava convencido de que era bom mesmo e não podia imaginar que mais alguém soubesse disso. Ovalle era um homem, para mim, capaz de ver os outros por dentro. Eu o amava por isso.

A primeira garrafa do uísque irlandês acabou e entramos noutra. Eu me sentia bêbedo e feliz. Ovalle foi buscar o violão. Fez um acorde e cantei sua "Modinha" (letra de Bandeira). Ovalle harpejava com a mão esquerda, fazendo as posições com a direita. Estava gostando do sentimento com que eu cantava e, talvez pela bebedeira, pela emoção de ver Jayme Ovalle, percebi que estava cantando excepcionalmente direito. Quando acabamos, foi buscar uma parte de piano (edição antiquíssima), escreveu uma dedicatória e me deu. Conversamos até quase de manhã e, na hora de sair, esqueci a música. Voltei no dia seguinte para buscar, voltei duas ou três vezes, e ele sempre dizia uma coisa nova: "Perdi" ou "Joguei no mar" ou "Levei para a alfândega e dei a não sei quem". Não perdoava o meu desapreço pela "Modinha".

Tudo o que guardei de Ovalle foi a noite do nosso conhecimento, com o incidente da parte de piano. Lembro-me ainda da extraordinária beleza de sua filha, que uma vez foi tirada da caminha para que eu a visse. Há pouco tempo, na manhã de domingo, a mãe Virgínia a levava para uma missa. Parei, perguntei por Ovalle. Mãe e filha tinham mudado. Virgínia emagreceu e a menininha estava ainda mais bonita.

As duas histórias mais recentes da "vida conversada" de Jayme Ovalle contaram-me hoje. Um seu amigo gostava de provocar o pronunciamento católico de Ovalle sobre coisas de igreja e de Deus. Na época do Congresso Eucarístico, perguntou o que Ovalle achava dos excessos de ouro e púrpura dos altares. E Ovalle explicou: "Você já viu um amanhecer? Você já viu o sol o que faz de manhã? Deus é assim. Deus sempre foi um exagerado, meu filho". Esse mesmo amigo, dias depois, queria saber:

— Ovalle, Deus gosta de você?

E Ovalle respondeu:

— Acho que não. Sou o carcereiro de Deus. Ele está preso no meu coração.

Soube da morte de Jayme Ovalle ao chegar de São Paulo, na manhã seguinte ao dia do seu enterro. Era tarde para despedir-me do seu rosto. Deixei alguns amigos em casa e fui andar sozinho na estrada do Recreio dos Bandeirantes. À minha esquerda, o mar. À direita, a lagoa. Em meu coração, a certeza absoluta de que Ovalle entrara para anjo. O céu estava lindo e Deus também.

O Globo, 14/09/1955

O violão

Ouço o violão de Caymmi de um jeito que eu não ouvia há tempos. É o mesmo. Ora grave e suspiroso, ora virando viola, tangido nas primas, com as pontas dos dedos. Ouço Caymmi cantando os mistérios do mar com aquela mesma sensação de encantamento com que o ouvi pela primeira vez, há quase cem anos. Penso em amigos de que me esqueci, em mulheres que ninguém poderá dizer onde estão (felizes, tristes ou mortas), em nossa ingenuidade perdida, para sempre e sempre. Por exemplo, aquele apartamento do edifício Souza. Ali, éramos três amigos aturdidos, conspirando maneiras de viver num décimo andar, enquanto a cidade fazia barulho no asfalto da rua do Passeio, aumentando-nos o medo e o cuidado. Tudo o que fazíamos, ou simplesmente tentávamos, era um gesto inseguro e hesitante, assim como um gato novo que começa a mexer com uma barata, estendendo e tirando a patinha. Pedimos, dissemos, sonhamos, sofremos, amamos e vimos. Até que o Rio de Janeiro ficou fácil, como uma rua da Bahia, como uma sala de jantar na rua da União do Recife. Para chegarmos a isso, embora houvéssemos construído nosso chão, nossa cama e nosso domingo, muita coisa se quebrou ou se perdeu.

Caymmi está dizendo que "no Abaeté tem uma lagoa escura, arrodeada de areia branca". Que "o luar prateia tudo, coqueiral, areia e mar". Uma mulher, com muita razão, fecha os olhos, prende o ar da respiração, aperta com os dedos o maço de cigarros que ainda continha cigarros, e o marido a espia do lado, sentindo-se pouco mais que uma coisa ou muito menos que uma simples coisa. Volto a Caymmi com a devoção intacta com que a ele cheguei. Das coisas que amei, muitas se acabaram ou não sei onde estão. Outras ainda as tenho. E essa canção sentida é uma. Por mais que ande e me transforme, voltarei a esse poeta e violeiro com a mesma aquiescência, com o mesmo enlevo pela sua cantiga. Caymmi está em São Paulo, cantando num bar. Em sua volta, há um justo silêncio cometido por mulheres de olhos fechados.

O Globo, 21/06/1955

A Elsie Lessa

Vi Elsie Lessa umas onze vezes e, na vida, tudo o que acontece apenas onze vezes deve ser considerado muito pouco. No entanto, sou-lhe um amigo antigo e constante, graças a esse direito que o homem tem à amizade e à intimidade do seu próximo (sem visitá-lo) desde que os dois sejam delicados, humildes, bem-querentes, direitos, enfim.

Elsie é dessas pessoas de quem se deve invejar umas trinta virtudes; a sintaxe inclusive. Escreve bonito, fácil, sem amargura, sobre o mar, o amor, o lotação, o filho, as canções de Léo Ferré, a chuva e as flores. Sabe esconder, com heráldica decência, seus desgostos ocasionais, que não são especialmente dela, mas da criatura humana, de toda criatura humana.

O desgosto está solto no mundo e é de quem pegar primeiro. Como os passarinhos e os peixes, o desgosto vive no ar e na água. Mas raramente é sólido e a gente pode ingeri-lo, sem sentir, em cada vez que bebe ou respira.

Anteontem, sem estar amarga, Elsie se deixou levar por certas lembranças. A culpa não foi dela, mas de uma folha da folhinha. Escreveu sobre o 13 de janeiro, data sua, detestável como todas as datas de todos. A cronista estava melhor que nunca. Mas a pessoa, não. A pessoa que, como todas as pessoas, é feita de uma coisa por dentro e de outra por fora, estava — como irei dizer? — doendo. A palavra é "doendo" porque o estado é, também, "doendo". Quando se está doendo, não se geme nem se blasfema. Fica-se dizendo uma coisa e outra, sem força, sem sentido aparente, na humildade leseira do "sei lá". Claro, nem eu entendo essa explicação, mas é verdadeira, e Elsie estava assim anteontem.

Sabe, Elsie? As pessoas, quando chegam à nossa idade, perdem o direito aos receios e às aflições. É uma pena. Os medos e as agonias, tão graciosos, só são permitidos até os quarenta anos. Depois disso, apenas se nos permitem as esperanças. Qualquer espécie de esperança. Todas.

Quanto a mim, não há uma só que eu não tenha. E com razão. Tudo o que eu desejava, digamos, em 1960, hoje é meu, plenamente. Logo, tudo que estou querendo hoje vem por aí, com absoluta certeza. E é assim com todo mundo. Com você mais ainda, porque não há ninguém que não goste de você. Criminoso, padre, artista de rádio, pebolista, entregadora de Avon, todos gostam. Até o sol. O sol te adora, daí queimar você por igual, devagar, com atenções especiais e excessos compreensíveis. Daí sua cor. Aos outros, queima sem capricho, sem desvelo. E quem quiser que passe picrato para não empolar e óleo para ver se iguala.

O meu abraço, Elsie. Todo cuidado com as lembranças e viva o sol!

O Jornal, 18/01/1963

Conversa com o Sol

Bom dia, Sol. Mais uma vez estava aqui à tua espera, quando o certo seria esperar que me fosses despertar, pela vidraça. Perdão se me excluo tanto desse teu carinho diário para com a maioria dos homens. É uma obrigação tua, eu sei, mas nem de longe estive a pensar que não a cumpres desveladamente. Perdão ainda pela roupa noturna que visto e pela alma noturna que trago, impregnada de acontecimentos da noite. Bebi, é verdade. Exerço esse direito com alguma constância, mas posso asseverar-te que sempre na mais completa lucidez. Já que Sol não fala, tenho eu que supor as perguntas que me farias. Primeiro, irias perguntar quem sou eu e que importância maior me atribuo para te dar satisfações que não me estás pedindo. Dirias, em seguida, que não tens nada a ver comigo e, apontando-me os outros homens, aconselhar-me-ias a ser modesto e obediente, tal qual eles te são. Se eu insistisse e tentasse argumentar sobre a minha aversão a viver em rebanho e meu fascínio pelos improvisos a fatos casuais, ririas no teu bom senso de Sol ou no teu convencimento natural de Sol, fazendo-me a pergunta que muitos me fazem, alguns até pela televisão: "Que graça você acha na noite?". Ora, meu caro *Le Soleil*! Com que autoridades me vens falar tal sandice? Nunca saíste de noite. Não sabes nada do que dizem as mulheres, do que são capazes de dizer e fazer as mulheres sob o jugo da noite, ou melhor, no contágio dos efeitos da noite. A noite abranda a alma e quebra os propósitos. O sacrário do sigilo humano abre muitas vezes as suas portas e fogem as confidências, as confissões, os gestos e as palavras da generosidade. Isto é errado, eu sei, porque o homem, repetidamente, trai e degrada o que lhe dizem ou fazem de coração. Mas há exceções maravilhosas de lealdade e amor que unem pessoas a longo prazo, já que o sempre tem sido a terrível impossibilidade dos homens. Não adianta, meu caro, não será hoje ainda que me vais converter ao dia e a ti. Vai, sobe. Vai acordar tua escravatura. Haverá quem te abra a janela e, com saúde ou juventude, te diga: "Bom dia!". Serão muitos. Outros te dirão palavras grosseiras, mas no fim se renderão ao teu implacável comando. Quanto a mim, ainda devias agradecer a gentileza de vir esperar-te todas as manhãs. É que nasces com extraordinário bom gosto, de um modo novo cada manhã. Gosto dos laivos róseos, vermelhos, verdes, azuis... das cores que espadanas no teu nascimento. Era só isso. Agora, vai andar. Lá para o meio-dia nos encontraremos outra vez e te amaldiçoarei o mau gosto de fazer calor. De tarde, nessa hora a que chamam da tua "agonia", voltarei para ver as cores da tua partida. Serão lindas e tristes — e não lindas e guerreiras, como as da chegada triunfal. Mesmo que sejam absolutamente as mesmas, serão dolentes, assim como uma melodia em tom maior que se passa a tocar em menor.

E o que concluis de tudo isto? Que eu te sei, que eu te amo, embora não cumpra o teu ritual. Que eu te considero, embora não te bajule. E posso amar-te com uma legitimidade que me envaidece, porque venho de uma noite onde mesmo à custa de algumas amarguras se aprende a amar com integração, verdade e sabedoria. Agora, por exemplo, eu te gostaria de contar umas tantas coisas. Mas és um rei intolerante e, como tal, confundirias o poeta com o mau sujeito, a beleza com o malfazer. Vai, sem minha confidência, e podes continuar absolutamente certo de que, no fundo, você é quem brilha...

O Globo, 08/08/1957

Dia do Papai

Faço questão de escrever esta crônica fora de tempo. Depois. A data é uma feliz promoção do nosso comércio mas, mesmo assim, uma promoção. No dia, meu filho, que é um homem próspero, não me deu nada. Minha filha, que é mais *pura*, deu-me um par de abotoaduras. Um e outro procederam convenientemente.

Meus filhos não são melhores nem piores que os dos outros. Como todo adolescente, são egoístas. Se eu lhes pedir para irem comigo a um fim de semana, se não coincidir com algum dos seus seríssimos compromissos, vão sem protesto, mas, no fundo, desejando que eu fosse um dos mortos da Segunda Grande Guerra. É possível que a mocinha, mais imaginativa, pinte minha morte em combate, com mise en scène de heroísmo. Minha luta, corpo a corpo, com um soldado prussiano — um, não, três. Eu lutando, com as mãos, os dentes, os pés, a mente. Ah! Ela deve achar minha mente prodigiosa, pois está absolutamente certa de que eu saí a ela. Então, eu estou lutando, portando-me como um Albuquerque Araújo legítimo (perdão, Federico García Lorca), quando surge um quarto inimigo. Pelas costas, atira-me uma granada e eu desencarno.

Que morte linda! Lutando. Pela pátria!

Bom filho é aquele que deseja a morte do pai, em condições menos prosaicas. Bom filho é aquele que pede a Jesus, com as mãozinhas juntas, que o pai morra sob as rodas de um trem ou (com requinte) de uma Mercedes-Benz, igual a de Augusto Frederico Schmidt.

Meus filhos não são melhores nem piores que os dos outros. Entretanto, portam-se bem ante certas realidades. Por exemplo, convenceram-se cedo da minha pobreza e concordaram em trabalhar. Por enquanto, os dois juntos ganham menos que eu. Mas, segundo indica, me darão uma rica mesada, em futuro próximo.

Então (oh, maravilha!) poderei escrever um livro. Numa casinha, em Petrópolis, vestido de lã, da cabeça aos pés, fumando cachimbo em cima de cachimbo, escreverei um livro chamado: "Por que nunca escreverei um livro?". Conterá toda a explicação do que existe de desonesto em escrever-se um livro, atualmente, no Brasil. Um livro por mil cruzeiros e mais uma dose de Mansion House; um livro por uma noite de autógrafos, um livro que não agradará a Pomona Politis. Claro, eu gostaria de escrever qualquer coisa que merecesse a leitura e (quem sabe?) umas duas linhas de Tristão de Athayde. Mas não desejava, nem que me dessem o prêmio Nobel, perpetrar uma obra que desgraçasse Pomona.

Meu livro terminaria com esta queixa:

— Ah, meu Deus, que chatice eu não ter nunca aprendido a tocar piano! Queria tanto tocar Chopin!

No Brasil, onde é chique dizer que Chopin não é lá essas coisas, eu desejava chamar-me Antônio Maria Rubinstein.

Esta crônica, vocês vão ver, irá longe. Talvez, chegue a Carlos Heitor Cony. Talvez.

Pomona Politis, grega, de grande sensibilidade greco-romana, tem sido impiedosa para com uma senhora que escreveu um livro. Uma senhora absolutamente igual a todas as senhoras e senhores que escrevem livros no Brasil. Sentiu-se renegada pelos encantos domésticos (ou renegou-os), sentou-se à escrivaninha e escreveu um livro.

Não saiu lá essas coisas. Mas está absolutamente no nível do último romance de Cony. Não, Cony. Você não escreveu aquilo. Foi Fernando Sobrinho, resfriado.

Pronto, cheguei a Cony, cronista maravilhoso, inimigo do estrepontino José Carlos de Oliveira: repórter boscoliano da moça do Volkswagen verde. Cony faz crônicas que eu invejo. Aquela em que prova (não diz, apenas) como o ser humano deve portar--se diante dos bens da vida: cheio, sim; satisfeito, nunca.

Chato isto de Cony não desejar ser meu amigo. Ele pensa que já está inteligente. Não está ainda, Cony. Entre nós e um Otto Lara Resende há cem milhas de culpas e distância. O próprio Sérgio Porto está duzentos anos-luz à nossa frente.

Mas escrevia eu sobre o Dia do Papai. Numa sexta-feira nublada, para ser publicado num domingo de sol glorioso. Um sono imenso, como se tivesse um engenheiro Enaldo Cravo Peixoto sentado em cada pálpebra. Sou uma pessoa de estranhíssima química. Só tenho sono depois que acordo. Antes de dormir, sou um tenso. Dá-me um violento apetite de viver e considero o ato de fechar os olhos com receios suicidas.

Esta crônica sobre o Dia do Papai é para dizer que não há uma verdadeira intimidade entre pai e filho, pais e filhos. Uma cordialidade amorosa, sim, há. Mas essa intimidade que a gente tem com os inimigos. Isso de a gente ver no outro o fundo do outro, nunca houve. O pai quer sempre que o filho seja perfeito e pergunta pouco. O filho quer sempre que o pai seja, no mínimo, um Carlos Drummond de Andrade, e não pergunta nada. Pergunta de pai pra filho:

— Você vai bem no colégio, não vai?

E o filho responde:

— Ah, vou.

E o filho, quando chega em casa, olha o pai (os olhos velhos, o andar velho), não pergunta, mas pensa:

— Esse cara deve ser bacana.

O Jornal, 18/08/1963

Carta a um pescador

Meu filho, aqui tens a tarrafa. Vai pescar. É uma tarrafa de malha fina, que o pescador garantiu ser das melhores. Pega camarão. Tens que aprender e treinar o manejo. Teu pai sabe pouco de pescaria, mas deves enrolar a tarrafa na mão esquerda, prender depois uma ponta do entrechumbo no dente e lançar toda a parte chumbada à água, soltando, ao mesmo tempo, a parte da mão e a do dente. Mais do que isto, não sei da pescaria. O mundo sabe.

Ontem, quando te disse que não te ia dar mais a tarrafa, eu estava sendo pai. E todo pai é igual, quando um filho o aflige. Uns batem, porque ainda não atentaram para o absurdo de bater numa pessoa fisicamente mais frágil, que não irá lutar, porque pensa que filho, quando levanta a mão para o pai, fica com o braço duro. Então o pai começa a bater numa pessoa imóvel, com o olhar cheio de lágrimas; numa pessoa sem direito a revolta. E baterá até quando? Até consertar o filho? Quando para, para por quê? Pai que bate em filho não me convencerá jamais de que está cumprindo um dever. Bate, sim, porque precisa. Ele, o pai, está precisando bater em alguém — num homem — e como os outros são fortes, e como os outros reagem, ele bate no filho. Se algum dia eu te bater, reage. E deixa de falar comigo, até que eu te peça perdão.

Mas ontem, quando te neguei a tarrafa, eu estava tão pai que tinha febre. Gritava contigo, como um pai comum, como um pai medíocre. Duvidei da tua palavra e falei em cima do teu choro. Mas é preciso ser um pai comum, igual aos outros (mas, mesmo assim, um pai que não bata), para ensinar o filho a ser um homem igual aos outros. Em nosso caso, por exemplo, eu te cuidaria de maneira especial, se eu te pudesse preparar para mim. Mas não. Apronta-se um filho para o mundo. O mundo sem pai, o mundo sem mim, do filho que já não se sente filho e sim homem. Deixa-se de ser filho de muitas maneiras e, em todas elas, de repente. Uma é depois de brigar na rua, quando se fica só, sem outra coisa a honrar além da face quente e da boca sem saliva. Então há na rua, afinal, um homem até a morte; um bicho quase, que sabe de um deus longínquo. Por isso eu te magoei, porque todo pai magoa o filho. Por isso eu te pedi perdão, porque todo filho perdoa.

Agora, vai pescar. Traze-me um robalo. Eu irei cuidar do pirão e da pimenta. Quando chegares com o peixe, a mesa já estará forrada. Ao centro, o galheteiro, com o azeite, o vinagre, o sal e a pimenta-do-reino. Uma quartinha de água. Teremos descansa-talheres e porta-guardanapos com iniciais. Teremos uma farinheira e uma compoteira de doce de caju. Será uma mesa antiga para que nos sintamos, o mais possível, pai e filho, e, com esse amor cerimonioso de pai e filho, nos perguntaremos que tal o gosto do peixe. Filho e pai nunca foram muito íntimos, meu filho. Frente a frente, um e outro dão a entender que são perfeitos e infalíveis. Um e outro acreditam. Por isso não conseguem nenhuma intimidade.

Vai à pesca, volta para o almoço, e não se fala mais nisso.

O Globo, 14/05/1957

A sra. Kennedy e eu

Meia-noite e meu filho não chegou. Saiu de manhã para pescar e ainda não voltou. Faço primeiro as hipóteses melhores. Deve ter ido almoçar em casa de amigo e ficado para ver o cinema. Depois, as piores, mas de maneira confusa, sem coragem para precisar a extensão e o nome de cada risco. Não existe nada mais aflitivo do que ser pai de um homem. Dizem que as filhas dão maiores preocupações. Quais? As da honra? Cada pessoa tem sua honra, que não é de mais ninguém. A honra, como o amor e o ódio, tem-se do tamanho que se quer e é mais pessoal e intransferível do que os óculos de grau. Já a vida, não. Uma vida não pertence, exclusivamente, a uma só pessoa — à pessoa que a vive. A vida de quem amo é mais minha do que dela. Para isto, nasci grande: para que em meu peito caibam uma, duas, sei lá quantas vidas. A mulher, os filhos, os amigos leais.

Meia-noite e vinte. Continuo sem coragem de chamar os perigos pelos nomes. Continuo a achar que os nossos filhos deviam ter sempre cinco anos. Aquele olhar confortável e confortante que, já aos seis, o ser humano começa a perder. Ponha-se, lado a lado, um menino de cinco anos e outro de seis. Observe-se bem os olhos dos dois. No de seis, já haverá as primeiras marcas do pacto que os filhos fazem com a inconveniência, os riscos e Satanás, para sobressaltar pai e mãe.

Meia-noite e meia. Admito a possibilidade de meu filho ter ido a um baile de Aleluia. Certamente, no Clube do Canal. Vestiria a roupa do amigo. Mas, lá, pode ter brigado. Se for na mão, não tem importância. E se o outro estava armado? Hoje em dia, com exceção dos guardas-civis, todo mundo usa revólver. Voltam os bons pensamentos. O menino na varanda da casa do amigo, esperando uma condução para voltar. Quem sabe, avaliando e lamentando minha aflição. Acendo um cachimbo. Devo comunicar ao leitor que foi acrescentada uma novidade à minha vida: o cachimbo. Não me fica bem, não me cabe bem, mas sou obrigado a fumar cachimbo, para não fumar tantos cigarros. Providência do médico. Daqui a um ano, esse cachimbo fará parte da minha cara, como os olhos e o nariz. Mais uma afinidade, um traço comum, a Jacinto de Thormes e a mim.

Meia-noite e quarenta. O assovio do vento não está bom. Parece um gemido. Acredito na regência dos ventos sobre o bem e o mal. No jornal a notícia de Jackie Kennedy, felicíssima, esperando seu terceiro filho. E eu aqui, apreensivo, esperando o segundo. O primeiro — a primeira — já chegou e já foi se deitar.

Uma hora, o ruído da chave na porta.

— Entre e não me diga uma palavra!

Por dentro, a mesma vontade paterna de pedir-lhe ajoelhado: "Prometa que não vai morrer nunca, nunca, nunca... Só depois de mim, muito depois".

O Jornal, 18/04/1963

Primeira paixão

O amor, nas crianças, é um estado de alma absorvente, pastoso e imenso que, embora não seja uma coisa muito definida, leva o menino apaixonado a uma série de sonhos, de medos, de renúncias, de tramas secretas e, principalmente, de ânsia heroica — quando a gente tem vontade que a amada comece a morrer afogada para a gente salvar. Eu me lembro de que o meu primeiro e grande amor aconteceu aos seis anos de idade. Apaixonei-me perdidamente por uma moça de trinta, por quem me cortaria, me queimaria, me desonraria e morreria, se preciso fosse. Só eu e eu sabíamos daquele caso de bem-querer, embora todo mundo houvesse descoberto nos meus olhos e na minha carinha de crime secreto. Ela era linda — achava eu que a amava — e tudo nela era perfeito. E só muitos anos mais tarde fui ver que aquilo que os outros diziam era verdade: ela era horrível. Mais feia do que aquilo, podiam matar, que era bicho. Hoje ela vive ainda, vejo-a de vez em quando, velhinha gasta em tudo, muito mais feia do que quando era horrível; mas sinto pela sua fealdade uma especial ternura, uma imensa gratidão. Foi ela — e isto é importante — a chave que abriu o meu coração para o amor e, pelos caminhos do amor, andei o mais que pude, sem queixas e sem arrependimentos.

Hoje, minha filha entrou na sala onde escrevo e veio andando de olhos baixos. Quis pedir que me deixasse em paz, mas seu jeito era tão solene e, ao mesmo tempo, tão humilde, tão vitorioso e tão vencido, que senti solidariedade. Abracei-a antes que começasse a falar. Abraçamo-nos. E ela começou a dizer: "Meu pai, estou noiva". Perguntei de quem e ela disse o nome de um dos meninos da vizinhança. Olhei para sua carinha de oito anos, deu vontade de rir, mas seria estragar a festa, quebrar a alegria de um dia de noivado. E falei, com o jeito mais sério que pude: "Meus parabéns, minha filha, espero que vocês sejam muito felizes... E, em 1965, quero entrar com você, de braços dados, na Candelária ou no Outeiro da Glória". Olhei bem para ela e, em seus olhos da cor de abacate maduro, havia acordes da "Marcha nupcial", do alemão Felix Mendelssohn.

Diário Carioca, 01/11/1953

De mãos dadas

Como pai e filho, sairemos de manhã, pela rua e pelo sol, e falaremos de coisas da maior gravidade em relação à duração desse nosso jeito amigo, dessas nossas mãos dadas, eu velando por ti e tu por mim, enquanto os bondes e os automóveis passarem. Como pai e filho, ficaremos olhando uma vitrina de brinquedos, ansiosos os dois por qualquer coisa que seja uma solução de alegria, talvez no brinquedo que estarias querendo, talvez na deslumbrada felicidade que descubro em teus olhos. Como pai e filho, ouviremos, dos que passarem, palavras e risos ao descobrirem que temos defeitos parecidos, ares parecidos e parecidos alguns toques de doçura e beleza, longínquos em mim. Como pai e filho, sentiremos, no mesmo instante, sede e cansaço, ânsia de sombra numa árvore que tive e que, em ti, por uma questão de herança, é um desejo e uma necessidade, imprecisos e pouco explicados. Como pai e filho, sofregamente, beberemos água em um só fôlego e suspiraremos, depois, saciados e mais ou menos felizes, rindo um para o outro, um do outro, da semelhança de nossa sofreguidão. Se alguma coisa doer em nossa carne, como pai e filho, gritaremos em uníssono, com angústias parecidas.

Depois, veremos as pessoas e as coisas. A rua, desfiando gente, será sempre uma continuação. Um enterro que passa não é a vida, tampouco o minuto que parou. É a mostra de que alguém foi substituído. E o préstito fúnebre não anda nem mais depressa nem mais devagar que o carro de praça, na ida normal do passageiro que chegará às nove e meia ao escritório de representações e consignações.

Como pai e filho, voltaremos devagar, mais cientes da vida, menos incertos de certas verdades, iguais em fadiga e sossego. Depois, o sol da tarde irá perdendo sua importância, as cigarras agudas do nosso bairro apitarão em vertical e, como pai e filho, comeremos na mesma mesa a carne do mesmo animal e o arroz da mesma terrina. Quando nos olharmos, subitamente, entre um gosto de açúcar e outro de sal, haverá aquele momento de imensa compreensão. E eu, de pai para filho, se não fosses tão menino, revelaria que desengraçada é a vida e enfadonho o sabê-la de cor.

Diário Carioca, 06/11/1953

Despedida

Permita que eu deseje, agora, tomado e vencido pelas urgências que de mim exigem um canto de sono e preguiça, onde ainda não se tenham inventado o telefone e o relógio. Deixa que eu seja pessoal em mais uma crônica para, ao medo das tarefas que se me impõem, querer, ardentemente, que não tirem do rol das pessoas úteis, que me esqueçam e que me abandonem, que me larguem, enfim, onde seja lícito viver ignorado e despercebido. Sinto-me vazio de poesia, esgotado de um resto de doçura que tanto prezava e, coagido pelos que revendem minhas ideias, dói-me o tempo e o esforço gastos, os ardis e os truques que emprego para arrumar palavras e construir frases de efeito. Lamento enganar tanta gente e, mais ainda, não conseguir enganar a todos. Permite que eu deseje, agora, um silêncio que me contagie de tristeza, uma calma boa e definida para, num momento espontâneo e sossegado, escrever as grandes definições, as palavras que me envaideçam, os versos e as cantigas que me elevem, querida, à glória e à resolução do teu desmesurado amor. Através dessa janela vejo coisas que, antigamente, eram poderosas e fecundas. O céu repete o azul de tantas tardes acontecidas em maio, as últimas quaresmeiras do verão agonizam na saia do morro, os homens martelam a pedreira... E eu não sinto vontade de rir ou de chorar. Na rua, arrastando uma corrente eterna e incompreensível, passa mais um caminhão da Standard Oil... E eu não sinto nenhum vexame político, nenhuma revolta social. Por isso e pela descrença que em meu espírito se acentua, permite que eu deseje ser só — ou teu somente — num lugar do mundo onde os gritos não tenham eco, onde a inveja não ameace, onde as coisas do amor aconteçam sem testemunhas. Livrem-me da pressa, das datas, dos salários e das dívidas e a todos serei agradecido, num verso submisso. Livrem-me de mim, de uma certa insaciabilidade que me apavora e de todos serei escravo numa humilde canção. Permite que eu só queira, agora, esse canto de sono e preguiça, onde não necessite dos atletas, onde o céu possa ser céu sem urubus e aviões, onde as árvores sejam desnecessárias, porque os pássaros se sintam bem em cantar e dormir em nossos ombros.

Diário Carioca, 31/05/1953

Partida

Queria ir. Foi-se embora. Não é a primeira vez que uma pessoa faz isso com a outra. Não se lhe exigia que fizesse cena, arrancasse os cabelos ou esfregasse o rosto no barro do chão; que chorasse alto em maledicência de si mesma ou corresse em desvario, imprecando, gritando, sem nexo, contra Deus e o destino; que esgazeasse o olhar e retorcesse a boca; que rasgasse o vestido bordado e sujasse a renda da saia no piso do terraço; que quebrasse os espelhos da casa, que arrancasse os quadros da parede; que dissesse, com raiva, o nome de Nossa Senhora; que cortasse os pulsos com gilete, que engolisse um tubo de Gardenal. Não se lhe cobraria o perdão de joelhos, nem que dissesse dez vezes: "Sou eu que não presto, sou eu que não sirvo!". Tampouco seria justo (por causa dos vizinhos) segurá-la pelos ombros, sacudi-la e pedir: "Não vá, mulher, eu sofrerei com isso!". E por que aconselhar e chorar com ela, tentando convencer pela milésima vez, em súplica vã, que só três coisas existem no mundo, em volta de nós: irmão, poeta, amigo.

A noite parou em frente à janela e chamou. Havia sons distantes, pios distantes, espaços de silêncio, latidos angustiados de cães medrosos e, no mar, em luzes, um navio, chamando. E, para cá da janela, a saciedade, a fadiga do convívio, a desesperança de um renascimento e flores no jarro. Se as mãos se tomassem, seria um gesto de ternura, mais em lembrança que em sentimento. Queria ir. Foi-se embora, sem chorar, sem dizer, sem marcar num gesto ou numa rosa a hora da saída. Não se lhe pedia o bilhete de despedida nem a última ponta de cigarro machucada no cinzeiro. Nada. Mas não seria muito querer que ela dissesse: "Obrigado, amor, pelo que fomos um dia". Só isso, e a noite, e o vento, e as canções errantes se encarregariam do resto.

Diário Carioca, 02/07/1954

O destino implacável das flores

O senhor gordo, de ar próspero, pede ao vendedor de flores que lhe escolha doze rosas por abrir. Recomenda, depois, que sejam amarelas, mas concordou que fossem vermelhas, já que não havia das amarelas. As rosas foram escolhidas, uma a uma, cheiradas uma por uma e colocadas sobre uma folha de papel transparente. O senhor gordo puxou do bolso um cartão, dobrou-o em uma das extremidades e pediu, com um olhar, um lugar discreto onde pudesse escrever, sem ser visto.

Está sentado, de caneta em punho e olhar perdido. Morde a unha do indicador da mão esquerda. Espera a frase poética. De repente, seus olhos se iluminam e os lábios se entreabrem, num sorriso enlevado. "É a inspiração que deve ter chegado", penso, do meu canto. O homem começa a escrever, mordendo os lábios, como todo bom calígrafo. Para, rasga o que escreveu e procura, em todos os bolsos, outro cartão. Como não encontra, pede novo cartão da casa. Volta a escrever, mordendo os lábios, e para mais uma vez. Levanta os olhos, a caneta no ar. Olha as prateleiras de flores, o homem do balcão e olha para mim, afinal, com certa alegria. Depois, caminha em direção à porta onde estou e onde tenho absoluta certeza de que serei abordado. Caneta na mão direita, cartão na esquerda. Sorri o sorriso sem graça de quem precisa mas odeia precisar. Penso que terei de lhe fornecer uma frase, na minha terrível dificuldade de fazer frases. Vem andando, com a caneta, o cartão e o sorriso. Bem perto, o mesmo sorriso, pergunta se sou quem ele está pensando. Respondo-lhe que sim e penso no quanto gostaria de não ser. Baixa a voz e pede, então, o socorro:

— Como é mesmo que se escreve "exímia"?

Adivinho-lhe o local da dúvida e respondo, prontamente:

— Com "x" mesmo.

Olhou-me espantado. Agradeceu. Depois, achou que se devia justificar:

— É para uma bailarina.

Sorri-lhe. Saí andando, para minha vida. Mas não me pude impedir de pensar que, horas depois, Marlene Rosário estaria recebendo mais doze botões de rosas, com um cartão de ponta virada, onde leria sem muitas emoções: "À exímia bailarina, o seu mais ardoroso admirador".

Última Hora, 22/02/1961

Banco de praça

O grande lugar onde o homem pode encontrar-se consigo mesmo para um ajuste de contas ainda é o banco da praça. Nunca seria possível, num bar, um estado tão completo de autenticidade, porque seria preciso ajeitar o laço da gravata, enxugar o suor da testa, sorrir e cumprimentar. Aqui, não. É possível um máximo de espontaneidade e o momento, em si, já assume uma importância muito grande. Os ruídos se restringem ao vento — alvoroçando a folhagem, de quando em quando —, aos automóveis que escorrem no asfalto e às poucas pessoas que passam, em silêncio, ou que se sentam em outros bancos, tão preocupadas quanto nós em estar sozinhas. Ao homem torna-se, então, possível ver-se de uma maneira nítida, para louvar-se ou sofrer-se, perdoar-se, enfim, pelos erros que cometeu contra si e contra o próximo, levado, na grande maioria das vezes, por essa vontade irreprimível que cada um tem de experimentar-se. Fácil e rapidamente, chegaremos à conclusão de que a vida é, antes de tudo, uma coisa curta. Na maior parte dos casos, o que fizemos de mal foi feito a caminho do bem. O amor, o lucro, um pouco de paz foram coisas que perseguimos com intensa paixão e, quase sempre, o risco foi-nos indiferente. A alma se vitimou da sua própria coragem e o remorso é um castigo de foro íntimo que não precisa ser anunciado em voz alta. Da praia, vem um cheiro de maresia e, nele, uma porção de vagas lembranças, todas elas insituáveis. Eu, por exemplo, por mais que ande, não me livro da minha meninice, que cheirava a sargaço do mar.

Seria necessária uma viagem mais longa: e ver Paris, Roma, Londres? Útil talvez, necessário certamente não. A torre Eiffel, o Coliseu e a catedral de Westminster talvez me irritassem. O homem reage muito diante da celebração do cimento e da alvenaria. A estátua e o túmulo me dão, por exemplo, uma certa preguiça e isto se justifica no que já disseram muitas vezes: o melhor espetáculo para o homem ainda é o próprio homem. Aqui, por exemplo, neste banco de jardim, procuro ao redor de mim mesmo e encontro uma cena que agrada ver e sentir. Um moço veste camisa de meia marrom e está em pé na ponta da calçada. Uma moça veste azul e está sentada noutro banco, com um lenço cor-de-rosa na mão. Ele lhe dá um sorriso quase tão sórdido quanto o de Clark Gable e ela faz com os olhos que também está querendo. Imediatamente, sentam-se e se abraçam tanto que, de dois que foram, parecem um só. É-lhes indiferente a minha presença e os seus afetos são tantos que descrevê-los seria trair a cumplicidade que eles me ofereceram. Onde, diante do monumento erigido em memória de quem, podia eu — um coitado — encontrar espetáculo mais belo? As areias da Líbia, os Alpes, o Arco do Triunfo, a catedral de São Pedro, nada disso seria capaz de me tomar e me empolgar tanto. Nessa paz que se engalfinhou, a gente descobre que a humanidade não é tão covarde, tão desfibrada quanto pretendem insinuar os governos através de suas secretarias de segurança pública e esta, por sua vez, através de seus tiras. Deixem o ser humano mais livre, não o ameacem, não lhe exibam tantos róis de deveres e ele será mais santo.

Lembro-me de que, amanhã, tenho que escrever catorze laudas e pedir dois favores. Tudo isto é excessivo e injusto. Um cidadão como eu, já gordo e já careca, devia merecer, ao menos, uma véspera tranquila. Aqui no meu banco — este começo de frase bem podia valer pela sua primeira e mais feliz significação —, estou entregue a uma porção de conjecturas inúteis, mas, até certo ponto, divertidas. Não custava nada que amanhã não houvesse hora para acordar, para entregar a tarefa, para vestir o terno completo: não existisse, enfim, relógio pra nada. Mas, não. Se eu fizer corpo mole, o telefone vai chamar. E tenho — o que é degradante — que aturar Tenório, em duas ou três primeiras páginas dos jornais, fazendo olhares, dizendo inutilidades e — o que é pior — vestindo aquele chambre de bolinhas, que merecia passar dois dias na lavanderia. Não é possível evitar os relógios, os telefones, as celebrações malfelizes. Se ao menos houvesse a esperança de evitar-me um pouco!

As folhas mortas caíram das árvores e o vento as arrasta pela calçada (gostaria de segurá-las). Um guarda noturno, que só tem de desumano a farda e o cassetete, vem andando devagar e, ao passar pela luz, mostra um rosto amargurado. Temo pelos dois namorados, que continuam em *clinch*, a dois bancos do meu. Mas o guarda passa sem dar a mínima importância. A miséria, quando transformada em ação permanente, vai, aos poucos, tornando os policiais menos arrogantes. Meu banco da praça, voltarei uma dessas noites para conversar contigo.

Manchete, 10/10/1953

Domingo cordial

Alguém disse um desaforo à velha senhora e ela, virando-se, achou que tinha sido eu. Disse-me um palavrão. Depois, como eu lhe sorrisse, fez-me um gesto vegetal. Não satisfeita, porque baixei os olhos, cuspiu no chão.

Dizem que os jovens andam terríveis, mas não é verdade. Os velhos de hoje é que estão precisando de atenções. Da polícia, do clero e dos magistrados.

Se pudesse aqui reproduzir o palavrão que a velhinha me disse, vocês cairiam para trás. Não foi aquele que evoca o ser materno, nem aquele que atinge a provável esposa, nem o outro, o mais banal, que nega a nossa tão propalada masculinidade. Foi um pior, requintado, que só diz quem é da barra pesada e está a fim de briga. E dizia-o uma velhinha de vestido preto, gola e punhos rendados (juro), com seu *Adoremus* na mão, a caminho da missa. Onde aquela santa senhora teria aprendido tal palavra? Quem sabe praticando o tresloucamento que ela encerra? Tesconjuro, velhinha! Que a Santa Missa lhe purifique a boca.

Meia hora depois, na avenida Atlântica, fechei (sem querer) um Karmann-Ghia e a moça que o dirigia calcou o acelerador até emparelhar comigo. "Lá vem a má palavra" (pensei), enquanto abria o vidro para ouvi-la, submisso. E qual não foi minha surpresa quando a jovem *chauffeuse*, de longos cabelos saxônicos, me disse, sorrindo:

— Morre, mas não mata!

Só isto. Tão bonita, podia perfeitamente ser debochada. Além do mais, tinha razão, porque na guinada que deu para livrar-se de mim, quase sobe na calçada. Limitou-se a desejar-me a morte, assim mesmo sorrindo.

Em Ipanema, desci para comprar cigarros. Estava sendo cordialmente atendido quando o dono da casa veio de lá:

— Então, verificou o engano?

Não entendi. Imaginei que se tratava de um leitor referindo-se a alguma crônica em que eu me houvesse desdito ou contradito. Disse um "pois é" que não significava absolutamente nada. O homem insistiu:

— Verificou o engano? Recontou o dinheiro?

— Mas que dinheiro?

— Não se faça de desentendido. Você não sabe que, hoje de manhã, eu lhe dei um troco de mais?

— Mas eu não estive aqui de manhã nem nunca.

O lusitano subiu uma oitava, em sua ira:

— Se não quer pagar, não faz mal. Estou acostumado a perder. Mas o senhor bem se lembra que, hoje de manhã, eu lhe dei mil cruzeiros a mais.

— Ah, sim... — respondi-lhe com brandura. Tirei um conto de réis dos meus e lhe entreguei. Pedi desculpas. Tratei de sumir. Foi melhor. Estava com preguiça de discutir e um certo medo de brigar. Palavra de honra.

O Jornal, 01/10/1964

As moças, o vinho e o riso

Que beleza ver as moças bebendo vinho! Eu tenho dívidas, remorsos, imperfeições, mas nada disso é tão importante quanto essas moças bonitas, que bebem um vinho bonito e vão aos poucos ficando felizes. Todas felizes, dessa felicidade de serem quem são, num desses poucos momentos da vida em que Deus se torna menos necessário. A senhora da mesa ao lado, a que sugere nunca ter sido bonita, não está entendendo a razão, a música e o benefício geral do riso que elas riem. Estaria pensando coisas feias, porque é uso pensar e dizer mal das moças que riem alto. Crê-se, em suma, que uma mulher honesta, mesmo sendo feliz, é aquela que nunca deu uma gargalhada em público. Outra preocupação é o homem de cinzento, na mesa defronte. Pensará que essas moças, só porque estão rindo e bebendo vinho, acharão ótimo dançar com ele.

E daqui a pouco irá buscar uma. Enquanto isso, o gerente começará a desejar que elas se vão embora, porque talvez não fique bem para a casa essas moças rindo alto e de nada. O hábito de conviver e tratar com os tristes fez o homem pensar que sentir alegria é, de uma forma ou de outra, falta de educação, maus modos e inconsistência moral. Ah, ide cuidar de vossas vidas e deixai as moças em paz, antes que elas descubram que estão sendo reprovadas. Ou encantai-vos delas, como eu me encanto, contemplando-as fervorosamente. Daqui a pouco irão embora, o vinho deixará de reinar e a elas voltarão essas coisas inseparáveis e antigas do seu coração: as saudades, os ciúmes, as descoragens, enfim, essas intermitências da alma contente. Durante o vinho, as pessoas ficam felizes. Por exemplo, na outra mesa, a moça do namorado menos magro beija-o na bochecha, como se todos os cultos à felicidade geral devessem ser prestados naquela mera bochecha.

Está bebendo vinho, é por isso. Eu, se não estivesse só, mandaria também encher uma caneca para mim. Mas não teria com quem ficar contente. Todavia, reajo e peço que me tragam do mesmo vinho bonito. E sou contente do mar, do frio que está fazendo, da mulher que não me ama, de tudo que me peneira e governa poderosamente, sem que eu me possa defender. Ah, resta-me a felicidade de não saber da minha morte! O seu onde e o seu como. As suas saudades e as suas flores. Tenho um copo de vinho à mão e poderia, agora, revelar o Homem aos homens. Sei de coisas que esquecerei. Sei, por exemplo, que a minha vida está inteiramente sem saudades. E que talvez nunca eu tenha sido saudade de ninguém. Sei os limites da fidelidade e de quão difícil é chegar-se legitimamente a um coração. Sei de tudo o que me felicita e apavora, enquanto esse vinho bonito me fizer os favores da lucidez. Dormirei depois com as bênçãos do cansaço.

O Globo, 30/07/1957

1964, ano da DDC

O que há por aí é uma imensa e geral dor de cotovelo. Ninguém confessa, ninguém se queixa, mas as cartomantes e mães de santo nunca foram tão procuradas.

Meninas de dezoito e dezenove anos, essas mesmas que dançam surfe no Jirau, se a gente puxar por elas, lá vem a conversa:

— Você conhece uma boa cartomante?

Ou então:

— Vou mudar de cartomante, porque a minha nunca mais disse nada que se aproveitasse.

Meninas de dezoito e dezenove anos, essas mesmas lindas que, de tarde, iniciam-se no chope do Castelinho, quando é de noite pegam a barca de Niterói e caem aos pés dos babalorixás para pedir que ele volte, ou que ele venha um dia ou, se ele estiver em viagem, que não ache graça em nada, não coma, não durma nem sequer toque com o dedo em outra mulher.

Faça intimidade, abra as bolsas dessas meninas tão lindas e, lá dentro, haverá um colar de Iemanjá ou de Oxum e mais um patuá num saquinho de cetim. Umas, mais precisadas, penduram no pescoço e pouco estão ligando que alguém veja. Noite dessas, uma das minhas amigas cantava baixinho qualquer coisa, que eu não entendia. Pedi-lhe que alteasse a voz e ela repetiu por inteiro o sexteto que se segue, cântico de agradecimento dos candomblés do Congo e de Angola:

Subo na Cacunda
Angola
Caruru Milonga... ai-ai.
Levanta por Nossa Senhora
Levanta Zaniapombo
Cacurucá-ê

Perguntei quem lhe havia ensinado aquele agradecimento (só conhecido na Bahia) e ela me respondeu que era feita, isto é, filha de santo, e tinha completado sua iniciação na Bahia, no terreiro de Menininha. Escolástica Maria de Nazaré, mãe do candomblé do Gantois.

Ninguém acredita em ninguém e em nada. Só em milagres. Nos milagres da igreja, menos, porque Deus e os santos do catolicismo ninguém vê e ninguém ouve. Já no terreiro, os deuses e os mortos se confundem com os vivos (nós, os desamparados), cantam e dançam com os precisados, aconselham, concedem graças, resolvem desavenças, dão remédios para as dores do corpo e da alma, amenizam os infortúnios. No terreiro, o céu é perto e o crente pode conversar diretamente com os deuses, para gozar de sua magnanimidade.

Há uma dor de cotovelo imensa, geral. Um desamparo, que a gente vê nos olhos mendigos das mocinhas, das menos mocinhas, nos olhos já velhos deste que vos escreve, tão por cima da carne-seca, como se não tivesse nada a ver com o peixe.

O Jornal, 11/10/1964

Coração opresso, coração leve

Tão bonita à minha frente, acordando tanta coisa neste coração que já fez versos, mas angustiada. Suas mãos, que pousavam sobre a mesa, partindo palitos, rasgando prata de cigarro, fazendo bolinhas de miolo de pão. Cinco minutos depois, a toalha, em seu lugar, parecia um chãozinho de pombal. Olhei-lhe os olhos sabe Deus com que sentimento! E ela talvez também tenha sabido, porque a linguagem de olho, embora só olho entenda, é a mais clara e sincera do corpo humano.

Achava-me diante de mais um caso, claríssimo, de *maladie d'amour*, cuja sintomatologia está contida em obras de Lupicínio Rodrigues, Charles Aznavour, Herivelto Martins, Marguerite Monnot e Maísa. Essa enfermidade, em casos agudos, requer que o doente seja transportado, sem perda de tempo, a uma cartomante, sempre que possível egípcia. E isso foi feito imediatamente em duas viagens, pois o corpo da paciente viajou de táxi e a alma, um pouco antes, em maca do Serviço Nacional de Mal de Amor. Lá chegando (desculpem a frase feita), foram postas as cartas na mesa e, da intervenção, que durou vinte minutos, resultou um coração repleto de esperanças, com felicidade garantida para, ao menos, 24 horas deste agosto. O trabalho da cartomante foi impecável porque, no primeiro lance, descobriu uma viagem para breve e, no exame do causador daquela crise, revelou que ele a ama, que ele a adora, que ele não a trocaria por nenhuma, mas, por fraqueza, além de não confessar, ainda judia do coração da moça.

Voltamos ao ponta de partida, dessa vez numa viagem só, porque a cartomancioterapia dispensa-se a maca do SNMA, podendo corpo e alma viajar no mesmo táxi. A meu lado, ia uma moça de coração leve, em silêncio, mas com um sorriso que devia ser exatamente o de são Francisco de Assis ao relembrar as gracinhas dos seus passarinhos prediletos.

Última Hora, 26/08/1959

A quiromante

Bebíamos uma aguardente chamada Santa Rosa, num botequim de Queluz, quando a moça da mesa ao lado pediu as mãos do meu amigo para ler. Não era uma cigana, porque não tinha brincos nem colares, porque não usava pano na cabeça e, principalmente, porque não tinha cheiro de cigana. Viajava num ônibus, ao seu lado havia um homem com cara de pai e outra moça vesga, vestida de irmã de criação. Meu amigo estendeu-lhe as mãos de dedos compridos e ela começou a predizer: "Sua aflição de agora vai doer muito, mas passa. Daqui a uns tempos — e não está longe — os negócios vão começar a aparecer às dúzias, você vai ficar ambicioso e, quando abrir os olhos, estará rico. Seus amores, também, vão ser venturosos. Surgirá uma mulher loura, vistosa, com a bolsa cheia de dinheiro e você, por algum tempo, seguirá seu caminho. Mas, logo depois, aparecerá outra, que será morena, de uma beleza muito suave — não terá dinheiro, mas, em seu amor, você encontrará a verdadeira felicidade". Em seguida, devolveu as mãos do meu companheiro e falou com uma autoridade de quem é gerente do destino: "As coisas para você vão indo muito bem, rapaz". Depois de ouvir tudo aquilo, senti vontade de saber que viravoltas estavam à minha espera. Invejei o fadário daquele amigo e mostrei, com os olhos, que estava querendo também saber do meu. A moça, descansando dos dez minutos que passara adivinhando, comia pão com sardinha e não prestava atenção à ansiosa vontade que eu tinha de saber para onde estava indo. Pedi-lhe: "Faça isso comigo também".

Ela me tomou as duas mãos imensas, espiou muito para cada uma, fez olhos de miopia, passou mais tempo olhando e disse, lamentando: "Não é possível, moço. As linhas de suas mãos estão apagadíssimas. Não há quem leia". Pensei que fosse má vontade, pressa, gulodice de sardinha, mas não. Minhas linhas estavam mesmo ilegíveis. A escrita de meu destino não passava de um pastel desconcertante, numa notícia de jornal. Pus as mãos nos bolsos, como quem está com frio, mas, no fundo, estava com vergonha. E ela perguntou: "Por que foi isso?". Não tive outra coisa melhor para dizer e respondi que tinha sido desgaste de tanto bater palma para os outros, de tanto afagar a quem amei.

Diário Carioca, 02/09/1953

A lucidez e o perigo

Com o tempo, o homem se habitua de tal maneira à busca da beleza que, mesmo ante um motivo real de aflição, seu espírito encontra no que se enlevar. É a conquista, não sei se aconselhável, da solidão. O piloto Saint-Exupéry, por exemplo, voando entre dois enxames de caças inimigos, descrente de poder chegar a Arras, procurava descobrir em cada minuto que ainda o separava da morte uma verdade nova da vida. Para contar a quem, se ele estava certo de que ia morrer? De que lhe serviria enriquecer-se de um conhecimento a mais (dos outros ou de si mesmo), se a morte se cravaria em sua nuca, dali a pouco, quando estivesse ao alcance das metralhadoras alemãs? O poeta, porém, mesmo o de menos coragem, não consegue tomar o pavor como uma emoção total. Torna-se íntimo do seu medo. Habitua-se a ele. E o risco de morte iminente transforma-se em probabilidade futura. A nesga do presente que lhe resta é um momento de rara lucidez, no qual sua ciência sobre os homens e os acontecimentos parece-lhe convicção exata e definitiva.

Uma noite, num avião que não podia aterrar, achei que ia morrer; e, quando me habituei à ideia de morte próxima, quando pude conviver com o meu perigo, tudo o que eu pude ver e sentir era de uma nitidez que me deslumbrava. Sabia até onde era verdadeira a serenidade da aeromoça. E quando começava a mentira, no pavor de um companheiro de bordo. Havia um fingimento acrescentado ao terror daquele homem. Era, talvez, uma vaidade lírica que o fazia dizer um nome de mulher. Não seria na simples citação, mas na melodia das frases em que o nome era a tônica musical. Na poltrona de trás, um jovem rezava. Achei-o sem Deus algum no coração. Rezava, talvez, porque já ouvira falar de proteções inesperadas, em perigos parecidos. Muitas e muitas vezes voamos em volta do Corcovado. Se em sua reza houvesse presença ou ânsia de Deus, chamaria o Cristo, com um grito ou com um gesto, porque nada poderia assemelhar-se mais a um milagre que ver Cristo tão de perto, tão iluminado e branco, tão grande e tão deus, pairando entre a noite do céu e a das montanhas. Eu tinha rezado em pensamento e apenas duas orações a que recorro frequentemente. Sobrava-me tempo (aquela nesga do presente) para sentir-me o mais possível em face do último acontecimento. A noite, em volta de nós, enorme como sempre. Na terra, havia uma casa, que era a minha. As minhas pessoas dormiam o cansaço e o silêncio dos seus corpos. Tinha receio de pensá-las apreensivamente, porque, mesmo ao longe, uma delas poderia despertar, sacudida por um pressentimento. Olhei e ouvi os passageiros. Nossas pobres vidas, já quase sem futuro e sem calma para recordações. A meninice, por exemplo. Pensei em que valera eu ter sido menino. Eu nunca fora menino completamente. Tinha sido sempre um pouco parecido com as pessoas grandes. Quando chorava, chorava baixo, como as pessoas grandes; cobrindo o rosto e mordendo a boca, como as pessoas grandes. Toda pessoa direita, depois de grande, quando chora por um motivo dos outros, pensa no que podem estar pensando a seu respeito. Há ainda alguém que seja capaz de chorar sinceramente a morte de um amigo? E tem havido esse amigo?

As crianças que são crianças mesmo choram gritando, choram vermelhas, para que todos as ouçam e as vejam. Eu não ia chorar.

As letras verdes do avião recomendavam que não fumássemos. Aquilo queria dizer que não estávamos irremediavelmente perdidos. Havia muitas esperanças. Do contrário, receberíamos permissão para fumar à vontade.

Lá embaixo, a terra, a vida, as mãos das mulheres, o cheiro do sol na cabeça do filho de nove anos. Cessaria o compromisso das nossas confidências. E uma curiosidade me fascinava: qual ia ser a minha última saudade? E, sendo gente: quem?

O Globo, 02/05/1957

Notas de finados

Dois de novembro de 1953. Cinco horas da manhã e o dia começa em laivos rosados, na linha dos navios. Os passarinhos, sem memória, sem noção de viuvez e orfandade, cantam com a mesma alegria de sempre, dispensados que são da agonia das datas, felizes uns com os outros, voando por essas árvores que amanheceram chovidas e que são mais suas que da prefeitura do Distrito Federal. O homem, porém, o único animal que ri, consulta a folhinha e verifica que é dia de ficar triste. Cada um deve ter uma flor para levar ao parente ou ao amigo morto. Cada um deve ter uma lágrima para escorrer da face, enquanto disser um padre-nosso no túmulo do semelhante que deixou de viver.

Eu era menino e pensava que as pessoas só morressem às sete horas da manhã. Quando meu avô e meu pai morreram, me acordaram e disseram:

— São sete horas. Acorda para ver o caixão que está na sala.

Tempos depois, de tardinha, estava no portão e vi uma menina atravessar a rua na carreira, veio um automóvel, o chofer não teve tempo de desviar, a pobrezinha foi jogada longe e uma sangueira enorme fez poça na rua. Fui correndo para o fundo do quintal e contei às empregadas. Mais tarde, quando ouvi a cozinheira dizendo que a menina tinha morrido, perguntei muito espantado:

— Como? Não são sete horas da manhã...

Explicaram-me, então, que ninguém tem hora certa para morrer e, desde esse dia, eu que pensava que só houvesse uma hora perigosa, passei a ter medo de todas elas. Não por mim, mas pelos outros a quem quero bem.

Ainda estava escuro (andei de automóvel por aí) e as ruas das cercanias dos cemitérios já eram muito transitadas. Vendedores de laranjas, de chicabons, carrocinhas de refrescos e cachorro-quente aproveitavam a madrugada para ocupar os melhores pontos. Vinham rindo e falando alto, dizendo nomes feios e cantando pedaços de sambas antigos, como se fossem uma humanidade à parte, desprovida de lembrança, sem morte antes e depois, sem um só caso de enterro na família — uma humanidade criada especialmente para vender comidas e refrescos nos portões dos cemitérios, em todo dois de novembro. Lembro-me de que, há dois anos, num finados igual a este, vi um desses insofridos mercadores reclamar os seus direitos assim:

— Ó moça, a senhora aí da cara de choro, me deu quinhentos réis de menos!

À beira de um túmulo, cada pessoa em silêncio é uma história diferente. Conheço uma dona que faz o seu Dia de Finados na véspera; isto é, no Dia de Todos os Santos. Todo dia 1º de novembro, bem cedinho, vai para o cemitério, reza, chora e, de tardinha, antes de ir embora, retira as flores com que havia coberto o túmulo de J. R. P., porque, no dia seguinte, a viúva virá com os filhos, e não deverá saber que houve alguém chorando ali, na véspera.

Longe daqui, em Pistoia, os túmulos dos pracinhas guerreiros estão sendo reverenciados. Morreram absolutamente certos de que estavam salvando o mundo e, a partir daquele instante, quem continuasse a viver seria livre e feliz. Hoje, ao toque de silêncio de um corneteiro do Brasil, os seus túmulos se cobriram das flores que lhes mandamos, colhidas aqui em nossos canteiros, numa espécie de retribuição àquilo que eles tanto desejaram legar-nos.

Deve haver uma flor para cada morto que foi parente ou amigo, gente do nosso amor. Meus mortos não estão aqui. Nenhum deles está em São João Batista ou em São Francisco Xavier. Ficaram no Recife. Se eu tivesse uma flor e para que ela não murchasse sem cumprir o fadário deste dia, sem ser, hoje, um enfeite de túmulo, eu a levaria a um querido companheiro. Seria mais fotogênico se eu a levasse a Francisco Alves — talvez um cronista de rádio citasse o meu gesto. Mas, não. Haveria muitas centenas de flores sobre o mármore do saudoso Chico. A minha, que seria uma só, eu iria deitar no túmulo de um radialista cuja morte não foi saudade pública nem data comemorativa, cuja perda foi saudade restrita à sua família e aos seus amigos: Cesar de Barros Barreto, escritor de rádio, amigo, homem sério e bom.

Manchete, 14/ii/1953

Os esquecíveis

Nos jornais, quantos convites fúnebres!

Olha, se há uma pessoa que não deseja "ir", sou eu. E farei força para não ir. Segurarei as mãos da amada, as mãos dos vivos, o lençol da cama, o caule de uma flor... Agarrar-me-ei a tudo que possa prender-me à vida para não ir. A túnica de Deus, pegarei com tanta força que, se for, levarei um pedaço.

A morte é uma feia mulher e morrer é muito feio. Morrer é capitular. Mas quem morre tem uma vantagem que eu proclamo sempre que posso. Morrer é não precisar de mais ninguém. De ninguém e de nada. Depois de morta, a criatura adquire, afinal, sua independência. Antes, o dinheiro, o amor, a força física, tudo o mais que se tem e há, como formas de independência, são as grandes e traiçoeiras dependências da vida.

O morto é autossuficiente. Não precisa defender-se, desde que fecha os olhos, empalidece, enrijece. Que importa o rito da boca? Que importa o talhe do terno? Se os sapatos não estão engraxados, que importa? Há uma grandeza inefável em cada morto exposto na sala. E chegam as pessoas para o velório. Nenhuma está irremediavelmente infeliz. Todas marcaram encontros, aprazaram negócios. Todas têm amanhã e, infalivelmente, é nos amanhãs que os mortos são esquecidos. E quanto mais esquecido, mais livre, mais forte, mais independente o pranteado morto.

Cá estão os anúncios fúnebres. Quantas palavras! Quanta mentira. Algumas pessoas mandam escrever que "comunicam o falecimento do seu inesquecível...". A palavra realmente inútil do vocabulário: "inesquecível". Nada, ninguém é inesquecível. A própria dor física, que abrange o homem e o transforma numa criatura extra-humana, é esquecida tão logo a morfina comece a fazer efeito. O alívio, a transição entre a dor e a anestesia, até que faz prazer.

Cá estão os anúncios. Quantas vezes escrita (por hábito, por conveniência) a "eterna gratidão".

Então, vocês não sabem que a gratidão não é eterna? Se o fosse, seria um encargo. O sentimento da gratidão pode ser infinito, enquanto está durando.

Que seja tudo como Deus quiser. Tenho a alma cheia de ave-marias e estou física e espiritualmente preparado para o que der e vier. Mas não seja agora. E que não me chamem de "inesquecível". A mim que, em vida, fui tantas vezes esquecido e tantas vezes supliquei que me lembrassem, não me chamem jamais de "inesquecível".

Nota do cronista: Escrevo esta crônica a 15 de julho, aniversário da morte do pai. Faz 35 anos apenas que ele morreu. E embora o recorde com respeito, já o esqueci. O que é que irei fazer? Sou homem, um desmemoriado, portanto.

O Jornal, 19/07/1963

Para um possível livro de lembranças

O caminho para o Engenho Alto era por dentro da mata. Nós o fazíamos de carro de boi e a partida era de manhãzinha, em toda a noite ainda no céu. Todas as estrelas.

Saíamos com frio nas mãos e gosto de café na boca. Café, com bolo de mandioca, pé de moleque e macaxeira cozida. O alvoroço da viagem era tanto que, pelo nosso gosto, não se tomava café. As mães, as tias, as empregadas é que nos obrigavam a comer coisa por coisa. Senão, ninguém ia.

O ar da madrugada cheirava a estábulo. As vacas mugiam carinhosamente, lambendo os bezerros novos. E nos espaços sem som ouvia-se o rio, que borbulhava nas pedras e nas madeiras da ponte.

Subíamos a mata. Com uma hora de viagem é que o dia começava a aparecer. O sol ainda não. A claridade fria da manhã de junho. As crianças viajavam na frente do carro, na parte que era chamada de "mesa", gritando os bois pelos seus nomes, com intimidade: Napoleão, Dantas Barreto, Floriano... Todos generais.

O sol nos recebia na saída da mata, já em cima do Engenho Alto. Víamos a casa-grande, a mais bonita que já vimos. A loja embaixo e, em cima, a morada. A varanda de madeira, com as redes rendadas.

A várzea e o canavial. Na várzea, as canas pareciam mar. De tão verdes e agitadas. Então as crianças pensavam em navios e, sem contar às outras, cada uma fazia o seu plano de, um dia, ser marinheiro.

No Engenho Alto, recebíamos as ordens. Só devíamos sair da cama às seis horas. Antes, nem um minuto, pois estava tudo escuro.

Só Deus sabia das nossas ânsias quando ficávamos na cama, esperando clarear. Das quatro às seis, rezando para o tempo passar logo.

Cada menino tem um pensamento que apressa o tempo. Nós pensávamos em muitas coisas, mas com certa frequência nas moças, que víamos tomando banho no rio. Umas consentiam, porque éramos muito pequenos e, mais ainda, bem-comportados. Outras gritavam e iam queixar-se à mãe da gente.

Nossas mães, ao receber as queixas, fingiam-se desgostosas, zangadas, mas nem sequer passavam carão. Porque éramos ainda muito pequenos e fôramos sempre bem-comportados. Um dia, uma moça levou um menino para tomar com ela. Nesse dia, houve carão, castigo, tudo, mas na moça. Porque ela foi culpada. Fez de maldade, para escandalizar o menino. E quem escandaliza uma criança, antes fosse atirado ao fundo de um rio, com uma mó de moinho ao pescoço.

E esperávamos, ansiosamente, o dia clarear.

O leite cru, ao pé da vaca, era quente e gostoso. Tinha gosto de vaca por dentro. Gosto e calor. Espumava no copo e cada menino exigia que o seu copo tivesse muita espuma. Para parecer cerveja. Menino gosta de tudo que se pareça com cerveja. Menino antigo. Os modernos, não sei.

Um dia, o rio amanheceu maior. A água veio barrenta e com muita força. Um menino se atirou na correnteza e deu um grito. O outro foi buscá-lo e o retirou da água, com a perna sangrando. Tinha sido uma cobra. Veio um homem e chupou a ferida. Veio outro, rezou a perna do menino bem no lugar onde o sangue estava correndo. Sabem? O menino ficou bonzinho. Não chegou nem a ter febre. Mas daquele dia em diante só íamos ao banho de rio com o homem que chupava a ferida e o outro que benzia. Muito tempo depois é que soubemos haver, na farmácia a duas léguas dali, uma coisa chamada "soro antiofídico". Mais eficiente do que a reza em casos de dentada de cobra. Não acreditamos.

Menino arisco, menino que não gostava de certas brincadeiras, a gente chamava de "mordido de cobra".

Uma noite, chovia muito e veio um homem contar que o filho tinha morrido. Queria dinheiro para o caixão, para as velas e para fazer alguma coisa de servir, durante o velório. Fomos todos, mais tarde, ver o mortinho. Era um menino muito pequeno, sem um mês ainda. Estava primeiro numa esteira, com as mãozinhas cruzadas, em cima do peito. Vestia uma camisola. Depois é que veio o caixão.

Achamos estranho que as pessoas do velório estivessem tão contentes. Todas rindo, falando alto. Havia até um homem cantando e tocando uma viola de doze cordas. No dia seguinte, no enterro, estavam todos ainda mais contentes. Achamos muito estranho, porque nas mortes da nossa família as mulheres choravam e gritavam muito. Na hora do enterro sair, então, era uma verdadeira loucura. As mães ou as viúvas, as irmãs, as tias, todas se agarravam no caixão e gritavam, como loucas:

— Deixa eu ir! Eu quero ir com ele!

E se não fosse a intervenção do padre, do médico e do juiz de direito, acho que elas iam mesmo.

A mãe daquele menininho (tão pequeno) nos explicou que ele era um anjinho. E anjinho vai para o céu. Logo, não havia motivo senão para alegria quando alguém vai entrar no céu. As pessoas ricas não sabiam disso. Ou sabiam, mas não se conformavam com a morte. As pessoas ricas, que ensinavam religião aos pobres, no fundo não davam o menor valor ao céu.

Uma vez, acabara de anoitecer e uma "cria" da família entrou, correndo, na cozinha. Os olhos esbugalhados. Sem poder falar. Tinha visto uma coisa. Essa menina teve que apanhar para dizer que vira um homem com o braço cortado.

Era um cambiteiro do engenho. Brigara com o outro por causa da irmã e o outro, com uma foice, lhe cortara a metade do braço. Quando foi acudido, já estava nas últimas e morreu sem uma gota de sangue.

Naquele tempo, cuidado de irmão com irmã era tão sério como de marido com mulher. Às vezes, até mais. Ai de quem se metesse a coisa com irmã de homem. Mesmo que não fizesse mal à moça. Bastava namorar e o irmão, sabendo, matava. Se queria casar, casasse. Mas casasse sem namorar. Conhecesse a moça e, no mesmo dia, fosse à família e dissesse que desejava casar. Fosse bem-vestido. Dali em diante, poderia vê-la uma vez na semana, de manhã. Mas tinha que ser só uma vez na semana, de manhã.

Muito sangue correu, nos engenhos de Pernambuco, por causa de irmã. A palavra "cunhado", antes do casamento, era um insulto. João Miguel matou Atílio porque este, numa bebedeira, falou assim:

— Que é que há, meu cunhado?

Levou duas cargas de chumbo graúdo, uma nos olhos e outra no ventre. Depois, como estava demorando a morrer, um golpe de punhal no "vão". O vão é uma parte do corpo em cima do ombro, por onde se costumava matar, quando se tinha pressa. O punhal descia vertical até o coração. Diziam.

O Jornal, 29/07/1962

A casa de janelas verdes

Minha tia inglesa, Tutsie, viúva de Manoel Gitirana, irmão de minha avó (dona Santa), morava no Poço da Panela. Era uma casinha caída, de janelas verdes, com alguns canteiros de rosas à frente e um *court* de tênis ao lado. O *court* de tênis era um hábito legítimo e não um luxo da família. Tanto assim, que eles nem tinham mais quintal para galinheiro.

Só hoje sei que achava aquela casa muito bonita, pois toda vez que lá ia não queria voltar e tenho uma certa impressão de que não queria ver mais ninguém que não fosse a minha tia, magra, comprida, inglesa, com seu vestido de talhe afogado e cintura alta. Ninguém, além dos meus primos Emmanuel, Edward (gêmeos), Francis e Baby. Falavam pouco e riam baixo.

Eram pobres pois não descendiam nem herdavam de Rodolpho Araújo e não tinham direito a um "dez réis" da usina Cachoeira Lisa. Viviam de ensinar inglês numa terra onde, ainda hoje, ninguém pronuncia bonito o português.

Às cinco da tarde, tomavam chá com leite, torradas e biscoitos. Na mesa havia mel e manteiga.

Os ternos brancos de Emmanuel e Edward eram mais brancos que os meus. Os vestidos brancos de Francis e Baby eram mais brancos que os das minhas irmãs.

O tempo, com sua névoa, nos dividiu e distanciou. Apartados que ficamos, eles me esqueceram e deles eu me esqueci. Ninguém perdeu, ninguém ganhou com isso. Apenas uma faixa, como um rio de silêncio, passou entre o nosso parentesco e o nosso carinho. Depois, sem querer, sem assumir, tornei-me a "glória" da família. Glória por engano de sua generosidade e por generosidade de seus modestos e tão sadios corações. Glória, porque meu nome chegava ao Recife todos os dias, dito no rádio e escrito no jornal.

Para não desencantá-los, não discutirei o possível orgulho que lhes causo. Toda família tem o seu parente citado. A nossa teve, tão justamente, meu avô em vida e, depois, em alguns anos de memória. Um homem culto, honrado, reto e generoso. Fez uma família. Deu-lhe lavoura e moenda. A cada filho, deu uma casa com terraço. Mas os netos se viram perdidos, de repente. E já os bisnetos nascem em casas sem jardim.

Morreu meu avô e, como tudo e todos, foi esquecido. Hoje, em minha casa, eles me têm, ou melhor, me sabem, em notícias e recados. Mais um eco do que gente. Mais estranho do que parente. Mais uma lenda. Daí o engano generoso.

Os meus primos ingleses, o único que encontrei, há quase dois anos, foi Emmanuel. Era recepcionista de um hotel na Praça Maciel Pinheiro. Era de madrugada. Perguntei por todos e ele perguntou por mim. Despedimo-nos.

Por trás dos anos e das solidões, por trás dos mortos e dos nascidos, por trás daquela madrugada ainda por clarear-se, distante e silenciosa, diluída no tempo, sutil como um pressentimento, avistava-se ainda a casinha de janelas verdes, do Poço da Panela.

Diário da Noite, 12/12/1961

Joaquim e sua rua

No caso de Joaquim Cardozo, o que me assusta não é o dia dos seus anos, pois sempre o acreditei capaz de aniversariar com assiduidade; o que me assusta e abisma é sabê-lo fazendo sessenta anos, quando o imaginava pela casa dos 45. Então, com que idade ele passeava, "lento e longo", à porta da nossa casa na rua da União? Todas as tardes. Vinha da rua Aurora, caminhava o primeiro quarteirão da rua Formosa, virava a esquina da venda do seu Fábio, atravessava a calçada e ia para sua casa, que era a terceira depois da nossa. Tudo isso "lento e longo", como descobriu João Cabral de Melo Neto. Eu o conhecia de ar e de nome, sabia-o irmão de Mariana e sempre lhe adivinhava alguma coisa dentro da vida, assim como um tesouro. Mas, como criança não sabe de nada com palavras (criança desconfia), via-o passar todas as tardes sem atinar para o poeta que habitava aquela roupa tão lenta e tão longa.

As pessoas da rua da União, quando se perdem no mundo, guardam lembranças para sempre. A Igreja dos Ingleses, com o quintal de sombra escura feita de tamarindeiros. Ficava na esquina de Formosa, fazendo parelha com o velho prédio d'*A Tribuna*, de frente para o Capibaribe, rio que mais tarde seria o "cão sem plumas" do lá citado poeta João Cabral, e seria comparado ao "ventre triste de um cão". A venda do seu Fábio, com o seu chão cheio de cocos secos, as vassouras de piaçava penduradas no teto e aqueles vidros grandes repletos de peixes e charutos de chocolate, razão por que pedíamos tantos duzentos réis às pessoas grandes. O casario de defronte, irregular, com algumas casas mais novas que as do nosso lado. Ali moravam dona Ester Russa, o velho Zé Lacerda e um homem muito feio, embora juiz de Direito, que tinha uma dezena de filhos e sobrinhos, todos feios e nascidos em Petrolina. Esses meninos sempre quiseram me convencer de que homem que é homem só devia usar o cinto muito abaixo do umbigo, deixando a barriga dobrar um pouco sobre a fivela. Mais adiante, os fundos do Clube Internacional, a casa de um Sousa Leão e os fundos da casa de Oscar Berardo, que tinha portas ainda para a avenida Riachuelo e para a rua da Aurora. Do nosso lado, as três casas grandes eram a de dona Laura (outra Sousa Leão), a da família Baltar e a nossa, a maior de todas, fazendo esquina com a rua Formosa. No meio, o casario amarelado, de portas e janelas verdes, com os seus sótãos tão bons para dormir na fresca da noite, seus pequenos quintais cheirando à galinha e suas decorrências. Eram dessas as casas de Joaquim Cardozo e Plínio Bombeiro. Mas a rua da União continuava depois da avenida Riachuelo, depois da avenida Princesa Isabel, indo acabar quase em Santo Amaro, além da câmara dos deputados e do ginásio Pernambuco. Entre a Riachuelo e a Princesa Isabel morava Agamenon Magalhães, ou melhor, morava sua tia-sogra, a quem chamávamos de Tia Loló, com vontade de que ela fosse tia nossa, tanto quanto era de Antonieta e Agamenon. Quase parede-meia, a casa de Glauce Pinto, noiva de todos os meninos de oito e nove anos, aí por volta de 1930. Que mulher bonita! Na minha casa da Riachuelo (esquina de Saudade), ficávamos na janela para vê-la voltar da retreta, com o seu andar autoritário de pessoa bonita. Quando a empregada nos queria jogar na cama, minha mãe, que sempre entendia os meus mistérios, intercedia: "Deixe primeiro Glauce Pinto passar". E dormíamos com o coração opresso, com esse amor feito de silêncio e renúncia, muito frequente nas crianças antigas. Ah, Recife, como você me salva de escrever perigosamente! É por isso que eu recorro tanto às suas lembranças. Mas o assunto é o poeta Joaquim Cardozo, a quem peço perdão por não o ter esquecido. Nem sabe quem eu sou. Tua chuva inconstante e breve, poeta, tua chuva de caju, tua chuva que molhava o chão, vinha dos sítios aromáticos, cheirando cajus e mangabas. Tua chuva, poeta Joaquim, a que tu gostarias de chamar de Teresa ou Maria, espírito do ar noturno dos mangues, já estiou no Recife. Fui lá, procurei-a. As chuvas do Recife são hoje em dia iguais às de São Paulo e Florianópolis. Já não é morna como as antigas. Já não arranca do chão o cheiro da terra. Já não se parece com algumas baladas de Chopin. No Recife, de tarde, quando chovia morno, em todas as casas onde havia piano uma moça tocava Chopin, com timidez e sensualismo. Às cinco, o poeta Cardozo apontava na esquina da rua Aurora e lá se vinha longo e lento, lento e longo, deixando ver através das pernas o Capibaribe de João Cabral de Melo Neto, o rio que em "silêncio carrega a fecundidade pobre".

O Globo, 27/08/1957

Flores

Minha terra é fraca de flores, de maneira que as poucas que nascem são guardadas para os enterros — minha terra é forte de enterros. Ninguém fazia essa coisa romântica de dar uma rosa à namorada ou despertar a mulher bonita (que se viu na véspera, pela primeira vez) com uma caixa de orquídeas e aquele cartão astucioso, dizedor de poucas e boas. Passei anos, no Rio, associando cheiro de flor aos muitos enterros da minha família. Meus tios, meu pai, minha irmã de olhos azuis, à medida que Deus chamava, eles iam e o cheiro da sala onde a gente chorava me acompanhou até meses atrás. Cheiro úmido, abafado, de flores que vinham de uma cidade um pouco Petrópolis, que se chama Garanhuns, depois de umas dez horas de Great Western. Devo mesmo confessar uma certa malquerença por tudo o que era flor, fora do talo — não sei, mas sentia nelas uma espécie de cumplicidade nos enterros que saíram da minha casa. E eu ficava no portão, já de luto — menino do Recife tem sempre uma roupinha de luto guardada, para o que der e vier —, ouvindo os outros me chamarem de coitado, oferecendo bombons e passando a mão na minha cabeça, até os carros se cobrirem na esquina, a empregada me botar pra dentro e dizer uma frase que não me serviu de nada:

— Você, de hoje em diante, tem que ser ainda mais bonzinho pra sua mãe.

Aqui, enterro e flor se encontram, mas não se misturam. Começa que o morto não fica na sala, comovendo, com a família chorando e rezando em cima de sua cabeça. Não chega o parente que estava fora e entrava soluçando, e se queixava de Deus, e se abraçava nos outros, perguntando: "Por que foi?". A capela resolve o problema da maneira mais prática possível. Os parentes, em volta do caixão, mantêm uma dosada dignidade em seu pranto e em suas imprecações. É o respeito à capela, é o medo do lugar público. Dizem-se coisas sensatas sobre a fatalidade e, no dia seguinte, a vida continua, com cravos no peito dos homens fúteis, com speakers do rádio anunciando uma "rica corbeille ao time visitante", com os jarros na varanda e as mesas enfeitadas dos banquetes. Em São Paulo, porque a fartura ainda é maior, tudo se resolve com rosas, cravos e orquídeas. Há uma florista de vinte em vinte metros. Na madrugada, pelas portas das boates, os vendedores de ramalhetes fazem uma fortuna, chegando exatamente na hora em que seria lindo dar papoulas à amada. Um amigo de lá, uma vez, teve um caso de amor maior que os outros e ela ficou no vigésimo andar do Excelsior. Pois bem, quando ela desceu, o elevador parou em cada andar... e em cada andar havia um mensageiro do hotel com uma braçada de rosas e esta frase na boca:

— Homenagem à vossa beleza, senhora.

Claro que, no térreo, ela já estava pensando em sair pra outro golpe do baralho, sem rosas.

Mas todos esses exemplos me habituaram à presença e ao perfume das flores. As tristes lembranças não resistiram aos caminhos de Teresópolis, tampouco as quaresmeiras, que têm sido tantas, neste verão de passeios compridos. Agora mesmo, a empregada mudou as rosas do jarro do escritório. São cheirosas. Eu olho para trás e não morreu ninguém.

Diário Carioca, 28/02/1953

Crônica de Natal

O mundo está mudando. Uma manhã frigidíssima às vésperas do Natal e não será surpresa, para mim, se antes do anoitecer começar a nevar. Não tenho mais a menor dúvida. Não fui eu que mudei. Foi o Natal.

Antigamente era quente o dia de hoje. A gente ia para a rua e comprava os presentes com a alma e a camisa suadíssimas.

Não mudou, porém, o gesto gentil desse querido amigo, Moses, que mandou trazer gravatas esta manhã. Não mudou o canto vertical das cigarras. Não mudou a poesia desse poeta que, tão jovem, se tornou eterno — Carlos Pena Filho. Seu silêncio limpo, sua fé cansada, sua solidão de Natal. Mas, onde? Onde estaria, esta noite, o poeta Carlos Pena Filho? Creio que seu espírito está vagando, no Recife. É provável que sobrevoe o bairro da Torre e até partilhe da ceia que haverá em casa do ex-prefeito, Pereira Borges.

Nunca houve nada de especial em meus natais. Eu me lembro daquelas casinhas altas, em frente à Igreja da Boa Viagem. A igreja iluminada. As barraquinhas com prêmios que ninguém ganhava. Meu tio Mário era gordo e estava sempre comendo uma coxa de peru. Quantas coxas tinha um peru naquele tempo? Devia ter muitas. As mulheres eu sei que tinham duas e eram grossas demais. Eu sei porque de manhã bem cedinho nós íamos ao banho salgado e era possível ver as coxas das nossas vastas tias.

Mas importante mesmo era a igreja, toda iluminada. De dentro saíam o cheiro dos ofícios religiosos e as vozes das beatas, cantando o nascimento de Jesus. Nas barraquinhas de prêmios, os homens leiloavam brinquedos de celuloide, latas de doce e garrafas de vinho:

— Todos são premiados! Branco não tem nenhum!

Mentira. Eram todos brancos, os bilhetes das quermesses.

Estas lembranças talvez estejam vindo de um Natal apenas — o de 1962. No ano seguinte, meu tio Mário morreu e cada peru passou a ter, apenas, duas coxas — como os de hoje. Eu sabia tudo o que hoje sei. Por exemplo, as crianças nascem do amor e o amor é pecado. Quanto mais legítimo, quanto mais prazer ofereça aos dois participantes, mais pecado ele é. Diante da Igreja, nem tanto, porque a Igreja já compreende certas coisas. Mas perante a UDN, por exemplo, só se pode amar quando se é muito rico.

Amai em silêncio, ó casais pobres, contendo as lamentações de vossa carne, porque senão sereis tachados de comunistas.

Mas eu já sabia tudo, em 1926. Por mais que me quisessem iludir com luzes, cores e canções de Natal, eu sabia que nunca iria ter razão. Os foguetes, as girândolas, as chuvas luminosas, tudo era para me enganar. E eu, calado. Minha vidinha secreta e atenta já desconfiava do silêncio desdenhoso.

O Jornal, 24/12/1963

José Lins do Rego

Após alguns meses de duros padecimentos, morreu José Lins do Rego. Nada me fazia acreditar que Zé Lins escapasse ou, ao menos, resistisse mais tempo. Entretanto, a notícia de sua morte causou-me ressonâncias de qualquer coisa inesperada. Como se eu não soubesse que o escritor estava desenganado, não só na experiência dos médicos como nas esperanças dos amigos. Como se eu estivesse intimamente convencido de que, à última hora, a morte lhe faltasse ao encontro marcado. É que eu estava persuadido do seu lema, da sua fé, da sua divisa: "Com Zé do Rego ninguém pode".

As lembranças do meu pouco convívio com Zé do Rego são as mais ternas. Anteontem contei de sua preocupação com os meus excessos e de uma conversa que tivemos no terraço de sua casa, enquanto Naná nos servia o café. Este encontro ficou em fotografia, hoje em poder de João Condé, fotografia que eu gostaria de guardar como lembrança de um conhecimento e de uma amizade que prezarei entre as mais ternas recordações.

Num sábado, após um almoço de churrascaria, saímos de automóvel a caminho de São Conrado. Iam conosco João Condé, Di Cavalcanti e, possivelmente, mais uma outra pessoa que não consigo lembrar quem era. Pretendíamos ir à casa de Oscar Niemeyer para fazer-lhe uma surpresa e possivelmente melhorarmos o verão num banho de piscina. Zé Lins estava pernambucaníssimo e me fez cantar, a viagem inteira, os três frevos descritivos dos carnavais do Recife. Mal eu acabava, mandava que recomeçasse, fazendo questão que eu caprichasse nas difíceis introduções de cada um, cuja quantidade de notas musicais me levava quase à asfixia, e dizia, segurando-me a nuca: "Rapaz, eu estou lhe descobrindo hoje. Você é um homem danado". A maior prova de afeto que um nortista pode dar é chamar alguém de "danado". E aquele carinho me cativava e envaidecia.

Oscarzinho não estava em casa e descemos para comer pamonhas nas barracas sertanejas de São Conrado. Pois bem, mesmo com a boca cheia de pamonha, eu tinha que cantar os frevos do Recife, porque a arrumação das palavras, dentro da cadência picada do frevo, era um milagre que encantava Zé do Rego.

Depois, em Paris, soube que acabara de chegar. Meia hora depois, vinha com Cícero Dias visitar-me, na sessão permanente do meu quarto, no Chambiges. Tínhamos vinho na mesa e alguns queijos. Todos estávamos contentes. Mas Zé Lins, não. Parecia preocupado com alguma coisa. Sentou-se. Adernou a cabeça para um lado e ficou ouvindo a conversa. Daí a tempos, como se estivesse despertando, deu a ordem: "Vai, rapaz, canta o frevo". Cantei e pensei que estava continuando o exaustivo festival do nosso passeio a São Conrado. Mas só foi preciso cantar uma vez. Zé Lins ficou depressa desinteressado. Queixou-se de que estava cansado e pediu que o fosse ver, à noite, no jantar da casa do Cícero. Lá, a mesma coisa. Aquele homem repleto de vida, aquele homem transbordante de alegria já não era o mesmo. Parecia que nunca tinha sido alegre. Lembro-me de que Gilberto Freyre puxava por ele, recordava coisas, pessoas, e em resposta não ouvia mais do que pequenos resmungos de quem está preferindo o silêncio. Todos estranhamos o Zé Lins de Paris, sem imaginarmos, todavia, que sua morte estava começando ali, num mutismo de vaguidão e desencanto, que nem Paris nem a nossa alegria de Paris conseguiam abalar.

Zé do Rego, depois de escrever isto aqui, vou cantar os frevos em sua homenagem. Vou caprichar nas introduções asfixiantes. E vou rever, em seu rosto grande, sua boca sertaneja abrir-se num sorriso. Vou ouvir de novo que sou um danado e sentir a mesma alegria daquele momento em que fui elevado à categoria de danado. Somos uns danados, eu, Condé João, Odorico Tavares, Cícero Dias, Thiago de Melo, Odilon Bezerra Coutinho, Luís Jardim. Danado era Vitorino Carneiro da Cunha, montado em sua égua pelos córregos e atalhos do engenho, soberbo sonhador de glórias impossíveis. O maior personagem do romance brasileiro! Quando eu quiser ouvir sua voz, pedirei a Jardim que me a imite. E Jardim me contará a história daquela promissória que vocês fizeram juntos (Jardim como avalista) e que, no dia de pagar, fez você dizer a Jardim: "Vá, rapaz. Você assinou, agora você honre a sua assinatura". Saudade, Zé do Rego. Muita.

O Globo, 13/09/1957

Que Deus o tenha...

Morreu, há dias, com 93 anos, o meu velho Camilo, sem que eu estivesse perto para sorrir-lhe, com carinho, na hora da tão protelada partida. Depois dos oitenta anos, virou menino e deu para fazer as coisas mais infantis deste mundo. Como uma criança, passou a ser criado por duas sobrinhas, Ana Cândida e Rosemira, ambas solteiras e possivelmente virgens. Bisbilhoteiro e indiscreto, deu para ouvir conversas e repeti-las exatamente no momento em que não devia. Uma vez, por exemplo, quando a sra. Tomás Caldas, em visita, contava histórias e dava risadas, Camilo interrompeu para perguntar "se aquela era a tal moça que passava o marido pra trás, com um *goalkeeper*". Como por coincidência era, as coisas ficaram malparadíssimas e o velho, aos noventa anos, ficou três dias sem direito a outra coisa que não fosse o quarto, onde lhe traziam comida e água gelada. Embora pareça incrível, aos sessenta apaixonou-se pelo futebol e, não satisfeito em assistir algumas partidas do Botafogo, deu também para bater uma bolinha no quintal com dois sobrinhos afins, alguns meninos da vizinhança e o empregado da casa. Para a idade e com relação à tardia iniciação pebolística, jogava até direitinho. De calção, camisa, chuteira de basquete e boina, era o que se podia desejar — como atleta — de superior em ordinário.

Grande conversador, contador de casos incríveis, principalmente das aventuras do seu tempo de moço, qualquer conversa tinha sempre uma mulher no meio. Contando, por exemplo, como foi a noite da passagem do século, arrematava

assim: "Nessa noite, morto de bêbedo, dormi com Margarida".
Gostava de mim — dizia na frente da gente — por causa da minha burrice e da minha feiura. Tinha pena de eu ser tão feio e tão burro, com um salário só.

Em novembro do ano passado, fui levar-lhe um canário de presente e, no portão, senti o sobressalto da casa. Ana Cândida e Rosemira, aflitíssimas, andavam de um lado para o outro, telefonavam, chamavam parentes e rezavam em voz alta. Calculem que Camilo, completamente proibido de tocar em feijão, comprou uma feijoada de lata, esquentou em banho-maria e comeu com farinha. Para rebater, bebeu uma cerveja gelada e ficou jiboiando. Esteve dois dias entre a vida e a morte e, no terceiro dia, disse um palavrão a meu respeito e levantou, que nem parecia. As sobrinhas, coitadas, cansadas de tantas vigílias, contrataram duas enfermeiras e foram passar aquele fim de semana espichadas nas camas da Pensão Pinheiro, em Teresópolis.

Quando voltaram, redobraram as proibições e os zelos em relação a Camilo. Com 93 anos não era possível deixá-lo tão solto. A recomendação que levava maior empenho era aquela: "Evitar o quintal para não levar chuva". Pois bem, há uns dois meses, Rosemira me contou: estava chovendo e procuraram tio Camilo pela casa inteirinha. Até embaixo das camas espiaram. Foram procurar no quintal. Mal chegaram, ele vinha correndo e gritando para o empregado:

— Passa aqui... Passa aqui...

— Mas jogando futebol? — perguntei, quase abismado.

— Na chuva e sem boina — completou Ana Cândida.

A morte de Camilo andou arrancando umas lágrimas destes meus olhos secos. Era ainda uma pessoa em quem se podia descarregar certas amarguras. Ouvia o que se lhe contassem, as coisas mais escandalosas e dizia sempre: "És fabuloso, és fabuloso". Se, diante de um caso complicado, lhe perguntassem

325

o que fazer, respondia, invariavelmente: "Nada. Deixa o tempo cuidar disso". Muitas vezes fui à sua casa com o coração na tipoia e voltei mais menino e menos responsável do que ele próprio. Falando de si mesmo, dizia coisas dignas de aspas: "Não sou nada mais que uma saudade do meu filho natural, que é tuberculoso em Davos, na Suíça".

Anteontem, fui conversar com Ana Cândida e Rosemira, para saber como iam as coitadas. Estavam num estado de fazer pena. Nos recantos da casa, nos móveis e utensílios, realizavam a impossível presença de Camilo. "Aquela cadeira era dele. Era ali que ele implicava com o cachorro." Depois, de lenço na mão, a voz cortada de soluços, Ana Cândida contou como foi a morte. Começou assim e só pôde dizer isto:

— A perna quebrou-se em três lugares. — Soluçou. — Eles dizem que não, mas, para mim, entraram em Camilo sem bola.

Ao choque daquela surpresa, prendi tanto a vontade de rir que comecei a chorar.

Diário Carioca, 22/01/1953

Di Cavalcanti e o mar

Os telefonemas de Di Cavalcanti fazem parte de minha vida, em grau de importância quase igual ao da digitalina. São feitos, muitas vezes por dia, em vários estados de espírito, versando temas como a revolução sentimental, a idem social, a necessidade de solidão, a necessidade de dependência, a imprescindibilidade da mulher, o desespero, a dor e a humildade.

São telefonemas informais, isto é, sem um só "alô". Começam continuando uma conversa que nunca houve. Assim:

"Bem, nisso chegou uma amiga minha, de nome Fran-ci-ne (pronuncia silabando os nomes próprios femininos), cuja avó foi amante de Zola..."

Sua única pontuação é a vírgula, e as intermitências são curtas, de um assunto para outro. Um tratado sobre os telefonemas de Di Cavalcanti não poderia ser escrito por apenas um dos seus amigos, mas por cinco ou seis a quem Di telefona, em horas, dias e humores os mais contraditórios.

O telefonema clássico de Di Cavalcanti começa com um "olha aqui". Cinco ou seis pessoas o recebem, vez ou outra:

"Olha aqui, está em minha casa uma pessoa que adora você e você adora, ela disse que quer ver você e depois morrer, chama-se Eu-ni-ce e Vi-lhe-na, prima de uma pessoa que você adora, hein..."

No "hein" dos finais de frase, Di respira.

Anteontem, domingo, Di me telefonou três vezes e segue o que foi dito, cada vez:

Às 9h40: "Bem, como você sabe, a natureza é uma coisa estúpida e eu detesto quem me diz que Campos do Jordão é lindo, hein (respirou)... Quando eu vejo a natureza, minha vontade é destruí-la".

Às 10h10: "A flor, a rosa, todo mundo diz que a rosa é bonita, bonitos são os olhos do homem que veem a rosa, hein (respirou)... Sonhei com você, nós dois em Paris muito inquietos, mas você precisa morar na rua do Catete, por aqui a gente sai de casa e entra no cinema Azteca".

Às 11h40: "Olha aqui, Marie Claude foi ao meu apartamento e disse que ia escrever um livro, mas não seria um livro como *Le Bagage des Sables*, porque ela acha que não há velhos, hein (respirou)... Marie Claude usava meias pretas até o baixo ventre, como se diz no norte".

É assim, e disto sabem mais cinco ou seis pessoas que recebem os telefonemas de Emiliano Di Cavalcanti. Cinco ou seis privilegiados incitáveis, porque citá-los seria acordar os ciúmes de cinquenta ou sessenta "falsos donos" do pintor.

Di e eu. Um dia, com a devida licença de Hemingway, autor de *The Old Man and the Sea*, escreverei um livro chamado *Di e eu*. Não comecei ainda porque há nove anos vimos discutindo, em trevas, qual dos dois é "*the sea*".

Di e eu, na opinião de Di, somos os dois únicos rebelados brasileiros. Em minha opinião, somos, ao contrário, os dois grandes conformados, face ao desfrute reinante. Gritamos, é verdade, mas pelo telefone, um com o outro. Nossos gritos só são ouvidos, de raro em raro, quando a censura policial se lembra de nós. Mas isto é uma vez na vida, outra na morte.

O Jornal, 12/02/1963

A memória dos nossos feitos

Mortos, mesmo sem ser chorados, deixaremos nossos nomes para que se faça deles o que bem quiserem. A notoriedade há de eternizar nossa lembrança. Ontem, numa mesa do Vogue, brincamos de descobrir como seria aproveitada pela prefeitura a memória dos nossos feitos. Cada nome, porém, tem que ser usado devidamente, com pontaria certa. Thiago de Melo, por exemplo, tem nome de lugar de veraneio, pois fica bem, na boca de uma senhora, dizer: "O ano passado nós passamos o verão em Thiago de Melo", ou um anúncio de empresa turística, onde se leria: "Clima, paisagem e conforto — goze suas férias em Thiago de Melo". Já o compositor Bororó daria seu nome a um edifício. Edifício Bororó, sala 503. Ou a um ritmo nordestino de Luiz Gonzaga. Neste último caso, diria o cantor, ao microfone: "Cantarei um bororó de minha autoria, 'Balança os cachos'". Rubem Braga é nome de praça: praça Rubem Braga. O poeta Paulo Mendes Campos fez-nos perder um tempão até descobrirmos que nada é mais sonoro do que dizer: "Escola Paulo Mendes Campos — aulas diurnas e noturnas". Vinicius de Moraes é nome de transatlântico. A notícia do jornal antecipa-se aos nossos olhos: "A bordo do *Vinicius de Moraes*, chegou hoje, a esta cidade, o pintor Cícero Dias". Depois experimentamos em várias placas e dísticos a palavra "Bombonati". Não deu. Já quase desesperançados, tivemos que concordar que Bombonati é marca de automóvel: "Eu, agora, estou com uma Bombonati de quatro portas, mas vou trocar". Ou então: "Em estado de nova, com 35 mil quilômetros rodados, pneus banda branca e forração de nylon, vende-se uma Bombonati 51 conversível. Ver das doze às dezoito horas". O pianista Mário Cabral fica uma beleza na placa de uma avenida. Um posto de lubrificação poderia ser anunciado, pelo rádio, assim: "Posto Angorá — lubrificação e serviços — avenida Mário Cabral, esquina de Medeiros Lima" (porque este jornalista tem bom nome para esquina mesmo). Já o cronista Sérgio Porto só serve para fundação. A Fundação Sérgio Porto. Houve, depois, acalorada discussão quanto aos nomes de Manuel Bandeira, Carlos Drummond e Fernando Sabino, ficando resolvido que Bandeira seria sala — sala Manuel Bandeira —, inaugurar-se-ia o Centro Espírita Fernando Sabino e que o poeta Drummond tem nome de laboratório: "Os Laboratórios Carlos Drummond S. A. apresentam...", e entraria o prefixo de uma novela.

Quanto às mulheres, há muito o que pensar, tendo sido descobertos estes títulos: Confeitaria Tati, Fundação Lourdes Lessa, Centro Exotérico Danuza Leão, Marita Lima e sua Orquestra Cubana e Edifício Lispector (da escritora Clarice). Em casa, quando não houver nada o que fazer, brinquem disso, que é divertido.

Diário Carioca, 15/02/1953

Data particular

Comemora-se hoje, sem discursos e telegramas, sem missa de ação de graças, sem solo de piano ou passeio à beira-mar, uma data e um momento de principal importância para este cronista. Faz treze anos, às oito da manhã, que o encarregaram de escrever alguma coisa. Deram-lhe máquina, papel, carbono, folhas de carbono e lhe disseram: "Ao meio-dia, o jornal falado tem que estar no ar". Ele, coitado, até àquela hora, não havia sequer olhado para um teclado de datilografia. À sua esquerda, uma pilha de telegramas por traduzir. Cada letra lançada ao papel se precedia de honesta e cuidadosa procura no tabuleiro. Cada palavra pronta era uma vitória. Alguns telegramas vinham de Montevidéu e a capital uruguaia, quando foi melhor escrita, saiu *Mnorecidéo*. De vez em quando, a caça de uma letra se prolongava demais e nada o convencia de que o "g" não houvesse desaparecido. E recorria à moça de óculos da mesa à direita, um esbanjamento de competência datilográfica que, velozmente, fabricava cartas começadas em "prezado senhor": "Por favor, onde é que é o 'g'?". E ela vinha, por cima do ombro, com o indicador esquerdo de unha roída, batia um "g" duas vezes necessário à palavra "garganta" e pedia para não ser incomodada outra vez. A notícia inicial, difícil de ler à primeira vista (telegrama de cinco linhas), ficou pronta em uma hora e quinze minutos. De sua mesa, um patrão interessado em cortar pessoas que oneravam a folha assistia à ineficiência do empregado, a quem dava a última oportunidade intelectual. O plano de transferi-lo para a seção de cobranças continuava de pé e se fortalecia ali, naquela flagrante negação para as letras. E o herói malfeliz, morrendo e resistindo, ao acabar de produzir a palavra "Washington", sentia-se, até certo ponto, um ser de prendas digitais. A moça de óculos por duas vezes o advertira sobre a necessidade de acabar antes do meio-dia. Mas as letras caíam no papel como os pingos de uma goteira, lentas, sonoras, espaçadas, gloriosas. Quando faltavam vinte minutos para extinção do prazo de sobrevivência, só página e meia estavam prontas. Um suor quente lhe vinha de dentro dos cabelos e escorria pelo rosto moço e tímido. O patrão havia saído da sala para atender um telefonema da amante. Foi quando a moça parou de bater suas cartas, levantou-se e, em voz de cumplicidade, disse assim: "Vou te ajudar". Não havia soberba suficiente para resistir-lhe ao gesto.

— Dite que eu vou escrevendo.

E começou a triturar o teclado. Nunca uma mulher de óculos fez palavras com tanta velocidade. Não dava, apenas, o máximo do seu curso de Escola Remington, mas dava-se em sentimento feminino de ajuda, com alma, juventude, eficiência e submissão. Em vez do que lhe ditavam (notícia, telegramas), merecia ouvir um sentido agradecimento em que sua beleza também fosse mencionada.

Comemora-se, hoje, sem nenhum motivo novo ou especial de alegria, o décimo terceiro aniversário de uma iniciação jornalística. É importante que ninguém se associe a essa efeméride para que o protagonista se advirta, mais uma vez, de que nada (com certeza, nada) bateu à máquina que fosse útil ou necessário ao engrandecimento ou à beleza.

Comemora-se, hoje, apenas em meu coração e em meu escritório, uma data de repetidos e inglórios cansaços.

Diário Carioca, 06/10/1954

Há que escrever

Há que escrever, Antônio. Esquece Cabo Frio, esquece Petrópolis, esquece-te. É preciso ganhar mais alguns cruzeiros. Não é que sejas ambicioso. Mas os governos, vários, desvalorizaram teus salários. Só a renúncia do Jânio, sabe quanto reduziu em teus salários? E as crises que se sucederam? Ah, não faças já a exegese da crise!

Esquece, Antônio, a cama que trouxeste da Casa da Saúde. A que levanta a cabeceira e, se quiseres, tuas pernas. Cama de manivela, boa de deitar e ficar pensando. Pensando em nada. Em tudo. Eles pensam que não. Mas há liberdade de pensamento. A única liberdade, realmente, preservada. E tu pensavas, para a frente e para trás, para os lados, para cima e para baixo. E fumavas teus cachimbos, um após outro, preocupadíssimo com a "aventura errante" de Vinicius de Moraes.

Trabalhavas muito, é verdade. Mas é preciso trabalhar três vezes mais. E não é feio, não. Feio é tomar um avião, ir a Brasília e pedir a Jango uma moleza no estrangeiro. É cedo, Antônio, para pedires uma moleza. Tua cabeça ainda pensa, teu acanhamento ainda funciona, teu coração ainda ama. Então, trabalha.

Há duas vidas: uma temporal e outra eterna. A temporal é como diz a palavra: "temporal". Tens que defender o barco, senão ele afunda. A "eterna" é um paraíso e lá está Jayme Ovalle tocando em seu violão de esquerda (Ovalle era canhoto) aquela "Modinha" cuja letra escreveu-a Manuel Bandeira:

Por sobre a solidão do mar
A lua flutua
E uma ternura singular
Palpita em cada coração

E tua música? Espera, Antônio. Faze uma ou duas canções, com o João Roberto Kelly, e espera um pouco. O "Ninguém me ama" ainda está tocando no mundo inteiro. Dá para alguns gastos de fim de ano. Há quantos anos o "Ninguém me ama" paga as castanhas do teu Natal? Uns dez.

Mas trabalha, Antônio. Escreve. E a prancheta. Há tempo, sim. Em meia hora tu fazes um Vinicius, com todos os adornos. Quinze minutos, se ficares retocando.

E aqui começa uma vida nova. Mais uma vida nova. A velha era mais calminha. Não há de ser nada. A vida fica nova de dois em dois anos, e tu te tens habituado. E o coração? Ah, vai bem de batimentos. Então deixa pra lá e escreve. Lembra-te de que o sertanejo é antes de tudo um forte, o preço da liberdade é a eterna vigilância e a plateia brasileira é a mais exigente do mundo. E aquele teu sonho de passar o inverno em Petrópolis, o verão em Cabo Frio, com um novembro-dezembro na Europa? Ah, Antônio, esquece isso. Isso é para quem soube se cuidar cedo, guardar seu salário, ter um pé de meia, assim como o deputado Pedroso.

O Jornal, 06/08/1963

"*Parce que...*"

Escreve-se todo dia, mas é-se cronista, no máximo, uma vez por semana. A nossa capacidade de captar o assunto é muito variável. Às vezes, pode virar um bonde na rua, esmagar cinquenta pessoas e o cronista não consegue dizer mais que o bonde virou e cinquenta pessoas foram, infelizmente, esmagadas. De outras vezes, não. Sobre simples passarinho que salta de um galho a outro e coça a asa com a ponta do bico, escrevem-se laudas e mais laudas. O assunto é, portanto, a ressonância interior de um acontecimento qualquer em volta de nós. Hoje, por exemplo, recomeça o verão, e sai da terra aquele calor que cheira a forno de padaria. Na vitrola, Aznavour, o árabe rouco, canta sua linda canção, que diz: "*Parce que tu as vingt ans/ Que tu croques la vie comme en un fruit vermeil/ Que l'on cueille en riant*". Na rua, passa uma mulher lautamente vestida de vermelho e branco. Está mais enfeitada que uma filial da Casa da Banha. As crianças conversam de janela para janela sobre os exames de admissão. Todas falam com a mesma voz sucumbida do medo dos exames. Uma velhinha cacoeteira, com o seu sistema neurovegetativo arrebentadíssimo, passa escorada num cajado, passeando um cachorro. Fala consigo mesma, em voz alta, citando um Venceslau, que deve ser o Brás. Aznavour continua na vitrola: "*Parce que je n'ai que toi*"... Ligo em cima de mim o pequenino aparelho de refrigeração. Ele me solta no rosto um vento sem importância, que mal daria para apagar um bolo de velas. O dia estival, que vejo pela janela, pode ser lindo, mas é tragicamente quente.

Penso nas pobres pessoas que estão atravessando a avenida Rio Branco. Comparo-me com elas e sou um homem privilegiado. Posso vestir-me pouco e beber muita água gelada. Preferia, no entanto, andar numa rua de Paris, com as mãos enfiadas nos bolsos do sobretudo. A canção de Aznavour está nas últimas: "*Parce que tu vis en moi/ Et que rien ne remplace les instants de bonheur/ Que je prends dans tes bras*". Desgostam-me as lembranças que desembarcam desta canção. Talvez seja o calor. Na ponta da rua, surge uma jovem de maiô. Longa de pernas, o andar remanchão, a pele e os cabelos dourados. O namorado a traz pela mão. Os dois juntos não têm quarenta anos... E isto me envelhece a ponto de doerem-me as juntas. Telefona um amigo, de partida para Nova York, oferecendo os préstimos. Peço-lhe que me traga duas ou três garrafas de ar frio que, na volta, eu lhe darei os dólares. O árabe diz que "*la mort n'est qu'un jeu comparée à l'amour*". E eu escrevo a pior das crônicas, à base desse melancólico assunto que é a falta de assunto. Aznavour chega ao final, repetindo muito: "*Parce que... Parce que... Parce que...*". Coitado.

O Globo, 04/12/1956

As fotografias de Carmen Miranda

Querida pessoa Carmen Miranda:

Quem te escreve é um fã de muitos anos, que sabe de cor todo o teu repertório, que gosta da inteligência da tua voz e é ainda um dos maiores devotos de ti mesma. A história começa (como quase todas) no Recife. Eu era um menino que juntava tuas fotografias. Lembro-me de muitas, que procurávamos nas revistas. Carmen na praia. Carmen num automóvel sem capota. Carmen numa beira de piscina. Telefonávamos um para o outro: "Já veio a revista? Tem retrato da Carmen?". Sem organização para fazer álbum, guardava-as debaixo do travesseiro e, depois, numa gaveta da cabeceira. Essas revistas eram o nosso único ponto de contato físico com as agentes do rádio e chegavam em nossa cidade com atrasos que variavam de oito a dez dias. Mas eram passadas, página por página, para eu saber como estavas. E estavas sempre uma beleza. Se sonhei contigo, se fui teu noivo, perdoa, hoje, pela humilde coragem desta confissão e estarás perdoando milhares de brasileiros da minha safra, que amaram (amando-te) a tua publicidade fotográfica.

Vim para o Rio em 1940. Logo depois, chegavas dos Estados Unidos e comecei a acompanhar, pelo rádio, os lances do teu desembarque. Lembro-me de que, ao microfone, gritaste o nome de Caymmi. Depois, conversaste com Almirante e Lamartine. Vesti uma roupa e desci para ver-te. Saí andando pela rua do Passeio, peguei a Cinelândia e ganhei a avenida Rio Branco. Daí a pouco, o trânsito se conturbou. Gritavam o teu nome. Gente em volta me empurrava, me dava safanões, matava-me enquanto eu esticava o pescoço para encontrar-te. Vinhas num conversível iluminada, fresca, portuguesa, vestindo uma mistura de cores quase bandeira nacional. Teus olhos eram verdes e eu não sabia. Fiquei de respiração parada. Podia gritar-te o nome. Mas seria um grito entre centenas de outros, e que responderias com um sorriso vago e onidirecional. Não quis e guardei em silêncio o teu nome que, para mim, era mais que um nome, talvez uma estação do ano. Continuei andando rua afora e nunca mais te vi.

Estou a contar-te esta pobre história para que saibas do quanto e como te quero bem. É o bem-querer de um homem da rua mas, sempre e ainda, um bem-querer. Guarda-o como quiseres, neste bilhete onde encontraste, constantemente, o exaustivo e tímido receio de toda carta de fã. Poderia falar de ti em crônica, mas não seria jamais o teu cronista. E sim, tanto quanto no tempo de colecionador de retratos, um admirador que ousou escrever-te. Sê bem-vinda, moça!

AM

Última Hora, 06/06/1952
O Globo, 06/12/1954*

---

* Junção de duas crônicas homônimas, num caso raro de retomada e maior desenvolvimento do assunto. [N. O.]

Bilhete fraternal, talvez útil

Minha prezada Maísa: sabe você com que cores se costuma pintar os maus momentos e as aflições alheias. Ontem, por exemplo, disseram-me, na rua, que você, num só desespero, além de cortar os pulsos, abrira o gás do banheiro e ingerira uma dose violentíssima de certos comprimidos tóxicos. Era a notícia que corria em Copacabana, depois das seis da tarde. Mais tarde, nas boates, todos diziam que o seu estado era desesperador, aguardando-se o desenlace para cada momento. Comentei, com amigos, o despropósito dos suicídios e, no seu caso especial, o absurdo de uma jovem tão bonita, tão artista, tão cheia de êxitos, tender, constantemente, para a desistência do bem essencial a todos os bens, que é a vida. Hoje, graças a Deus, os noticiários da imprensa contaram a história direito, explicando que você apenas tomara um pileque maior e alguns comprimidos além — de Miltown. Contra os pileques, não tenho nada a reclamar. Também os tomo e só Cristo sabe com que desgosto lamento os erros a que eles me levam. Mas no beber há um mistério, uma sabedoria e, além disso, um certo recolhimento que nos leva sempre aos copos, com independência e estado de graça. Não fosse a ameaça futura de ter um fígado transformado em *pâté maison* e não pesassem outras ameaças sobre os devotados do álcool, os sábios e doutores aconselhariam que a humanidade bebesse o mais possível — isto, na constatação de não nos ter o Criador concedido nascer bêbedos, o que seria, além de nobre, muito mais barato.

Mas, minha prezada Maísa, o que me leva a este bilhete não é aconselhá-la à perseverança do scotch e seus substitutivos. Queria conversar sobre a morte, dentro da verdade irrefutável de que a vida, mesmo quando não chega a ser uma delícia, é uma fascinante experiência de luta e coragem, bela não só nos momentos de intensa felicidade, como, e mais ainda, nos transes dolorosos, de que saímos mais livres e fortes. Não quero dizer com isto que sofrer seja bom. Boa é a nossa convicção de sobrevivência a todas as injustiças que nos fazem à carne e à alma. O suicídio contém uma desforra, e este é o seu lado fascinante. Mas o suicídio contém a morte, e este é o seu defeito irreparável. Nunca morrer hoje, quando se pode morrer amanhã... ou daqui a cem anos. Há muito o que ver e sentir, há muito o que amar! Em mim e em meus semelhantes mais intranquilos, haverá, um dia, aquela manhã clara e azul e, com os olhos da alma sossegada, veremos toda a beleza da rosa, toda a luz do lago duro e prisioneiro, o sopro da manhã cheia de pássaros, o convite do amor no ser que passa. Quantas vezes estive cansado. Infeliz da minha completa impossibilidade, cativo da hora improtelável, faltado de todo o bem-querer humano, faltoso a todos os meus compromissos e, mesmo assim, estive certo dessa manhã, que nos aguarda a todos. Há uma série de acontecimentos recentes, em minha vida, que só por eles jamais cometeria a ingratidão de matar-me. Poderia enumerar alguns: o caminho de Versalhes, a descida do Tejo, a estrada de Teresópolis, a noite que acabo de dormir, pesadamente. Em tudo isto, quanto apego a esta minha vida sem método, por este destino sem porto de chegada, pelo meu coração, que só deseja o acaso dos homens e das coisas! Que incontida necessidade de confiar! Que lúcida noção de todas as minhas falhas... E, mesmo assim, viver! Ninguém recebeu o conselho dos mortos. Por isso, ninguém se deve matar.

Minha jovem amiga, abra uma janela de sua casa — a que dá para o mar ou para a montanha. Procure o mundo e dê-se por perdida. Viva, sem a nervosia de procurar-se a si mesma, porque cada um de nós é um perdido, um ilustre perdido, na humanidade vária e numerosa. Viva, que no fim dá certo.

É o seu amigo.

AM

O Globo, 05/06/1958

Carta à leitora que precisa
de resposta urgente

Maria: há momentos, na vida, em que a gente não consegue escrever senão coisas tristes. Eu poderia chegar ao exagero de lhe dizer que estou a escrever-lhe de coração partido. Não o farei. De óculos partidos, sim. Pisei em meus óculos esta manhã, Maria. Talvez por ser um descuidado, mas com toda certeza porque sou maior que eles. O homem pisa os óculos por ser maior que os óculos. E a vida pisa o homem por ser maior que o homem.

Já notou você, Maria, quanto estou sem alegrias, ou melhor, sem óculos, para responder a uma carta aflita.

Você me pede o quê? Que lhe diga qualquer coisa hoje, sem falta, porque hoje mesmo, à noite, você irá viajar. Mandou-me seu endereço e seu telefone para que eu a procure, haja por acaso alguma dúvida sobre sua existência ou sua aflição. Jamais duvidei da existência e, muito menos, da aflição de ninguém.

Agora, seu problema, Maria. Você parte, hoje, para não sei onde, a fim de encontrar-se com um homem de quem você gostou, ou acha que gostou e que (sabe-se lá) não gosta mais. Já prometeu que ia e vai mesmo, mas quer que eu lhe diga o que eu souber, o que eu puder, que lhe faça bem e estimule. Você acha que eu, Maria, de óculos partidos, seria capaz de dizer-lhe alguma coisa que servisse? Vamos ver. Vamos pensar.

Curiosa a descrição que você faz de você, de sua beleza. Como se descrevesse, digamos, uma praia, uma enseada, um porto de mar. Você se acha tão bonita, Maria! E teme tanto gastar essa beleza fazendo o que lhe desagrada. Então, por que fazer o pior, Maria? Não sei, mas a gente tem obrigação de fazer sempre o melhor. Eu, sendo você, Maria, perdia esse avião, ou esse navio, e iria correndo para o melhor. A gente, perdendo uma condução, não perde nada. Ao perder a alegria, perde tudo, Maria. Ir para o melhor, sempre e depressa. A não ser que não haja, no momento, o melhor.

Estou imaginando você ao ler esta carta, decepcionada, porque não lhe disse nada que se aproveitasse. Tem razão, Maria. Não seria capaz, porque já tentei dizer a mim mesmo alguns consolos e, como estou de óculos partidos, não consegui. Mas você é bonita e quem é bonita é todas as coisas felizes da vida. Não lhe posso dizer mais que isto. Tenho a vista cansada, mais que a alma, mais que as pernas e quebrei meus óculos. Se viajar, boa viagem. Se ficar aqui, boa noite, Maria.

AM

Última Hora, 28/07/1961

Desgaste

Fecharam-se, por dentro, num apartamento de quatro peças: quarto, sala, cozinha e banheiro. Faltava água desde 1944 e as pias estavam cheias — a banheira também — de uma água feia, amarela, que havia de servir para o que desse e viesse. Embora as folhinhas não tenham a menor importância, era 28 de abril e o relógio, consultado pela última vez, marcava sete horas — devia ser da manhã, porque quando entraram a rua estava clara. Lá dentro, tudo escuro e seria silencioso se os palavrões da calçada, um por um, não viessem tanto pela janela. Os dois se trancaram e como um cabia tão bem no abraço do outro, não podiam adivinhar se sairiam vivos. Estavam enlaçados e o curto espaço que, de quando em quando, acontecia entre suas bocas era ocupado por palavras pequenas, de amor, de ternura violenta, de consagração àquele glorioso instante, de insensatez que fosse. Podiam levantar, fazer café, esquentar leite, tomar com pão e manteiga. Mas, por quê? Para quê? Se essas horas não têm regência sobre nenhuma fome, compromisso com nenhum relógio; se o tempo pode existir, perfeitamente, sem precisar dos números, das sinetas, dos floreios musicais dos carrilhões. Por acaso, existe coisa mais humilhante para o tempo, que é uma coisa inteira, do que o grito velhaco dos cucos, de quinze em quinze minutos? Deviam proibir o uso e a ditadura dos relógios e cada um faria suas horas como bem entendesse. Hora boa, hora bonita, podia ter 120 minutos, 160. Hora mesquinha, se não fosse possível passar por cima, a gente encolhia para dez, quinze minutos. Mas

assim a Suíça ia ficar sem importação e morreria de fome. Não.
Só o turismo de tísica dá para a Suíça viver, folgadamente, sem
a menor apreensão quanto aos saltos do dólar. Pensadas estas
coisas tão puras, com um tamanco os dois espatifaram o des-
pertador e um relógio antichoque.

A escuridão do quarto nada tem a ver com a luz da rua.
Será sempre a mesma, dia ou noite, se ninguém abrir a janela.
O ar está cheirando a saliva. O cinzeiro é um sintoma de nervosismo, avidez, hesitação — cigarros apagados, com apenas
meio centímetro de uso. E os dois ignorando toda a história da
civilização, a geografia do pós-guerra, as raízes quadradas, os
nomes genéricos dos frutos e a partitura do "Pássaro de Fogo",
outra coisa não fazem senão carinho. Ambos fracassariam se
perguntassem: "Afeganistão, capital...?". Se ao menos soubes-
sem o nome do ministro da Fazenda. O mundo sem nomen-
clatura, sem pontos de referência, volta a uma teimosia da meninice: deve ser plano e parado.

Agora, seja que hora for, é lassidão e saciedade. Telefonar
para um lugar qualquer, perguntar o dia, o mês e a hora. Resposta: 30 de abril, cinco horas da tarde. Os braços são trapos pendurados nos ombros, as pernas estavam esquecidas
de quanto pesava o resto do corpo. Ela abre a porta e mostra o
hall do edifício. Os dois se fitam e, embora não tenham coragem de confessar, se odeiam.

Última conversa. Ele pergunta:

— Até quando?

Ela responde:

— Podemos nos ver, casualmente, uma vez por ano.

Diário Carioca, 09/05/1953

Alto, tão alto

Subamos a montanha, para mais alto. Tão alto que não nos possam mais chamar. Tão alto que nos esqueçam. Tão alto que eu veja a lagoa do tamanho de um orvalho. Tão alto que, lá embaixo, o presente se perca aos olhos e se transforme numa lembrança imprecisa. Tão alto que o passado fique, de repente, incerto e impresumível, como o futuro. Tão alto que possamos ver e sentir as primeiras luzes e as primeiras paredes do futuro.

Chegar ao futuro, de madrugada, pela primeira vez, como a uma branca cidade adormecida.

Quero estar tão perto de ti que eu não te veja. Tão perto, tão em ti, que eu te esqueça. É necessário que eu te esqueça um dia, que eu te perca um dia, dentro dos meus braços. E que me esqueças, por eu te pertencer, como uma camisa. Tu e eu. Eu sem mim. Tu sem ti. Ambos despertos, mas sem ser, sem ter, sem estar. Tu e eu, equidistantes do desejo e da saciedade. Tu e eu, durante... e o tempo sem som, desincumbido de nós.

Seremos tão sós que esquecerás o meu nome e esquecerei o teu. Para que é preciso ter um nome? Para saber, afinal, quem sofreu mais? Quem ganhou, quem perdeu? Quem irá merecer o milagre ou o castigo? Estaremos tão alto, tão unidos, tão sós, tão insubsistentes mesmo, que os nossos corpos, sem fronteiras, dormirão do mesmo sossego, da mesma fadiga, do mesmo silêncio.

Diário da Noite, 29/II/1961

Canção do hotel Margarida's

Míngua, há três dias, a lua de julho, e eu a vejo, clara e generosa, sobre a mata. Aqui, longe de tudo, onde estou perto de todas as coisas. Repleto o coração de uma inesperada felicidade, fácil a solidão interior, mais leve o corpo, como se remoçasse. Gostaria que tudo isto fosse eterno ou durasse a extensão da minha eternidade. Fazia imenso tempo que eu não via o luar. E isto é grave — sinal de que não tenho olhado para o céu. É grave, sim. O homem, de vez em quando, perde-se tanto em si mesmo, emaranha-se tanto em sua angústia, que se limita a olhar em linha reta, desde seus olhos ao infinito sem caminho e sem meta. Depois se salva e, quando se salva, descobre que seria tão fácil ter-se salvado antes. Bastaria ter levantado os olhos ao céu, noturno, onde nos esperam todas as alegrias feitas de luz e silêncio.

As notícias que chegam já não são novas. As tristes notícias lá foram sofridas em milhões de almas; não precisam da minha para senti-las. Leio-as, ouço-as, sinto-me com o direito de não sofrê-las. São poucos dias — apenas dois ou três — uma curta licença-prêmio, após longo viver de apreensões e desgostos. Tenho, mais que um simples direito, o dever de vivê-los com felicidade. O gosto do almoço, a força da música de Tchaikóvski, a amabilidade de quem me dá os bons-dias, a beleza e o mistério de uma jovem mulher em cujo rastro faço procissões de ideias insensatas. Não faz mal. Do futuro, pode dizer-se, apenas, que ninguém sabe onde começa e onde acaba.

Aqui, passaram os mais variados seres humanos — fatigados ou felizes, sentindo uns a mais completa identidade de si mesmos, carregando, outros, o seu imensurável deserto. Aqui chegou, uma vez, o poeta Vinicius, no terceiro dia após a Ressurreição e, coberto de ventura e sangue, escreveu um dos seus mais intensos poemas de verdade amorosa: "O beijo". Leu-me, em voz grave, mal acabara de escrever e, como em um feito de magia, eu senti o gosto de cada uma das coisas que as palavras significavam. Nos versos, o mundo e o tempo faziam os acontecimentos, enquanto durava um beijo. Ira, glória, inveja, amor, nascimento, perdão, morte — a vida, enfim, durante o minuto incronometrável de um beijo. O poeta se salvava de tudo e de si mesmo, ou desafiava dores e remorsos, arriscando o perdão de Deus ao longe — por amor, o amor que voltava a seu coração como uma antiga e inseparável melodia. Bebemos juntos, fitando o fim da tarde. Logo depois, subiu no céu uma lua, como esta de hoje.

John dos Passos veio, esta noite, para o jantar. Com a mulher e um casal amigo, comeu galinha cozida, um prato de carne e foi-se embora. Lembro-me de que Elsie Lessa já contou, em crônica, que esteve aqui. Todos vão dizer bem dos confortos que nos rodeiam. Penso, às vezes, em como seria engraçado trazer aqui alguém mais estrepitoso. O jornalista Newton Freitas, por exemplo. O pintor Cícero Dias. Como seriam suas gargalhadas, na sala quieta do jantar? Ou trazer pessoas que não gostam de silêncio — como o cronista Braga. Talvez seja esta a pousada ideal para homens e mulheres *dantas* (da classificação de Jayme Ovalle, "dantas", "mozarlescos" etc.), cujos exemplos mais à mão seriam Chopin e Norma Tamar. Pensando bem, que lindo seria o amor desses dois! É bem verdade que Frederico não teria feito os seus prelúdios, ou teria feito apenas o da gota d'água e, por seu lado, a Tamar talvez fosse, hoje, a autora da "Tocata e fuga em ré menor", de João Sebastião Bach. Na vida, os homens e os seus feitos dependem tão e só da casualidade dos encontros.

Segue linda, no céu, a lua que me trouxe a escrever esta canção. A mesma. Sempre linda. A única mulher que não envelhece, apesar de vagar a noite inteira. Pena ter sido eu o último a pensar em escrever sobre a lua! Já disseram tudo e quem mais disse foram os negros escravos, em seus gritos de dor e misticismo. Nada ficou, para minha reza ou minha cantiga. Direi, entanto, ante esta lua humana e poderosa, o que direi um dia à mulher do meu último e definitivo amor: "Amo-te com a lucidez dos profetas, o ímpeto dos adolescentes e o carinho amainador das mulheres estrábicas. É quando o homem se efemina gloriosamente: no carinho integral à sua amada. Amo-te assim e não terei remorsos de ter amado menos, antes de ti. Seria feliz de morrer aos teus olhos, com a cabeça reclinada em tuas mãos".

Chega de confidências, lua amiga. Vai à tua viagem, que eu irei à minha. Somos errantes mesmo... lá uma noite nos encontraremos, para continuar a conversa. Foi feliz, porque casual, isto de termos falado face a face. Se deixei escapar alguma alegria do meu coração, vai e conta-a a quem quiseres. Espalha por aí que estou contente. E que sei muito do dia de amanhã — que virão desgostos de que já sou íntimo, e a todos receberei sem gestos ou palavras de surpresa. Hoje é hoje. Hoje acaba hoje. E nenhum homem ciente tem o direito de procurar, sequer, os sobejos das vésperas. A noite que se dorme desobriga-nos do cumprimento de qualquer sentimento ou promessa da véspera. Dormir é, em si, tão violento, que um homem ao despertar poderia mudar de nome, profissão, endereço e mulher. Não o faz porque, na véspera, assinou vários papéis comprometedores. E, se lhe exigiram assinar suas promessas e propósitos, é porque já é velho isto de sono nos desobrigar de tudo e de nós mesmos.

Vai, lua tão branca do céu de Petrópolis. Enquanto reinares, vê se é possível amansar as iras de agosto — quebrar essa tradição de dor e sangue. Vai, lua, e some no sem-fim da madrugada.

O Globo, 05/08/1958

Previsão à maneira de Prévert

Sua casa deve ser pequena, não mais que um quarto e uma sala. Teria ainda uma cozinha, um banheiro e um terracinho ao fundo, com o lavador de roupa. Quanto aos móveis, os da sala seriam: um sofá, duas poltronas, uma mesinha baixa de centro e outra desmontável, dessas que ficam pela metade e são encostadas na parede. Sobre esta mesa, um jarro de flores e um retrato de parente: uma mesa para almoçar e jantar, se fosse coisa que viesse gente de fora. Na mesinha baixa de centro, dois cinzeiros, com o nome de uma boate. Sobre o assoalho, sem tomá-lo todo, um tapete branco de cordão grosso. Haveria ainda uma vitrola portátil e os discos estariam na cadeira ao lado. Nas paredes, duas ou três reproduções (uma de Gauguin) e mais um quadrinho pequeno, de pintor nacional. Agora, por exemplo, se são duas da tarde, a moça estaria tomando uma xícara de café, em cima de um guardanapo de matéria plástica, ocupando só uma ponta da mesa encostada, tendo apenas afastado o retrato do parente. Mexeria o café no fundo da xícara. As flores ficariam onde estavam. Bebe sem olhar para a xícara; ou estaria olhando uma pequenina mancha da parede e ficará olhando um tempo enorme para esse ponto sem importância, porque só se pode olhar demoradamente para o que não tem importância ou beleza ou poder. Estaria vestida como dormiu, porque mora sozinha e gosta de ficar nesse deus-dará, até que lhe chegue coragem de tomar banho, vestir-se etc. Ontem, mais um homem lhe disse que a amava e confessou que tinha mandado as tais rosas. Lembra-se de que sorriu, agradeceu, sorriu, agradeceu de novo, disse que as rosas estavam lindas mas não passou disso, durante o agradecimento. Os homens se acham formidáveis. Aliás, as rosas, três estavam no jarro da mesa, uma no banheiro (num copo) e as restantes (oito) dera à mulher do zelador. Numa casa de quarto e sala, não pode haver mais que quatro ou cinco rosas. Passou disso, já fica fúnebre, já lembra enterro. Minha infância (pensa) está cheia de enterros... e de flores. Quanto ao dia de hoje, tinha que ir à cidade, pagar o aluguel (aproveitaria para buscar o relógio no conserto) e voltaria com tempo de ir ao cabeleireiro. Mas já avançou duzentos no dinheiro do aluguel. Não é caro este apartamento (pensa) por 4500 cruzeiros, com telefone e móveis. Não vale a pena vestir-se por causa do relógio. O homem da joalheria (pensa) vai outra vez pegar-me a mão (diz baixo) com a sua mão suada. Nisso, o telefone toca. O telefone é no quarto, na mesinha de cabeceira. E ela resiste aos três primeiros trinados. A quarta chamada já lhe dá nos nervos. Levanta, anda, senta na cama, tira o fone do gancho e diz o número automaticamente. Do outro lado da linha, silêncio. Há uns dez dias que isto se repete. Ela diz o primeiro "alô" brando; sobe o tom no segundo; o terceiro é um pouco irritado, e o quarto, de paciência contida, grave, arrastado, alôôô... Aí, pergunta se a pessoa não tem nada o que fazer e desliga. Seria, provavelmente, o homem das rosas. Mas admitindo a possibilidade de ser o de quem ela gosta, ou gostou (pensa), gosta, vá lá, foi que disse os quatro "alôs", em tonalidades diferentes, sendo o primeiro brando e o quarto enervado. Ou, talvez, suplicante. Sobe os pés na cama e encosta a cabeça no espaldar. Depois, abraça-se aos joelhos e acha engraçado ter ficado, de repente, uma pessoa muito menor. Sente que emagreceu um pouco. Onde devia, não. Lamenta ser uma mulher que não fuma, porque um cigarro lhe daria um ar melhor. Defronte, na penteadeira, um aviso de banco e uma conta de luz e gás. O vidro de perfume, nas últimas. Existir é difícil. Matar-se ou prosperar. No chão, revistas, quase todas com fotografias de Terezinha Morango. Noutra, várias poses de Colette Marchand. A angústia e a inutilidade dos tímidos. Gostaria de ser beijada silenciosamente na fronte. Gostaria de entender o seu misticismo. Gostaria de ter um amigo íntimo. Gostaria de ter a vida menos minha (diz e pensa), não sei intimidade nenhuma. Lembra-se de um certo cidadão que a ama, ou a amou. Se ele entrasse, ela fecharia os olhos. Se ele a beijasse na fronte, ela seria grata. Mas não lhe passaria o braço pela nuca. Que horas seriam no mundo? Cinco, seis, sete? Que notícias estariam fazendo sucesso? O certo é não fazer notícias. E pensa: um gesto materno me faria bem. Novamente, o telefone. Novamente, o silêncio do outro lado da linha. Agora o coitado respirou fundo, quase suspirando, sem causar a menor emoção. E pensa que devia ser casada, leviana, trivial, eficiente, fecunda, morna, solene e gorda. Todavia, agora, mais que tudo, queria ser beijada silenciosamente na fronte. O sal do sono arde em seus olhos. Matar-se ou prosperar. A mão do sono passa de leve sobre o seu ventre. Todas as pessoas se distanciam e agora nenhuma é mais amada ou mais desimportante. Todas são distantes e sem som. Nenhuma tem relevos fisionômicos especiais. Ninguém é feio e ninguém é bonito. Todos são perdoáveis. Ninguém precisa ser motivo de outra causa que não seja o silêncio.

O Globo, 16/07/1957

Silêncio

Ele estava bêbedo, talvez triste, encostado num portal. Ela veio e, durante duas ou três palavras generosas, tirou o lenço cheiroso da bolsa e enxugou-lhe o suor do rosto. Ele disse apenas "obrigado". Queria, mas não sabia falar outras coisas que valessem o carinho da moça, tão boa no que dissera e fizera a um bêbedo comum e desimportante.

Era uma festa, com música de saxofone, piano e bateria. A maioria dos pares dançava aos beijos, enquanto outros casais ficavam pelos cantos, em namoro pré-carnavalesco. Janeiro e fevereiro são dois meses de muita ajuda sentimental. Organizam-se festas todas as semanas e vários corações se sincronizam, em amor, para esperar o Carnaval. É quando moças de praia, estudantes de inglês e balé clássico bebem pela primeira vez. É quando acontecem coisas que poderiam ser evitadas se os dezoito anos de cada uma delas não fossem tão ansiosos de independência ou morte. É quando, diria Caymmi, a morena se encolhe e se chega pro lado, querendo agradar. Todos os erros que se cometem são esquecidos e perdoados no tempo porque, entre dois janeiros, as coisas que acontecem são de tamanha gravidade que não há pecado ou ato de virtude que valha um ano de lembrança. E assim corria a festa, cada um com a sua felicidade, todos esquecidos do necessário sacrifício por um Brasil melhor, pregado, diariamente, pelos jornais. E o homem, encostado no portal, assistia a tudo, sentindo-se sem o direito de intervir. Se fosse uma briga, ele apartava. Mas um abraço de amor... Por quê?

Foi quando a moça bonita, lavada, enxuta, bela, grande, lhe veio secar a testa. O bêbedo sentiu um agradecimento tão importante no coração que falar seria uma irreverência ao sentimento. E guardou tudo o que não disse entre as coisas irreveladas que são o seu lastro de bem-querer e gratidão aos seus semelhantes e à própria vida.

O silêncio dos bêbedos, senhora, quase sempre é de amor.

Diário Carioca, 23/01/1955

Viagem

Lembro-me de que, uma noite, voando entre Montevidéu e Porto Alegre, uma réstia de lua muito branca caía sobre o papel e me deixava escrever as coisas mais tristes (naquele tempo havia uma maré de tristeza). E eu ia ao longo do meu sonho, sem esquecer a generosidade daquele pedacinho de lua que se dava, tão bonita, em ajuda a umas notas intensamente líricas. Hoje, entre Rio e São Paulo, num voo da meia-noite, tento bater esta pobre crônica e a aeromoça, um tanto ou quanto feliz por policiar-me, vem dizer que vai apagar a luz e que, portanto, não posso continuar o meu "deleite" (palavra dela, que deve odiar minha existência literária). Em vão procuro aquela lua uruguaia, luar de Pocitos, inspiradora dos possíveis lirismos de Obdulio Varela, mas ela não veio. Mandou um crescente muito coitado que não alumia nada, que me lembra o bastão da rainha dona Santa, soberana do Maracatu Elefante, em Água Fria, meu Recife. Em resumo, vou ter que parar de escrever. Só há um jeito, sugere a aeromoça que já está um pouquinho aerovelha: trocar de lugar com o meu vizinho da esquerda. Espio para o lado e meu vizinho, tão jovem, já é japonês. Fiz-lhe uma proposta com certa timidez, e ele talvez tenha entendido que eu lhe propunha descer do avião em pleno voo porque, pelo tom, pela velocidade e pelo ritmo de suas palavras, tudo isso é com mamãe. Não há de ser nada. O meu vizinho da direita é um bom moço. Cedeu-me o seu lugar, mostrando grande afabilidade e perguntando-me, apenas, em troca do seu gesto obsequioso:

— O senhor vai escrever sobre o quê?

— Exatamente sobre isto.

Foi até bom, porque ando com dois maus sujeitos em minha alça de mira e, se não houvesse uma aeromoça que apaga a luz e um japonês que não me entende, certamente teria escrito biliosas malcriações. Agora, de crônica pronta, voo pela noite macia sem um pingo de medo da morte, embora um tanto ou quanto ressabiado com as coisas da vida.

Diário Carioca, 18/08/1953

Orly, hora parada

Boeing, 707, Air France, a caminho de Madri. É sempre aflitivo deixar-se Paris. Mesmo quando não se tem nenhum motivo para ficar. Mesmo quando se tem todos, ou um essencial, para voltar.

Cada um, no aeroporto de Orly, deve experimentar um receio igual ao meu, angustioso e complexo. É possível que cada um se faça uma pergunta igual à que eu me faço: "Será esta a última vez?".

Não é que se seja necessário voltar a Paris. Não é que a alegria se vá acabar, se não houver outra viagem a Paris. A apreensão é mais séria. Um sentimento profundo de apego à vida. Como a prenunciação de uma fatalidade.

Meu corpo tem quase quarenta anos. Meu espírito é um velho vaidoso que jamais me confessou a idade. É possível que estejamos fatigados, os dois, corpo e espírito. Ambos bebem muito. Será esta a última vez?

A mesma dúvida, a mesma angústia, eu vejo nos olhos do amigo de quem me despeço. Na vibração de sua mão, dentro da minha. Na comovente dificuldade com que me pergunta:

— Quando volta?

No ar tão sério com que lhe respondo:

— Não sei.

Gostaria que ficasse bem entendido que não é Paris que se teme perder, é um pouco mais. Digamos, o futuro.

No aeroporto de Orly não se deixa uma cidade. Deixa-se, para sempre, um momento da vida. Um momento lúcido e refletivo, durante o qual os olhos do amigo encontram-se com os meus (os homens dificilmente se fitam, com naturalidade) e nós dois, sem uma palavra, refletimos sobre quanto a vida humana é breve e ameaçada.

O aeroporto de Orly tem sido, para mim, todas as vezes, uma hora angustiada e lenta. Como se, ali, alguma coisa se fosse acabar, para outra começar. Como se aquela fosse a hora divisória e equidistante do antes e do depois. Penso: "Como será e que tamanho terá o depois?".

Homens e mulheres, com embrulhos e casacos. Todos, na aparência, estão saudavelmente desatentos. Espanhóis, neozelandeses, congoleses e turcos. Sorriem, bebem champanhe, abraçam-se com calor. O trágico sou eu, o único trágico. Os embrulhos escorregam-se-me pelas mãos. O passaporte muda de bolso, sozinho. Não o encontro nunca. Mudo a ordem das coisas e desejo boa viagem a quem vai ficar. Não entendo uma só palavra do que dizem os guardas aduaneiros. Nem as ordens do alto-falante. Depois, quando o avião alça voo, quando as luzes das precauções de bordo vão se apagando, pouco a pouco o pensamento começa a explicar, coisa por coisa, tudo o que acabou de acontecer. Que estou com medo de perder o que tenho, que estou imaginando o fim do mundo. E, depois, me dá este consolo:

— Você está velho, homem. Comoventemente velho. Mas isto acontece nas melhores famílias.

Um companheiro de viagem me diz que está ansioso por chegar em Dacar e tomar um banho. Dou-lhe uma resposta que o desanima de me fazer companhia:

— Não gosto de banho, meu caro.

Última Hora, 10/12/1960

Prezado dr. Bandeira Stampa

Acabo de saber, só Deus sabe com que estranha surpresa, da minha escolha para jurado durante o mês de junho. Transmitiu-me o recado, ou melhor, a intimação, pessoa que me conhece extensamente e vossa excelência não sabe em que estado de pânico me foi dado o seu recado. Um homem que me conhece e que sabe da minha aversão aos julgamentos pedia-me, por telefone, que procurasse o doutor juiz o mais depressa possível e apresentasse uma desculpa qualquer. E acrescentava, com a voz a tremer: "Trate disto depressa, porque amanhã já será tarde para você livrar-se".

Meu caro dr. Stampa, antes de mais nada, devo confessar uma preliminar necessária: sou uma pessoa que, desde que me lembro de mim, só tenho vivido para passar por experiências. As mais tristes e dolorosas — todas me fascinam. Minha vontade de ver, ouvir e sentir é tanta e tão velha, que, um dia, convenci-me de que sou um homem de coragem. Esta convicção deixou de parecer-se com uma dúvida em todas as vezes que passei por alguns riscos de vida e consegui assistir ao meu perigo (friamente, assistir ao meu perigo), enquanto meus companheiros de desdita se perdiam dentro, em meio e em volta de si mesmos. Vi pessoas que faziam parte da minha mesma viagem para a morte chorar e blasfemar. Outras, mais dóceis e, talvez, mais espertas, clamavam por Deus em nome de filhos, parente de sangue e de amor. Em tudo, eu só sentia a beleza da vida, mesmo nesta beleza de morrer de modo trágico, de morrer antes, cada vez mais certo da imensa inutilidade de morrer. É o acontecimento mais inútil do decurso humano, meu caro dr. Stampa. Nada é tão de mau gosto quanto a morte.

Expliquei-lhe, assim demasiado, nada mais que a minha vontade de experimentar ser um jurado, para sentir em minhas mãos e, muito mais, em meu coração, o preço e o tamanho da liberdade. Eu, em função de jurado, teria que responder a uma pergunta e, nesse instante intensíssimo, seria levado a dizer sim ou não. O que é o homem para dizer "sim" e "não"? Em causa própria, passível de renúncia e generosidade, tenho dito muitos "sins" em cima da minha dor e milhares de "nãos" contra a minha alegria. Mas sei e sinto que não posso dizer "sim" e "não" diante da aspiração do meu próximo, de quem não posso renunciar nenhum sentimento ou esperança — nenhuma ambição, por menor que seja. Não posso julgar culpado um semelhante meu, porque não sei onde começam e acabam as culpas, na vida. Por que, da vida, só o homem atrai as culpas, quando a vida, embora feita muito mais de gente que de qualquer outra espécie, é vasta e vazia, enorme e desconhecida? Não existe o homem que faz. E sim o homem que é. Se tomarmos para exemplo o fazer bem: quem se compensou, até hoje, por fazer bem, a não ser de si para si? Por que, então, no caso do fazer mal, o castigo é tão zelado e necessário? Não, meu meritíssimo juiz, ainda não existia nada definitivo sobre a pena e as penas. Ninguém inventou a fita métrica que possa precisar uma culpa. Se vossa excelência me considerar um adepto da impunidade (este seria um extremo de sua reação), eu direi que não, que o homem deve sofrer uma solidão ruim (qualquer que seja) para sentir-se homem e só, grande e desamparado, e a partir de um privilegiado momento de lucidez, salvar-se. Mas sempre por si mesmo. Que falta enorme de autoexame é ser-se um jurado! Que descuido imensurável de vaidade é ser-se um juiz!

Que haja réus, juiz, promotores públicos, advogados de defesa, jurados. Mas ao largo da minha reflexão. Que se condenem e se perdoem as pessoas mais culpadas. Que se condene e perdoe o inocente universal, mas sempre longe, a uma grande margem da minha dependência de "sins" e "nãos". Fica aqui bem explicado que não quero pertencer ao seu conselho de sentença: que não vou (nem preso) ser seu jurado e, nisso, que eu não tenho nada a ver com o castigo. Além do mais, mesmo que a fascinante experiência de julgar (ou de sentir em mim a angústia de ter que julgar) me vencesse, devo, cordialmente, explicar ao juiz, dr. Bandeira Stampa, que não posso fazer parte da mesa de júri que funcionará em junho. Trabalho dia e noite e ganho pelo que faço. Não posso faltar a nenhum dos compromissos assumidos — às minhas obrigações, que são todas públicas. Portanto, esqueça isto. Eu não sei castigar ninguém e perdoar nem sempre sei, porque devo ter perdoado sempre antes, à margem e depois do perdão. Devo ter sempre perdoado mal. Tanto quanto castiguei. Dispense-me. Procure um homem que seja mais compenetrado, que tenha mais noção de seu poder, que saiba mais do erro e do acerto, que ame a lei mais que ao instinto, que seja, enfim, mais ingênuo e menos livre do que eu.

Não me pergunte, em volta, pelo caso do japonês. Não estou a julgá-lo. Trata-se de um pobre coitado que tentou roubar-me e de quem arranquei o roubo das mãos (um quadro de Di e outro de Cícero). Quero-o desassossegado e insone, por isso. Mais nada. O resto é o mundo, onde várias pessoas serão eternamente burras, com arrogância e entusiasmo.

De vossa excelência, jamais um jurado.

AM

O Globo, 23/05/1958

Brasileiros, os irreprimíveis

Como é bom ser brasileiro! Não é que seja confortável, porque brasileiro tem que vigiar e combater, diariamente. Porque, para brasileiro, nada cai do céu. Há que se arrancar, tomar, todos os dias, o que tem de ser nosso. Nós somos, por excelência, um povo incoercível.

O mundo inventou uma palavra muito carinhosa para nos insultar, antes de nos emprestar dinheiro. "Subdesenvolvidos." Nós somos subdesenvolvidos porque não temos bombas atômicas e naves interplanetárias. Porque não comemos, tantas vezes, as vitaminas que robustecem os superdesenvolvidos da União Soviética, da Inglaterra, da França e dos Estados Unidos.

O nordestino, com uma cuia de farinha, nutre-se tanto quanto o glutão francês em quatro refeições, socadas de queijo e regadas a vinho. E bebe aguardente antes (o nordestino), para desafiar o fígado. Água depois, para a mandioca inchar-lhe a barriga e fazer com que se sinta tão cristãmente compensado, como o burguês da Bretanha.

Quando nos chamam de subdesenvolvidos, mesmo quando é passando a mão por cima, engolimos em seco a ira justa que tanto nos acalma e fortalece. Aquela escuma que começa a atiçar as nossas forças. Então nos chamam para lutar... e nós vamos. Seja a luta qual for. E achamos engraçado que homens maiores e mais ágeis, que tanto se apiedam de nossas deficiências atávicas, sejam derrotados, um a um, nas pistas de atletismo, nos ringues do boxe, nas piscinas, nos mares onde velejamos, nos *courts* de tênis, nas pistas de hipismo, nos campos de futebol... Até nos torneios internacionais de cinema. Em seja qual for o terreno, nós vamos ganhando de todos. Com humildade, mas sem clemência.

Esta significação de sub e superdesenvolvidos ainda não é a definitiva. Então, Garrincha pega uma bola, passa por três, chuta na cara do goleiro e somos nós os subdesenvolvidos? Os super serão eles?

Como é bom ser brasileiro! Dói, aflige, cansa, mas depois dá aquele alívio, igual ao da mulher que tem criança. E, no alívio, a doçura é tão grande que a dor e a aflição são esquecidas. Fica somente cansaço, o confortável cansaço da sobrevivência. E, no cansaço, o perdão, o amor. O homem alisa com a mão as pessoas e as coisas. E tanto às coisas como às pessoas chama de *você*. E as beija, na boca, deixando transbordar o cuspe da ternura humana.

Esta crônica foi escrita após o jogo Brasil × Tchecoslováquia e está sendo lida oito dias depois. Já não é o que deveria ser. Mas, perdida, também não está. Nem estará, nesses quatro anos, em que vamos preparar o "tri" e trazer, para o Brasil, de vez, a taça Jules Rimet.

Que orgulho isto de saber que somos um país de pessoas irreprimíveis. Nem a fome será capaz de conter um brasileiro. Enganam-se os pregadores das revoluções. Com a mesma bravura com que ganhamos mais um Campeonato Mundial de Futebol, defenderemos a Paz, no chão da Terra e no coração dos homens. Estamos vivendo uma transição de desgostos. Mas uma transição, apenas.

Como é bom ser brasileiro!

O Cruzeiro, 07/07/1962

Patriota de futebol

Maio, 30 — Dia da estreia do Brasil na Copa do Mundo. Os homens tidos e havidos como de respeito são patriotas de um Brasil que expulsou os holandeses, os portugueses, ganhou a guerra contra o Paraguai, entrou na Primeira e na Segunda Grandes Guerras etc. Se só forem esses os homens de respeito, não sou um deles. Meu patriotismo é muito da paisagem brasileira. A variedade, o sertão, que é chão e sol. O mar, cheio de velas, no horizonte. A montanha, branca de embaúbas ou roxa de quaresmeiras. Muito maior, porém, que o patriotismo da paisagem é o meu com vistas ao futebol. Ou melhor, ao scratch brasileiro. O Flamengo pode perder até na Lituânia. Mas o scratch, se não ganhar, e se não ganhar com ao menos dois gols de luz, já isto me incomoda. Em caso de empate já tenho que tomar cortisona. Derrota... não sei... o féretro sairá da residência onde se der o óbito.

Hoje é um dia aflitivo para mim. Se pudesse, não sairia da cama. Não escreveria uma só palavra. Nem diria. Quando os speakers começarem a falar, eu começarei a odiá-los. A todos. Também já fui um deles e sei quanto eles são exagerados, impiedosos, levianos. A leviandade dos seus "rrr". A bola "rrraspannndo o travessão". Ao mesmo tempo, eu me ajoelho a seus pés e humildemente lhes peço que cantem os nossos gols. Tenho imensa confiança em Djalma Santos. Em sua capacidade de lutar. Conheço poucos homens, em todos os setores da vida, com igual capacidade de lutar. Poucos homens capazes de oferecer tão grande resistência. Séria, assim, como um gerente de empresa. Um gerente nordestino. Duro. Mesquinho. Djalma Santos, na defesa, sempre me empolgou pela sua mesquinhez para com o adversário. Já o outro Santos, Nilton, caracteriza-se por uma certa largueza, uma generosidade (quando vai atacar), que me causa certos sobressaltos.

Hoje é dia do Brasil jogar contra o México. Mexicano não sabe jogar futebol, mas em tudo o que faz, raceia. Um mexicano raceando é sempre perigoso.

Hoje é um dia sobressaltado. Tenho que entrevistar um homem de finanças e ir jantar com outro, de imprensa. Por mim, não faria outra coisa senão esperar e viver a transmissão do Chile. Em silêncio. Com todos os meus ódios e amores concentrados. O peito opresso. Contidas as minhas astúcias. Contido o homem indivisível. E, por dentro, uma atmosfera grave como a de um pôr do sol num convento franciscano.

Desculpem, sou patriota do futebol com sentimentos inesperados, quase sempre rancorosos, de patriota exilado. Desculpem.

O Jornal, 30/05/1962

Povo, América e tristeza

Perdi o gosto do futebol no dia em que Ghiggia fez aquele gol da Copa do Mundo, em 1950. Narrávamos o jogo, eu e Ari Barroso, cada um com um selecionado. O meu era o uruguaio. Senti a desgraça prenunciar-se quando Bigode falhou e não mais duvidei dela, ao ver o *becão* Juvenal imóvel, de pernas abertas, tirando a visão de Barbosa. Ghiggia não andou mais que duas jardas e chutou seco, no canto.

Guardei, por muito tempo, a gravação desse gol. Minha voz grave, arrastada, seguindo a bola e os passos do ataque uruguaio, até a fatalidade. Depois a palavra curta e seca, dita com amargura: "Gol"... E um longo espaço sem som, até a leitura de um anúncio.

Ainda continuei dois anos, mas o futebol era um emprego e a ida para o estádio um caminho tedioso. Duravam séculos os noventa minutos de qualquer partida. Larguei tudo. Envelhecera.

Ontem, voltei ao Maracanã. Não pensei que o espetáculo me agradasse tanto, desde sua preparação. Os foguetes, os balões, o povo. O povo, mais que tudo, naquilo que é o seu maior e mais completo bem-estar: o futebol. Mais que o Carnaval. O homem das gerais, de chapéu e blusão, vivia o máximo da felicidade. Ali estava esquecido de todas as suas limitações, de toda sua pobreza. Era livre e descuidado e não tinha mais que um coração feliz e uma mente sem memória. Nada de passado. Nada de futuro. A vida era aquele momento. O mundo não estava embaixo dos seus pés, nem em volta de si. O mundo era cada um e, dentro de cada um, havia um universo à parte. Viria a realidade, depois, no último apito do juiz. O juiz, não encerra, simplesmente, uma partida de futebol. Interrompe, bruscamente, o estado de graça do homem das gerais. Sai, o homem de blusão e chapéu pelo portão do estádio, passo a passo, de lotação, de trem, de ônibus, chegará em tempo ao encontro da realidade. A realidade espera até que o homem volte do futebol. Mesmo que ele se demore pelo caminho para ver se escapa, ela espera. Ficará com ele a semana toda e o deixará no outro domingo, se houver outro futebol que valha a pena.

Quando o América entrou em campo, descobri, com surpresa, que eu era América. Tanto quanto fui Sport, no Recife. Mais do que fora Vasco, quando aqui cheguei, por amizade a Ademir. E o que me agradava no América, além do sangue das camisas luzindo ao sol, era aquele ímpeto amadorístico que a gente só encontra nos clubes pobres, de jogadores que ganham pouco. Aquela coragem de correr atrás da bola o tempo inteiro. O Fluminense fazia o seu recuo tático, cientificamente planejado por Zezé Moreira. O América ia para a frente, de coração. Para a frente e para trás. O sistema era simples: ganhar. O único sistema que os técnicos catedráticos desprezam.

O magnífico arqueiro Ari era um espetáculo à parte. Como um trapezista. Como um solista elástico de balé. Quando segurava a bola, seus dedos pareciam ter ventosas — não largava mais. Em um lance, mudou no ar a direção do salto, contorceu-se no ar e salvou um gol certo no ângulo esquerdo do seu reduto. Tudo belo e emocionante. Um espetáculo da alma e do corpo, onde havia mais espírito que homens, bola, relva, traves e chuteiras.

Mas está provado que o homem gosta, viciosamente, de sofrer. Passado o susto da alegria, como se a alegria o incomodasse, ou como se o medo de perdê-la o apavorasse, ele apressa-se em voltar correndo para a sua tristeza. Sua confortável agonia, que lhe dá uma estranha sensação de estabilidade.

Vejam o que aconteceu. Acabado o jogo, quando o time do América vestiu as faixas e correu o campo inteiro, quando grande parte do público já saíra do estádio, quando os refletores se apagaram, um homem subiu numa cadeira e gritou na voz mais triste deste mundo:

— América! Vamos para o bi!

Era o retrato vivo do sofredor irremediável. A alegria de ser campeão, embora não houvesse acabado, já o incomodava. E ele já precisava sofrer. Tinha tudo e queria mais. E nesse mais que ele queria, o bicampeonato, recomeçava o seu sofrimento. Desejar, esperar, demandar... até o bi. No dia da alegria do bi, subiria noutra cadeira e gritaria com a mesma voz:

— América! Vamos para o tri!

É por isso que, quando se vê uma pessoa muito triste, não se deve dizer nada, nem fazer nada. A tristeza mais aguda tem, por exemplo, um grande consolo — o de se estar certo de que nada irá piorar. O de se poder perguntar, com altivez: "Então a dor é só isto?".

Última Hora, 20/12/1960

O pequeno príncipe

Não se pode ainda estimar a extensão do mal que causou à sociedade carioca a edição brasileira de *Le Petit Prince*. Faz dez anos ou mais, entretanto, pode-se dizer, como se diz após as tragédias, que é impossível fazer-se uma avaliação dos males provocados.

Esse cronista viveu a época e a área em que o livro foi lançado. Viu e ouviu tudo. Pode, portanto, comunicar que aquela sociedade não estava preparada para o *Petit Prince*. Ao menos no quilômetro compreendido entre o Vogue e o Copacabana Palace, não estava. Entendam-me. Nem todos eram especialmente incultos ou, de modo geral, retardados. Apenas não estavam preparados, física e emocionalmente, para aquele livrinho tão fácil de ler e de portar. Tão fácil (aí a hecatombe) de citar.

O cronista que vos escreve viveu os dias e a terra do evento *O pequeno príncipe*. Ouviu as citações, todas as noites, nas bocas de mil mulheres. Mil, não. Umas cento e tantas. Pobres senhoras, estarrecidas, perplexas pois acabavam de comprovar que as raposas falavam. La Fontaine estava coberto de razão. E a raposa de Exupéry dizia coisas lindas.

O cronista que vos escreve sentiu o hálito e viu, nas réstias de luz, a saliva das citações noturnas de Exupéry. Era no Vogue. Sempre a raposa. A raposa que falava e dizia muito que era preciso, antes, cativar. Aquelas cento e tantas mulheres desamparadas, a dizer que era preciso cativar. Cento e tantas mulheres sem pai e sem mãe, e o verbo infinitivo degradando minhas intenções, dilacerando meus nervos. Cativar. Cativar. Cativar. Cativar.

— Você precisa me cativar.

Mães decoraram os aposentos de seus filhos com os desenhos de Exupéry. Isto durou, em clamor crescente, até 1955, quando o Vogue pegou fogo. Foram três anos de delírio coletivo dos quais o cronista foi testemunha. As mulheres dizendo muito: "Se você chegar às quatro, desde as três e meia eu me preparo" etc.

Todos os males humanos se moderam ou se retiram. Todavia, a angústia, a insegurança e a febre terçã, hoje estampadas em certos rostos antigos e fatigados, tristes e mendigos, são decorrências do lançamento, no Brasil, há cerca de dez anos, de *O pequeno príncipe*. Degenerescente, como um estrôncio. Mas Saint-Exupéry nada tem a ver com isto.

O Jornal, 25/01/1963

A que não está mais

Era a primeira vez que estava sem ela, após os muitos dias, não sei se dolorosos ou felizes, de sua companhia. No mesmo bar, onde por certo estariam os mesmos amigos, que viriam, um a um, perguntar por ela: "Onde está Fulana?". Nunca se pergunta por uma pessoa que não está. Porque ninguém sabe exatamente de uma pessoa que não está. E, de fato, os amigos vieram e fizeram a pergunta esperada. Respondeu a cada um, com igual sacrifício, que ela não viera, evitando a vaidade de justificar, dizendo, por exemplo, que ela estava mais cansada e preferira dormir. Os homens, de modo geral, não se conformam em apenas confessar que estão sós. Precisam dizer por que estão sós. Parece que apostam entre eles quem sai mais vezes em companhia das mulheres e, quando um aparece sozinho, perde pontos na tabela da vida. Que engraçado é o homem. O deste caso, porém, se sofria, sofria a verdade de não estar ela ali. A mão de dedos longos que ele guardava nas suas. O cheiro humano de sua pele jovem. Suas pernas fortes e quentes, onde sua mão descansava num gesto enlevado e possessivo. Ali, agora, um lugar vazio. Um silêncio sem ninguém, quando na véspera o silêncio dela o confortava tanto. Ah, por que voltara ao mesmo lugar? Havia mais aonde ir, sem que fosse preciso ouvir essas perguntas, que eram muito mais uma vaia que um interesse amistoso. Muito mais que uma simples curiosidade. Vaiassem-no, se isto lhes fizesse bem. Mas sem disfarce, de uma maneira clara e estrepitosa. Levassem os dedos à boca, assoviassem. É assim que se vaia um artista que erra o seu número. Mas aí é que estava o engano. Ele não estava fazendo um papel. Ele estava simplesmente vivendo, ciente de toda a sua insegurança. Ou estaria tentando contra o imponderável, para saber de que tamanho seria sua dor quando chegasse à perda definitiva. Ele não podia supor que havia uma plateia. O homem, quando vive uma verdade intensa e sua, está infinitamente só. Só se tem plateia quando se está mentindo ou representando. Todos aqueles que choraram de verdade saíram da sala ou cobriram o rosto com as mãos. Todos aqueles que se viram obrigados a confessar um crime ou uma imperfeição pediram que não contassem a ninguém. Os que foram traídos em suas alegrias legítimas ou no amor soberano de sua vida, todos guardaram o segredo, sofrendo-o como uma ferida, no silêncio desconfortável de sua mágoa.

Ela é, simplesmente, a mulher que não está. E o pianista toca suas canções prediletas, mas tem direito, porque o papel do pianista é comover. O homem só levanta e vai-se embora. Está sofrendo, muito, mas desde já lamenta o dia próximo em que irá esquecê-la. Porque nesse dia, então, ou só nesse dia, verdadeiramente, ele a perderá para sempre. Aquela mulher, por mais que lhe negasse, o incluía no mundo verídico das causas e dos motivos.

O Globo, 03/08/1957

As três fotografias

A gente assiste o cigarro se gastando, ouve os carrilhões da vizinhança, vê a chegada das noites e não se apercebe de que tudo isso é o tempo, andando. Os espelhos são de uma discrição fabulosa e não nos contam nada, de manhã, quando lhes perguntamos as coisas. Mas quem sabe de nós é o retrato 3×4 da carteira de identidade. Toma o teu, espia bastante para ele, amigo, e verás que horas são, nos teus cabelos, na preguiça dos teus olhos e no corte vincado da tua boca.

Aqui estou eu, diante de mim, em três fotografias coladas nos documentos que me dão trânsito livre pela vida em fora: a carteira de identidade, a de chofer e o passaporte.

— Como vais tu, rapazola do Recife, em março de 1940? Eras um herói e vivias de muitas esperanças. Mandaste fazer uns ternos, uma porção de camisas e inventaste de comprar um chapéu. Depois, recebeste uma passagem do *Almirante Jaceguai*, uns abraços no tombadilho e muitos adeuses no cais. Um daqueles lenços era o da tua namorada, que um mês depois já nem se lembrava de ti. Mas o mundo era generoso e te daria outra. A bordo, fizeram uma roda de moças e contaste umas histórias inventadas, que alcançaram muito sucesso. Houve quem não acreditasse nos teus anos e mostraste a carteira de identidade. Acharam que tu eras um prodígio e, de lá para cá, até hoje, não fizeste outra coisa senão inventar histórias para engabelar e conquistar os outros.

Agora, sabes dirigir automóvel, tens um bigode de carta de baralho (rei de espadas) e os teus olhos são penetrantes. Tua boca é de quem já provou beijos mais maduros. O que se vê do teu corpo — os ombros e o peito — é de gente que faz exercício, que cuida de si, pensando nos outros. Estavas na Bahia e gostavas de ver quem passava de navio. Vinha gente do norte e do sul, descia, saía contigo para olhar igrejas, praias e antiquários. Contavas uma porção de histórias e todos achavam muita graça. Iam contigo ao almoço na melhor comida da terra e ao banho da praia mais serena. Davas uma ordem e os atabaques de um candomblé começavam a bater, embora não fosse o tempo. Pai de santo te levava ao peji e dava explicações para os teus convidados. Depois da função, ainda meio transidas, as ogãs vinham sorrir e te abraçar. Os teus amigos se encantavam com o teu prestígio. O teu show era tão completo e dele falavam tanto que, tempos depois, quem fosse passar em Salvador já te mandava telegrama, porque percorrer a cidade, sem ser pela tua mão, até nem tinha graça. E assim conheceste uma porção de gente — jornalistas, poetas, moças, políticos, artistas, viajantes de perfumarias e laboratórios. Na época das festas, estavas sempre com os capoeiristas e sambeiros na Conceição da Praia, no Bonfim e na Ribeira. Na tarde de Iemanjá, ias com os pescadores e levavas uma braçada de rosas para Janaína. Não acreditavas em nada daquilo, mas era uma festa de flores e canções que te enchia de muita beleza. Além disso, os pescadores e mestres de saveiros gostavam de ti e não perdoariam a tua falta a Dois de Fevereiro. Esta fotografia foi tirada em 1946. Teu jeito, diante do que está na carteira de identidade, é de um homem que já viveu um pouco e ainda pensa em viver muito mais.

Dá uma espiada, agora, no retrato do teu passaporte. É recente. Que é daquele meio-sorriso de vitória, que é do bigode de tendências esquerdistas? E os ombros, e o peito de nadador? Onde deixaste os teus cabelos, que nunca foram belos, mas eram tantos a ponto de te dar trabalho de manhã, com pente e escova? E os teus olhos? Estão cheios de tristeza. Os outros não notam, porque eles são pequenos e ninguém acredita que tristeza muita possa caber dentro deles. Mas volta aos dois antigos retratos e vê o jeito e o brilho do teu olhar — vivo, mandão, crente e aventureiro. O de hoje nada mais faz que pedir. São olhos como as tuas canções, que essa gente canta e nelas se mistura, sem se lembrar de ti, sem se aperceber de que cada uma é história tua, sem ao menos te agradecer pelo que disseste. Não estás morto, eu sei, mas, feneceste, moço. A culpa não é do *Almirante Jaceguai*, que saiu contigo, ensinando-te a ser vagabundo. Mas é do carrilhão do vizinho gemendo os quartos de horas, é das tuas dores e das dores dos outros, que te comovem tanto.

Em São Paulo, na mesa escondida no fundo de um bar, viajaste através de ti mesmo durante longos anos. Teu documento de identidade, tua carteira de motorista e teu passaporte foram portos de escala e neles pensaste estas coisas. Naquela hora, porém, apesar das dezenas de pessoas que entravam, bebiam, falavam e saíam — ignorando-te — uma certeza te salvou: longe, devia haver alguém que estava pensando em ti. E, se não houvesse, era só porque estavas meio bêbedo... e ninguém gosta de pensar nos bêbedos.

Manchete, 31/01/1953

A noite e uma lembrança

Boa Viagem, fevereiro — É de principiante isto de o cronista escrever que está numa janela de hotel, vendo a noite e fumando um cigarro. Mesmo havendo mar e sendo Boa Viagem um encontro muito desejado, não gosto da sem-cerimônia com que me faço personagem de mais uma crônica, como se eu, a noite e o cigarro ainda fôssemos novidade. Entretanto, alguns acontecimentos espirituais do homem podem ser contados e explicados, desde que esse homem seja capaz de transmitir a alguém a beleza da sua solidão. Que ninguém se queixe de falta de ocorrências para escrever melhor. E sim de incapacidade para gritar o seu grande mundo interior.

Eu vim à janela porque conheci uma moça e estou preocupado em como a venho pensando, há um tempo enorme. Os cabelos, os olhos, a boca, as mãos e o silêncio. Também a palavra vagarosa, que perguntava de vez em quando sobre uma verdade já velha ou sobre uma mentira mais em moda. Se confiasse em cada um de nós, explicaria à sua maneira o homem, o amor, o rio Capibaribe e o compositor João Sebastião Bach. Mas para isso, além de ser preciso confiar, teria que pedir a palavra e se imponentizar de tal maneira que nos assustaria à sua volta, após assustar-se também consigo mesma. O que dizia eram suas curtas perguntas. O que fazia era pouco e casual. Mesmo assim, eu a adivinhava sábia e corajosa.

Mais das vezes, só escreve assim de uma mulher quando por ela se sente uma dessas súbitas emoções muito parecidas com o chamado amor à primeira vista. Mas, em meu caso, essas impressões já não me confundem. Uma mulher me empolga assim que a sinto gente; e nela me perco, de descoberta em descoberta, sem me consentir a mínima desconfiança de estar amando-a, em qualquer das maneiras antigas ou atuais de amar alguém. Uma mulher-gente nos atrai aos seus mistérios e, no tempo em que procuramos desvendá-los, só acrescentamos dúvidas à nossa ignorância inicial. Apesar disso, é dever do homem-gente deixar que seu pensamento se demore nas lembranças de sua conhecida recente. Amor é outra coisa. Amor a gente espera, como o pescador espera o seu peixe ou o devoto espera o seu milagre: em silêncio, sem se impacientar com a demora. E amor a gente não conta pelo jornal, a não ser quando o sentimento trai a frase, juntando palavras que deveriam estar sempre separadas.

Cá estou, porém, nesta janela que não me deixa mentir, em frente à noite de que sou uma espécie de filho da criação, a repassar lembranças de uma moça, que, de mim, se muito recordar, recordará o nome. Eu também a esquecerei, mas daqui a duas ou três mulheres importantes. Agora, faz-me bem, inclusive, sofrê-la um pouco. É tarde. Deveria ir pra cama. Todavia, não seria direito. Numa moça, a gente pensa na janela.

O Globo, 18/05/1957

Bondade encruada

Acertamos, afinal, a nossa vida jornalística. Após longas conferências, com os outros e conosco mesmo, ficou resolvido que não tiraríamos férias. Apenas dois dias de descanso, para tratar da preguicite, um delicioso vício capital, que nos estava tomando da cabeça aos pés.

Escrevemos, numa linda sexta-feira, a poucos minutos do pôr do sol, sob uma tremenda saraivada de telefonemas:

— E o Vinicius, hein?

Ora, o Vinicius, como todos sabem, é um personagem de história em quadrinhos. Quando cai, reconhece a queda e não desanima. Levanta, sacode a poeira e dá volta por cima. Casou, definitivamente, pela quinta vez e, a estas horas, se bem anda, está em Roma, em trânsito para Túnis, Roma outra vez, Florença (onde relerá *Le Lys rouge*, de Anatole) e, enfim, Paris. Não há quem possa com o homem. A poesia, como em Novalis, é o autêntico, real, absoluto. O cerne de sua filosofia. Logo, quanto mais poético, mais verdadeiro.

Num país sem filósofos, como o nosso, era necessário que houvesse um Vinicius de Moraes, houvesse um Di Cavalcanti... do contrário, tudo convergiria para Silveira Sampaio. Querem um retrato do Brasil-inteligência? Pois cá está: há pessoas que, ainda hoje, discutem se a Excelsior vai ou não vai acabar com as outras. Só há um aparte para esse tipo de discussão elementar e maninha:

— E daí?

Se o brasileiro nada houvesse criado, inventado, como o

avião, o futebol e o salto tríplice, seríamos os felizes autores do "e daí?" — a única pergunta realmente irrespondível.

Mas, leitor, estou sossegado com esse descanso de dois dias e essa possibilidade de nunca mais faltar. De nunca mais escrever pessimamente. Uma burrice enorme, como uma praga de madrasta, caiu em meu costado e houve um dia em que quis escrever a palavra "Kubitschek" e não soube. Saí para a Lagoa e lá chorei minha tristeza infinita. Lágrimas antigas, de um pré-tempo sem memória.

Já pensaram Antônio Maria amanhecer burro, para sempre? Os seus adversários políticos livres e felizes? Não. Este AM retorna, com a alma em festa e o coração a gargalhar, cada vez mais democrata, mais antifascista. Que bom escrever-se em um jornal onde é possível uma confissão democrática e antifascista!

Estamos face à aurora da salvação. O presidente, verdade se diga, vai mal das pernas. Mas tudo o que houver, de bom ou de mau, será para nosso bem.

Bom dia, leitor. Você que me ama, você que me odeia, você mais lúcido, que me tolera... Bom dia. Demo-nos as mãos e saiamos da inércia angustiada. Há uma indefinida e indefinível bondade encruada em todos nós. Bom dia.

O Jornal, 24/08/1963

Vinicius de Moraes

Poeta, violeiro e pessoa mansa. Dizem que sua presença descansa os outros (devia ser por isso contratado pelo Vasco, para conversar com o time no intervalo entre o primeiro e o segundo tempo). Lamenta não ter se formado em medicina e sabe de todos os remédios para todas as doenças. Pode-se-lhe contar o fato mais escabroso e se lhe fazer a confissão do maior crime — dirá sempre que não tem a menor importância. Adora mulher e, convivendo mais de meia hora com qualquer uma, nenhuma terá coragem de lhe dizer "não" se o poeta pedir alguma coisa. Gosta da noite e prefere assisti-la de olhos abertos. Depois de dormir, porém, não há acontecimento, pessoa, fúria da natureza ou banda de música que o tire da cama. A pessoa-homem de quem ele mais gosta e a quem mais admira (sente-se) é Jayme Ovalle. Tratando-se de uma organização intensamente humana, é capaz de todas as fraquezas, de todos os erros, desde que seja mantida, em forma de lealdade, a grande e íntima solidariedade que dedica ao próximo. Quando está sério e assobiando (garante o Braga), alguma coisa deverá acontecer daí a pouco em relação ao estado civil, seu e dos outros. Caminha meio adernado para a direita, com um andar de beque direito reserva. Segundo Tônia Carrero, depois de todos os lances de charme, ainda tira os óculos e mostra olhos verdes. É levemente gago, gaguejando com certo encanto nas três línguas que fala correntemente. Não usa relógio e, mesmo assim, haja o que houver, é incapaz de perguntar que horas são. Acredita nas virtudes humanas que tornam os homens iguais aos deuses. Tomado de amor, é capaz de fazer confissões poderosas como esta: "Amo-te, enfim, com grande liberdade/ Dentro da eternidade e a cada instante". E, depois, ameaça um vexame desta marca: "É que um dia, em teu corpo, de repente/ Hei de morrer de amar mais do que pude". Hoje, 21 de novembro de 1953, depois de pagar todas as dívidas, seguirá de *Augustus* para Paris, deixando 32 saudades e 32 pares de lágrimas no cais do Rio de Janeiro.

LADAINHA: *Voz sem discurso*
Indício de santidade
São Jorge à paisana
Fado falado (rogai por nós).

Diário Carioca, 21/11/1953

Notas sobre Dolores Duran

Vi-a, pela primeira vez, no Vogue. Cantava escondidinha, fora de luz, atrás do saxofonista. Quase não se lhe via o rosto. Faz muito tempo. Mais tarde, fizemo-nos amigos. Com Ismael Neto, andávamos constantemente juntos. Estava presente quando fizemos algumas canções, "Canção da volta", por exemplo, de que foi a primeira intérprete. Hoje em dia, lembrava-se de canções, minhas e de Ismael, das quais não me lembro. Só ela se lembrava. Prometia sempre um encontro (um maestro presente), para escrevermos essas músicas que Ismael não teve tempo de escrever. Uma delas chama-se "Dez noites". Essas músicas não serão conhecidas nunca mais.

Poucas vezes passou pela música popular uma mulher de tanta sensibilidade. Seu coração era um coração repleto de amor. Nunca a vi que não dissesse estar apaixonada. Não dizia por quem. Vi-a, pela última vez, na madrugada da última quinta-feira, no Kilt Bar. Fazia contracanto com um disco de canção francesa. Todos a ouviam, em silêncio. Depois, levantou-se, atravessou o bar e foi sentar-se sozinha, a uma mesa escanteada. Atirou-me um amendoim, para que eu a olhasse, e gritou de lá: "Estou tão apaixonada, e quero ficar aqui quietinha. Posso?".

Ultimamente, fazia canções lindíssimas, uma delas, "Por causa de você", de parceria com Tom. Sozinha, fez o samba "Castigo", onde, expressivamente, disse o que nenhum compositor ou letrista soube dizer antes: "A gente briga, diz tanta coisa que não quer dizer/ Briga pensando que não vai sofrer" etc. Sua última composição é, porém, a mais bonita de todas — "para enfeitar a noite do meu bem". É aí que dá todo o seu delicado coração. As coisas que ela arranja para enfeitar a noite do seu bem vão desde a "paz de criança dormindo" até a "alegria de um barco voltando". Agora que Dolores foi dormir, o que encontraremos, o que iremos buscar, para enfeitar-lhe a longa noite?

Nos começos deste ano, aqui esteve uma condessa portuguesa que me pediu, certa noite, para levá-la a lugar onde visse gente interessante. Estava cansada de uma Sociedade que frequentava. Expliquei-lhe que coisa difícil ela me pedia. E levei-a, por levar, ao Baccara. Lá, chegou Dolores, casualmente. Sentamos os três, e Dolores começou a contar sua viagem à União Soviética. Minha amiga não parava de rir um só instante. Dolores, com aquela riqueza de palavras raras, com aquele seu espírito agudíssimo de observação, a descrever Moscou (com todos os seus bens e males) como ninguém descreveu até hoje. Em cartas, essa minha amiga, de vez em quando, recorda essa noite e manda lembranças e recados para Dolores Duran. Dizia, na última carta: "Essa menina não existe". Terei que mandar dizer-lhe: "Aquela menina já não existe".

Desambiciosa. Simples e modesta. Feliz, porém, da alma que tinha. Não sabia fazer planos. Pretendia, mas só pretendia, voltar um dia a Paris, ir ficando e, lá, continuar até a morte: "Nasci para viver aquela vida. É uma vida que eu não sei dizer como é. Mas é aquela vida que eu quero viver".

Perdemos uma amiga de qualidades muito raras. Não sei muito o que dizer do seu coração. Sei que o conhecia e o amava. Aqui, onde estou, penso em levar flores para enfeitar sua noite. São tantas as rosas por aqui. Prefiro mandar-lhe, porém, o meu pensamento, repleto de amor, transbordante de saudade. Chega o cantor Bola Sete, com um violão. Faço-o sentar. Dou-lhe a notícia e um copo de vodca. O negro chora, procurando esconder o rosto dentro das mãos. Conta, entre soluços, que, na véspera, Dolores tocou em seu violão. "Estava tão calma" — disse o negro. Soluça e diz depois às pessoas que se sentavam conosco: "Pergunte a ele quanto ela era boa". Pegou o violão e cantou, entre lágrimas, "A noite do meu bem".

E é só, Dolores. Essas palavras. Só. Depois, a pouco e pouco, iremos todos esquecê-la. Lá uma vez ou outra, quando cantarem o "Castigo", a gente se lembrará. Seu rosto gordo, sua boca fina, seus olhos ansiosos, sua voz rouca, bonita — a voz que eu mais gostava de ouvir. Escrevo estas notas em um dia limpo de sol. Você gostaria de ver este dia, porque você amava os dias claros assim. Você disse, numa canção: "Me dê a mão, vamos sair pra ver o sol". Como eu queria agora lhe dar a mão! É tarde, menina. Sua mão é distante. Tem que ficar para depois, se depois houver, ainda, uma manhã assim, de sol glorioso e imensa fraternidade. Tem que ficar para depois — um "depois" que a gente não sabe onde é e quando será. Que triste a vida quando se perde um amigo!

Procuro você, agora, para guardar os traços do seu rosto. Você, palidamente, você. O aroma da morte, entre as flores. Realizo no sono do seu rosto toda a humanidade, num só momento difuso e longínquo. Roda-me a cabeça pelo álcool que bebi à notícia de sua partida. Já não sei onde estão as palavras. Bola Sete está aqui defronte, emborcado sobre os braços. Há pouco, levantou a cabeça e, ao ver-me escrevendo, pediu, como se pedisse a alguém que escrevesse uma carta: "Mande-lhe um abraço". Emborcou-se outra vez sobre os braços. Desce sobre mim um sono feito de todas as desilusões. Não é o sono bom, de todas as noites, onde o cansaço e a rendição voltam todas as noites. É um sono sem brandura, que deve somar todas as minhas desesperanças. Alguém já escreveu qualquer coisa parecida com isso, sobre o sono. Um poeta, Dolores, não me lembro qual. Estou que não sei mais o valor e a ordem das palavras. Mando-lhe um beijo, para enfeitar sua noite. Se for pouco, depois a gente acerta. Devo ter melhor em mim, melhor que isto, para um bilhete de despedidas. Depois a gente acerta.

Última Hora, 27/10/1959

Carlos Drummond de Andrade

Eu nunca tinha visto Carlos Drummond de Andrade. Eu o amava, mas nunca tinha visto. Meus amigos, todos eles já o tinham visto e alguns eram seus amigos. Uma vez lhe telefonei, pedindo licença para musicar uns versos seus; licença que ele me deu correndo, encurtando a conversa. Depois, quando estive mais doente, lendo seu livro de crônicas *A bolsa e a vida*, porque suas crônicas me fizeram prazer ou, simplesmente, porque eu estava doente, mandei-lhe um bilhete, contendo meu carinho, onde, é bem possível, havia, houvesse, discretamente, inconscientemente, disfarçadamente, as minhas despedidas. Sei lá, tudo o que dizia naquele tempo era adeus.

Mas domingo, de tarde, eu passava por Ipanema quando vi Carlos Drummond de Andrade. Ia pela calçada da praia, andava, parava, andava de novo, com uma pressa enorme de não sair do lugar.

Parei meu carro, apeei-me e caminhei até ele, estendendo-lhe a mão:

— Eu sou Antônio Maria e tinha uma vontade enorme de conhecê-lo... — Fui por aí, feliz e humildemente.

O poeta, como todos os homens decentes, ficou muito encabulado. Mas eu entendo como é aflitivo conhecer mais uma pessoa. Ser conhecido por mais uma pessoa. A vida tem um dia em que a gente diz: "Chega, vou parar aqui. Mesmo que seja no prejuízo". E não compra o segundo cacife. Ademais, a minha humildade era ameaçadora. Drummond tinha todo o direito de imaginar: "Ihhh, esse homem é capaz de se meter

em minha casa! Quem sabe, um dia, irá me telefonar. Ihhh...".
A minha presença é, em si, desagradável. Eu seria, pela aparência, o homem que se meteria em casa de Drummond e lhe perguntaria com a mais ingênua agressividade:

— Drummond, entre Verlaine e Rimbaud?

Ou, então:

— Drummond, você não acha que Vinicius de Moraes já foi mais Vinicius de Moraes?

E quem sabe eu perguntasse:

— E se você fosse à Lua e pudesse levar três pessoas, que pessoas você escolheria? Olha, família não vale, Drummond!

O poeta Drummond é o homem que se porta com perfeição no primeiro encontro. Timidamente, com aquela cara de quem deseja, com toda razão, que seja o primeiro e último. Drummond, como toda pessoa psicologicamente equilibrada, acha que todo primeiro encontro deveria ser o último.

Que maravilha haver ainda gente que se dê ao respeito! Não sei de ninguém que se dê tanto ao respeito quanto Carlos Drummond de Andrade! Com a mulher, os filhos, os netos, pode (e deve) ser um tarado. Mas as outras pessoas, os intrusos, os aparteadores de suas caminhadas pela praia, com esses, todo retraimento é pouco.

Quanto a mim, poeta, ganhei meu dia. A frase tem que ser esta, desculpe: ganhei meu dia. Tome um abraço.

O Jornal, 03/07/1963

Canção de homens e mulheres lamentáveis

Esta noite... esta chuva... estas reticências. Sei lá.

Quem seria capaz de abrir o peito e mostrar a ferida? De dizer o nome? De lembrar, sequer lembrar, o rosto?

Quem seria capaz de contar a história? De chamar o maior amigo, ou melhor, o inimigo, e dizer:

— Eu estou me sentindo assim, assim, assim...

A humanidade está necessitando, urgentemente, de afeto e milagre. Mas não sabe onde estão as mãos nem os deuses. E, quando souber, vai achar que as mãos e os deuses são de mentira. Os olhos de todos estarão cheios de medo, os olhos das jovens raparigas, os olhos, os braços, o ventre e as pernas das jovens raparigas, receosos de pagar com os quefazeres do sexo.

Nesta noite, com esta chuva, as jovens raparigas não são importantes. Apenas uma tem importância. Mas quem seria de todo livre e descuidado a ponto de dizer o seu nome? De pensar o seu nome?

— Você diria em público o nome da amada? E suportaria ouvi-lo? Não, não, o nome dela, em sua boca ou na dos outros, é tão proibido como sua nudez (dela). Não há diferença.

E por que você não se transforma no homem banal, que se encharca de álcool, para apregoar a desdita? Seria mais fácil. Talvez alguém lhe chamasse de porco e você revidasse com um soco no rosto. Um só rosto, de todo o gênero humano. Viria a polícia, que simplifica tudo, generalizando. E tudo se transformaria em notícia: "Preso o alcoólatra quando injuriava e agredia a família brasileira, na pessoa de um sócio do Country".

Há poucos minutos, em meu quarto, na mais completa escuridão, a carência era tanta que tive de escolher entre morrer e escrever estas coisas. Qualquer das escolhas seria desprezível. Preferi escrever, uma opção igualmente piegas, igualmente pífia e sentimental, menos espalhafatosa porém. A morte, mesmo em combate, é burlesca.

Uma pergunta, que não tem nada a ver com o corpo desta canção: quem saberia discriminar o ódio do amor? Ninguém. Os psicologistas e analistas têm perdido um tempo enorme.

Ontem à noite, voltando para casa, senti-me espectador de mim mesmo. E confesso que, pela primeira vez, não me achei a menor graça. Saíra pela primeira vez de óculos e o porteiro do edifício me recebeu com esta agradável pergunta:

— Que é que houve? O senhor está mais velho?

Tirei os óculos e, fitando-o, esperei as desculpas. Mas o homem continuou:

— O que é que houve? De ontem para cá, o senhor envelheceu.

Tinha pensado que, sem os óculos...

Não estou escrevendo para ninguém gostar ou, ao menos, entender. Estou escrevendo, simplesmente, e isto me supre. Contrabalança, quando nada. Esta noite, esta chuva — e poderia escrever as coisas mais alegres esta noite. Neruda, coitado, as mais tristes.

Só há uma vantagem na solidão: poder ir ao banheiro com a porta aberta. Mas isto é muito pouco para quem não tem sequer a coragem de abrir a camisa e mostrar a ferida.

O Jornal, 09/10/1964

Barata entende

Nesta casa, quando vim para cá, havia muitas baratas. Grandes, lentas, parecidas umas com as outras. Eram vistas à noite saindo da cozinha e passavam por mim, muitas vezes, aos pares, como as mulheres amigas que passeiam conversando.

Havia uma que não se juntava com as outras e era diferente. Um pouco mais clara, talvez. Mais alazã. Essa, quando eu estava escrevendo, se punha defronte, em cima da *Antologia poética*, de Vinicius de Moraes, e ficava me olhando. A princípio, a testemunha, a vigilância, sua simples presença me causava um certo desconforto. Depois, já não me fazia o menor mal. Ao contrário, quando parava para pensar, fitava-a e as ideias me vinham mais depressa.

Uma noite, demorou a aparecer e, enquanto a esperei, confesso, não estive sossegado. Imaginei que lhe houvesse acontecido alguma coisa. Tivesse comido um pó errado. Encontrado uma dessas gatas lascivas, que matam as baratas aos pouquinhos, brincando com elas. Só sei que, quando levantei os olhos e a vi, outra vez, em cima da *Antologia poética*, não contive o grito:

— Onde é que você andava!?

A barata desceu do livro e começou a caminhar, na direção do banheiro. Parou, na porta, e voltou-se para mim, como que pedindo que a seguisse. Não me custava nada. Era a primeira vez. No banheiro, no canto onde se guardavam as vassourinhas e o desentupidor, parou. Ficou parada. Com um ar de "olhe para isso". Lá, havia um pó amarelo, que a cozinheira, sem me consultar e absolutamente certa de que estava prestando um grande serviço, comprara. Eu precisava fazer qualquer coisa para minha barata saber que não era eu, que não fora eu, que não seria eu, nunca...

Abaixei-me e, quando ia começar a varrer o veneno, descobri que a pobrezinha, antes, tinha ido no pó. Estava com as patinhas e a boca sujas de amarelo. Além disso, já se punha mal nas pernas. Ia morrer, como de fato morreu, minutos depois, erguendo-se sobre o traseiro e caindo, pesadamente, de barriga para cima. Então, eu lhe gritei, com toda voz e toda inocência:

— Olha, barata, não fui eu, não!

No dia seguinte, porque as outras não me interessavam, ou temendo que viesse, um dia, a me interessar por outra, telefonei para Insetisan e pedi que mandassem dedetizar a casa.

O Jornal, 10/11/1962

Do diário (sábado, 10/10/1964)

Já esperava. A continuação da chuva iria trazer uma porção de lembranças. As que envelhecem.

Chovia assim quando fizemos a casa. Eu não tinha a menor ideia de como se fazia uma casa. Ensinaram-me.

Com um barbante, desenha-se no chão o formato da casa. Depois, na linha do barbante, cavam-se os alicerces. Sobre os alicerces, levantam-se as paredes. Depois é só fazer o telhado e cobrir o chão com lajotas. Caiam-se as paredes e pintam-se as janelas de azul. A casa fica linda e todas as pessoas se beijam. As mais íntimas na boca. Então, faz-se a cerca de casuarina e plantam-se os coqueirinhos do derredor da casa. Compram-se os móveis, a geladeira, as roupas de cama e mesa, as louças, os talheres e as redes. Aí, habita-se a casa. Com as melhores intenções. Feito isto, a família se reúne e todos se olham, com os olhos em brasa.

As redes ficam no terraço, vazias. Os peixes pulam na água para divertir as crianças, crentes que elas ainda estão.

Continua chovendo. A cal das paredes escorre sobre os canteirinhos de marias-sem-vergonha. O azul das janelas esmaece. Quem passa ouve vozes lá dentro. São fantasmas cantando uma canção que não viveram: "Somente nós/ Nós dois, nosso amor e a vida".

Triste de quem tem memória. Envelhece antes do tempo. Chora sem ter de quê (pobre chora à toa). Dramatiza tudo.

Continua chovendo. Uma chuva que se adensa nos corações e a eles lembra o que era para esquecer.

***

Chovia igual a hoje quando fomos ver a casa onde viveu Van Gogh. Auvers-sur-Oise. O domingo cinzento. A praça. As mulheres passando para a missa. A caminho do cemitério, uma velha igreja, onde fomos fotografados "sorrindo para a nossa objetiva". O cemitério e, lado a lado, Théo e Vincent. Algumas flores mortas. Além, o muro e o trigal, onde o artista se matou.

Voltamos à casa. O pequeno quarto onde Van Gogh dormia dava para um muro cinzento e sujo. A cadeira. Aquela cadeira que ele pintou tantas vezes.

Eu e Cícero Dias. Cícero, lendo um jornal, ria sem parar, porque um *casque bleu* tinha sido comido, via oral, por um africano. Levantei-me e pedi à *patrone* que me vendesse três fotografias em cores. Ela começou a rir. Em meu triste francês, tinha lhe pedido três fotografias "em cólera".

Voltamos a Paris, no anoitecer. Chovia igual a hoje e o porteiro do hotel me esperava com um telegrama. De amor ou de morte? De amor. Aquele amor de que se fez a casa, desde o barbante que lhe desenhou o formato.

Recebo uma cartinha de dona Diva, a voz que chama, a mão que se estende em meus momentos suicidas: "Soube ter estado você doente. Fico muito cuidadosa, sabendo você aí, tão sem mim. Rogo, encarecidamente, quando se sentir doente, vir se tratar aqui. Os médicos são seus amigos de infância e sua velha mãe, também, sua enfermeira de infância".

Mentira, dona Diva. Minha saúde é tanta que a farmácia aqui da rua Fernando Mendes foi à falência. Tinha sido aberta em minha intenção. Muitos beijos.

Nota do cronista: Aos leitores desta crônica, peço não me perguntarem se ando triste ou se, ao escrevê-la, estive triste. Há uma grande confusão entre seriedade e tristeza. Eu me considero um homem sério que encontra graves dificuldades para viver num mundo onde é preciso fazer graça. Triste é aquele que conta anedotas.

O Jornal, 13/10/1964

Dia das Mães

Todos cantam suas mães, também vou cantar a minha. Nunca fui de cantar ninguém, mas minha mãe, com licença, tenho direito.

É uma mãe melhor que as outras, que faz empadas de camarão e pastéis de carne melhor que as outras. Para mim, ao menos, foi sempre melhor que as outras. São tantas, as mães dos outros, e a minha uma só! Pois bem, sozinha, sendo as outras tantas, me quis sempre mais bem do que todas as outras juntas.

Sou mais velho que ela. Quando ela nasceu, eu tinha já oito anos. Eu a vi chorando muito, com o rosto dentro das mãos. Minha irmã Conceição tinha acabado de morrer. Eu fui por detrás, covardemente, beijei-lhe os ombros e os cabelos. Era o meu primeiro gesto de amor sentido, consciente e, dele, e nele, nasceu minha mãe, em 1929, numa casa térrea da avenida Riachuelo, com oitão livre para a rua da Saudade. Dali por diante, ficou mudamente entendido que, além de eu ser filho dela, ela era também minha filha.

O velho Rodolpho (que lhe respeitem o "ph") de Albuquerque Araújo, pai dela e, por conseguinte, meu neto, foi, até sua morte, o homem mais respeitado de Pernambuco. Dos usineiros e donos de terras era o único, na realidade, culto e liberal. Os Azevedo (da Catende), os Pessoa de Queiroz (de Santa Teresinha), os Siqueira Santos (da Estreliana), os Coimbra (da Central Barreiros) e os Colaço (da Caxangá) olhavam para ele de baixo para cima. Tonico Ferreira, de Pirangy, que morreu antes do desgosto de ser meu sogro, homem bravo, lúcido, de exuberante vitalidade, ia sempre se assossegar nos terraços de Cachoeira Lisa. Olegário Mariano, que era mocinho, queria-o quase tanto quanto ao pai, Zé Mariano. Pois bem, foi esse homem que à minha mãe ensinou francês, latim e bondade.

Nunca fez (minha mãe) dengues comigo. Bondades, todas. Tratou-me de impaludismo, de dor de garganta e de furunculoses. No tempo certo, me deu o cavalo, a bicicleta, e depois, já pobre, completou o dinheiro do meu primeiro automóvel. Surra mesmo, deu-me uma. Não tinha razão, mas devia estar tão só por dentro que me bateu. Foi fácil, não só por ser permitido aos pais bater nos filhos, como também por ser ela, na época, maior que eu. Esquecer não esqueci, mas perdoei e nunca bati nela, mesmo depois que fiquei maior.

Sempre lhe dei muito trabalho. De manhã, para sair da cama e ir para o colégio. De noite, para sair da calçada, lavar os pés e ir deitar. Na mesa, almoço e jantar, para comer um pouco menos. Para estudar, para aprender piano (nunca aprendi), para fazer os deveres de aritmética. Para não beber vinho, já aos dez anos. Para estar em casa nas aulas de francês, de Mlle. Strobel. Para tomar óleo de rícino, ao primeiro sinal da febre terçã. Depois, quando fui ficando rapaz, para não andar com Fernando Lobo, na companhia dramática de Fernando Lobo. Para não viver metido no Cabaré Imperial, com o hoje arquiteto Gauss Estelita. Para não dormir fora, mesmo que fosse só. Para não beber, para não brigar, para não sofrer.

Quando eu ia preso e só chegava em casa no dia seguinte, vinha, com jeito, afeto, receio, curiosidade, e perguntava:

— Onde passou a noite?

— Com uma francesa... — respondia eu, para que ela não soubesse que, mesmo sendo meninote, ninguém estava livre da polícia covarde do Recife, chefiada por Etelvino Lins e ministrada por dois lorpas formados em direito, de nomes Fábio

Correia e João Roma. Minha francesa tinha sido o chão urinado de uma cela, em companhia de ladrões e assassinos.

Dei-lhe muito cuidado, em rapazinho. Dou-lhe ainda, ao pensamento, quando imagina que me possam fazer uma malvadez. Mas nunca mais lhe levei, pessoalmente, as minhas aflições. Quando a visito, levo-lhe minha coragem, minha possível alegria, meu coração adolescente de filho mais velho que a mãe, que já viu mais coisas que a mãe, que já teve mais esperanças que a mãe. De homem provado pelo ódio e pelo amor, amargos ambos, cujo gesto encoraja e a palavra descansa.

As lembranças se agitam, dentro e fora de mim, neste quarto onde escrevo. Paisagens, homens, vozes, flores, mugidos, canaviais, rios, moendas, cana-caiana, todas as canas, homens no eito, roçados de mandioca, casas de farinha, cantigas. E o trem passando, ao longe, com as janelas iluminadas. O som, o cheiro, as luzes e o tamanho do trem passando. Lembranças. É preciso contê-las. É necessário contê-las.

Então, mãe, ao fim de tudo, um recado. Gosto muito de você. É uma confissão muito séria, esta. De amor, pelo menos, é a mais direita. E só a fiz, até hoje, a duas pessoas. Você e outra. Gosto muito de você. Muito.

Nota do cronista: Este cronista, pessoa muito desorganizada, principalmente como filho, pede a você, leitor, que recorte este escrito, coloque-o em um envelope e mande para Diva Araújo de Moraes — Rua Amapá, 72, Espinheiro, Recife.

Última Hora, 13/05/1961

Frases de uma revolução

Em minha terra, permanentemente, espera-se uma revolução. Há uma atenção muito grande para o que dizem os jornais, os discursos, as viagens dos políticos, as entrelinhas dos artigos, certos movimentos de tropas e conclaves estudantis. Basta, por exemplo, um tiro de guerra ir acampar a uns poucos quilômetros do Recife para que o dono da casa chegue, na hora do jantar, um tanto ou quanto sobressaltado e diga à esposa e aos filhos que as coisas não andam bem. A despensa está sempre preparada, com feijão, farinha e carne do Ceará, para o que der e vier. O estouro de um pneu corta a conversa da família, provoca entreolhares, comentários e temores, principalmente quando parece vir do quartel do Derby ou das bandas do palácio das Princesas. A festa de Nossa Senhora do Carmo, padroeira da cidade, deu margem a que, todos os anos, houvesse um grande tiroteio entre exército e polícia. Era normal passar um estudante correndo a intranquilizar a rua Formosa, aos gritos de "é bala, é bala!". A morte de João Pessoa pôs os quartéis de prontidão e derramou algumas tropas embaladas, nas ruas do Hospício e Riachuelo, nas cabeças das pontes e em toda a volta do Palácio. Depois, na missa do sétimo dia, os estudantes e o povo reagiram à passagem dos carros blindados da polícia de Eurico Souza Leão e houve luta de meia hora, entre povo e soldados, estes com fuzis e metralhadoras e os paisaninhos com pedras e paralelepípedos. Logo depois, estourou a revolução, verdadeira farra de lenços vermelhos. Setenta e duas horas de tiroteio cerrado, sangueira nas ruas, fuga de Estácio no rebocador que tinha seu nome, incêndios nas casas dos perrepistas e, no fim — o que foi bonito —, o povo armado de cacete na praia da Piedade, à espera do navio que, segundo o boato de um fim de tarde, viria, sob as ordens do general Rapa Coco, bombardear a cidade. As mulheres e as crianças saíam para os arredores, enquanto os pais de família e os rapazes entrincheiravam-se na praia. Foi uma noite comprida e de muitos sobressaltos. As notícias eram cada vez mais alarmantes, até que o dia clareou e o povo voltou às ruas em passeata, quando se divulgou que o navio de Rapa Coco desistira de lutar contra os pernambucanos, armados de cacete, que o esperavam para um ajuste de contas na Piedade. Em seguida, veio a revolução de 31 (certame local), que pretendia depor o Lima Cavalcanti e instalar um governo comunista extra-Lênin, que se chamava, salvo engano, Pedro Calado. A luta foi de uma margem para outra do Capibaribe, com ninhos de metralhadoras nas cumeeiras dos sobrados da rua da Aurora e no forro da Igreja dos Ingleses. Dois dias e duas noites, a bala cantou no telhado, cravou os postes e deu a todas as paredes do casario — quando cessou o fogo — um aspecto de menino que teve varicela. A Brigada Militar, que seria, mais tarde, famosíssima pelo seu orfeão, dominou o levante, abatendo as tropas revolucionárias do exército. Depois, houve a revolução comunista de 1935, com o levante do quartel de Socorro, a marcha para o massacre do Recife e a grande luta na ponte de Afogados, quando a Brigada abateu outra vez os revoltosos, derramando uma sangueira imensa no Largo da Paz.

A prova de que todas essas lutas não nos apanharam de surpresa é o fato de não ter faltado comida, lá em casa, durante todos os choques armados. Daí eu ter guardado as frases de uma revolução. Todo pai de família de Pernambuco, de janeiro a janeiro, dizia coisas assim: "Minas está pegando fogo", "Espera-se qualquer coisa", "Há um movimento estranho na porta do quartel do 21", "Esta ida do tiro 333 a Olinda está me cheirando a sangue real", "A posição de Carlos de Lima é delicadíssima", "Não se deve dizer nada antes que Juarez se pronuncie", "O discurso de João Neves será o sinal de fogo", "Esse negócio de comunismo quer dizer saque, defloramento e depredação das igrejas", "Eu não tomarei nenhuma atitude sem ouvir o padre Félix Barreto", "Quem não vê logo que Costa Rêgo e Chateaubriand são dois comunistas dos mais exaltados?", "Se João Pessoa fosse vivo...", "Nós estamos precisando é de uma ditadura militar", "O responsável por tudo isso é Ramos de Freitas", "Nossa posição deve ser a mesma de 1930", "Fala-se na volta de Estácio", "Se o negócio estourar, Lima Cavalcanti estará de manga de camisa e metralhadora em punho, no quartel do Pátio de Paraíso", "A aliança de Minas e Rio Grande é a garantia de Getúlio", "Esse país só vai pra frente se Osvaldo Aranha tomar conta dele"...

Eram essas e uma centena de outras as frases dos movimentos revolucionários de Pernambuco. Guardei-as na lembrança porque acreditava nelas e delas vivi, com os olhos espantados, confundindo o espocar de um foguete com o tiro de mais uma intentona. Hoje que elas ficaram vazias, são apenas lembranças das conversas dos meus tios, do medo das minhas irmãs, da despensa da casa de minha avó, onde havia de quarentena para o que desse e viesse comida de sobra. Minha avó era de pouco dizer (e é ainda) e, numa conversa sobre movimentos revolucionários, só dizia isso: "Se Dantas Barreto fosse vivo, vocês iam ver...".

Apesar do tempo longo que passou, minha gente existe, politicamente, como existiu de 1930 a 1937. Na última carta que me mandou, dona Diva — minha mãe —, muito preocupada, perguntava: "Você vê a possibilidade de um novo golpe de Getúlio? Em casa de Júlio, só se fala nisso".

Pois olhe, dona Diva, aqui só se fala na renovação do contrato Ademir-Vasco da Gama.

Revista da Semana, 22/05/1954

O caso das vitrines

Às três e meia da madrugada, creio que na avenida Copacabana, duas jovens arrombaram uma vitrine e estavam "adquirindo" alguns artigos para senhoras, quando foram presas e levadas ao 2º Distrito. Flagrante. Crime inafiançável. Uma era clara e a outra não. A clara não tinha mais que dezessete anos e se perdera com treze, por amor a um tal Baianinho que, há um ano ou dois, se suicidou na penitenciária. A que não era clara chorava como uma desvalida. As duas já tinham subido ao cartório onde o escrivão iria ouvir os seus pecados. Meia hora depois, chegava uma mocinha descorada, com cara de frio e de sono, trazendo nos braços uma criança da quatro meses. Uma linda criança. Era irmã da clara e tia da criança, que era filha da clara. O diálogo foi exatamente este:

COMISSÁRIO — Sua irmã foi presa em flagrante e está depondo.

MULHER — O que foi que ela fez?

COMISSÁRIO — Roubo.

Na plateia, todos reagimos como se a ladra fosse irmã de cada um. Todos descobrimos que isso de sermos todos irmãos é um pouco verdade.

MULHER — Mas, doutor, ela sai hoje?

COMISSÁRIO — Vai demorar muitos dias.

MULHER — E a menina?

COMISSÁRIO — A menina, você, que é tia, toma conta.

MULHER — Mas eu trabalho o dia todo.

COMISSÁRIO — Se não houver mesmo quem cuide dela, eu levo para minha casa.

Uma menininha de quatro meses, toda bonitinha, vestida de lã pobre, com os olhos piscando de sono. Todos a achamos digna de uma mãe melhor. Mas ninguém disse nada, porque geralmente ninguém diz nada e, às vezes, nem pensa nada. A gente sente os acontecimentos muito antes de transformá--los em linguagem.

E enquanto sofríamos o caso da menina, entrou mais uma mulher, trazendo outra criança. Não era bonita como a primeira, mas tinha só dezessete dias de nascida. Viera para ser amamentada. Sua mãe era a outra ladra. A escura. Mais uma vez, não dissemos nem pensamos coisa alguma e sofremos, sem linguagem, a realidade vigente.

O Globo, 13/05/1957

Pai exemplar

Amanheci o dia de São Sebastião olhando, da barca de Niterói, a cidade do Rio de Janeiro. A cidade transfigurada, pela manhã cinzenta e úmida. De cara fechada.

Eu também. Minha cara, que já não é bonita, devia estar fechada. Pelo sono, pelas preocupações de chegar e botar a vida em dia. Começar a bater máquina assim que tocar com o pé em casa, para apressar o trabalho que desandou com o fim de semana.

Algumas famílias desceram dos seus automóveis para ficar bem na frente da barca, olhando a baía. Os barcos que cruzavam. Os botos que brincavam (como sempre) comboiando a viagem. Foi aí que um pai de família me chamou a atenção para a maneira com que tratava a filhinha, dos seus dois anos. Pegava a menina nos braços e dizia:

— Vou te jogar na água!

E balançava, balançava a pobre menina, rindo muito, o pai. A menininha, muito pálida, assim que saía dos braços paternos, corria para os da mãe e escondia a cabeça nas saias da jovem senhora, parecendo querer voltar às origens. Então o pai ia buscá-la, outra e outra vez, e recomeçava tudo. Balançava, balançava...

— Vou te jogar na água!

A menina, cada vez mais pálida, abria muito os olhos, aterrorizada. A mãe disse uma vez, em voz alta, para justificar, perante uma plateia revoltada, os justos medos da filha:

— Olha aqui, essa menina hoje não está no seu normal.

E lá vinha o pai, pegava a filha (agora, pelos pés) e balançava, balançava... Até que a menina, com os olhos muito abertos, começou a enjoar.

— Não disse que ela não estava no seu normal? — observou a mãe. Foi quando o pai a levantou bem no alto e começou a balançá-la, dessa vez com mais força.

A coisa chegou a um ponto que, se eu tivesse saúde, teria saído do meu lugar e brigado, na mão, com aquele pai inconsciente e chatíssimo. Aos vinte anos, a menininha não irá poder ver um copo d'água à sua frente, porque o estômago lhe dará voltas. Porque verá, no fundo do copo, a mãe-d'água chamando para afogá-la. Irá a um psicanalista, passará quinze anos a contar-lhes histórias e mais histórias, até um dia se lembrar de que, quando era pequena, a gracinha do pai era fingir que ia afogá-la na Baía de Guanabara. E então o psicanalista irá fazer a interpretação de sempre: "Você nutre uma constante agressão contra seu pai".

Chegamos, felizmente. Meu carro foi o primeiro a desembarcar. Mas atrás de mim ainda ouvi o choro da criança, o pai dizendo que a menina iria crescer sem medo de água e a mãe, com a voz muito arrastada, a observar que a pobrezinha não estava no seu normal.

O Jornal, 22/01/1964

O maltrapilho

Nunca me preocupei com a minha aparência física, pois sei que sou maltrapilho de nascença, mesmo quando estou de roupa nova. E tenho tido várias provas disto, sem nunca ter pensado em trocar de alfaiate ou de penteado.

Há pouco tempo, quando tive que ir a duzentos médicos, quase todos, com bondade, procuraram descansar-me a respeito da conta. Quando foi preciso internar-me, perguntaram-me sempre se eu podia ou não pagar. É que o estado das minhas roupas era ainda mais grave que o do meu coração.

Uma tarde, em Paris, sentei-me para tomar um copo de vinho e ler os jornais. Daí a pouco ouvi que, na mesa em frente, estavam falando de mim. Interessei-me. Encantei-me. Quem sabe seria um começo e, dali em diante, toda Paris só falaria em mim? Mas não. Quatro ou cinco pessoas que não tinham nada o que fazer se distraíam em palpitar sobre quem eu era. Mecânico, pintor, eletricista. Nessa altura, num gesto irrefletido de defesa, procurei melhorar a posição da gravata. Foi pior. Uma das pessoas garantiu que eu era veterinário e duas outras concordaram. Uma, que se tinha mantido calada, achou que um deles devia levantar-se e vir saber de mim, quem e o que, na realidade, era eu. Apostariam cem francos (antigos) cada um.

Tremi. Chamei o garçom a toda pressa. Paguei. Saí correndo. A rua estava fria e eu era livre. Livre, o meu eterno segredo.

Jamais me permitiria a imodéstia de revelar o que, realmente, sou — um santo. Meus olhos são velhos e minha roupa é triste.

O Jornal, 08/03/1963

Canto fúnebre

"Romeu apagou...", veio dizer um garçom com certo respeito à bebida que derramava em nossos copos e com um grande medo de estragar a festa.

Romeu era somente chofer. Pernambucano de rosto largo e vermelho, gostava de dizer umas coisas suas: "Trabalho de noite porque de noite os homens são mais irmãos". E, saindo dali, me levava para suas velhas saudades do Recife: rua do Queimado, Pátio do Terço — era o que havia de mais nítido em sua lembrança acariocada por vinte anos de Rio de Janeiro. Perguntava, também, por Nascimento Grande, figura lendária da valentia nordestina, como se perguntasse por um dos meus colegas de colégio. E, assim, falávamos dessas coisas inúteis, quando nos víamos, de noite, pelas calçadas do Vogue. O tempo de vida que esse homem teve foram madrugadas e está enlaçado à vida dos bêbedos de bem desta cidade. Quando a noite acabava e um herói saía cambaleando, o táxi de Romeu encostava. O bêbedo entrava de olhos fechados e só ia saber de si no dia seguinte. Romeu sabia onde moravam todos os tomadores de uísque do Rio. Levava-os fora de si e só cobrava quando os visse outra vez, na mais santa e completa lucidez. De madrugada, se a gente estava em casa, trabalhando ou doente, e os cigarros faltavam, era só telefonar para o Vogue e pedir que mandassem Romeu trazer cigarros, sanduíches, o que se quisesse. Foi um vigilante e assíduo plantão noturno. Sabia de tudo e, principalmente, dos amores de todos. Sua boca nunca se abriu uma vez para enredar. Antes, justificava os desvairos dos outros, achando que a culpa não era de ninguém, era dos luares e das marés. Uma vez, não sei o que foi que ele viu, não sei que passageiros conduziu no fundo do seu táxi. Só sei que chegou perto de mim com um ar muito desanimado e confidenciou:

— Tá tudo endoidando.

Quis saber dos nomes e me respondeu, em tom de carão, com uma autoridade de conterrâneo mais velho que lhe ficava muito bem:

— Não te mete nisso!

Romeu apagou. A saudade desse pernoiteiro talvez não vos empolgue. Era somente chofer. Como era de se esperar, as noites vão continuar do jeito de sempre e as madrugadas voltarão coradas na hora do brio dos homens. Mas faltará um táxi à porta do Vogue. O táxi onde o freguês entrava e, sem dizer nada, dormia e, sem dizer nada, deixava para pagar quando Deus desse bom tempo. Romeu baixou a bandeira de vez e dobrou a esquina da primeira nuvem, rodando a quilômetro.

Diário Carioca, 23/12/1953

Happy birthday

O aniversariante esperou a meia-noite para ver se alguma coisa lhe acontecia quando chegasse a nova idade. Já fizera anos algumas vezes, mas não assim, tantos... E ainda não pensara nisso de acontecer alguma coisa, de sentir uma transformação qualquer, no primeiro instante do ano a mais. Que fosse um novo gosto na saliva, uma impressão mais nítida e mais quente do conteúdo sanguíneo; ou, no espírito, uma descoberta ou outra dúvida. Queria sentir uma mudança qualquer. O aparecimento de mais uma ruga. Uma coisa nova, nem que fosse de velhice. E deu meia-noite. E ele tomou nos pulmões o primeiro ar do primeiro minuto. Não sentiu diferença. Era o mesmo, também, o gosto de sua boca. Olhou as mãos. As mesmas, cheias de sinais. E, no espelho, o rosto resignado estava igual ao da última idade. A substituída.

Então, por quê? Em que dias teriam envelhecido a boca, os olhos e o pescoço? E quando os ombros e o peito? Tinha sido aos poucos e sempre, de instante em instante, como uma montanha que o vento e a chuva envelhecem, de areia em areia.

O homem se desinteressou então pela idade nova. Queria sentir alguma coisa quebrar-se dentro de si, ou criar-se, com um pouco de dor, como devem doer todas as coisas que começam e que acabam. Que um cabelo branco saltasse do penteado, como que nascendo de um gosto da eternidade!

Ei-lo, tal qual era, havia poucos minutos, sozinho na casa em que todos dormiam descuidados. Veio-lhe uma preocupação menos séria. Alguém o estaria lembrando? Mesmo sem saudade ou alguma outra ternura, alguém estaria pensando em sua vida? Isto já não lhe era de muita importância, porque se habituara ao esquecimento dos outros. Gostaria de saber por saber e, talvez, para retribuir quando pudesse. Depois, livrando-se desta preocupação mais frívola, pensou muito seriamente em que, quando chegasse aos quarenta anos, já seria um velho muito velho. E pediu, falando baixo, que Deus lhe preservasse o espírito, para que dele pudesse viver. Que as coisas não deixassem de acontecer dentro de si, mesmo quando quase tudo lhe fosse negado no mundo em volta. Em seguida, ergueu a cabeça e fitou o céu. E sentiu o quanto era misterioso haver uma consciência de homem à qual as estrelas pudessem chegar, como a um lago. Saiu andando, feliz. Havia aniversariado.

O Globo, 20/03/1957

Insônia

Há um momento, na insônia, em que o homem sente o silêncio cair. É quando o bonde da madrugada enfraquece, na distância, o ranger do seu ferro e, depois, fica sem som. Não se tem coragem de olhar o relógio, tal é o medo da imobilidade do tempo.

O que é a insônia? Não sei. Ou sei da minha, que é um estado de espera. Se estou esperando alguma coisa, não consigo dormir. Não adianta o silêncio, todo o silêncio da vida, porque o meu cérebro range como uma usina. Porque cada pensamento meu é clamado num grito lancinante. Então, quando passa o bonde de ferro, o silêncio que cai sobre mim, o silêncio da rua e do mundo agrava mais ainda a angústia de estar só e de precisar de alguém.

Ando no quarto. Releio os jornais da manhã e da tarde. Abro uma página de Baudelaire: *"Que m'importe que tu sois sage?"*. Depois: *"Je t'aime surtout quand la joie/ S'enfuit de ton front terrassé"*. É engraçado. Qualquer poeta que você leia em uma noite de insônia diz uma coisa que você podia ter dito, ou diria, um dia, se vivesse muito tempo. Largo o livro e espicho-me na cama. Olho o telefone. Não custava nada que alguém me chamasse. Mesmo que fosse aquele conhecido, a quem mando dizer, invariavelmente, que não estou. Mesmo que fosse a voz do bêbedo da madrugada e me dissesse, com maus modos: "Ah, não é para si, não". Não. O telefone está calado e cada buraco do discar é um olho fixado em mim, um olho estúpido, policial, igual aos dos homens que julgam.

Faço-me, subitamente, uma pergunta: "Será que estou com saudade?". A mim, não envergonha sentir saudade. Saudades, sim, no plural, é imbecil. O que eu não gosto é da palavra. Tão estalada e inexpressiva que não existe nas outras línguas. O que eu sinto, quando alguém me fala, é dor. E dor, a dor verdadeira que a gente detesta, que a gente gostaria que passasse logo, essa não tem sinônimo.

Todos os poetas de segunda fizeram versos sobre a palavra "saudade".

A noite se arrasta. Eu sei a velocidade do som e a velocidade da luz. Não sei a da insônia. Sei que é lenta e, se conseguisse fitar durante uma hora o ponteiro grande de um relógio, convencer-me-ia de que o tempo é imóvel.

Não sei de muitas coisas, quase todas não sei. Por exemplo: "De que tamanho é o amor?". Não sei. Sei que a vida é pequena, ou que minha vida já é pequena para viver a minha felicidade.

São três e meia. Faz duas horas que são três e meia. Um pálido clarão desponta no céu, em cima do mar. Daqui a vinte minutos será dia claro. Um novo dia. E minha vida será ainda menor... E no relógio serão ainda três e meia.

Última Hora, 05/08/1961

Considerações sobre o sono

A pessoa que dorme está inteiramente só. *** Quando o homem dorme, o seu rosto se desmarca de todas as tramas e de todos os desgostos. *** Nada enternece mais uma mulher que o rosto do amante, dormindo. Ela se debruça sobre a face do amado e descobre que eram simples palavras todas as valentias que ele lhe vinha dizendo ou dando a entender. *** É quando a gente se parece menos com os mortos... é quando se está dormindo. *** Quanto mais pobre, mais comovente o ser humano que dorme. *** No sono, a imobilidade das pessoas boas e confiantes é sempre desarrumada. *** Gente má dorme em posição de sentido. *** Cada travesseiro tem um lugar e uma importância definidos na vigência do sono. *** Não há nenhum abandono casual nas pernas, nos braços ou na cabeça de quem dorme, porque o corpo realiza, desde que haja espaço, sua única posição realmente confortável. *** Experimente descobrir, na mulher que dorme a seu lado, um ser infinitamente decente, muito além de sua capacidade de fazer-lhe uma razoável justiça. *** Quanta luz nos corpos despidos das mulheres claras! Seria uma demasia de requinte ou de louvação fazê-las dormir sobre lençóis negros? *** A mais leve carícia de sua mão sobre o corpo da amada que dorme poderá quebrar a solidão do sono e a tranquilidade da carne já não seria completa (contente-se com enternecer-se, sem tocá-la). Se for preciso despertá-la, que seja com ruídos aparentemente casuais. *** Ah, que intensos ciúmes, no passado e no futuro, sobre a nudez da amada que dorme! Só você a viu, só você a verá assim tão bela! *** Nas mulheres que dormem vestidas há sempre, por menor que seja, um sentimento de desconfiança. *** A amada tem sob os cílios a sombra suave das nuvens. Seu sossego é o de quem se habituou ao milagre. Seu ar é de quem vai ser flor, após o último vício e a última esperança. *** Um homem e uma mulher jamais deveriam dormir ao mesmo tempo, embora invariavelmente juntos, para que não perdessem, um no outro, o primeiro carinho de quem desperta. Mas, já que é isso impossível, que ao menos chova a noite inteira sobre os telhados dos amantes.

O Globo, 17/01/1956

Treze de agosto

Agosto, famoso pelas suas desditas, está dando para viver. Escrevo no dia em que se completa o primeiro terço do mês e, graças a Deus, nada de mau nos aconteceu. Nem a mim, nem a vocês, que eu saiba. Ao contrário, um sol glorioso abriu no céu e, no orfanato, mais felizes que nunca, as crianças estão cantando o seu imponderável "Hava naguila, hava".

Os amigos telefonaram falando de feijoadas, música e bebidas, antes, durante e depois. Que tudo continue assim, para que se quebre, de vez, a funesta tradição de agosto.

Para quem fala a linguagem pura da lógica, sou um supersticioso. Acredito em Deus, nos santos e, particularmente, em são Judas Tadeu, que me deu quase tudo que tenho e nunca me tirou nada. No mais, o número treze, os gatos pretos e o saleiro de mão para mão não me fazem a menor diferença. Acredito, é verdade, na força de certas pessoas. Isto sim. Não são muitas, mas há algumas que, com um simples olhar, derrubam um avião. Sei de um que, na rua onde passa, há sempre um atropelamento ou uma batida de graves consequências. Foi ele o único responsável por todos os prédios que ruíram aqui no Rio, por aquele tremor de terra até hoje sem explicação lógica ou científica.

Mas não há de ser nada. A vida é bonita, aos sábados. Agora mesmo, estamos fazendo as malas para sair do Rio. Ir saindo, sem saber para onde. Botaremos o carro na estrada e iremos em frente. Quem sabe, Juiz de Fora? É possível que cheguemos a Belo Horizonte.

Ficaremos onde houver vontade de ficar. Dormiremos na primeira cidade, onde ninguém nos conheça. Um sono imenso, até me crescerem as barbas, até voltar a juventude. Comeremos de todas as comidas proibidas, as gordas, as salgadas, as venenosas, se nos apetecerem.

Comeremos recostados, no espaldar da cama, com a bandeja nas pernas, achando graça em antigas aflições. Na mente, as ideias rascunhadas ficarão em sossego até segunda-feira, quando voltaremos ao Rio, para nosso encontro obrigatório com os contratempos. Recomeçaremos tudo com coragem, depois com fadiga, por fim com imenso desgosto. Até. A vida é muito agradável, principalmente aos sábados, quando não se tem mais nada o que fazer.

Mas ainda faltam dois terços de agosto. Que Deus nos ajude a todos! Hoje, por exemplo, é dia 13.

O Jornal, 13/08/1963

Ao povo mineiro no mundo inteiro

Aqui estou, 43 anos depois, com dois sulcos antipaticíssimos que me descem do nariz aos cantos da boca. Da cabeleira, restam as laterais e, lá no cocuruto, seis ou sete fios desfocados que resistem, inutilmente, às forças biológicas e morais que causam a calvície. O corpo, sem nada que se possa considerar bonito, está magro, ou atravessa uma fase de magreza, decorrente de desumanos cuidados alimentares. Aqui estou eu, depois do tempo, ainda pernambucano, agora cardíaco, preguiçoso como sempre, com forte tendência para o zen-budismo.

Você sabe o que é o zen, leitor? Vou tentar explicar-lhe, mas, antes contarei o que disse um meu amigo, reacionaríssimo, ao ouvir a palavra zen:

— Chega de comunismo! Os comunistas não se cansam de inventar coisas para acabar com o Brasil... — E concluiu: — Não me fale em nada que possa representar ameaça ao atual regime.

Outro, muito menos reacionário, repeliu (mais do que respondeu) minha pergunta dizendo, irritado, que "estava por dentro do zen-budismo pois frequentava uma aula de ioga em Copacabana" e, fitando-me com a inefável soberba da ignorância:

— Estou farto de intoxicações místicas.

Como se vê, qualquer explicação elementar do zen está fora do alcance de alguns dos nossos amigos e conhecidos intimoratos (todavia, cautelosos), que vislumbram, em cada palavra (para si) nova, um pouco de reforma agrária, alguma menção relativa à insegurança dos proprietários de imóveis e (por que não confessar?) uma certa reação acintosa ao cardeal d. Jaime Câmara. A esses vai ser difícil ensinar o caminho do *satori* (a iluminação), que é a razão de ser do zen, sem o qual não há zen. Mas os meus leitores, os de Minas principalmente, estarão preparados para a iluminação e chegarão sem fadigas ao face a face com o Buda, o Santo Ser, para que em nós (no caso, os leitores de Minas) se abram os olhos do espírito, desvendem--se novos poderes, para que saia de dentro de nossa carne a "certeza" de que a vida é um turbilhão de nascimentos, doenças, velhice e morte; ou, simplesmente, um vale de lágrimas. Nada disso, porque Nukariya nos ensina que a vida é o templo de Buda e não há um só motivo para que nos deixemos atormentar pela cólera e pelo ódio.

Em termos de zen, basta que você deixe de interpretar as coisas, de chamá-las por outros nomes. A vida é tal qual como ela se apresenta diante dos nossos olhos: a neve é branca e o carvão é preto. Vocês, em Minas, ao seguir o voo de um pássaro, não têm nada que ficar imaginando o pensamento, que espécie de pensamento haveria na cabecinha do pássaro. O pássaro iria pensar em quê? Ele voa, simplesmente. E isto, em si, não é bastante?

O zen desdenha da meditação e dos meditadores. Quando propõe qualquer meditação, é para tornar as coisas como elas são; isto é: a neve branca e o carvão preto. O sambinha brasileiro da bossa nova seria o único obstáculo intransponível, no caminho do *satori* (a iluminação), quando um Ronaldo Bôscoli diz em versos:

Era um pedacinho de carvão muito branco
No campo negro da neve

Ou tenta provar que o barquinho é o coração, deslizando na canção. Não, amigos de Minas, o barquinho é uma embarcação pequena, sem coberta, de uso proveitoso, nos rios e no mar, para a pesca e para os transportes a curta distância.

O exemplo do grande zen-budista é Garrincha. Este, podem ficar certos, goza a bem-aventurança do nirvana. Em sua mente, não há penas ou dúvidas.

Aqui estou, portanto, pela quadragésima terceira vez, careca, rubro-negro, cardíaco, preguiçoso, sentindo que Buda me chama, sem parar:

— Vem, Antônio! Vem para a grande surpresa de te achar!

Deverei ir? Com esse dólar de 1560 cruzeiros, deverei ir?

— Aguenta um pouquinho, Buda!

O Jornal, 17/03/1964

O louco da madrugada

Dificilmente um contador de histórias consegue limitar-se ao que viu e descrever o fato sem ajudá-lo, sem melhorá-lo, enxertando-o de um mínimo de detalhes necessários a uma crônica de efeito. O que vamos contar, porém, embora se preste a uma imensa colaboração imaginativa, é tal qual o que houve, o que foi visto e o que se pensou ou sentiu diante desta evidência: um homem nu, às duas e quarenta da madrugada, num dos dias em que novembro foi mais frio em São Paulo. Descíamos a rua Augusta para levar não sei quem não sei aonde. Mantínhamos fechados os vidros do táxi para evitar a friagem e a umidade da noite. De repente, essa coisa estranha que ainda é um homem inteiramente nu em pé numa calçada, fez-nos parar o automóvel.

Naquela semana, a polícia paulista andava quebrando lanças para prender um indivíduo a quem se atribui uma série de crimes praticados contra crianças, nos arredores da cidade. Esse raro exemplar humano, em sua desafiante nudez, fez com que o motorista e mais duas pessoas ao nosso lado se sentissem quase autores da descoberta e da prisão do criminoso. Deu um certo trabalho convencê-los de que seria um erro a atitude policial que pretendiam, porque, certamente, o homem tentaria fugir, se fugisse teria onde esconder-se e a história terminaria ali, deixando-nos apenas dúvidas e infundadas certezas. Ficou resolvido que, primeiro, deixaríamos não sei quem não sei aonde e voltaríamos, depois, para completar a aventura. E voltamos, ansiosos, ao local do homem nu. Era a calçada do número 396 da comprida rua Augusta. O herói, em vez de fugir, havia se deitado numa posição que nos parecia a mais tranquila e, certamente, lhe dava o máximo da comodidade: o cotovelo apoiado no chão e a cabeça escorada sobre a mão direita, as pernas cruzadas (a direita sobre a esquerda) e uma mão livre, para o que desse e viesse.

— O que é que há com você, irmão?

— Nada. É o calor que está insuportável.

— E o que é que você está fazendo aí?

— Me esquentando um pouquinho, depois vou cair n'água.

Ninguém achou graça e todos sentimos que era necessário fazer alguma coisa de útil. Seguir caminho, esquecê-lo dez minutos depois, talvez fosse fácil; mas seria desumano. Telefonar à polícia e acordar um comissário que providenciaria vinte guardas, seria arriscado sem, antes, explicar bem que se tratava de um doente e, por isso, a providência não era *prender* e sim *atender*. A polícia, porque convive diariamente com a miséria, age de um jeito só, fala com uma voz só, bate com uma força só no criminoso e no desgraçado, indistintamente. E compramos a tarefa de dar um jeito naquele homem:

— Por que o senhor não se veste?

— Porque minha roupa encolheu e não entra mais em mim... — apontando o montinho que seus trapos faziam no canto do muro. — Veja, ficou muito pouquinha.

— O senhor tem cigarros? — perguntei, arriscando um plano de persuasão. Não tinha, estava com uma vontade enorme de fumar e foi fácil convencê-lo de que, se vestisse ao menos as calças, poderíamos ir a um lugar onde havia muitos cigarros todos de graça. Afinal, entrou no carro e, enquanto o levávamos, contou sua história: Chamava-se G. P., nascera em Campinas, tinha 48 anos e era separado da mulher, que garantiu ser linda, morar em Santos e passar o dia inteiro na praia. Seus filhos eram três: um mágico, outro irmão marista e o terceiro russo. Odiava fazer a barba, principalmente quando não tinha com quê. Achava que o pneumático tinha sido uma grande invenção para os automóveis. A cor mais bonita que havia no mundo era o marrom e tudo na vida, com exceção do arroz, devia ser marrom. Se o sol nascesse somente de cinco em cinco anos, o dia do sol seria um feriado para que ninguém deixasse de assistir ao espetáculo.

Nessa altura, paramos no posto policial e pedimos a um guarda que nos dissesse para onde deveríamos levar G. P. Entendeu tudo, chegou quase a comover-se e veio, com um outro, ajudar-nos. Na polícia central, o subdelegado fez uma ficha, escrevendo com letras grandes e sublinhadas: DOENTE. Garantiu que tudo iria correr muito bem. Na saída, despedimo-nos de G. P., que ofereceu os seus préstimos assim: "Contem comigo".

Voltei à rua e estava bem mais morto do que vivo. Era preciso fazer qualquer coisa, antes de dormir. Tomar um conhaque, dançar um tango argentino. Entramos no Simpatia e, lá, Carlos Lacerda passou o resto da madrugada me dizendo que eu era o pior cronista do mundo, que ninguém escrevia tão mal quanto eu. Senti um certo desgosto, mas, enfim, quem falava era um legítimo concessionário da verdade e da razão.

Manchete, 12/12/1953

Queixas

O amigo está rondando, desde cedo, tentando contar uma história. Vai, vem, suspira e escorre as mãos no rosto, lentamente, como quem está querendo ficar com a pele mais esticada. De vez em quando, diz um ai-ai, dá um muxoxo e fica batendo com os dedos no vidro da mesa. Há muito tempo, eu poderia acabar com essa agonia toda, se dissesse: "Vai, conta...", mas preciso de mais dez minutos de sua tortura para concluir os meus estudos sobre "as reações do homem realmente fisgado de amor". Nesses estados, o moço atinge o auge da timidez, rindo de tudo, mas rindo com o mínimo de dentes, sem achar graça em nada. Concorda com qualquer sugestão da série: "Vamos sair daqui?", "Que tal tomar um chope?" ou "Vamos fazer uma briga?". O que lhe interessa mesmo — e vivamente — é falar da moça. Como seria uma descaridade não ouvir aquelas queixas, liguei o botão de desabafo do meu amigo. Uma história igual a trezentas: foi apresentado a Matilde e, na mesma hora, sentiu um beliscão na alma. Sentou, acendeu um uísque e começou a falar. Contou o que havia de melhor em seu repertório, improvisou momentos engraçados, fez mágicas com os objetos da mesa — e Matilde delirava —, riu com o melhor trejeito de sua boca, falou no tom mais grave e mais daninho — e Matilde perdia os pontos de referência — e acendia os cigarros de todos, com as mãos mais elegantes que já teve. De frase mesmo, só gastou aquela, em homenagem ao amplo decote do vestido verde em cima da pele morena: "Matilde, busto de litoral", e explicou com o dedo, mostrando a praia e o mar. Delírio no Maracanã! A *poule* da conquista pagava dez, mas, no dia seguinte, a moça não aceitou sair para jantar, no outro dia recusou o show do Casablanca (tinha que dormir cedo) e, finalmente, ontem, ainda pelo telefone, jogou este copo de água gelada no amor do rapaz: "Velho, não perca seu tempo comigo. Eu ando tão fora dessas coisas". O Rio está cheio de mulheres *fora dessas coisas*. Aparecem um dia, alvoroçam o pensamento de mais um incauto e voltam à base, de consciência tranquila. Por isso, meu amigo, desista dessa. Desista de todas as mulheres que o fizeram falar muito, brilhar pela conversa. Mulher começa pela mão. Não sei, mas há um instante, um jeitinho, uma falha de caráter, uma reciprocidade de fraquezas e, sem que a gente sinta, já as mãos se pegaram. Aí, sim. Pode ir em frente, depois. Aquele momento de superação do medo, aquela vitória da posse mínima, tudo aquilo é carregado de um fervor tão grande que, dali por diante, o que acontecer será bem de todos e felicidade geral da nação. Vontade de amor que começa com falatório quase nunca vai para adiante. Na maior parte das vezes, um se cansa de falar e o outro de ouvir. Logo: mulher, a gente começa pela mão. Depois é que se arma um púlpito defronte do coraçãozinho dela, para dizer-se o que se está sentindo e, desde que seja para enfeitar, o que não se está sentindo também. Com a continuação, acontecem passeios de praia, fins de semana em Paquetá e nascem as chamadas crianças.

Diário Carioca, 12/03/1953

Soneira e preguiça

Não sei, mas com esse tempo assim, essas nuvens pesadas, meu peito opresso, daria um conto e seiscentos para ser Augusto Frederico Schmidt e não precisar trabalhar. Falar nisso, onde anda Augusto, que nunca mais me telefonou? Comunizou-se, na certa. Sempre achei que Augusto daria um militante da Quinta Casa.

Com esse tempo assim, se pudesse, subiria a Petrópolis (uma Petrópolis, é claro, *avant les roses*), pegaria um Simenon protagonizado por Maigret e não sairia da cama. Sinto uma soneira, uma preguiça! Por que será que não tenho coragem de enriquecer? Quase todos os meus colegas de imprensa enriqueceram, acordando cedo, indo à cidade e vendendo suas palavrinhas a um conto e quinhentos. O jornalismo bem administrado é tão bom negócio como a especulação imobiliária e o jogo da bolsa. Querendo, a gente vende bem aquilo que publica e, melhor ainda, aquilo que não publica.

Outro negócio que eu poderia fazer, sem grandes canseiras, era a agiotagem. Ah, daria um grande agiota! Às vezes, me olho no espelho e vejo o agiota. Eu tenho os olhos pequenos do agiota magnífico. A matéria-prima da agiotagem, como sabeis, é o dinheiro... E dinheiro, com as amizades que tenho, seria canja conseguir. Tomaria, nos bancos, a 1%, e emprestaria a 7%. Com o físico que Deus me deu (e quase tira), exigiria bons avalistas — do gabarito de Walther Moreira Salles para cima.

Deixa de besteira, Antônio. Vai trabalhar. Teu combustível é a preguiça. O "autêntico real, o cerne da tua filosofia", como disse Novalis. Não fosses preguiçoso, estarias ainda botando esterco, com as mãos, nos canteiros de cana da usina Cachoeira Lisa. Escreve, Antônio. Escreve sobre o nada, suas causas e consequências. No nada, por exemplo, há uma senhora nua, tocando cavaquinho. Um menino montado num leão. Uma cobra de salto alto. Fazer poesia é mais fácil do que carregar um piano — do que tocá-lo, com os dedos de Leon Fleisher. Para que chegues à poesia, basta que te aprisiones em ti mesmo e cuspas vigorosamente à face dos outros. O poeta tem que ignorar o próximo e odiar a si mesmo. (Palavra de honra, jamais escrevi duas frases tão estúpidas. Mas vão ficar porque, se retirá-las, a crônica ficará menor.)

Passando do nada ao tudo, isto é, voltando à realidade, telefonei para a rádio, a televisão, e soube que estava em greve. Eu estou em greve, meus amigos. Meus companheiros se batem por salários que não irão aumentar os meus e por um aumento de programação ao vivo, que só aumentará, em muito, minhas obrigações. És um homem lamentável, Antônio. Viva a greve!

O Jornal, 23/11/1963

Um novo atentado

Vou chegando em casa e vejo, a uns dez metros de mim, encostado num poste, um homem de barba por fazer, com uma mão no bolso da calça. São quase cinco da manhã e, a essas horas, encostado num poste, com a barba por fazer e uma mão no bolso, um homem é sempre o possível autor do crime. Lembro-me que roubaram meu revólver, um Colt .38, comprado a um guarda há uns quatro ou cinco anos. Se estivesse comigo, já desceria do automóvel com o dedo no gatilho. Mas infelizmente estou desarmado e posso ver os traços fisionômicos do indivíduo pálido, barbado, com a mão no bolso da calça, esperando que eu desça para matar-me. Quem seria o mandante? Não tenho inimigos facinorosos, nem suficientemente prósperos para pagar uma empreitada tão cara. Mas, talvez, Gregório — quem sabe? Andei fazendo umas crônicas um tanto ou quanto severas contra sua probidade.

Não queria morrer assim na calçada da minha casa e ser visto, em primeira mão, pelo leiteiro, que subiria e, aflito, comunicaria aos meus viuvez e orfandade. Não queria a viagem do rabecão, nem a autópsia. Não queria moscas sobre as minhas feridas, nem gente em volta a me chamar de coitado. Tenho morrido algumas vezes por aí, mas de cansaço e desilusão. A morte propriamente dita é o primeiro passado da criatura a caminho do esquecimento e nunca se deve morrer assim na *saison* dos crimes de alto coturno. Desligo o motor do automóvel (só agora, depois de pensar tanto). Examino-me outra vez. Estarei com medo? Não é bem medo. O que existe é indisposição para morrer à toa. Penso em escrever um bilhete e deixar no porta-luvas, descrevendo o assassino. Escreveria: "Foi um homem pálido, de barba por fazer, bigode ralo, camisa de meia azul (desbotada), calça de brim e sapatos pretos". Mas não tenho lápis. E se eu fosse ao distrito e chamasse um investigador? O assassino certamente iria embora e, no dia seguinte, os jornais contariam a história de um cidadão interessado em ser vítima de um pistoleiro.

O homem continua na mesma posição, na mesma palidez. Aflige-me a situação de encurralado. Urge descer do automóvel e, se estava mesmo escrito, morrer de perfil, como o xará "El Cambório", de Lorca. Mas para quê? O rádio passaria o dia tocando "Ninguém me ama", "Menino grande", "Valsa de uma cidade". Luís Jatobá leria uma crônica, possivelmente escrita por Haroldo Barbosa e, no *Correio*, o necrológio do Braga seria cheio de restrições. E por que o dia não clareia de uma vez? Por que esses amanheceres de agosto têm sido tão lentos e tardios? Por que esta rua é assim deserta e esquecida? Sou um alvo grande e um tiro fácil. O próprio Alcino me acertaria. E o homem continua, defronte de mim, com cinco dias de barba e a mão no bolso da calça. É sair do automóvel e levar a bala bem no peito. E quem choraria sobre minha cabeça? Quem traria uma flor? Quem se sentiria só? Quem beberia veneno? Quem sofreria em silêncio? Quem insultaria Deus? Quem acharia engraçado?

Olho o relógio. São 5h12 da madrugada. Não ficarei no carro mais nem um minuto. Admito a possibilidade de, às 5h13, entrar no rol das coisas definitivas com a alma cheia de dúvidas. Abro a porta, desço e encaro o meu matador. Ele, então, tira a mão do bolso e, entre os dedos (sinto um justo arrepio), traz um maço de cigarros Liberty Ovais. Pergunta-me, em voz amável e jeito muito bom, se lhe posso emprestar um fósforo. Acendo-lhe o mau cigarro e só então reconheço o lavador de carros do edifício ao lado. Sinto vergonha do tempo que perdi e da importância a que me dei, a ponto de temer um atentado. Sou uma vítima do noticiário de imprensa e procedo como um cretino numa madrugada sem importância do Rio de Janeiro.

Revista da Semana, 18/09/1954

Indecisão

A vida é um jogo de bola para a frente, à moda dos zagueiros mais antigos, e ninguém pode parar e perguntar: "Como agir? O que pensar? O que dizer?". Se o sinal abriu para você, não hesite um só instante, porque senão o trânsito vai ficar interrompido, os outros buzinam, vem o guarda e toma o seu número. E, na vida, depois que tomam número da gente, é difícil caminhar. Eu tenho um amigo que é campeão olímpico de indecisão. Na hora em que a gente propõe sair, naquele instante ele começa a debater, consigo mesmo, os detalhes de uma saída. E pensa em voz alta: "Bem, se eu sair, vou ter que vestir roupa. Será que a roupa veio da lavanderia? Mas não há de ser nada, porque se a azul não estiver aí, eu vou com a cinzenta mesmo. Aliás, a noite de hoje não é noite de azul. Mas sair pra quê? Gastar dinheiro, ver as mesmas caras de todo dia, é capaz de haver uma briga...". E os pensamentos vão por aí, tomam tempo e paciência até que, quando você menos espera, o moço resolve sair mesmo.

As pessoas indecisas perguntam muito e, perdidas na discussão íntima de suas dúvidas, fazem as perguntas mais insensatas do mundo. Uma vez, na portaria de um hotel, ouvi longo diálogo entre o hóspede e o moço da portaria que terminou assim, lindamente:

— Tem apartamento vazio?

— Temos, sim, senhor.

— E cheio?

Na direção de um automóvel, um homem indeciso, de uma hora para outra, transforma-se em ocorrência de trânsito.

Aquela brecha entre os dois carros da frente dá passagem para o seu automóvel. Será que dá? Esta pergunta já foi tempo perdido. E agora? O para-lama dianteiro ficou na rua, uma mulher deu um grito, porque agora a brecha era muito mais estreita.

No Ceará, um minuto antes do seu discurso, um político foi assaltado por uma dúvida sobre pronomes. Iniciaria o improviso numa confissão de modéstia. Diria "sinto-me fraco" ou "eu me sinto fraco"? Haveria uma terceira solução? E tanto hesitou que, quando lhe deram a vez de falar, disse esta beleza: "Sinto fraco-me". E foi por aí afora.

Os homens ponderados não são mais que gente indecisa, que inquieta e insatisfaz o ambiente com suas dúvidas e incertezas. Em sua companhia, todos os planos fracassam e jamais acontecem as alegrias inesperadas. É necessário escolher bem, o mais rapidamente possível, em cima da oferta. É preciso não ser como aquele meu ex-amigo a quem perguntavam:

— Você quer cara ou coroa?

E ele respondia:

— Eu vou pensar nisso.

Diário Carioca, 01/03/1953

Palavras cruzadas

Adoro os mistérios como eles são e nunca procuro desvendá-los, para não destruir-lhes a beleza e o ar enfatuado. Jamais tentei decifrar charadas, saltos de cavalos, cartas enigmáticas e, com um respeito especialíssimo, as palavras cruzadas. Sei que nesse respeito ao quebra-cabeça vão minha ignorância e minha preguiça, essências de que sou feito. Acontece que, ultimamente, as palavras cruzadas estão muito em moda. A maioria das pessoas minhas conhecidas brinca disso e me causa um certo estonteamento quando demonstra conhecimentos fabulosos, de cinco em cinco minutos, em coisas que eu nunca aprendi e tenho certeza de que não aprenderei jamais. As chaves são complicadíssimas e exigem um nível de conhecimentos gerais a que as gentes da minha fraca inteligência não podem chegar. Aqui estão alguns exemplos de indicações frequentemente encontradas nessa espécie de enigma: "Abelha que nidifica no chão". Começa que, de abelha, eu só conheço a ferroada e o verbo "nidificar", por mais ninhos que eu tenha feito ao longo da vida, é novo para mim. No entanto, meu chofer sabe que "abelha que nidifica no chão" é "irá". Depois, com três letras, vem: "Pessoa astuta e ladra". Todos os ladrões e astutos que já encontrei se escreviam com um pouco mais de três letras. Trasanteontem mesmo encontrei um — quis me enganar —, mas seu nome se escreve com seis letras. Minha copeira sabe, porém, que "pessoa astuta e ladra", com três letras, é "ave". E são centenas de outros os mistérios para mim insondáveis das palavras cruzadas. "Ave de rapina":

"xofrango"; "Comprar garrotes de um ano a fazendeiro falido":
"eirar"; "Células sexuais dos vegetais": "oosfera"; "Língua antiga francesa: "ol" ou "oïl"; "Mau cheiro": "aca"; "Freguesia de Portugal": "Sá".

O entretenimento menos boêmio que existe sobre a face da terra é decifrar palavras cruzadas. As pessoas como eu, que são perdulárias do tempo, que andam atrás dos imprevistos, que gostam da hora pelo fato de ela ser demorada e incerta, que sentem uma lógica aversão às coisas quadriculadas (porque elas foram quadriculadas pelos outros, só de malvadez), as pessoas assim jamais poderão entregar-se a essa mania nova e barata do Rio de Janeiro, porque um ser inquieto, por mais que aprenda, nunca chegará a saber que "suco vegetal concreto" quer dizer "assa".

Diário Carioca, 14/08/1953

Diante do espelho

Que fez você, gorda figura, no ano morto?

— Ah, o de ruim foi tudo sem querer.

As intenções de janeiro eram as melhores possíveis. Regrar a vida, metodizar o trabalho, dormir oito horas, guardar os domingos e festas de guarda, pagar as dívidas, juntar dinheiro, ler, emagrecer, estudar inglês, tirar férias, tomar banho de mar, detestar uísque, não fazer um samba sequer e adquirir, destas coisas e apesar de todas elas, uma espécie de tranquilidade a que, no norte, chamam de tenência (sentido de prudência, precaução e firmeza). Mas janeiro já estava contaminado pelo desacerto de dezembro e, em fevereiro, haveria um Carnaval desses de subir para Petrópolis, dormir no Quitandinha e esvaziar os copos em volta. Março, então, seria o mês certo para se iniciar um período de sensatez e equilíbrio. Geralmente, todos os marços são muito bonitos de sol e, nos ombros dos montes, as flores nascem em roxo, branco e vermelho. Quando é tardinha, as cigarras cantam no Jardim Botânico, a noite cobre os caminhos da Gávea, enquanto o vento fica cheirando a jasmim pela janela. Tudo muito ornativo, muito climatizante para um homem guerreiro assinar o armistício consigo mesmo. Mas acontece que março, nos meados, é mês dos meus anos e a gente começa a se reunir com muita antecedência, tramando, conspirando e, quando vê, não fez nada de útil ou necessário ao voo dos pássaros. Então chega abril, um mês um tanto ou quanto ligado ao alferes Joaquim da Silva Xavier e os primeiros dias foram propícios à inteligência do silêncio e da renúncia. Mas, depois, começou a chegar telegramas de morte de parente e, no terceiro, já estava assentado que havia fortes razões para o esmorecimento do corpo, a prática do descalabro, o serão e a bebida de rolha. Aí entramos em maio, mês de certo sentido social pelas celebrações proletárias do mundo inteiro, e ao mesmo tempo cristão, pelas festas de Maria Virgem. Mas abril havia sido muito amargo e sua ressaca não seria curada com um simples copo de água mineral. E, de maio, se fez um curso de esquecimento para que as fendas secassem, já que não seria possível uma cicatrização tão rápida. E nisso veio o mês de junho, um dos meses mais bestas do ano porque se toma quentão, em São Paulo se diz a arrepiante palavra "vancê" em todas as cantigas (e quando não se diz "vancê", diz-se "sodade", que é a mesma coisa), escrevem-se versos da marca de "Rosinha toda bonita/ Com seu vestido de chita/ Toda enfeitada de fita" e ninguém, outra vez, terá doçura para fazer aquela marchinha: "É noite de São João/ O meu balão vou soltar/ Balão que fiz com cartas/ Daquela que não me quis amar". Enfim, além dessas virações fixas, houve a inauguração da praça Dorival: um avião que levou do Rio os maiores bocas de fogo estabelecidos nesta praça; casa, comida, bebida e paisagem, na Bahia, por conta do prefeito local e, finalmente, vontade de não sair nunca mais de lá, porque o mar, em relação aos brios do homem, estava de um azul francamente aviltante. Ficou tudo para julho. Mas julho vocês sabem como é: a gente fica naquela coisa de pensar que o tempo está andando muito depressa, porque já se comeu uma metade do ano. Adquire-se certa noção de uma velhice temporária que dá um pouco nos nervos e, como as noites são geralmente frias, bebe-se. Depois agosto, com os seus bruxedos, uma sexta-feira 13 de vez em quando e a data que, não sei por quê, é da maior importância para mim: 11, dia da Fundação dos Cursos Jurídicos no Brasil. Foi quando apareceu o pior setembro de todos os tempos! Prejuízos do dinheiro, carteira perdida na rua, falta d'água, família em casa doente, apreensões de todas as espécies, faturamento menor, vencimento de letras, o diabo. Então, o que fazer de outubro e novembro? Não adiantava mais nada. Chegou dezembro, o sr. Rubem Braga, que estava no Espírito Santo (de onde nunca deveria ter saído), começou a perpetrar telefonemas que me tiravam da minha casa e dos meus propósitos e, quando vi, não tinha juntado dinheiro, não tinha lido, não tinha emagrecido, não tinha estudado inglês, não tinha tirado férias, não tinha detestado uísque e os desgostos das tarefas incumpridas pesava em minhas pálpebras como as ressacas de Gardenal.

Ah, seu Espelho, estou com tanta vergonha da minha cara.

— Toma tenência, figurinha.

Revista da Semana, 16/01/1954

Uma história a mais

Como cheguei ali, até hoje não sei. Lembro-me de que desci de um táxi e comecei a andar. À minha frente, os Andes, envoltos em nuvens espessas, eram tão irreais que pareciam cenário de fotógrafo. Fazia frio e a maioria das casas estava de janelas fechadas. Hoje, não sei dizer se era praça ou avenida, mas havia árvores em fileiras certas e um passarinho ou outro piava, sem alegria, uma vez mais perto, outras vezes mais longe de mim. Por muito tempo, fui a única pessoa existindo naquele bairro de Santiago do Chile, caminhando sem rumo ou pressa e, em seguida, sentada num banco de pedra. Depois, passou um ônibus com alguns poucos passageiros e um deles, que havia feito sinal para descer, arrependeu-se e mandou o chofer continuar. O mugido da máquina em primeira marcha quebrou, de certo modo, a integração a que eu me dera no silêncio e no abandono da rua. De repente, apontou uma mulher na esquina, vestindo calças e suéter negros, com as mãos nos bolsos, andando com um jeito largado. Não ia para canto nenhum. Vinha andando, somente. Mais de perto, pude ver que tinha cabelos castanhos, olhos claros e era bonita. Dava-se-lhe mais de trinta anos ou, se tivesse menos, a melancolia do olhar e os vincos da face deviam ser marcas de algum desencanto. Passou e disse "olá", olhando-me com desinteresse. Atravessou a rua devagar, voltou da metade e, parando à minha frente, quis saber se tinha cigarros, se eram negros ou rubros. Os meus eram negros, feitos com um fumo ardoso e molhado. Recusou e sentou-se ao meu lado. Seu nome era Silvia, Maria Silvia. Viera menina de

Buenos Aires e seu pai tinha negócios em Sur de Chile. Depois ficou pobre, depois Silvia foi trabalhar numa vindima, depois casou e, quando fez dois anos, o marido adoeceu e morreu de tísica. Achava que a vida era lenta e sem grandes alegrias. De bom grado, cortaria os pulsos ou beberia um veneno forte, se não tivesse uma filha. A filha — começou a descrever, rindo de leve à flor dos lábios — "tem os meus olhos e o meu nariz; no resto, é igual ao pai". Baixou a cabeça e começou a riscar o chão com um galho seco que não escrevia nada. De repente, jogando os cabelos para trás, encarou-me e perguntou se eu queria ver a menina. A casa ficava a duas quadras do banco de pedra onde estávamos. Era mais um apelo que um convite. Fui.

No caminho, dissemos poucas coisas e certamente não rimos de nada. Paramos em frente a um portão de ferro gasto e, num gesto suave, pediu-me que entrasse. Atravessamos um pequenino e maltratado jardim, subimos quatro degraus e esperei, no terraço, que ela abrisse a porta. Experimentou uma primeira chave — não era. A segunda, também não, e a terceira não havia (era). Desculpou-se, confessando distração eterna, calcou uma campainha e uma mucama morena nos abriu a porta. Dessa vez entrou primeiro e apontou a cadeira onde eu devia esperar. Foi para um quarto ao lado e, instantes depois, chamava dizendo: "Senhor, por favor". Silvia estava em pé à beira de uma caminha de criança. Pareceu-me mais pálida e os vincos do seu rosto mais acentuados. Apontou a cama e disse, baixando os olhos: "*Es esta*". Olhei, os lençóis estavam desarrumados e não havia nenhuma criança naquela cama. Num instante, compreendi que não devia perguntar nada, nem estranhar coisa alguma. E ficamos os dois, de olhos baixos, até que ela andou em direção à sala, pedindo, com um gesto de cabeça, que eu também fosse.

Não havia mais nada a dizer. Era urgente sair dali, sozinho, ganhar a rua, livrar-me depressa de tudo aquilo que era realmente ruim para a minha sensibilidade. Eu não queria saber de nada, como foi, por que tinha sido. Mas era importante e necessário sair sem transparecer o que eu estava sentindo ou pensando, em respeito ao drama que aquela mulher me entregava, fazendo certa questão que eu compartilhasse dele. Era importante que eu saísse com a serenidade que trouxera e não tentar consolar, nem fazer apelos de resignação. E saí, deixando um olhar de calma sobre o rosto de Silvia, que ainda era belo. Vira antes, sobre a mesa num quadrinho, o retrato de uma menina rindo.

Revista da Semana, 15/05/1954

O homem e a morte

Para adiantar serviço, estou escrevendo várias crônicas na Sexta-Feira Santa. E me pergunto, com alguma advertência: por que adiantar serviço, se muito mais decente seria protelar a morte? Os homens nunca pensam nisso — em protelar a morte. A primeira providência seria não antecipar as obrigações. Fazer tudo à última hora, embora o mais bem-feito possível. Porque se na quarta-feira eu fizer todo o serviço da sexta e morrer na quinta, eu trabalhei depois de morto. Ou melhor, meu patrão recebeu um dia a mais do meu serviço, quando eu já houvera saído de sua folha de pagamento. E será justo prestar desses serviços altamente extraordinários? As leis trabalhistas não preveem este caso. Portanto, não se deve adiantar serviço. Atrasar um pouco, se possível. Deixar sempre para entregar na sexta o que devia ser entregue na quinta. Mas isto ainda não é bem protelar a morte. Protelar a morte é dormir. Longas horas. Um mínimo de dez. Quando acordar, ir ao Sacha's. E como, na maior parte das vezes, não se morre durante o sono (e nunca morreu ninguém no Sacha's), a morte, se estiver mesmo interessada em mim, esperará que eu acorde ou que eu saia do Sacha's.

Naturalmente, esta conversa é um tanto quanto triste. Mas o que é que se há de fazer? Eu escrevo numa Sexta-Feira Santa, dia em que não se deve pensar senão em coisas tristes. Outra pergunta: o que é morrer? Eu estou perguntando o que vem a ser a realidade de morrer, porque quem fica vivo acha que morrer é fechar os olhos, ficar pálido e, horas depois, ser enterrado no cemitério mais próximo, deixando muitas saudades. Mas isto não passa de uma invenção dos vivos, criando e seguindo, há séculos, o ritual do falecimento e a necessidade da dor. Mas morrer é muito mais simples que a palidez, o enterro e as saudades. Morrer é não precisar mais de ninguém. É ser, até que enfim, independente mesmo. E tudo o que se queira acrescentar a esta verdade será malhar em ferro frio contra o crescente prestígio da morte em nossos meios artísticos e sociais. Todavia, o certo é morrer o menos possível e sempre à última hora. A independência é a pior de todas as solidões.

O Globo, 24/04/1957

Março, 31

Quando Haroldo, Armando e Antônio se despediram na noite de ontem, os olhos dos três estavam marcados por um indisfarçável cansaço pesaroso. Haviam trabalhado o dia inteiro com notícias, nenhuma delas otimistas.

— Por que estamos assim? — perguntou Antônio.

— Sei lá... — respondeu Haroldo, com os olhos e os braços muito cansados.

— Minha alegria — começou Armando — é quando chega sábado e eu posso me esquecer de tudo isso, jogando futebol.

A situação já era grave, na noite de anteontem. Seria fácil prever o que iria acontecer hoje, 31 de março, e amanhã, e depois e depois de depois. Haroldo, Armando e Antônio lamentavam a Pátria Amada. Lamentavam-se, em sua vidinha pequena, onde havia a mulher, os filhos, os livros, o disco na vitrola, o sol e o mar dos domingos e feriados. Antônio começou a falar aos seus dois companheiros, os únicos que seriam capazes de entendê-lo:

— Eles estão brigando, mas sabem por quê. E nós, que não temos causa? Faremos parte de uma pequena classe média, ao sabor dos mais humilhantes receios. O ordenado irá atrasar? Será que eles vão nos botar na rua? São essas as perguntas que nós faremos, diariamente. É por isso que estamos assim: porque não temos nada a ganhar, depois dessa briga. Não temos terra, não temos fado, nem plantações. Temos a máquina de escrever, onde somos levados a escrever, quase sempre o "mais conveniente" e, mesmo assim, com o risco de perdê-la.

Foi cada um para sua casa, onde a esposa o esperava com um prato de comida. Era só esquentar a sopa em banho-maria. Onde a esposa de cada um esperava que, da rua, viessem notícias alegres. Não. Na rua não houve alegrias. Ao contrário.

— É bom fazer umas compras no armazém e não mandar as crianças para o colégio amanhã.

— Será que vai haver qualquer coisa?

— Dessa vez, parece que vai.

O dia de ontem, 31 de março, amanheceu sombrio. Os jornais, escritos na véspera, estavam apreensivos mas ainda não contavam nada. O rádio, sim, com o mesmo entusiasmo com que grita as partidas de futebol, os desastres de avião, o incêndio do circo… o rádio dizia que o Palácio das Laranjeiras estava cercado. Antônio acordou e telefonou para o jornal:

— Como é que vão as coisas?

— Mal. Muito mal. Parece que as tropas do Exército se levantaram em Minas.

Antônio não pôde deixar de sorrir, saudosamente, dos tempos em que o pai chegava em casa e dizia, contritamente: "Soube que Minas está pegando fogo".

Naquele tempo, as notícias chegavam oito dias depois, num navio da Costeira.

Antônio, então, começou a bater esta crônica. Sem saber se será publicada. Sem saber, ao menos, se poderá passar nas Laranjeiras, onde o trânsito está interrompido. O telefone toca. Um amigo certo das horas incertas:

— Os tanques já estão na rua.

Esta frase, hoje em dia, vale tanto quanto a outra de 1929: "Minas está pegando fogo".

Antônio começou a bater esta crônica e uma porção de desalentos se apoderaram do seu velho e descompassado coração.

O espírito se foi enchendo de palavrões. As mãos, com vontade de brigar, vingavam-se no teclado da máquina de escrever. Por que tudo isso? Está bem: se de um lado estão os descontentes e, do outro, os contentes, por que não conversam direito? Por que essa discussão pela posse de Deus? Ninguém tomou a mais elementar lição filosófica do que seja Deus. Para eles, Deus é de quem chegou primeiro e está, apenas, nos apartamentos de área superior a 450 metros quadrados. Não, Deus foi visto ontem, na assembleia dos sargentos.

E São Paulo? Não o santo, o estado. São Paulo continua com a mesma ingênua e bravatosa mania de declarar guerra ao Brasil. Foi o deputado que disse, anteontem, pela televisão:

— Nós estamos quietos. Mas não mexam conosco, porque São Paulo...

Arre... Se a gente toda trabalhasse, realmente, até meia-noite, uma da manhã, como Armando, Haroldo e Antônio, como centenas, milhares de armandos, haroldos e antônios, cujas vidinhas são pequenas e estão sempre a pensar: "E se o ordenado atrasar? E se não houver mais ordenado?".

O Jornal, 01/04/1964

Penedo Brando

Prometera aos Pirraça passar os primeiros dias de abril em Penedo Brando. Deixaria o trabalho, houvesse o que houvesse, para gozar a incomparável hospitalidade do mais perfeito casal sem filhos do Brasil.

João e Adalgisa Pirraça (tenho comigo suas cartas) foram os primeiros leitores a escrever ao cronista, ainda na fase de *O Jornal*. Diziam em sua primeira carta: "Os filhos só separam o casal. Isto pode parecer um absurdo, mas José Ricardo, filho dos nossos amigos Marques, não tem feito outra coisa senão separar pai e mãe. Na mesa, no cinema e na cama, inventa sempre sentar ou deitar entre Geraldo e Glorinha!".

Penedo Brando é um pequeno Pão de Açúcar, a 110 quilômetros da praça Mauá, à esquerda da estrada que limita com o município Thiago de Melo. À casa dos Pirraça, chega-se bem por uns degraus cortados na pedra, desde que se pare três ou quatro vezes para resfolegar. Casa branca de janelas azuis, espaçosa e confortabilíssima. Consta de quatro apartamentos, com armários embutidos, sendo imenso o dos donos da casa A água (bombeada) é fartíssima, pois sobe a um reservatório de 50 ou 60 mil litros. Já a cerveja sobe nos ombros de Zé Pimenta e Joaquim Mole, os dois melhores empregados que já vi. Além do serviço braçal, Pimenta e Joaquim Mole cozinham como dois franceses. Cá está essa perna de novilha que não me deixa mentir. Não comi melhor, melhor e mais alva, no mundo inteiro. Ao lado um arroz-areia, feito em manteiga e tocado em farinha de torresmo.

— E o meu regime? — pergunto eu, em busca de permissão para capitular.

— Ah, o regime mudou... — diz-me João Pirraça, enchendo-me o prato.

Da varanda veem-se as luzes de Thiago de Melo, uma cidadezinha de 5 mil habitantes, mesmo assim uma rica cidadezinha. Todos lá, com exceção dos empregados, vivem de lautas rendas. São famílias tradicionalmente ricas que se retiraram e, há muitos anos, investem e reinvestem a 5% e 6% nas praças do Rio e de São Paulo. Os meus anfitriões, por exemplo, vivem hoje da rendinha de 1 milhão, da qual só gastam 300 mil, mesmo assim, porque são estroinas em livros e cervejas. O resto deixam na "bola de neve".

— Não temos herdeiros — diz-me Adalgisa — e, se você quiser, faremos um testamento deixando tudo para você.

— Claro que quero — respondi, afobado.

— Mas vai ser difícil, porque eu e João pretendemos viver cem anos, enquanto você não dá a menor pala de quem irá chegar aos cinquenta.

Lá estão as luzes de Thiago de Melo. Não ficam acesas a noite inteira, mas também não têm hora para apagar. Quando o último habitante for dormir, apaga a luz. Se outro acordar no meio da noite, acende. Há um interruptor geral em cada casa. Bom sistema. Mas é preciso que se viva numa sociedade perfeita para obter-se este milagre: uma cidade, como uma casa, habitada por uma população, como uma família. Uma sociedade que cultive ideais eternos: solidariedade humana, justiça e liberdade.

Conta-se que, há dois anos, em Thiago de Melo, dois homens se engalfinharam. Claro, o mais forte ganhou do mais fraco e, depois de vencedor, tomou-se de fúria ainda maior, ameaçando com uma faca todos os parentes de sua vítima.

Organizou-se um tribunal particular para julgar o vencedor, que foi expulso da cidade depois de ouvir esta sentença:

"Fulano de Tal jamais poderá pôr os pés aqui, por ter se mostrado um vencedor excessivamente irado. Como vencedor, não tinha direito a tanto ódio. Fulano de Tal mostrou-se de tal maneira irritado, desapontado com sua vitória, que parecia invejar o vencido."

O casal Pirraça mandou gravar a sentença numa peça de cerâmica (como um azulejo) e guardou como relíquia da paz que reina na contiguidade do seu mundo: Penedo Brando.

Pelas cartas, já era grande o meu conhecimento de João e Adalgisa Pirraça. Sabia-os duas pessoas encantadoras, mas não imaginava que fossem tão jovens e belos. Beleza e juventude de cinema italiano. Adalgisa, que de cinco em cinco minutos lembra Sophia Loren, podia fazer papel principal em qualquer história filmada na Riviera. Mas adora dizer que é feia e detesta ser jovem:

— Bonita é Ingrid Bergman. A única mulher bonita que eu já vi. Eu e as outras somos horrorosas.

Faz uma pausa. Fuma quase a metade do cigarro numa tragada insaciável. Volta a falar:

— Marlene Dietrich, por exemplo. O mundo insiste em achar que Marlene é uma mulher que não envelhece. Nada disso. Marlene, ao contrário, nunca foi jovem. Aos quinze anos, seus olhos já tinham cinquenta.

— Minha mulher é dessas que gostam de dizer coisas interessantes. Uma vez, me disse coisas tão interessantes que me senti humilhado. Pensei em abandoná-la e só não o fiz porque ela jurou que tudo o que dissera era de Oscar Wilde. Da carta de Wilde a Bosie, escrita na prisão.

— Quem é que não faz isto? — atalhou Adalgisa. — Todas as pessoas saudáveis dizem coisas dos outros como sendo suas. Você também não adora dizer coisas dos outros? — perguntava a mim.

— Conforme os outros.

— Como é que se chamava aquele francês que confessou ser adorável copiar trechos inteiros dos outros e publicá-los como sendo seus?

— Sainte-Beuve — respondi, com fingida segurança.

Joaquim Mole veio da cozinha com outra bandeja de copos. Cerveja geladíssima. O que estaria acontecendo no Rio? — pensava eu, voltando, subitamente, à realidade. O que estaria acontecendo aos vencidos? Como se estariam portando os vencedores? Por compaixão e cuidado, em meio a uma sensação de profundo desgosto, os dois bandos me preocupavam. Mas não estava ali para interromper o virginal sossego de Penedo Brando. Naquela casa não havia sequer um aparelho de rádio. Meus pensamentos poderiam ser ouvidos pelos gentis anfitriões.

— E o Schmidt? Como é Schmidt? — perguntou-me o dono da casa.

— Um sofredor. Um generoso sofredor — respondi, sem ironia.

Tínhamos marcado uma feijoada para meia-noite. Concordávamos que as comidas tidas como pesadas deviam ser comidas quando já não houvesse mais nada a fazer. Nada melhor do que dormir e, se possível, rigorosamente nu, depois de uma feijoada. Eram onze e pouco. Por que não antecipávamos aquele "almoço"? Uma feijoada não era uma história mal-assombrada que precisasse da meia-noite para acentuar sua tragicidade.

Zé Pimenta e Joaquim Mole foram consultados e nos deram razão. Minutos depois, duas travessas desciam à mesa e nos preparávamos para o santo sacrifício da intemperança. Numa delas, o feijão, e noutra, as carnes. As carnes todas distintas, bem-arrumadas. Joaquim Mole, enquanto nos servia, explicava quanto perde uma feijoada quando as carnes são amontoadas. Quando não é possível distinguir a seca da fresca, as linguiças do paio, o porco fresco do fumado. Numa terceira travessa, veio o picadinho de carne-seca embolado em ovos. Era para rebater. Com o feijão de uma feijoada, é preciso comer qualquer coisa assada ou frita. E foi dada a partida.

Há anos que venho comendo com remorsos. Comendo e discutindo comigo mesmo. Devo ou não devo? Comendo e pensando que um minuto depois estarei arrependido. Mas, dessa vez, não. Não pensei em nada e me confinava, de alma e corpo, àquele feijão de caldo grosso, àquelas carnes, ao auri-negro picadinho de carne-seca misturado em ovos.

Depois, na rede da varanda, as pálpebras começaram a pesar. A noite estava fresca. Minha anfitriã, com a saúde que lhe salta dos olhos, tentou puxar conversa:

— E a respeito de Albert Camus? — perguntou-me ela.

— Tinha razão em muita coisa. Quando achava que as pessoas sadias deviam pensar, de vez em quando, em suicídio.

— Você arriou o taco... — disse-me dona Adalgisa e deixou a varanda, levando o copo de cerveja. Queria, na realidade, ficar só, para pensar na unidade de Deus e na impermanência das coisas. Meu zen-budismo exige que eu fique só, algumas horas, para que aprenda a aceitar as coisas como elas são: a neve é branca e o carvão é negro. Não tenho motivo para temer que, um dia, o carvão embranqueça e a neve fique preta. E, se isso acontecer, não tenho direito ao receio de ser punido. Não há crime maior que o da punição...

Meus olhos se foram tornando cada vez mais pesados. Como se houvesse uma Maysa sentada em cada uma das minhas pálpebras. O sono me liberta da escravização da lógica. A não ser que os mosquitos me acordem, com seus beijos dolorosos, nas minhas mãos e nos meus pés. Até amanhã.

O Jornal, 10/04/1964

Louvação a outubro

Bem-vindo seja o mês que começa neste carrilhão tocador de meias-noites. Nunca houve, na história dos agostos e setembros, tantos azares como em 1953. Do rol dos meus dissabores, posso enumerar: perdi quatro isqueiros — um deles, soube depois, foi levado pelo Lobo (Fernando de Castro) e dado de presente a Clóvis Graciano como cortesia sua; perdi uma carteira com bastante dinheiro; o show do Casablanca estreou todo feio; em minha casa, não houve uma gota de água; os dezessete bilhetes de loteria que comprei estavam completamente brancos; as pessoas das quais eu não gosto — e não gosto porque matam, furtam, cobiçam as coisas alheias, são cínicas, mentem etc. — receberam grandes homenagens e as outras, as que são do meu bem-querer, adoeceram, sofreram injustiças, perderam empregos ou foram desprezadas pelas mulheres amadas; o Vasco empatou muito — e tenho uma certa inclinação vascaína; meu chofer caiu de pneumonia; não escrevi nada que se aproveitasse; tive dores de cabeças tremendas; meus credores estiveram muito indóceis; em quase todos os pratos de restaurante encontrei um pedaço de alho… Enfim, foi uma verdadeira chacina que fizeram com esta desvalida figura. Graças a Deus, não morreram amigos e parentes, porque se agosto e setembro se houvessem dedicado a essas fantasias, a esta hora seria ainda mais órfão do que já sou, viúvo, voltaria à impaternidade, estaria só e, provavelmente, defunto. Mas, enfim, estamos aos sete minutos de um magnífico outubro, a quem eu quero tratar com o máximo respeito, oferecer todos os meus humildes préstimos e, se não lhe ferisse a modéstia, seria capaz de lhe dedicar uma canção — primeira homenagem desse tipo prestada a um outubro, embora, amiudamente, tenham feito música para alguns colegas seus, como junho e maio. É necessário, porém, que meu prezado Outu (perdoe a intimidade) não tome estas palavras como atitude puxa-saquista de um bajulador comum. Nem pensar nisso. O autor desta febril louvação sempre foi um outubrista dos mais intransigentes e, se lhe permitissem, transferiria para os outubros restantes o dia do seu aniversário e algumas outras comemorações íntimas que lhe são muito gratas mas que, de público, não vale a pena citar. Aliás, não sei por que o Sete de Setembro não é em outubro. Não custava nada que o Natal também se convertesse em festa outubral, porque, convenhamos, o nosso dezembro já está ficando um pouco cansativo. O próprio Dezenove de Abril, dia em que o Brasil festeja, entusiasticamente, o aniversário do seu dinâmico presidente da República, é uma data perfeitamente transferível para as hostes outubrinas. E, sem querer insinuar coisa alguma, não custava nada que o honrado general Setembrino também tomasse suas providências outubristas. É necessário que se sinta a honestidade de todos os outubros, do descobrimento da América até nossos dias. Não vamos dizer que estamos esquecidos da Revolução de 30, brilhante campanha de redenção que, além do avanço que representou para o nosso povo (avanço democrático), serviu para revelar uma porção de gaúchos ilustres — os Vargas, por exemplo, que mais tarde revelariam os Goulart (João e Jorge, este último que gravou, com tanto êxito, a versão brasileira de "Limelight"). O outubrismo não é, absolutamente, uma inovação nossa. Se revirmos a história, vamos encontrá-lo com origens na Espanha e certa expansão através de Portugal e Itália. Os líderes dessa Ordem foram muitos e, de tão conhecidos, citá-los seria maçante. Está, é bem verdade, um tanto esquecido — mas isto, com uma pequena verba de propaganda (seria dada discretamente pelo Sesi) e uma campanha bem-feita no rádio, nos jornais e na TV, seria recuperado dentro de curto prazo. Estou certo de que o sr. Carlos Lacerda não se negaria a dizer algumas palavras em seu programa da Rádio Globo, e o colunista Ibrahim Sued também faria alguma referência ao movimento.

Enfim, outubro, você chegou e de felizes se chamem todos os seus dias. Esta primeira meia hora — e que Deus a espiche — está excelente. Continue assim. Faça-me esquecer as agruras de agosto e setembro, essa duplinha ruim que tanto judiou de nós. Não queremos nada além de água na torneira, luz na lâmpada, cabelo na cabeça, dinheiro no bolso, comida na boca (qualquer outro, em vez de "comida", escreveria "beijo"), beleza aos olhos e amor no coração.

Manchete, 17/10/1953

Longe do Rio

As mãos que prepararam o almoço e me deram um prato vieram das casas-grandes dos engenhos de Pernambuco. Só elas podiam fazer esse molho de carne, esse feijão-mulatinho, o doce de goiaba mexida e o requeijão assado que vem para mesa a derreter-se. Como sem cuidados, sem medo de ficar triste ou sonolento, porque estou a duzentos quilômetros do Rio, livre de todas as obrigações, inclusive a de encolher a barriga. Conversamos à mesa e as vozes do norte soam como cançonetas. Contam histórias em que, de vez em quando, o personagem é um parente ou um amigo da família de quem eu nem me lembrava mais. São vozes macias, muito mais caboclas que portuguesas, marcadas de um sotaque que eu perdi por desmerecimento.

Vou para o quarto que me deram, onde posso ler até anoitecer. A luz ainda é grande e muita, chega pela mesma janela por onde entram o vento fresco da tardinha e os cheiros do pomar. A flor do maracujá, quando eu a vi de manhã, estava aberta. Um besouro comia sua seiva. A goiabeira tinha duas goiabas no ponto, que eu pensei tirar, tivesse uma vara com forquilha na ponta. As pitangueiras cheiram mais que tudo. A noite ia caindo devagar e, de repente, fechou-se em cima da página que eu lia. Acabou-se o dia e sinto a escuridão de um jeito novo: é a minha paz, é o refúgio procurado há tempos, é o silêncio da tranquilidade e não o isolamento do medo. Deixo-me assaltar por todos os pensamentos, sem esquivar-me ou afugentá-los. Nada atemoriza ou inquieta. Tudo é bom e bonito, porque a aragem do mato se arrasta, suavemente, sobre os pelos do meu corpo. Sinto-me enxuto e feliz. Tenho absoluta certeza de que não estou dormindo, mas não posso garantir que esteja, realmente, acordado. Essas ideias e alcances talvez sejam sonhos, talvez seja eu pensando. Sinto que viver é bom e que cada um de nós deve viver apenas. Ninguém deve entregar-se, particularmente, a isso ou aquilo. Viver. O dia é para viver. A hora certa, a discussão, o encontro aprazado, a cobiça de amor, a aritmética dos cifrões, o plano de fortuna... tudo isso redunda em canseira e sensaboria. Há dez anos que eu não me surpreendo a viver tanto! E vejo o céu aberto, em desarrumação de estreias por detrás das silhuetas escuras das árvores.

Meu amigo estava andando a cavalo e chegou, pisando pesado em cima das botas. Queixa-se de que lhe doem os braços e as pernas. Cai pesadamente na cama ao lado da minha. Pergunta se dormi, durante sua ausência. Respondo que não sei, mas que estou muito bem. E nossos cigarros acesos, sem quebrar a escuridão, sinalizam que estamos vivos, em silêncio, contentados com essas poucas razões de alegria: a noite de vento leve, o cheiro da pitangueira e o corpo sem vaidades, abrigado pela escuridão, largado ao seu modo na cama de frios lençóis. O corpo enxuto.

Diário Carioca, 10/03/1954

Uma casa, uma valsa

Há 22 anos, o casal Stela-Caymmi, depois do jantar, abre uma cervejinha e discute se deve ou não separar-se. Alega Stela que Caymmi é um filho de Exu, um cancão-de-fogo, daí olhar de enviés para as mulheres. Caymmi se queixa de que Stela é mineira. As duas acusações são graves e procedentes. Nessa altura, quando já se começa a tratar da separação de corpos, chega uma visita e a discussão fica para o dia seguinte.

Fomos, uma dessas noites, à casa do casal e entramos no momento exato em que se marcava a data da separação: 2 de dezembro, logo após o casamento de Nana. Fomos ouvidos, concordamos. Dissemos "sim" a todas as razões que desunem o casal. Pedimos, depois, já que o casal se vai separar, que Caymmi cantasse, pela última vez, sua valsa das rosas. Pode Ari Barroso cortar relações comigo, mas não existe quem faça música igual à de Caymmi, quem faça palavras iguais às de Caymmi. A valsa das rosas a gente ouve uma vez e sai repetindo, e enquanto repete, o bem-estar e o amparo da poesia se refazem dentro da gente. Tudo bonito, mal explicado, simples e incerto, como deve ser a poesia:

Rosas, rosas, rosas
São rosas mimosas
A me confundir
Rosas, a te confundir

Não sei quando escreverei a última crônica sobre a casa de Caymmi. Talvez quando Stela não souber mais contar histórias com a palavra, ou melhor, o palavrão no lugar exato. Talvez quando a água da poesia secar no peito de Caymmi. Se o meu coração se desenternecer, talvez... Passam meses, anos e, quando volto, todas as coisas e todas as pessoas me fazem o mesmo bem. Há sempre uma novidade engraçada de que rir. Desta vez foi uma fotografia do velho Durval, pai de Caymmi, tirada em 1912, na Bahia, vestido de Bat Masterson — com chapéu, bengala e tudo. A fotografia na sala entronizada, entregue à visitação pública.

Sempre assim, há 22 anos, enquanto se discutem as bases do desquite.

É a única gente a quem gosto de voltar. Tenho andado apenas para a frente e, quando descubro que esqueci alguma coisa em algum lugar, volto à casa de Stela e Caymmi, onde deixei, por esquecimento, a tarde antiga dos nossos vinte anos.

Diário da Noite, 30/11/1961

Manhã de terça-feira

Um dia lindo, no jardim da minha casa. Igual aos do Recife, quando nós éramos meninos aos domingos e jogávamos futebol nas casas dos Castro, em Casa Amarela. Eram muitos os Castro e moravam em muitas casas, todas com quintal grande, para o futebol dos domingos. Quanto a mim, era goleiro. A contragosto, pois minha vontade era ser meia-direita. Mas, sabe como é, quando o menino é mais gordo lhe gritam sempre:

— Vai pegar no gol!

E a gente ou vai, ou é barrado. Mas minha vontade era ser meia-direita e jogar atrás como Arthur Carvalheira, do Náutico. Parar a bola. Abrir um passe na ponta esquerda e correr para recebê-la na entrada da área. Aí, então, mandar um sem-pulo que entrasse exatamente no ângulo direito da meta adversária. Mas esse gol ficava só na vontade. Passava noites acordado, ou aulas inteiras de química, sonhando com aquele gol que nunca me deixaram fazer. Devo confessar que, ainda hoje, vez por outra perco uns dez ou quinze minutos pensando no meu gol. Parar a bola, abrir o passe na ponta esquerda, correr à boca da área e emendar no peito do pé. E a bola entrar, bem no ângulo direito da meta adversária. Ou tocaria apenas de raspão na trave e cairia dentro das redes.

Mas menino gordo tem que ser goleiro. Ou sai do time! E, como não adiantava discutir, fui um goleiro razoável, pegava bem nos cantos, caía aos pés do adversário às vezes, tocava de ponta de dedo (a conta certa) para o *corner*... Mas sempre depois de cada partida tinha dois ou três dedos luxados.

No time da usina Cachoeira Lisa cheguei a fazer um relativo sucesso contra as equipes de Ribeirão e Cucau. Lula Cardoso Aires é testemunha de que uma vez um torcedor exaltado me gritou num apelo de esperança:

— Minha fééé!

Nesse dia, convencido de que era mesmo o "minha fé", peguei um pênalti.

De uma coisa eu não queria saber: jogar contra meu irmão Rodolfo. O bicho era magro, não era corado, mas tinha um chute... Eu me lembro de que, um dia, chutou de fora da área. Eu vi a bola aproximar-se de mim e, na trajetória, tomar todos os formatos possíveis e imagináveis. Não estou exagerando. Eu vi aquela bola ovoide, quadrada, retangular e, quando lhe toquei com a mão, não adiantou nada. Caiu dentro do gol, sem mudar de caminho. Quando Rodolfo chutava, a bola vinha com o diabo dentro.

Dia bonito, o de hoje, e esse menino que jamais chegou a meia-direita relembra sua infância feita de resignações. Eu tive sempre que me acomodar, que me ajustar, que ceder. Tive sempre que ser estoico, dentro e fora do campo para não ser barrado.

Que dia tão bonito e meu coração se enche de um cômico patriotismo, quando leio, no jornal, que o Brasil irá exportar uísque para os Estados Unidos. Isto me faz crer que, dentro de muito pouco tempo, estaremos vendendo gasolina aos nossos louros irmãos da América do Norte.

O Jornal, 29/01/1964

O atrabiliário

E eis o sr. Antônio Maria de Albuquerque Araújo Ferreira de Moraes (Zé Maria, para os íntimos) outra vez cansado. De trabalhar, de ser pobre, mas especialmente cansado de si mesmo, de sua burrice progressiva. Deita-se na cama, liga a refrigeração do oxigênio e, com uma mão sobre o peito, procura os batimentos do seu outrora insensato coração. Dão para viver.

É aquele cansaço intimíssimo das sextas-feiras, quando começam os fins de semana. Aquela vontade (não sei se serei merecidamente compreendido) de ser um homem franzino, sardento, de óculos, vesgo, se possível funcionário do IAPC. Aquela vontade de não saber nada e de sentir no ônibus, vesgo e de óculos, o imenso desejo de conhecer Buenos Aires. Ah, como queria ter vontade de conhecer Buenos Aires. Melhor ainda, de tramar, dentro de mim, minha transferência para o IAPC de São Paulo e dizer, suspiroso, a alguns íntimos:

— O dinheiro está em São Paulo, seu compadre!

O que atrapalhou minha vida foi ter visto e feito muita coisa, desde pequenininho. E respiro, fundamente, o oxigênio. Fundamente.

Na revista que leio, os cientistas afirmam que é o cigarro, na realidade, que produz o câncer. Todas as provas são feitas, todos os dados estatísticos mostram que o número de cancerosos era pequeníssimo em 1900, quando se fumava muito pouco. A leitura me dá enorme vontade de fumar e, apesar do incêndio que poderei causar, com combinação fogo-oxigênio, acendo unzinho. Que maravilha! A tragada é funda e lenta.

O homem tem necessidade de sufocar-se, por isso gosta de tragar, funda e lentamente.

Minha mulher não fuma e acredita em tudo o que se diz contra os cigarros. Eu também acredito, mas descomponho os cientistas usando este argumento de homem banal:

— Esses caras falam isso porque não fumam. Os culpados são eles, que vivem estudando câncer, noite e dia, e ainda não descobriram nada.

Não há nada melhor do que a gente discutir sem razão, apelando para a ignorância. É como o jogador que aposta sem dinheiro e aposta muito, até o parceiro sair da parada. Minha mulher se cala e me detesta, não sei se por alguns minutos ou se para sempre. Eu também me detesto e vou revezando as tragadas — ora o oxigênio, ora o cigarro. Digo, propositadamente, uma burrice bem irritante:

— Quem garante que o oxigênio também não produz o câncer?

Na vida conjugal, o marido precisa dizer besteiras constantemente. Senão, não é marido, é uma visita. Não só o marido, mas a mulher também precisa dizer besteiras para que o casamento seja, de fato, um elo indestrutível. Família que diz besteira permanece unida. Nas famílias inteligentes e cultas, é maior o número de divórcios e os filhos seguem a carreira diplomática, para estar sempre longe de casa.

Cá estou eu, horizontal. Leio as confissões de Ievtuchenko e tenho muita pena dele, que descobriu que a mãe, após a guerra, usava peruca. Os alemães lhe rasparam a cabeça. Se raspassem a cabeça de minha mãe, penso, eu iria para a rua, de revólver, e...

Minha mãe, longe daqui, deve estar comendo alguma coisa. Ela está sempre comendo alguma coisa proibida. Saiu a mim. Saiu a mim. Foi a mãe que nasceu mais parecida com o filho. Não houve outra.

Agora, a crônica está pronta e irei para Cabo Frio, onde tenho uma vontade imensa de não ver Brigitte Bardot. Não é por nada. Seria para dizer aos meus netos:

— Olha aqui, eu juro que nunca vi Brigitte Bardot.

O Jornal, 26/01/1964

Não coma e emagreça

A grande preocupação do momento: emagrecer. Uns por vaidade, outros a conselho médico. Então, qual seria o regime ideal para perder peso? Fome, caríssimos amigos. A única coisa que realmente emagrece é passar fome.

Uma leitora assídua soube que emagreci e corre a fazer-me carta comovente, em que manda, em números, a área que ocupa na vida: 1,62 metro de comprimento por quase isto de largura. Peso: noventa quilos. Em seguida, este apelo comovente: "O senhor acha que uma mulher de noventa quilos pode ser feliz? Responda sem brincar, porque tenho vivido inteiramente à margem das alegrias. A alegria do amor, por exemplo. Ninguém me ama. Ninguém me leva a sério. Os homens me olham com olhar de zombaria. Ah, sr. AM, me ensine um regime para emagrecer!".

Prezada moça, antes de lhe ensinar um método prático de emagrecer, gostaria de lembrar-lhe que, de um momento para outro, a noção universal da beleza poderá mudar completamente. Os homens, da noite para o dia, serão capazes de resolver que a mulher precisa ser gorda. Mas, se você não se sente disposta a esperar por essa possível (e provável) transformação no gosto masculino, aqui vão alguns ensinamentos práticos que lhe tirarão vinte ou trinta quilos em dois ou três meses. Mas, antes de ir na minha conversa, vá a um médico, porque não quero ser culpado por algum mal que lhe possa acontecer.

A primeira coisa a fazer para perder peso é retirar, totalmente durante um mês, o sal de sua comida. O açúcar também.

Arroz, macarrão, batatas e farinha, nem pensar. Coma carnes e peixes, grelhados quase torrados, com legumes cozidos. Frutas, todas. Café com leite, unzinho, de manhã, com pão de glúten, torrado. Durma ou fique deitada o mais que puder, para que a retirada brusca do sal não lhe subtraia as forças. Após um mês dessa (dolorosa) dieta, volte ao sal, mas apenas a um grama em cada almoço ou jantar.

Há, porém, um detalhe importante, para que você se anime a perder peso. Compre uma dessas balancinhas de quarto e, diariamente em jejum, sem uma peça sequer sobre o corpo (tire até os óculos, se usá-los), verifique o progresso do seu emagrecimento. Isto é importante, porque o gordo estabelece uma competição com o mostrador da balança. E diz, ao pesar-se:

— Ontem perdi só meio quilo. Amanhã essa balancinha vai ver.

E toma resolução competitiva de perder um quilo, no dia seguinte. Perde mesmo.

Mas não se pese nunca na rua, isto é, vestida. Se seu vestido, suas outras roupinhas e seus sapatos pesam (digamos) quilo e meio, a balança da rua irá acusar. E você, ao saber-se mais pesada, engordará. É verdade. A impressão de ter aumentado de peso engorda, tanto quanto a persuasão de ter emagrecido emagrece.

Outro macete que exerce proveitosa influência psicológica no decurso do seu emagrecimento: a balança de quarto geralmente tem um dispositivo, um regulador que, bem manejado, dará ao emagrecente um peso menor. Então, se você comer demais, se for, por exemplo, a um jantar e não resistir ao arroz de forno, regule sua balancinha no ponto em que não lhe acrescente um só grama.

— Ah, assim eu estarei enganando a mim mesma!

E o que é que tem? Os outros não nos procuram enganar, constantemente? Por que, então, não teremos o direito de enganar a nós mesmos? Sempre que precisarmos, devemos enganar-nos a nós mesmos. É um direito de legítima defesa e, desde que perdemos a primeira infância, isto é, a indefensabilidade, não fazemos outra coisa.

Acho que dentro dos limites da minha prodigiosa ignorância, dei-lhe uma razoável lição. Mas não faça nada sem ouvir seu médico. Porque o que AM diz não se escreve; ou melhor, o que AM recomenda nunca se deve fazer.

E tem mais: antes de consultar seu médico, consulte-se você mesma. À noite, quando se for deitar. A cama não foi feita apenas para se dormir — para se pensar, também. Eu, por exemplo, não sei pensar em pé. Se estou na rua e tenho um problema qualquer a resolver, deito-me na calçada. Tudo o que, até hoje, deliberei em pé, isto é, na vertical, deu em besteira.

Mas, dizia, consulte você mesma na hora de deitar-se. Pergunte-se, com a maior franqueza, se valerá mesmo a pena emagrecer. Por quê? Se for somente por causa dos outros, continue com seus noventa quilos. O corpo humano precisa ser confortável. E há um iniludível conforto, uma íntima e deliciosa satisfação, no homem (ou mulher) que ocupa, inteiramente, uma poltrona. Hoje, sinto-me amesquinhado quando me sento e verifico que, na mesma poltrona, ainda há lugar para uma criança. Temos todos nós uma certa necessidade de ocupar espaço. Sim ou não?

Então, estamos combinados. Aí vai uma dieta e algumas considerações em torno. Não a cumpra antes de conversar primeiro com você e, depois, com o seu médico. Não se esqueça, também, de que as pessoas quando emagrecem subitamente se descaracterizam. O ideal seria, antes do seu regime físico, você fazer uma dieta para emagrecer sua alma. Fica horrível uma alma gorda dentro de um corpo magro. Tanto quanto uma alma muito magrinha recheando a vida de um gordo. Até. Seja feliz.

O Jornal, 11/10/1963

A espera

O homem pediu bife de grelha e salada. Depois, disse ao garçom:

— Eu me chamo Afonso. Uma pessoa vai me chamar ao telefone. Mulher. Avise o rapaz do caixa.

Sento-me à mesa próxima, de frente para ele. Deve estar feliz (penso), porque pediu salada. As pessoas, quando se sentem felizes, podem comer tomates, alfaces e até aipos. Os infelizes necessitam de proteínas e comem, vorazmente, feijão, arroz, batatas fritas, farofa, carne e toucinho — tudo misturado. A felicidade emagrece.

O homem espera um telefonema. Uma mulher. Imagino que seja a amante recente, por quem irá comer bife de grelha e salada. Por quem está vestido de tropical cinza e gravata marrom. Por quem fez a barba e passou loção no rosto. Os homens, em geral, acreditam muito no terno, na gravata, na barba e nas loções de lavanda. No entanto, nunca houve uma mulher que dissesse: "Eu me casei com Fulano por causa da loção".

No balcão do caixa, o telefone toca. O homem levanta os olhos e para de mastigar. O caixa atende e procura alguém, com o olhar.

— Se é para Afonso, sou eu... — grita o homem, do seu lugar.

O caixa diz que não com a cabeça e manda chamar, em outra mesa, um senhor de nome Rodrigues. Rodrigues é gordo, está sem paletó e usa suspensórios. Afonso estaria pensando na falta de gosto de uma mulher que telefona para um homem gordo, sem paletó, que usa suspensórios, chamado Rodrigues. O telefonema seguinte é para um garçom. Pensa, Afonso, que garçom não deve atender telefone em hora de serviço. O telefone é para uso exclusivo da freguesia. Com toda certeza, ela ligou durante a longa e tola conversa que o garçom manteve com uma pessoa absolutamente sem importância. A esposa, com certeza gorda, triste, rotineira, a lhe fazer uma encomenda de farmácia.

Os quatro telefonemas seguintes também não são para ele, Afonso. No quinto, o caixa ainda o esperançou, perguntando de lá:

— Como é mesmo o nome do senhor?

E ele repetiu que era Afonso. O telefonema é, porém, para um tal de Alcino. Nessa altura já o garçom trouxe o café e a conta. O homem tomou o café, pagou, fumou um lento cigarro e levantou-se, finalmente. De passagem, disse ao caixa:

— Se ainda telefonarem, diga que esperei o mais que pude.

Quando botou o pé na calçada, o telefone tocou outra vez. Voltou e, de pé, empalidecendo, desesperançando-se, ouviu as palavras que o caixa ia dizendo, de uma em uma:

— Sim... entendi... perfeitamente... compreendo... obrigado.

Os homens, em geral, acreditam muito no terno, na gravata, na barba e nas loções de lavanda.

Última Hora, 09/03/1961

O croquete

No botequim, o homem de camiseta olha o compartimento reservado aos croquetes. É um homem maltratado, com os fundos das calças muito sujos. Deve trabalhar sentado no chão. Ou não trabalhar. Mas é um desses homens que se sentam no chão. Seus cabelos não devem ter sido lavados nesses últimos cinco anos. Lavou-os, quem sabe, na inauguração de Brasília. Seus sapatos dão a impressão de que os pés já foram maiores. Em cada um quase há lugar para mais um pé. Enfim, um homem de camiseta, calça suja e sapatos velhos, bem grandes.

Olha, há já alguns minutos, para a vitrine de croquetes. Como uma mulher olharia para uma vitrine de joias. Há croquetes de variados formatos, mas de conteúdos imprevisíveis. Aquele ali deverá ser de camarão (penso eu, ou deve estar pensando o homem). São muitos, todos antigos, ainda da inauguração do botequim. Mudo de lugar para ver mais os olhos do homem e menos os croquetes. São antigos, também, os olhos do homem. Tanto quanto os croquetes. Minto. Mais antigos que os croquetes. Olhos embevecidos, como os de quem vai matar. Estariam estragados, os olhos do homem?

A que tempo está esse homem, olhando esses croquetes? A que tempo estou eu, a olhar o homem e os croquetes? Certamente, nem ele, nem eu, nem os croquetes temos o que fazer. Não temos passado, nem futuro… Só temos aquele presente resolutivo, eu, o homem e os croquetes. Não é importante pensar se a insurreição virá da esquerda ou da direita. Nem quais seriam as consequências — funestas ou gloriosas?

O homem tosse, o dono do botequim lhe entende a tosse, como se fosse uma ordem. Traz-lhe meio copo de cachaça. O homem fala, afinal, mas continuando, como se antes houvesse dito alguma coisa:

— ... Já que é assim, me dá aquele croquete ali.

— Aquele qual? — pergunta o dono.

— Aquele azul, que está com uma mosca em cima.

O homem comeu a metade do croquete, olhou vitorioso em sua volta e bebeu a cachaça quase toda. Depois, comeu a outra metade, mastigando feliz, como se acabasse de descobrir os primeiros encantos gustativos. Pagou. Foi saindo.

Eu tinha um dever para comigo e para com os leitores deste jornal. O homem pedira o croquete azul, que estava com a mosca em cima. Quanto ao azul, estava bem, eu vira o azul. Azul de antiguidade. Mas, por que, especialmente, "a mosca em cima"? Sem jeito, andei até o homem e perguntei, com humildade, por que tinha pedido, com tanta decisão, "o da mosca em cima".

— Porque mosca conhece croquete. Só pousa no que está melhor.

O Jornal, 27/09/1963

A ressaca

Está sendo difícil, pra mim, sair da cama. Muito. Acontece que ontem houve reunião em casa de amigos e, como fazia frio, bebi. Se não fizesse frio, beberia também, porque era "Dia do Papai", consequentemente, meu dia, no que diz respeito não só a Maria Rita e a Antônio Filho mas a todos os órfãos permanentes e temporários da vida. Bebi e, já que estava bebendo, dei cabo de uma garrafa. Aqui está Antônio, na cama, sem a menor possibilidade de levantar-se, escrevendo estas notas por conta de suas obrigações com Assis Chateaubriand e João Calmon.

O que é a ressaca? Na maioria dos homens é o dia seguinte de um pileque e dor de cabeça, boca amarga, pés inchados. Em mim, nada dói. A ressaca é simplesmente um profundo estado de culpa. Todas as culpas caem sobre mim, desde as primeiras. Sinto-me culpado, por exemplo, de ter enfeado o corpo de minha mãe, durante os meses em que fui gestado. De ter-lhe causado as dores das vésperas e a dor sublime de 17 de março de 1921. Fui a criança que mais doeu na família. Pobre dona Diva! E continuei doendo. E "douo" ainda hoje, por viver tão exposto às mortes da vida.

Esperanças, Diva! Daqui pra frente, embora não me sinta capaz de evitar-me os desvarios, evitarei ao máximo que lhe atinjam. Aqui estou eu, sem coragem para um só gesto. José Aparecido telefona e se queixa da minha influência nefasta em sua vida pós-revolução. Em dia de ressaca, aceito e assumo todas as culpas que me impõem. Sim, sou eu o culpado de todos os males.

E continuo sem poder levantar-me. Sem querer também. O homem de caráter é aquele que, mesmo podendo, não deseja levantar-se. Eu tenho muito caráter. Hoje, irei encontrar uma moça clara. Pelo meu gosto não iria. Tenho medo dela e de mim também. Tenho medo de tudo quanto é mulher... e de mim também. Sabe como é: no começo, tudo são flores. Depois, a gente gosta, vem os ciúmes... e adeus, sossego. Vou encontrar uma moça clara e, com franqueza, preferia que ela fosse escura. Ou melhor: que ela não fosse. Mas ela irá, eu direi o de sempre e acontecerá o de sempre. Riso, amor e perdição. Rir, rir, rir! Pobre moça! Pobre Maria! Mas que seja tudo por um Brasil melhor.

Edith, minha cozinheira e diretora espiritual, trouxe a oração mais eficaz da devoção a santo Antônio. Chama-se "Cinco minutos diante de santo Antônio" e começa nas disposições do meu padroeiro em relação a mim: "Sinto-me disposto a fazer tudo por ti, mas, filho, dize-me uma a uma todas as tuas necessidades".

Quero pouca coisa, meu padroeiro. Um pouquinho de dinheiro, para jantar com vinho, todas as noites, aqui no bistrô. Coisa pouca. Uns quarenta ou cinquenta contos para jantar com vinho. Queria, ainda, que o Walter Clark não me tratasse tão mal, preterindo-me, acintosamente, por amor a Nelson Rodrigues. Acho que é só, santo Antônio. Saúde para dona Diva e para meus filhos. Os outros, todos os outros, já têm quem reze por eles.

Ah, sim. Ia esquecendo. Vê se melhora o bico de papagaio do José Aparecido. Melhorar. Curar, não precisa. No mais, que me passe essa ressaca. É só, santo Antônio. Até amanhã.

O Jornal, 12/08/1964

A vida

O médico extrai a mensagem do meu coração e se porta gravemente, de olhos parados no receptor. Esperava o que meu coração mandaria dizer, naquela tira de papel da maior importância para mim. O futuro. Que cuidados deveria tomar, para sempre? O agora. Se já posso deixar a cama ou se "talvez fosse interessante" continuar deitado? Estou sério, atento, mas muito bem de alma e nervos.

No dia em que adoeci, quando soube de tudo, fiquei assim também. Sereno. Ninguém me ouviu uma lamúria. Ninguém me viu um olhar menos feliz. Atirei fora o último cigarro e continuei conversando, rindo.

A vida e as pessoas em volta não tinham mudado. Eu é que iria mudar um pouco, mas, certamente, para melhor. Para melhor ainda, como se isso fosse possível. Mudar e não acabar. Sabia que não ia morrer. Iria viver, e muito, para receber e sentir, em suas várias e numerosas formas, essa experiência nova, linda e, a cada minuto, surpreendente: a vida. As terras, a herdade, as sesmarias da vida. Deus não me iria matar logo agora que aprendi essa coisa dificílima que é não viver só.

Mas, quando o médico pegou a tira de papel, lá estava o recado, mandado do fundo das minhas forças. Leu-o e achou graça. Riu, não sei se da minha sorte ou da minha resistência. Disse, logo depois, que eu já podia andar pela casa e, mais uns dias, ir ao cinema. Fizera-se a cicatriz.

Claro, não irei viver tanto quanto Bertrand Russell ou mesmo Bororó, mas cinquenta anos eu faço. Falta muito, mas eu faço. Schmidt não já o fez? O próprio Braga, agora, não está fazendo? Falar nisso, o Brasil está comemorando o primeiro cinquentenário de Rubem Braga, um dos homens que melhor escreveram essa nossa maltratada língua. Foi em português e no Brasil que se disseram as maiores asneiras do mundo. E está se dizendo, ainda. O Braga, não. Justiça se lhe faça. Foi sempre de boa escrita. Merece a idade que está fazendo. Que Deus o tenha.

Nesta crônica, Braga à parte, quero felicitar-me e aos que me são caros, por ter recebido licença para zanzar dentro de casa. Não irei usar essa permissão, porque jamais fui homem de abusar da casa toda. Minha vida, a grande maioria dos meus dias, foi vivida no quarto e, mais das horas, na cama, preguiçando. No entanto, a partir de hoje, se quiser, posso ir à sala. E cada dia que for passando, irei podendo mais. Um dia, vou viajar na rua, igual a antes. Porque a vida é combate que aos fracos abate e aos fortes, e aos bravos, só pode exaltar.

O Jornal, 16/01/1963

Exercício de lírica

Não quero parar e olhar para trás. Todavia, é preciso. Quero notícias do homem intenso que eu já fui, na espera, no amor, na ventada e na resignação de dormir. Não estou em busca do jovem. Mas preciso revê-lo, urgentemente e intacto. Necessito, agora, de um orgulho qualquer e não o terei se não voltar ao cais de onde saí. Naquela noite, todos pediram que eu ficasse. Foi uma viagem sem distância — a volta do mundo, sem mar e sem navio. Todas as milhas e todas as horas, todas as tempestades e os naufrágios aconteceriam dentro de mim, porque eu era, além do embarcadiço, o mar, o perigo, o barco, a ânsia, a coragem e uma canção de pescador. Eu era, sobretudo, a insatisfação e a desconfiança de mim mesmo. Todos pediam, todos diziam que eu não partisse. Mulheres de olhos mais velhos rezaram. Mas ninguém quis, ou ninguém soube, transformar-se numa razão imensa, imponderável, que me fizesse ficar. Ninguém criou o carinho, a alegria, o êxito, a vitória e a própria dor de que eu tanto precisava. Não houve *aquela* que fizesse o verdadeiro gesto ou dissesse a exata palavra e me ungisse da convicção de todas as minhas forças. Todos pediram, somente. E devia ser de noite quando este pobre homem, querido de tantos e desamparado de si mesmo, começou a fazer caminho. Desceu no primeiro porto e sentiu vontade de ficar. Mas, de madrugada (o céu fazia estrelas), a primeira viola tocando o levou de viagem. Muitas vezes voltou, para saciar-se e refazer-se de ternura.

Tu foste o maior de todos os bens que se perderam. A perda mais digna (se não houvesse orgulho) de um grito de dor.

O que mostraste e o que deste eram, em tudo, o mais belo, em cor, em cheiro e, mais que a tudo, ao trato das mãos e dos lábios. O teu corpo, tocado, rescendia aquele cheiro argiloso de terra chovida ao sol. E por ti houve ciúmes insones, mudos ciúmes que, depois, se transformaram em violências de sangue e lágrimas, e naquele amor afinal, quando a mesma violência que castiga é, ao amanhecer, a que amo. Talvez só de ti não ficarão remorsos. Ficará, em orgulhosas lembranças, a satisfação do "prazer cumprido".

Não queria parar e olhar para trás. Todavia, era preciso. As notícias do homem intenso são alentadoras. Um pobre navio costeiro veio de enseada em enseada e cada uma delas foi uma mulher, em formato de enseada. Eras, porém, a primeira grande renúncia de mim mesmo. E assim nos esquecemos um do outro e foste o esquecimento mais difícil que eu tive que inventar para viver.

O Globo, 17/11/1955

Traz minha nota

Rimos todos, vadiamos todos, bebemos todos — agora, vamos trabalhar. Fartos estamos do ar-condicionado dos bares, dos trejeitos dos tocadores de maracas, do uísque ressaqueiro, da obrigação de comer no escuro (e pagar no escuro), das pessoas que nos dizem: "Adorei conhecer você, você é uma flor". Noite é bem de Deus para que a gente se cubra com ela e descanse. Noite é preparada em laboratórios por uma porção de santos de óculos, que misturam ingredientes miligramados, como oxigênio, sais de lavanda, gelo ralado, um pouquinho de hortelã, sândalo, duas claras em neve e cantiga. Põe-se tudo no liquidificador, liga-se a chave de fazer barulho de avião, leva-se à geladeira e, lá para as sete horas da noite, está pronta. A lua e as estrelas são colocadas depois, por mãos vadias de virgens, à maneira das arrumações nos altares. Pois bem, depois dessa trabalheira toda, a gente vai se esconder da noite dentro de um bar, onde a fumaça arde nos olhos, onde as mulheres fazem bocas, os homens fazem o olhar de Ricardo Cortez, o garçom faz conta de somar e ninguém escapa — por mais bem-nascido que seja — de duas portas implacáveis, descriteriosas, onde se leem, bem claramente, as letras "H" e "M".

Os avós da gente tiravam mais partido dos serões. Quem tinha varanda armava sua rede, dava um jeito no corpo, ficava na feição da preguiça e espichava fumaça de cigarro até cochilar, acordar com um espirro e ir à cama, resmungando que se resfriou no sereno. Quem tinha casa de janela e porta pra rua botava suas cadeirinhas na calçada, jogava gamão, passava o moço do sorvete, vinha uma bandeja de café, falava-se de política, tossia-se, versejava-se Bilac, dizia-se "boa noite" e ia-se aos travesseiros, deixando-se, no céu, a lua, sempre a mesma. Os pescadores da Bahia e do Ceará ainda fazem melhor — deitam-se na praia mesmo e dormem esquecidos de uma mulher cujo corpo já não dá mais nada e de uma ninhada de filhos magros, de olhos tristes, que não sabem ler, que de gente só têm a voz para chorar e rogar praga. Então o pescador sonha bonito, andando pelos mares, sua jangada transformada em caravela da frota de Colombo, embicando nas ondas, cortando maretas, os peixes dando passagem, as estrelas mudando de lugar — insinuando que se peçam graças — e ele, na proa, seguindo o rumo de Arturos, enquanto Janaína cose sua colcha de franjas e rendas para a última núpcia.

No sertão, a noite mais clara é dos homens que levam o gado estrada afora, de fazenda em fazenda, cantando os aboios mais doces, dizendo histórias mal-assombradas e o dia amanhece, sem que seja preciso tomar Alka-Seltzer e CafiAspirina. Nós ficamos no bar, só nós. Não importa que os olhos se afundem, que o rosto empalideça, que os dedos e os pulmões se nicotinizem, que o fígado vire zabumba se, no coração de cada um, há uma mulher em trânsito.

Agora que as datas passaram e não teremos, tão cedo, natais, anos-bons e carnavais, custa dar um jeitinho na existência? Reparando bem, se existe uma coisa realmente malfeita na vida, esta coisa é o convencionalismo das datas. Por que o Natal de todo mundo tem que ser em dezembro, na noite de 24 para 25? Quem garante que existe a mesma felicidade em todas as famílias na hora de enfeitar o pinheirinho, com luzes e bolotas de cores? E se o marido foi andar? E se o mais mocinho morreu a 23? Então, quem está bem faz a festa tamanho grande, canta "Noite feliz", vai à missa campal, mas absolutamente certo de que está gozando o resto — os desafinados.

Não, cada um devia fazer seu Natal no dia em que pudesse. Carnaval também. Não convence a decoração da avenida, não adianta a moça de coxas de fora — pra que o cheiro de éter? — se, debruçado na janela do apartamento, o moço quer é chorar... Não me dou com as datas e adoro quando elas passam e eu fico. Não existe alegria coletiva em dia marcado. Natal feliz, por exemplo, é invenção de americano e americano não sofre. Mas, nós? Só quem tem direito a ter Natal, no Brasil, é o Rio Grande do Norte.

Estamos livres das datas e podemos deixar a mesa do bar. Até logo, senhor maître. Estou cansado da tua cara, tanto quanto deves estar da minha. Estou cansado do teu servilismo, tanto quanto deves estar da minha arrogância. Estou cansado das tuas notas, muito mais do que deves estar do meu dinheiro. Até uma data qualquer. Talvez não seja Natal, Ano-Bom, Festa de Reis, Cosme e Damião. Será um dia sem montagem. Será, por exemplo, 7 de outubro. Haverá dia mais bonito do que 7 de outubro? Não nasceu nem morreu ninguém que prestasse, não tomaram cidade nenhuma, nem existem receitas de bolos, doces e bebidas para esse dia. Vê quanto foi e traz minha nota, maître. Amanhã é dia de fazer coisas.

Manchete, 28/02/1953

Vida observada

O barraco eu não vejo, porque a mataria em frente é muito espessa. Mas há um ano, através desta janela, enquanto invento histórias para escrever, assisto à vida de quatro pessoas, um cachorro bem-humorado e um casal de patos. Da casa, não sei — já disse —, mas a área da frente é mais ou menos descampada. Há duas mulheres (uma é companheira de um preto robusto e a outra seria aparentada ou simplesmente amiga) e um menino de cabelos alourados. Falam pouco. A mulher mais gorda, com uma tábua em cima de dois caixões, passando roupa a ferro, passando, passando, o menino passando e fazendo artes, o tempo passando, o dia escurecendo e as obrigações ficando para serem feitas amanhã. Amanhã, logo cedinho, eles serão a mesma coisa da véspera. O preto robusto chama o cachorro, faz-lhe um agrado na cabeça, joga um pano de estopa no ombro e vai subir a pedreira. É esse homem um dos que fazem tengo-tengo nas rochas o dia inteirinho, com o seu martelo quebrador, cujo som é limitado por quatro sinetas pontuais: a das sete, a das onze, a das doze e a das cinco. São duas sinetas de parar e duas de começar. O resto fica para o dia seguinte, quando o herói será, também e precisamente, a mesma coisa da véspera. E quando acabar a pedreira, como é que vai ser? Mas Deus é muito bom e, já pensando nesses homens, fez diversas pedreiras no mundo.

Agora, a mulher que é esposa e a outra (a aparentada) estão sentadas e não sabem que eu as vejo daqui, tão nitidamente. Descuidam-se de cobrir as pernas, confiando nessa rama de acácia que lhes trai tanto as pudicícias. As mulheres da Bahia, as que mercam acarajés e abarás, também, às vezes, são assim de sentar descuidado. O menino alourado passa na carreira e diz uma coisa que não deve. As duas o repreendem com um nome feio. Os três começam a rir. Essa intimidade, esse entendimento, esse viver à vontade me faz sentir uma densa emoção de simpatia humana por essas pessoas que estão rindo em vez de desesperar, rindo alto, sem ajuda de nada, sem haveres no dia seguinte a não ser o sol e, logo a seguir, a primeira sineta. Os dois patos, com o seu andar de *half-back* de subúrbio, pra lá e pra cá. O cachorro bem-humorado, aos saltos, persegue uma mariposa. Em seguida, escurece.

Diário Carioca, 06/08/1954

Mais um satélite

Com um nome que eu não poria em filho meu, sobe, afinal, o satélite americano. Por que *Explorer*, exatamente numa época em que uma exploração a menos nunca seria demais? Mas a notícia me alegra, não por mim, que sempre me satisfiz com uma Lua só, mas pelas pessoas que se intranquilizam com qualquer coisa que a Rússia faça de melhor. A verdade é que o espaço sideral foi mais uma vez conquistado e, desta vez, por pessoas da melhor categoria, que falam inglês e mantêm excelentes relações comerciais conosco. Trata-se de um satélite tão satélite quanto os dos russos, que dá a volta completa na Terra em menos de duas horas, numa velocidade de cerca de 30 mil quilômetros por hora. Os russos consideraram a ascensão do *Explorer* uma boa nova, e através de um porta-voz do seu Ano Geofísico Internacional dão parabéns aos Estados Unidos, ao povo americano e ao mundo em geral. Simpático de sua parte. Que as luas, tanto quanto a Lua, continuem unindo os homens, inspirando os poetas, e socorrendo a falta de assunto dos namorados. São estes os votos de um homem deitado na relva, que fuma o seu cigarro, enquanto discute consigo mesmo se deve lembrar ou esquecer os seus problemas. Problemas, todos os temos. Sentimentais, financeiros, musculares e espirituais. Mas, na humanidade, que importa um cidadão com uma letra a vencer ou um amor que o vence, diante da conquista do espaço interplanetário? Eu, por exemplo, não sou mais que um homem ou seria ainda, lamentavelmente, um homem, e "isso", como dizem os cearenses, "morre à toa". Com o mesmo vento que traz a nova do *Explorer*, chega a notícia de um avião que caiu, matando e ferindo pessoas minhas conhecidas. Também a de uma pessoa da minha maior amizade que está doente e que talvez não escape. De uma mulher minha conhecida, que abandonou o lar por causa de um chofer. De um operário que foi assassinado por um soldado de polícia. Compare-se o homem (com todas as suas felicidades e desditas) à conquista do espaço sideral, e seremos cada vez mais inúteis e desimportantes. Boa é a vida, o viver, com a repetição do acaso feliz. Linda e comovente é esta criança de quem estou acompanhando os movimentos. Veio de lá com uma flor na mão e deu de presente à mãe. Depois, pediu a flor emprestada; molhou-a na piscina, para que a mãe tivesse, na volta, uma flor mais viçosa. Esplêndida, a água fria em que mergulho. A fome com que espero o almoço de daqui a pouco. A simplicidade com que falamos, no terraço, das nossas fraquezas, da nossa verdade — como se fôssemos de uma família só, com um sangue só a seivar-nos as vidas. Corram os satélites, cada vez mais. Russos, americanos, alemães, japoneses, italianos e armênios! Que em breve tenhamos o nosso, fabricado em São Paulo, com matéria-prima nossa, cientistas e operários mais nossos ainda! Não me meterei com eles. Mas, também, que eles não se metam na minha vida, porque senão vai ter.

O Globo, 04/02/1958

Calor e moleza

Não sei como certas pessoas conseguem fazer coisas direitas e bonitas com um calor desses. Quanto a mim, posso garantir que sou um inútil, sem gestos e sem ideias, espichado na cama, com ânsia e angústia de água gelada. Tenho que escrever três crônicas e algumas notícias sobre a noite. Faltam-me, porém, assunto, coragem e força física. Olho o relógio, dou-me um prazo de dez minutos, esse tempo se escoa depressa e delibero que devo passar mais meia hora deitado. É um estado total de falta de caráter. De vez em quando me assalta aquela tentação ardilosa dos tempos de colégio: telefonar para os patrões e dizer que estou muito doente. Mas seria uma vergonha, porque alguns deles são tão delicados que viriam correndo visitar-me. Então, comprometo-me seriamente comigo mesmo que daqui a mais vinte minutos levantar-me-ei e irei trabalhar, a todo risco. Fico olhando através da janela e as folhas estão paradas, como se não fossem coisas vivas e sim quadro a óleo. As palmeiras da Besanzoni não mexem um fio de cabelo. Ah, se chovesse de repente... e muito! Na cama os lençóis estão quentes e, em volta, o ar que os ventiladores movimentam é como se fosse um bafo de lareira. E pensar que em Paris está frio, com o chão coberto de neve, por onde passam turistas de sobretudo e lapelas cruzadas, a caminho de um conhaque num ambiente *chauffé*. Mas pensar em Paris é a mais perigosa das formas de vadiagem. Tenho que escrever. O quê, não sei, mas tenho que escrever três crônicas que serão marcadas de burrice e indolência (aproveito a oportunidade para comunicar a todos que não me considero uma pessoa inteligente, e sim infeliz). Feliz é Rubem Braga, que está desempregado, chupando caju e telefonando para as moças. Feliz é Newton Freitas, que fica na praia a tarde inteira, sem notar que vestiu o short pelo avesso. Feliz é Tony Mayrink Veiga, que embora sujeito a todos os calores está cercado de Carmen Therezinha Solbiati pelos sete lados. Levanto-me, seja lá como for, e tenho apenas uma hora para escrever tudo. Começa a escurecer e as cigarras do Jardim Botânico estão apitando verticalmente ao mesmo tempo. Perdão, amigas e amigos, se vos tomei a atenção com essas suspirosas queixas. Não tendes nada a ver com isso. Sois, na maioria, pessoas de sensibilidade e não tinha eu o direito de tomar vosso tempo de uma maneira tão rastaquera. Pela grandeza de vossos corações, esquecei esta pobre crônica (batida em suores) e perdoai o cronista desespiritualizado pelo verão.

O Globo, 24/01/1956

Campanha contra a burrice

Schmidt convidou-me, há dias, para fazer parte de uma Campanha Nacional Contra a Burrice. Respondi-lhe que temia aceitar imediatamente, pois achava muito possível a minha convocação por parte dos burros, para formar a resistência contra a Campanha Nacional. É que, na maior parte das vezes, me considero burro da pior burrice. A burrice da desambição, do desleixo, da timidez e do *laisser-aller*, de qualquer maneira. Mas cá estou para propor ao poeta uma campanha, a meu ver, mais proveitosa: contra a ingenuidade agressiva. Nós brasileiros somos fundamentalmente ingênuos. E o lema da ingenuidade nacional é a constante celebração do homem por si mesmo, nestas quatro palavras nefandas, ditas e reditas, ao menos duas vezes por dia, por nobres, burgueses, classe média e proletariado: "Eu sou o maió". E é "maió" sem "r", com acento agudo no "o", porque o acento agudo no "o" dá à palavra uma aparência de "decolagem" e, ao indivíduo que a diz, a certeza de que está vivendo sempre para o alto. Ontem, por exemplo, fui ver *Ricardo III*. Ao meu lado e à minha retaguarda todos falavam muito. Atrás de mim, um namorado provava à namorada, por á mais bê, que ele era o "maió". E era o "maió" porque brigara com o patrão e ia levá-lo à Justiça do Trabalho, a fim de obrigá-lo a pagar 50 mil cruzeiros de indenização, férias, aviso-prévio etc. À direita, uma senhora de certa idade também explicava à filha que ela era a "maió"... "maió" porque estava achando a fita péssima e só gostava de filmes de amor. E, enquanto eu ouvia esses maus textos, em vozes da pior qualidade, privava-me do texto de Shakespeare, na voz de Sir Olivier. E os ingênuos das boates? Estes são mais irritantes. São os que chegam à nossa mesa, oferecem-nos negócios fabulosos, lucros rápidos e sem riscos, marcam encontros para o dia seguinte (tomei sempre o cuidado de faltar) tudo por um uísque, dois ou três, conforme a sede por que estejam passando. Há cerca de um mês e pouco, apresentou-se-me um rapaz de São Paulo. Jovem, de roupa nova, sorriso desanuviado. Trazia-me o futuro nos bolsos. A fortuna. Começou com estas palavras: "Você aqui está perdendo o seu tempo. Em São Paulo, trabalhando comigo, dentro de um ano você será um homem rico". E explicou-me que as minhas funções seriam as de chefe de relações públicas. Eu seria o seu *contact man* com milionários, banqueiros, pessoas de sociedade e políticos poderosos em geral. Ganharia em volta de 200 mil cruzeiros mensais sem fazer nada; ou melhor, apenas conversando. E teria participação nos lucros da firma. E, ao menos uma vez por ano, iria aos Estados Unidos. Ora, para oferecer-me tantas vantagens, o generoso desconhecido tinha que receber qualquer coisa em troca. E bebeu-me uma garrafa de uísque sem me dar a menor alegria ou bem-estar. E despediu-se com esta frase devassadora de horizontes: "Olha, rapaz, tua oportunidade é esta". E foi dormir absolutamente certo de que ganhara a noite. Meu caro Schmidt, os burros não me causam males tão grandes. Os burros de que falo seriam os emperrados, os tementes do progresso, a reação, enfim, contra o andar e o pensar para a frente. Muito mais mal me fazem os que estão constantemente nos querendo levar no bico. Os que prometem céus e posições de que não preciso. Os que me acenam com cargos e lucros que eu jamais lhes pedi.

Deixai-me, ó ingênuos nacionais. Se me virdes bêbedo, ficai certo de que estou feliz em bêbedo. Se me encontrardes dormindo na sarjeta, passai, sem palavras, sem som de espécie alguma, porque fui eu que escolhi a sarjeta. E teria, se o quisesse, um travesseiro tão digno quanto o vosso. É preciso que não vos penalizeis do meu cansaço, que foi feito com o meu trabalho ou meu desgosto. Nunca. Deixai-me só, na chuva, na ventania, mesmo que eu esteja chorando. Passai, ide para vossa paz, vossa fortuna, vossos pijamas e vossas mulheres. Tendes joias, relógios e artigos para presentes. Brins de linho, tropicais e casimiras. Conservas, iguarias e comestíveis finos. Eu tenho a minha solidão e dela fiz a melhor e a mais barata de todas as companhias. Com ela, sem dela me apartar, posso ir para perto de quem mais me merecer. Passai, ó morgados ingênuos da minha pátria, sem rastros e sem som. Ide para o vosso medo de viver. É necessário que não vos compadeçais da minha imprevidência. Meu coração é um universo meu. Se fracassei, foi unicamente por ter conseguido ser quem sou.

E vós que fazeis futuro? Fazer futuro não vos parece essa coisa triste de não estar fazendo presente? Cuidai disso, senão as urtigas cobrirão vossos jardins que deviam estar repletos de flores, belas e presentes. Sede menos ingênuos e com isso conquistareis o direito de serdes mais burros. É preciso, porém, nunca ser-se o "maió". Nunca! Se o Brasil é considerado nação subdesenvolvida, devemos esta má pecha à palavra "maió" e, em parte, à palavra "legal", sempre usadas fora de verdade.

O Globo, 20/01/1958

Tempo

A gente não sabe o que é nem quanto vale o tempo. Ele acontece e se gasta nas palavras ouvidas em volta, sem sentido, no que se diz sem compromisso de alma, na má posição da cadeira, no bolso sem cédulas, no mérito, enfim, do dia que vai começar daqui a pouco, incerto que só ele. Mas fiquem certos de que instante é coisa preciosa. Tomemos e sintamos os minutos de uma despedida de namorados (eles se vão separar em nome de um "não pode ser" qualquer). Esses minutos que Deus dá com avareza, dobrando a velocidade do ponteirinho de segundos, ensinam a descobrir quantas horas antes se perderam. Ali, no abraço, há um derrame de corpo e de alma. Depois, a um sinal do relógio, os dois se deslargam e nada resta no vento, no rosto sem graça do homem que sobe a ladeira, na chuva sem brio, mal começada, que não irá longe. Um sai e o outro fica. O que sai caminha em direção de alguma coisa. Poderá ser salvo. O que fica, fica mesmo e nem falando só encontrará um jeito de vida. O que vai é um final de fita muda, de Chaplin, sumindo, sumindo, enquanto a buzina do automóvel, que só sabe dizer não, muge comprida sua única palavra, pedindo que não vá.

Esta confusa história de namorados, feita à base de dez lembranças fundidas numa só, é o melhor exemplo das horas que se perdem em nome de nada, em homenagem a ninguém. Agora, quando chega o vento do mar, quando outra noite acaba de ser inaugurada, bem seria que fosse minha a casa do amigo, minha esta máquina emprestada, a rede, a geladeira, a cabeça de mulher em cima do guarda-roupa, e ao meu lado, esperando, de olhos pousados no tapete, quem tivesse o carinho da mão para minha testa de febre, onde fervem todas as vontades que deviam ser destruídas hoje, antes que a noite se consolidasse.

Por que escrevi essas coisas, não sei. É capaz de ser cansaço, noite maldormida e medo de viver sem dono. Cachorro deve sentir tudo isso, quando descobre seu vira-latismo e deixam a porta aberta para ele sair e ser da rua.

Diário Carioca, 15/03/1953

Uma velhinha

Quem me dera um pouco de poesia esta manhã, de simplicidade ao menos, para descrever a velhinha do Westfália! É uma velhinha dos seus setenta anos que chega todos os dias ao Westfália (dez e meia, onze horas) e tudo, daquele momento em diante, começa a girar em torno dela. A casa toda para. Tudo é para ela. Quem nunca antes a viu, chama o garçom e pergunta quem ela é. Saberá, então, que se trata de uma velhinha "de muito valor", professora de inglês, francês e alemão, mas "uma grande criadora de casos". Não é preciso perguntar de que espécie de casos porque, um minuto depois, já a velhinha abre sua mala de James Bond, de onde retira, para começar, um copo de prata. Em seguida, um guardanapo, com o qual começa a limpar o copo de prata, meticulosamente, por dentro e por fora. Volta à mala e sai lá de dentro com uma faca, um garfo e uma colher, também de prata. Por último o prato, a única peça que não é de prata. Enquanto asseia as armas com que vai comer, chama o garçom e manda que leve os talheres e a louça da casa. Um gesto soberbo, de repulsa. O garçom (brasileiro) tenta dizer qualquer coisa amável em alemão, mas ela repele, por considerar (tinha razão) a pronúncia defeituosa. E diz, em francês, que é uma pena aquele homem tentar dizer, todo dia, a mesma coisa e nunca acertar. Olha-nos e sorri, absolutamente certa de que seu espetáculo está agradando. Pede um filé e recomenda que seja mais bem do que malpassado. Recomenda pressa, enquanto bebe dois copos de água mineral. Vem o filé e ela, num resmungo, manda voltar, porque está cru.

Vai o filé, volta o filé e ela o devolve, mais uma vez, alegando que está assado demais. Vem um novo filé e ela resolve aceitar, mas, antes, faz com os ombros um protesto de resignação.

Pela descrição, vocês irão supor que essa velhinha é insuportável. Uma chata. Mas não. É um encanto. Podia ser avó de Grace Kelly. Uma mulher que luta o tempo inteiro pelos seus gestos. Não negocia sua comodidade, seu conforto. Não confia nas louças e nos talheres daquele restaurante de aparência limpíssima. Paciência, traz de sua casa, lavados por ela, a louça, os talheres e o copo de prata. Um dia o garçom lhe dirá um palavrão? Não acredito. A velhinha tão bela e frágil por fora, magrinha como ela é, se a gente abrir, vai ver tem um homem dentro. Um homem solitário, que sabe o que quer e não cede "isto" de sua magnífica solidão.

O Jornal, 16/10/1964

Agradecimentos

Agradeço a Augusto Massi, orientador da dissertação de mestrado que se desdobrou nesta antologia, em cuja figura estendo a gratidão à Universidade de São Paulo e ao ensino público brasileiro, sem o qual não haveria este trabalho. Públicos também são os arquivos e acervos que possibilitaram esta pesquisa. Agradeço aos amigos Humberto Werneck e Claudio Leal pelas afetuosas e implacáveis canetadas na introdução. Agradeço ao mestre Luis Fernando Verissimo, leitor apaixonado de Antônio Maria, pelas palavras que emprestou ao livro. E agradeço à Todavia por ter topado o projeto com muita dedicação, bem como aos herdeiros de Maria, solícitos desde o primeiro momento. Um obrigado especial a Angélica Nogueira, sempre tão amorosa e compreensível com minha reclusão nestes três anos de labuta.

Agradeço ainda a André Luis Rodrigues, Alcides Villaça, Antonio Maria Filho, Beatriz Resende, Danilo Tauil, Elvia Bezerra, Fernanda Diamant, Fernanda Silva e Sousa, Helen Garcia Claro, Heloisa Tauil, Jane Moraes, Leda Cartum, Marcos Cartum, Maria Lúcia Rangel, Maria Rita Araújo de Moraes (*in memoriam*), Maryane Rezende, Mauro Nápoles, Paulo Roberto Pires, Rafael da Cruz Ireno, Rita Mattar, Roberto Moura, Schneider Carpeggiani, Sofia Nestrovski, Tania Carneiro Leão e aos amigos da Twitch.

© Antônio Maria, 2021

Todos os direitos desta edição reservados à Todavia.

Grafia atualizada segundo o Acordo Ortográfico da Língua Portuguesa de 1990, que entrou em vigor no Brasil em 2009.

capa
Mariana Newlands
obra da capa
Santídio Pereira
reprodução da obra da capa
Bruno Cordeiro de Macedo
foto p. 36
Hélio Brito/ Revista do Rádio/ Acervo da Biblioteca Nacional
composição
Jussara Fino
preparação
Andressa Bezerra
revisão
Fernanda Alvares
Huendel Viana

1ª reimpressão, 2022

Dados Internacionais de Catalogação na Publicação (CIP)

Maria, Antônio (1921-1964)
Vento vadio : As crônicas de Antônio Maria / Antônio Maria ; pesquisa, organização e introdução Guilherme Tauil. — 1. ed. — São Paulo : Todavia, 2021.

ISBN 978-65-5692-210-2

1. Literatura brasileira. 2. Crônicas. 3. Rio de Janeiro. 4. Recife. 5. Cotidiano. I. Tauil, Guilherme. II. Título.

CDD B869.04

Índice para catálogo sistemático:
1. Literatura brasileira : Crônicas B869.04

Bruna Heller — Bibliotecária — CRB 10/2348

todavia
Rua Luís Anhaia, 44
05433.020 São Paulo SP
T. 55 11. 3094 0500
www.todavialivros.com.br

fonte
Register*
papel
Pólen soft 80 g/m²
impressão
Geográfica